CURSED

Deutsche Erstausgabe November 2016

Bildrechte Umschlagillustration
vermittelt durch Shutterstock LLC; iStock
Satz & Layout: Cursed Verlag
Covergestaltung: Hannelore Nistor

ISBN-13: 978-3-95823-069-9

Besuchen Sie uns im Internet:
www.cursed-verlag.de

NORA WOLFF

MEHR ALS EINE AFFÄRE

Kapitel 1

»Offene Beziehung?!« Silvi stellt ihr Glas so hart auf dem Tisch ab, dass der Rotwein darin gefährlich nah an den Rand schwappt.

»Ja.«

»Aber… *wieso*? Ihr zwei seid jetzt wie lange zusammen? Ich dachte, ihr seid inzwischen in der Phase, in der man drüber nachdenkt, sich eine Eigentumswohnung zu kaufen.«

Ich schnaube. »In München? Wohl kaum.«

Sie rollt die Augen. »Bildlich gesprochen. Weil das ja irgendwie der nächste Schritt ist. Schließlich kann keiner von euch schwanger werden.«

Irritiert sehe ich sie an. Liegt es an dem Wein oder ergeben ihre Worte tatsächlich keinen Sinn? Andererseits tun das meine Worte auch nicht. Eigentlich wollte ich ihr gar nichts von Karstens erschütterndem Vorschlag erzählen.

Ich beuge mich vor und greife nach der Weinflasche. Sie ist überraschend leicht und als ich mir nachschenke, ist das Glas nicht einmal halb gefüllt. Ich halte Silvi die Flasche entgegen.

»Hast du noch eine?«

Sie sieht mich mit schief gelegtem Kopf an. »Die Frage ist doch wohl eher: Willst du noch eine?«

Muss sie so ekelhaft vernünftig sein? Normalerweise übernehme ich diesen Part. Da will ich einmal über die Stränge schlagen und sie macht mir einen Strich durch die Rechnung. Andererseits ist Alkohol auch keine Lösung.

»Ich glaub, der ganze Alkohol der Welt würde nicht ausreichen, um diese Situation erträglich zu machen.«

»Womit wir wieder beim Thema wären: offene Beziehung?«

Ich seufze und vergrabe das Gesicht in einer Hand, während aus Silvis Tablet-PC die ersten Takte von *Overload* aus dem *Dirty Dancing*-Soundtrack erklingen.

Offene Beziehung. Bei diesen Worten möchte ich mich am liebsten verstecken. Das ist doch nichts anderes als eine Lizenz zum Fremdvögeln. Und das bedeutet, dass Karsten nicht mehr zufrieden mit mir ist. Nicht mehr *befriedigt* ist. So hat er es zwar nicht ausgedrückt, aber das steckt doch dahinter, oder?

»Ich hab noch nicht zugestimmt. Gott, Silvi... Wie *kann* ich bei so was überhaupt zustimmen?«

Plötzlich zieht sich meine Brust so heftig zusammen, dass ich kaum noch atmen kann. So geht es mir seit zwei Tagen. Hin- und hergerissen zwischen einem bodenlosen Loch der Verzweiflung und einer Welle des Zorns. Immer wenn der Zorn nachlässt, falle ich in das Loch, das darunter lauert.

»Dann mach's nicht.« Sie legt eine Hand auf mein Knie und wartet, bis ich sie ansehe. »Wenn du keine offene Beziehung willst, mach's nicht.«

»Er will aber eine.«

»Soweit ich weiß, müssen bei einer offenen Beziehung beide zustimmen, sonst nennt man es Fremdgehen.«

Ich zucke zusammen. Egal, wie ich es drehe und wende, für mich ist es immer Fremdgehen. Ob ich nun davon weiß oder nicht. Ob ich dem zustimme oder nicht. Ich will Karsten für mich. Für mich ganz allein. Ich kann nicht verstehen, dass er das nicht will. Oder wie er überhaupt auf die Idee mit der offenen Beziehung kommt. Vielleicht will er die nur, weil er mir schon längst fremdgeht und nur keine Lust hat, es länger zu verstecken.

Der Gedanke bereitet mir erst Übelkeit, ehe er die Welle des Zorns wieder hochpeitscht und mich aus dem Loch herauskatapultiert wie ein Geysir. Grimmig greife ich nach meinem Weinglas und stürze es auf ex hinunter.

»Vielleicht *sollte* ich mich einfach von ihm trennen«, sage ich grimmig, als ein dröhnendes Motorengeräusch, untermalt mit deutschem Rap, durch das offene Fenster hereinweht.

»Was?«

Silvi schießt so schnell von ihrem Stuhl hoch, dass ihr langer, blonder Pferdeschwanz wie eine Peitsche durch die Luft zischt. Ruppig packt sie das Fenster ihres französischen Balkons und knallt es zu. Sofort werden sowohl die Musik als auch das Motorengeräusch gedämpft, allerdings verschwindet auch die leichte Brise, die Silvis Wohnung zumindest ein wenig erträglich gemacht hat.

»Scheiß Proll«, knurrt sie und späht durch das Fenster nach unten in den Innenhof, in dem sich eine Reihe Garagen befindet, die zu ihrem Wohnkomplex gehört. »Park halt endlich ein. Mann!« Kopfschüttelnd sieht sie im schwachen Schein der Stehlampe wieder zu mir. »Hast du eben gesagt, du willst dich trennen?«

»Vielleicht sollte ich mich trennen. Wenn Karsten eh mit anderen schlafen will, macht's uns das beiden leichter.« Nur dass ich mich nicht trennen will. Ich liebe Karsten, verdammt.

»Nicht so schnell.« Sie kneift die Augen zusammen. »Wenn Karsten dich nicht mehr lieben würde, hätte er keine offene Beziehung vorgeschlagen, sondern sich gleich von dir getrennt.«

»Warum *hat* er es dann vorgeschlagen, wenn er mich liebt?«

Sie zuckt die Schultern. »Keine Ahnung. So gut kenne ich ihn nicht.«

Als der *Scheißproll* unten endlich seinen Wagen in die Garage gefahren hat, ersterben sowohl das Motorengeräusch als auch der Rap schlagartig. Silvi zieht das Fenster wieder auf und begrüßt die hereinströmende Luft mit einem kleinen Seufzen. Von der tagelangen Hitze ist ihre Wohnung im vierten Stock so aufgeheizt, dass sie auch jetzt um kurz vor halb zehn abends nur ein weit fallendes Top und Hotpants trägt. Letztere lässt ihre ohnehin schon langen Beine schier unendlich werden.

»Ich glaube, der Idiot macht sich einen Spaß draus, andere auf die Palme zu bringen«, schimpft Silvi, als sie sich zurück auf ihren Stuhl fallen lässt.

Irritiert hebe ich den Kopf. »Karsten?«

Sie deutet zum Fenster. »Der Kerl da unten. Für die letzte Woche kann ich dir ganz genau sagen, wann er weggefahren und wann er wiedergekommen ist. Und ob er eine albern kichernde Trine dabeihatte.«

»Toll«, sage ich wenig enthusiastisch und drehe mein leeres Weinglas auf dem Tisch zwischen den Fingern. Falls das ein Ablenkungsmanöver sein sollte, muss ich sie enttäuschen. Seit zwei Tagen kann ich an nichts anderes denken als daran, dass Karsten mit meiner Erlaubnis mit anderen Männern schlafen will. Ein wildfremder Kerl mit schlechtem Musikgeschmack und einer Vorliebe für laute Autos und kichernde Frauen wird daran erst recht nichts ändern.

»Okay, sorry.« Sie macht eine abwinkende Handbewegung. »Weswegen will er die offene Beziehung? Läuft's bei euch im Bett nicht mehr?«

Ein unerwartet heftiger Stich trifft mich mitten in die Brust. Getroffen zucke ich zusammen und wende den Blick ab. Wieder flaut die Wut ab und ich sehe den Boden des Lochs mit rasanter Geschwindigkeit auf mich zurasen. Silvi muss es auch gemerkt haben, weil sich eine beklemmende Stille zwischen uns ausbreitet.

Plötzlich halte ich es nicht mehr auf meinem Stuhl aus. Ich komme mir vor wie gebrandmarkt. Jedes Mal, wenn die Sprache darauf kommt, leuchtet das Brandzeichen nicht nur für jeden sichtbar auf, sondern schmerzt so sehr, als würde es mir wieder aufs Neue auf die Haut gesetzt.

Ich stehe auf, weil ich mich bewegen muss. Silvis Wohnung ist keine vierzig Quadratmeter groß und besteht aus nur einem Zimmer plus Küche und Bad. Nach einer Durchquerung fühle ich mich bereits wie ein Tiger im Käfig. Vom Tisch mit den zwei Stühlen am französischen Balkon sind es drei Schritte bis zum Sofa, fünf bis zum Bett und sechs bis zum *Expedit*.

Die meisten Fächer des *IKEA*-Regals sind mit Schubfächern ausgefüllt oder hinter Schranktüren verborgen. In einem Fach stehen sieben angestaubte Bücher wie vergessene Zinnsoldaten. Drei davon sind Sachbücher und befassen sich mit dem Thema Marketing. Eins ist ein Thriller von Karen Rose, den ich ihr Anfang des Jahres zum Geburtstag geschenkt habe. Zu dem Zeitpunkt kannte ich sie noch nicht so gut. Heute würde ich den Fehler nicht noch mal machen.

»Felix?«, höre ich Silvi sanft hinter mir.

Ich bleibe mit dem Rücken zu ihr am Regal stehen. »Er möchte gerne mal was anderes ausprobieren.« Ich schließe die Augen. »Was wohl heißt: Er möchte gerne mal *jemand anderes* ausprobieren«, sage ich bitter.

»Hat er das so gesagt?«

»Nein. Aber das meint er doch damit, oder nicht? Warum...« Zittrig hole ich Luft. »Warum kann er *was anderes* nicht mit mir ausprobieren?«

Es ist bescheuert, ihr diese Frage zu stellen, wenn nicht mal Karsten eine Antwort darauf gewusst hat. Was das Ganze noch schlimmer macht. Weil es mehr als deutlich sagt, dass er mit mir gar nichts mehr ausprobieren will. Er *will* andere Männer vögeln. Und ich bin sein verdammtes Sicherheitsnetz, falls er niemanden findet.

»Wie gesagt«, meint Silvi leise hinter mir, »so gut kenne ich ihn nicht, aber... Also, das geht absolut über alles, was ich jemals von deiner Beziehung wissen wollte, aber... oh Mann.« Sie stößt ein unbehagliches Seufzen aus. »Vielleicht will Karsten... Dinge im Bett machen, die du nicht machen willst? Hat... hat er dich schon mal nach irgendwas gefragt, was du abgelehnt hast?«

Ich schnaube, drehe mich um und bleibe mit dem Rücken am Regal gelehnt stehen. »Ich bin nicht prüde, auch wenn's dir schwerfällt, das zu glauben.«

»Das wollte ich damit doch gar nicht sagen. Aber es wäre eine Erklärung für die offene Beziehung, oder? Er liebt dich, weshalb er dich nicht verlassen möchte, aber beim Sex sucht er nach was anderem.«

Noch ein heftiger Stich in meiner Brust. Nach was anderem als... mir? Aber *warum*? Weil es ihm mit mir keinen Spaß mehr macht? Das hätte ich doch merken müssen. Manchmal zieht er sich zwar von mir zurück, aber bis vor zwei Tagen dachte ich, dass *ich* der sexuell abenteuerlustigere von uns beiden bin.

Wenn er was anders machen will, warum kann er dann nicht mit mir darüber reden? Und wenn er mit anderen Männern schlafen will, dann soll er es verdammt noch mal sagen und nicht unter dem Deckmantel einer offenen Beziehung verstecken.

Ich schüttle den Kopf, um die Gedanken loszuwerden, die sich seit einiger Zeit nur noch im Kreis drehen. Vielleicht dachte ich unterbewusst, Silvi könnte neuen Schwung in das Karussell bringen, aber darüber zu reden, macht es auch nicht besser. Im Gegenteil. Ich fühle mich wie am Pranger.

»Hast du noch Wein da?«, frage ich, während ich bereits auf die Tür zur Küche zugehe.

»Jetzt willst du doch noch eine Flasche aufmachen?«

»Ja.«

»Aber Karsten –«

»Mir egal«, schnappe ich, ehe ich an der Tür stehen bleibe und sie entschuldigend ansehe. »Sorry. Aber damit muss er rechnen, wenn er so einen beknackten Vorschlag macht, oder?«

Daraufhin sagt sie nichts mehr und ich verschwinde in ihre kleine, längliche Einbauküche. Auf den ersten Blick scheint es hier sogar für zwei Personen zu eng zu sein, aber an ihrem Geburtstag Anfang des Jahres haben wir den Härtetest gemacht. Zu Höchstzeiten haben sich hier sechs oder sieben Leute auf der Suche nach Alkohol getummelt.

Ich gehe vor dem Unterschrank, in dem sie den Alkohol aufbewahrt, in die Hocke und ziehe die Türen auf. Hochprozentiges, Wein, Bier, Prosecco, Sekt, sogar eine Flasche Champagner – wenn ihre Wohnung nicht so winzig wäre, könnte Silvi hier glatt eine Bar eröffnen. Oder dem Ganzen einfach den Stempel einer Insider-Szene-Bar aufdrücken, dann ist es egal, ob hier nur fünf Personen auf einmal reinpassen. Kein Wunder, warum Karsten nicht so begeistert von ihr ist wie ich.

Ich finde einen Rotwein und ziehe ihn vorsichtig aus dem aufgeschichteten Flaschenstapel heraus, wobei das Glas leise klirrt. Als ich mich wieder aufrichte, kann ich beinahe Karstens Hände auf meinen Hüften spüren, die mich eng an sich ziehen, während er sein Gesicht an meinem Nacken vergräbt.

»Lass uns nach Hause gehen. Ich will dich ficken.«

Seine Stimme hallt so real in meinem Kopf wider, dass ich mich tatsächlich kurz umdrehen muss, um mich davon zu überzeugen, dass er nicht doch hinter mir steht. Eigentlich hätte ich es besser wissen müssen. Das war damals auf Silvis Geburtstagsfeier. Der Grund, warum wir leider nicht mehr mit in die Bar oder den Club gehen konnten.

Heute würde er das wahrscheinlich lieber jemand anderem ins Ohr flüstern, während er seinen Nacken mit Lippen, Zähnen und Zunge bearbeitet.

Verdammt. Verdammt!

Ich reiße die Besteckschublade auf, in der Silvi auch einen Korkenzieher aufbewahrt. Unheimlich, wie gut ich mich mittlerweile in ihrer Küche auskenne. Vielleicht bin ich doch so oft hier, wie Karsten mir immer vorwirft.

Mit einem leisen Ploppen löst sich der Korken aus der Flasche und ich kehre mit ihr zu Silvi zurück. Sie hat die Musik am Tablet gewechselt. Jetzt läuft der Soundtrack von *Save the last Dance*. Auch okay.

Aus irgendeinem unerfindlichen Grund hat sie eine Kerze angezündet und auf den Tisch gestellt. Darum stehen seltsam gruppiert die leere Weinflasche und unsere beiden Weingläser.

Während meiner Abwesenheit hat Silvi sich natürlich mit ihrem Handy beschäftigt und spielt auch jetzt noch daran rum. Der Schein vom Display verleiht ihrem Gesicht einen ungesunden, bläulichen Schimmer. Als ich eintrete, sieht sie kurz auf.

»Mir ist gerade eingefallen, dass ich uns noch gar nicht eingecheckt habe.« Sie deutet auf das Arrangement auf dem Tisch. »Hab mir erlaubt, ein stimmungsvolles Foto mit anzuhängen. Man weiß ja nie, wer's liest.«

Zwischen den Zeilen ist die Botschaft eindeutig: Karsten, zum Beispiel.

»Du weißt schon, dass du süchtig bist, oder?« Kopfschüttelnd gieße ich erst ihr und dann mir Wein ein, ehe ich mich wieder auf meinen Stuhl fallen lasse.

»Das sagt der Richtige. Dein Handy hat auch geklingelt.«

Sie schaltet das Display aus und legt ihr Handy zur Seite. Aus schmalen Augen beobachtet sie mich, als ich nach meinem Handy greife; ein Samsung der älteren Generation, aber immerhin schon ein Smartphone. Mit Silvis *iPhone* kann ich hingegen nicht mithalten. Seit ich sie kenne, ist das schon ihr zweites Handy. Falls man im Marketing so viel besser verdient als in der Buchhaltung, sollte ich vielleicht über eine Umschulung nachdenken.

Ich drücke einen Knopf und lasse das Display aufleuchten. Unwillkürlich zucke ich zusammen, als ich das rote Nachrichtenfenster sehe, und werfe Silvi einen Blick zu. Hat sie das gesehen? Sie sieht mich mit hochgezogener Augenbraue an. Natürlich hat sie.

»*LoveLife*? Im Ernst?« Sie klingt, als hätte sie gerade die billigsten Pornos, die je das Licht der Welt erblickt haben, in meiner DVD-Sammlung entdeckt.

Unter ihrem Blick rutsche ich auf meinem Stuhl herum. »Und?«, frage ich beinahe herausfordernd.

»Und? Wann zum Teufel hast du dich da angemeldet?«

Ich recke das Kinn ein wenig vor. »Vor zwei Tagen.«

Sie klatscht sich die flache Hand vor die Stirn und seufzt. »Felix, bei einer offenen Beziehung geht es nicht darum, sich vorsätzlich andere Sexpartner zu *suchen*. Habt ihr überhaupt irgendwelche Regeln festgelegt?«

»Hast du nicht zugehört? Ich hab noch gar nicht zugestimmt.«

»Und trotzdem ist das Erste, was du nach Karstens Vorschlag machst, dich bei einer Flirt-App anzumelden?«

»Als Vorbereitung«, behaupte ich und verschränke die Arme vor der Brust. Und weil ich so verletzt war, dass ich kurzzeitig nicht geradeaus denken konnte. »Außerdem, wo soll jemand wie ich sonst Männer kennenlernen?«

»Du sollst doch niemanden kennenlernen. Bei einer offenen Beziehung geht es um Sex, und zwar nur um Sex. Wenn es dich packt, sollst du dich frei fühlen, dem Verlangen nachzugeben, ohne deinem Partner gegenüber ein schlechtes Gewissen haben zu müssen.« Sie klingt ein bisschen wie eine Sexualtherapeutin. Unwillkürlich rutsche ich auf meinem Stuhl tiefer. »Wenn du anfängst, Männer kennenzulernen oder zu suchen, hat das nichts mehr mit der eigentlichen Sache zu tun.«

»Und was genau macht dich da so zur Expertin?«

»Ich bin älter als du und hab mehr Erfahrung«, sagt sie schlicht und trinkt einen großen Schluck Wein. Ihr Handy summt, aber sie wirft nur einen kurzen Blick drauf. Wahrscheinlich hat irgendjemand ihr Foto gelikt oder kommentiert.

Schnaubend beuge ich mich über den Tisch. »Dann verrate mir doch mal, ältere und weisere Freundin: Wo soll ich jemanden für Sex finden, wenn Karsten plötzlich anfängt, wildfremde Kerle zu vögeln?«

»Auf der Straße? In einer Bar? Einem Club? In einem verdammten Café? Mann, Felix, überall, aber bestimmt nicht in einer Flirt-App!«

»Und was macht das für einen Unterschied? Ob ich jemanden in einer Bar oder sonst wo oder über eine App anspreche? Ich will ja niemanden kennenlernen. Ich will nur vorbereitet sein.«

»Worauf? Karsten mit Rachesex wehzutun?«

»Er tut mir mit seinem beschissenen Vorschlag weh.« Ich werfe mich auf meinem Stuhl zurück, ignoriere Silvis Kopfschütteln und greife nach meinem Handy, um die Nachricht von *LoveLife* zu lesen.

»Ich prophezeie jetzt schon, dass das nicht funktioniert«, sagt Silvi düster.

Ich tue weiterhin, als hätte ich sie nicht gehört, und lese die Nachricht.

Dieter: *Stehst du auf Daddys?*

Äh, was? Inzwischen bin ich einige seltsame Nachrichten gewöhnt, aber das hat mich noch niemand gefragt. Ansonsten ist neben obszönen Angeboten und Fragen nach der einen oder anderen Sexpraktik schon alles dabei gewesen. So viel also zum Thema *Kennenlernen*.

Ich klicke sein Profil an. Kein Foto. Natürlich. Andererseits sollte mich das nicht wundern, weil ich selbst keins hochgeladen habe. Selbstverständlich nicht! Allerdings führt das dazu, dass ich ebenfalls entweder nur von Nutzern ohne Foto angeschrieben werde oder von den weniger attraktiven Exemplaren der Spezies Mensch. Und mit den vulgärsten Anmachen. Ob das mit Foto anders wäre? Vielleicht trauen sich die Idioten dann nicht. Aber ich würde eher im Lederoutfit zu Frau Bimsel und Dr. Schuhknecht ins Büro marschieren, als bei irgend so einer Flirt-App ein Foto von mir hochzuladen – auch wenn ich mir das Outfit dafür erst kaufen müsste.

Ich zucke zusammen, als ich Dieters Alter sehe, das vermutlich nicht geschönt ist: siebenundfünfzig. Wow. Damit könnte er locker mein Daddy sein.

»Der Traumprinz nicht dabei?«, will Silvi spöttisch wissen. »Wie viele Angebote kriegst du eigentlich so am Tag?«

»Weniger, als du denkst. Und nur Schwachsinn. Mein Profil ist auch ziemlich nichtssagend, weil ich ja niemanden *kennenlernen* will.«

Sie legt den Kopf schief und wirft mir einen giftigen Blick zu. Dann streckt sie die Hand aus. »Lass mich mal sehen.«

Ich drücke das Handy an meine Brust, als wäre es der heilige Gral. »Nein.«

Sie verdreht die Augen. »Oh Mann, Felix, ich will dir doch nur helfen.« Sie rutscht mit ihrem Stuhl um die Tischkante herum, bis sie neben mir sitzt. Ihr Körper strahlt eine Hitze aus, dass ich zu schwitzen anfange. »Los, zeig her.«

»Nein. Und wobei willst du mir helfen? Wenn du das Profil löschst, kann ich mir später ein neues erstellen.«

»Dabei, dass du deinen süßen Arsch nicht in irgendeine Scheiße setzt.« Sie macht eine ungeduldige Handbewegung. »Und jetzt gib her.«

»Mein Arsch ist nicht süß.«

»Sondern knackig? Oder was ist eine von Homos bevorzugte Bezeichnung?«

Ich schüttle den Kopf, um das Thema abzuweisen. »Okay. Ich werd das Handy zwischen uns auf den Tisch legen. Wir gucken beide aufs Display, okay? Du schnappst es nicht weg.«

Sie grinst. »Jetzt machst du mich neugierig. Was hast du denn da drauf? Nacktfotos? Von dir? Von Karsten? Von Angela Merkel?«

»Silvi.«

»Schon gut.« Sie hebt die Hände. »Ich fass es nicht an und schau nur aufs Display.«

Ich zögere noch einen Moment, in dem ich sie eindringlich mustere und zu durchschauen versuche, falls das ein Trick ist. Dann lege ich vorsichtig das Handy mit Dieters Profil zwischen uns.

»Siebenundfünfzig?«, ruft Silvi wie auf Kommando aus und deutet anklagend auf mein Handy. »Genau das meine ich damit! Du triffst dich *nicht* mit jemandem, der vierunddreißig Jahre älter ist als du!«

»Das hab ich doch auch gar nicht vor. Der Typ hat mir eben eine Nachricht geschrieben. Deshalb war ich auf seinem Profil.«

»Auf die Nachricht antwortest du nicht.«

Ich seufze. Ohne darauf einzugehen, rufe ich mein Profil auf und drehe ihr das Handy ein Stück zu. »Das ist mein Profil.«

Sie runzelt die Stirn. »Das ist das Profil von Max. Wer zum Teufel ist Max?«

Mein Gesicht wird heiß und ich muss mich räuspern. »Ich.«

»Du? Und wie weiter? Max Mustermann?«

Ich will ihr nicht verraten, dass genau das mein Gedankengang gewesen ist. Wenn ich ein kreativer Kopf wäre, wäre ich wie sie im Marketing gelandet. »Glaubst du, ich melde mich da mit meinem richtigen Namen an?«

»Offensichtlich nicht. Du weißt schon, dass das Ganze immer seltsamer wird, oder?«

»Willst du dir das Profil jetzt angucken oder nicht?«

Sie schnaubt, studiert es dann jedoch ausgiebig, während ich ihr Gesicht mustere. Die feinen Linien ihrer Züge werden von dem Licht des Displays scharf ausgeleuchtet. Konzentriert fliegt der Blick ihrer dunklen Augen über jede einzelne Zeile meines Steckbriefs.

»Okay«, sagt sie nach nicht einmal dreißig Sekunden. »Da steht wirklich kaum was drin. Ist akzeptiert.«

»Da bin ich aber beruhigt.«

In dieser Sekunde verblasst der Hintergrund und eine weitere rote Nachricht der Chatfunktion von *LoveLife* füllt den Bildschirm aus. Fast zeitgleich beugen Silvi und ich uns weiter über den Tisch und stoßen dabei beinahe mit den Köpfen zusammen.

Peer: *Hey, wie geht's?*

Einen Moment lang rührt sich keiner von uns. Dann meint Silvi spöttisch: »Weniger, als ich denke, hm?«

Ich ignoriere sie und ziehe das Handy ein Stück zu mir rüber, um Peers Profil aufzurufen. Auch wenn die Nachrichten noch so dämlich sind, habe ich das bisher immer gemacht. Einfach, um zu gucken, wer sich sonst noch bei dieser Flirt-App herumtreibt. Peers Nachricht allerdings ist weniger dämlich als vielmehr nichtssagend, beinahe langweilig – und damit bisher einzigartig.

Ich überfliege die Infos seines Steckbriefs, die leider so spärlich gesät sind wie bei meinem Profil. Offensichtlich ist da noch jemand vorsichtig. Er ist berufstätig, sagt aber nicht, was er macht. 1,86m, blaue Augen, schwarze Haare. Als Hobby gibt er *Film & Fernsehen* an, aha. Heißt das, er sitzt von morgens bis abends vor der Glotze?

»Fünfundzwanzig, das hört sich auf jeden Fall schon mal besser an«, bemerkt Silvi. »Aber warum hat er kein Foto hochgeladen?«

»Egal. Ich hab auch keins hochgeladen.«

»*Egal*? Du weißt schon, dass du über kurz oder lang mit einem von diesen Nutzern Sex haben willst, richtig? Da sollte zumindest im Ansatz eine gewisse körperliche Anziehung vorliegen. Vielleicht ist der Kerl hässlich wie die Nacht.«

»Bevor ich mit irgendjemandem Sex habe, werde ich mich sowieso erst mal mit ihm treffen. An einem öffentlichen Ort.«

Silvi zieht die Augenbrauen hoch. »Wow, das klingt ja direkt vernünftig.« Sie nickt auf das Handy. »Und, schreibst du zurück?«

Ich zucke die Schultern. »Immerhin hat er mich nicht nach meiner Penislänge gefragt – also, ja.« Ich fange an zu tippen und bemerke daher erst verspätet ihren Blick. »Was denn? Nein, auf die Frage hab ich natürlich nicht geantwortet.«

»Heißt das, du willigst in die offene Beziehung ein?«

Ich lasse das Handy sinken. Unter Peers Nachricht steht nun meine. Silvi wirft einen flüchtigen Blick darauf. Ich kann ihrem Gesichtsausdruck nicht ganz entnehmen, was sie von meiner Antwort hält, aber da sie nicht protestiert, scheint sie sie harmlos genug zu finden. Oder sie ist insgeheim froh, dass ich kein Flirt-Ass bin, weil sie die ganze Angelegenheit ja sowieso beschissen findet.

Max: *Gut, und selbst?*

»Nicht, wenn ich es vermeiden kann.«

Ich greife nach meinem Wein und trinke einen großzügigen Schluck. Bis eben habe ich tatsächlich für einen kurzen Moment vergessen, warum ich mich mitten in der Woche bei Silvi zu Hause betrinke und bei einer Flirt-App angemeldet habe.

»Aber ich fürchte, ich hab keine Wahl. Er fragt mich jeden Tag, ob ich mir die Sache schon überlegt hab. Das ist ihm echt wichtig.«

Zum ersten Mal erkenne ich so was wie Mitgefühl auf Silvis Gesicht. »Ihr müsst unbedingt Regeln aufstellen. Das hier ist schon grenzwertig.« Sie nickt auf mein Handy.

Trotzig schenke ich mir noch mal aus der Weinflasche nach. »Wenn Karsten durch die Gegend vögelt, werd ich sicher nicht zu Hause rumsitzen und darauf warten, dass er irgendwann mal wieder mit mir schlafen will.«

In meinen eigenen Ohren klingt der Satz ziemlich abgebrüht, aber so, wie Silvi mich ansieht, nimmt sie ihn mir nie und nimmer ab. Ich habe selbst Schwierigkeiten damit. Es fühlt sich an, als hätte ich mir einen Anzug übergestreift, der mir vorne und hinten nicht passen will, der jetzt aber nun mal der letzte Schrei ist.

Beim Gedanken daran, dass Karsten mit einem anderen schläft, wird mir schlecht. Aber mit dem Gedanken, dass ich selbst mit einem anderen ins Bett steige, komme ich ebenfalls nicht zurecht. Ich *will* keinen anderen, zum Teufel. Ich wollte immer nur Karsten, und mittlerweile habe ich ihn auch seit sechs verdammten Jahren.

Mein Handy klingelt. Das Display leuchtet mit einer roten *Love-Life*-Nachricht auf, die Silvi und ich uns sofort durchlesen.

Peer: *Auch. Lust auf Sex?*

Kapitel 2

»Du kommst spät.« Karsten stellt den Fernseher leiser, als ich ins Wohnzimmer trete. Irgendeine Krimiserie. Der Fernseher ist neben dem Aquarium, das leise in der Ecke summt, die einzige Lichtquelle im ansonsten dunklen Zimmer. Die Balkontür und das Fenster sind geöffnet und obwohl es in unserer Wohnung insgesamt kühler ist als bei Silvi, steht auch hier die Luft wie eine Wand aus Sirup im Raum.

»Und du bist noch wach«, sage ich von der Tür aus, gegen die ich mich lehne.

Sobald ich ihn sehe, tut es wieder weh. Alles. Mein Körper, mein Kopf, mein Herz. Die langen, muskulösen Beine ausgestreckt liegt er in dem Bogen unseres u-förmigen Sofas. Bis auf dunkelblaue Pants ist er nackt. Das Licht des Fernsehers schickt tanzende Schatten über seinen athletischen Körper, der gerade jetzt im Sommer die Farbe von flüssigem Karamell angenommen hat. Heller ist seine Haut nur an den Stellen, die sonst außer mir niemand zu Gesicht bekommt.

Außer denen, mit denen er neben mir noch schlafen will.

Karsten richtet sich auf und klopft auf das Polster neben sich. »Setz dich. Ich glaub, wir müssen noch mal über diese Sache reden.«

Ich schlucke schwer. »Über die offene Beziehung, meinst du.«

»Ja.«

Er fährt sich durch die wunderbaren, dunkelbraunen Locken, in die ich so gerne meine Finger kralle und die mit hauchzarten Berührungen über meinen Körper schweben, wenn er sich über mich beugt.

Mein Hals schnürt sich zu. Gott, ich will nicht, dass er das mit anderen macht!

»Ich glaub, du hast da was in den falschen Hals bekommen.« Wieder klopft er neben sich aufs Sofa. »Komm, Felix, setz dich.«

»Ich will mich nicht setzen.«

Er seufzt. »Dann bleib stehen.« Er rutscht bis an die Kante des Sofas vor, bleibt jedoch sitzen, die Ellbogen auf die Knie gestützt. »Ich will die offene Beziehung nicht, weil ich dich nicht mehr liebe. Ich dachte, das hätte ich deutlich gesagt.«

Ich verschränke die Arme vor der Brust. Von dem Gespräch mit Silvi fühle ich mich schon so ausgelaugt, dass die kleinste Erwähnung dieses Themas sich wie ein Hieb mit seinem geliebten Schwert anfühlt.

»Warum willst du dann mit anderen schlafen? Macht…« Scheiße. Ich blinzle heftig. Der Alkohol macht mich zu emotional. Vielleicht habe ich Glück und Karsten sieht das verdammte Wasser in meinen Augen nicht. »Macht es dir mit mir… keinen Spaß mehr?«

»Nein, das hab ich doch gar nicht gesagt. Es ist nur… Ich hab das Gefühl, wir haben hier einen völlig neuen Lebensabschnitt angefangen, verstehst du? Der Umzug nach München, neue Leute, dein neuer Job, mein Studium –«

»Du hast also jemanden kennengelernt, den du mit meiner Erlaubnis vögeln willst?« Ich gehe ein paar Schritte ins Zimmer. »Willst du dir eine neue Beziehung aufbauen und mich als Sicherheit nebenher behalten, falls es doch nicht klappt?«

Sein Kopf ruckt hoch. »Nein, Mann. Bist du verrückt? Ich *liebe* dich. Ich weiß nicht, ob ich's mir auf die Stirn tätowieren muss, damit du's kapierst.«

»Warum dann, Karsten? Ich liebe dich auch und ich will trotzdem nicht, dass du andere Männer fickst.«

»Darum geht's doch gar nicht. Es hat etwas mit der Freiheit zu tun, dass man könnte, wenn man wollte.«

»Und du *willst*. Hast du dir schon jemanden ausgesucht, mit dem du willst, weil du ja *kannst*?«

Erneut deutet er auf die Couch. Dieses Mal klopft er nicht auf den Platz neben sich, sondern zeigt nur drauf. Soll das heißen, ich soll mich setzen, aber ihm bloß nicht zu nahe kommen? Der Schmerz in meiner Brust wird größer. Was macht er hier mit uns?

»Setz dich hin, Felix, bitte. Du machst mich nervös, wenn du da stehst. Du schwankst.«

Ich schwanke? Ich sehe mich um und mache automatisch einen Schritt zurück, als sich der Raum um mich herum anhebt, als würde ich bei starkem Wellengang auf dem Deck eines Schiffs stehen. Ist mir vorher gar nicht aufgefallen. Karsten hat meine ganze Aufmerksamkeit beansprucht.

Fluchend steht Karsten auf, packt mich am Arm und zieht mich zu sich, um mich auf das Sofa zu drücken. Sitzen fühlt sich tatsächlich besser an. Als Karsten mir so nahe kommt, verzieht er das Gesicht. Herausfordernd sehe ich ihn an. Ja, sag ruhig was dazu. Das ist nämlich deine verdammte Schuld.

»Scheiße, wie viel hast du getrunken? Bist du etwa so Fahrrad gefahren?«

»Das eine oder andere Glas Wein.« Den Teil mit dem Fahrrad beantworte ich besser nicht. Wenn mich ein Polizist angehalten hätte, wäre ich bestimmt meinen Führerschein los – wenn ich einen besitzen würde. Auf dem Weg hierher ist mir das gar nicht so schlimm vorgekommen.

»Verarsch mich nicht. Ich hab das Foto von Silvia bei *Facebook* gesehen. Die Flasche war leer.«

»Vielleicht war es auch die eine oder andere Flasche.«

»Felix!« Er umklammert meine Oberarme fester. Sein Blick ist wütend. Sehr.

Ich sehe nach unten auf seine nackte Brust, die vor meinem Gesicht schwebt. Was soll ich sagen? Dass ich ein bisschen was getrunken habe, um den Gedanken an Karsten mit anderen Männern zu vergessen? Um irgendwie mit der Idee einer offenen Beziehung klarzukommen?

Stattdessen sage ich gar nichts, hebe eine Hand und lege sie ihm vorsichtig auf die Brust. Seine Haut ist warm und weich und es kribbelt noch immer unter meinen Fingerspitzen, wenn ich ihn anfasse. Wie Tausende winzig kleine Stromstöße. Ich krümme die Finger. Das Loch der Verzweiflung droht schon wieder, mich zu verschlingen.

»Verlässt du mich, wenn ich nicht in die offene Beziehung einwillige?«

Sein Zögern ist schlimmer als jede Antwort, die er mir darauf geben könnte. Und es dauert länger an, als ich ertragen kann. Langsam hebe ich den Kopf, doch er weicht meinem Blick aus. Eine Sekunde. Zwei. Dann sieht er mich wieder an.

»Nein. Scheiße, nein, natürlich nicht.«

Wahrscheinlich meint er es in diesem Moment tatsächlich so. Vielleicht wird er es nicht sofort tun, aber über kurz oder lang doch. In dem Augenblick, als er diesen Vorschlag ausgesprochen hat, hat er unserer Beziehung eine unaufhaltsame neue Wendung gegeben. Und nicht zum Besseren.

Bei der Erkenntnis schwappt der Wein in meinem Bauch gefährlich hin und her. Irgendetwas in mir zerbricht.

»Inzwischen bereue ich fast, dass ich dich überhaupt gefragt hab.«

Endlich lässt Karsten meine Arme los und setzt sich neben mich auf die Couch. Sofort rutsche ich an ihn heran und lege meinen Kopf auf seine Schulter und meine Hand auf seinen Oberschenkel. Doch das reicht nicht. Trotz der Hitze um uns herum und der Wärme, die er ausstrahlt, brauche ich mehr. Ich brauche *ihn*.

Ich drehe mich ein wenig und hebe ihm mein Gesicht für einen Kuss entgegen, doch er verzieht die Mundwinkel und dreht seins weg. Genauso gut hätte er mich ohrfeigen können.

Das hat nichts mit uns zu tun. Es liegt am Alkohol. Da ist er immer schon sehr streng gewesen und jetzt gerade muss ich wie ein Weinlokal riechen, das seine sämtlichen Vorräte auf dem Boden ausgekippt hat.

Trotzdem tut es weh. Es tut so weh.

»Ich will Regeln«, höre ich mich heiser sagen.

»Was?« Er dreht den Kopf wieder in meine Richtung, aber inzwischen habe ich meinen abgewandt und starre meine Hand auf seinem Bein an. Wenigstens ist er davor nicht auch zurückgewichen.

»Für die offene Beziehung. Ich will klare Regeln, an die wir uns beide halten.«

Ich kann beinahe spüren, wie Karsten den Atem anhält. »Okay«, sagt er gedehnt. »Heißt das… ja?«

Das heißt, ich bin verrückt. Absolut und komplett verrückt.

Aber was für eine Wahl habe ich denn? Wenn ich Nein sage, fängt er irgendwann an, mich hinter meinem Rücken zu betrügen, oder er verlässt mich und ich werde es immer der offenen Beziehung zuschreiben. Und da ich Ja gesagt habe, bekommt er vielleicht die Freiheit, die er glaubt, mit mir nicht zu haben. Er liebt mich. Alles andere ist nur Sex. Daran muss ich mich klammern.

Ich nicke stumm. Hoffentlich habe ich damit nicht alles nur noch schlimmer gemacht.

Karsten entfährt ein kurzes Auflachen. »Wow.« Er legt eine Hand an meine Wange und hebt mein Gesicht an, um mir einen Kuss auf die Wange zu drücken. Wenigstens etwas. »Danke, Felix.«

Ich schließe die Augen und lehne mich der Berührung entgegen. Wie gerne würde ich jetzt mit ihm schlafen. Gleich hier direkt auf dem Sofa. Mich auf ihn stürzen und ihm auch noch den letzten Fetzen Kleidung vom Leib reißen. *Fühlen*, dass er mich liebt. Dass das mit uns mehr als Sex ist.

Aber mit meiner Alkoholfahne kriege ich ihn wahrscheinlich nicht mal mit vorgehaltener Waffe dazu.

Stattdessen streichle ich über seinen Oberschenkel, fahre mit den Fingern über die Innenseite und lasse sie federleicht über seinen Schritt tanzen. Er ist halb steif. An mir kann das in dieser Situation kaum liegen. Also muss ihn allein der Gedanke erregen, es bald ohne Konsequenzen mit anderen treiben zu können.

Oh Gott, Felix, du musst damit aufhören!

»Regeln«, flüstere ich.

»Ja, klar. Alles, was du willst.«

»Nicht bei uns in der Wohnung«, sage ich sofort. Schon die Vorstellung, dass er es mit irgendwelchen Kerlen in *unserem* Bett macht – *du sollst aufhören!*

»Klar, kein Problem«, kommt es genauso schnell von ihm.

Wahrscheinlich ist er so glücklich darüber, dass ich überhaupt eingewilligt habe, dass er allem zustimmen würde. Wenn ich mir zu komplizierte Regeln einfallen lasse, verliert er vielleicht den Spaß an der Sache.

»Nicht immer mit demselben Kerl.«

»Okay«, sagt er jetzt schon bedächtiger. »Was genau heißt das? Nicht öfter als zwei-, dreimal?«

Scheiße, er hat doch schon jemanden im Sinn. Und dieser Jemand ist es, der für diese ganze beschissene Angelegenheit verantwortlich ist!

Nicht öfter als einmal, liegt mir auf der Zunge, weil es eigentlich das ist, was ich will. Wozu dieser Mist mit der offenen Beziehung doch da ist: Sex. Da muss es nicht immer dieselbe Person sein. Doch damit nehme ich nicht nur ihm den Spaß, sondern mache es mir auch schwer, mit ihm gleichzuziehen. Karsten hat vielleicht schon eine Liste im Kopf, die er abarbeiten will und von der allenfalls fünf Prozent ablehnen würden, aber *ich* habe da mehr Schwierigkeiten.

»Nicht öfter als… nicht regelmäßig.«

Karsten schnaubt belustigt. »Kannst du da deutlicher werden?« Als ich ihm einen finsteren Blick zuwerfe, sagt er: »Ich will nur alles richtig machen.«

Ich ziehe meine Hand von seinem Schenkel und reibe mir mit beiden Händen übers Gesicht. »Okay, sagen wir, nicht *nur* mit demselben Kerl.«

»Okay, verstanden.«

Dass ihm das so leicht fällt. In meinem Magen brodelt der Wein, während ich mir Regeln für ein Spiel ausdenke, das ich überhaupt nicht spielen will.

»Und nicht öfter als… als einmal im Monat. Insgesamt. Mit allen.« Das heißt, er kann im Jahr neben mir mit zwölf anderen Männern schlafen. Ein ganzer Jahreskalender mit One-Night-Stands. Ich glaube, mir wird schlecht.

»Nein.«

Ich nehme die Hände runter und sehe ihn an. »Nein?«

Er schüttelt den Kopf, als würde er befürchten, dass ich die Bedeutung des Wortes nicht kapiere, und rückt dann ein Stück von mir ab. Meine rechte Seite ist von seiner Nähe ganz verschwitzt und kühlt jetzt minimal ab – er lässt ein kaltes Gefühl zurück.

»Nein«, wiederholt er noch mal bestimmt. »Das widerspricht dem Gedanken einer offenen Beziehung. Dem Können, wenn man will.«

Wieder wird mir die Luft abgeschnürt. Als hätte jemand die Hände um meinen Hals gelegt und würde gnadenlos zudrücken.

»Du hast gesagt, alles, was ich will«, sage ich rau.

»Das nicht. Wir müssen beide mit den Regeln einverstanden sein.«

Ich bin mit der ganzen beschissenen offenen Beziehung nicht einverstanden! Zählt das auch?

»Noch was?«

»Ich will's nicht wissen«, platzt es aus mir heraus. »Ich will nicht wissen, was du machst oder mit wem oder wo.« Ich will's nicht mal *mitkriegen*.

Er stockt und sieht mich eindringlich an. Für den Bruchteil einer Sekunde habe ich die irre Hoffnung, dass er die ganze Sache abblasen wird. Dass er sieht, wie sehr mich das verletzt, und dass er mich genug liebt, um auf dieses Experiment zu verzichten. Doch dann nickt er langsam.

»Gut, wenn du willst. Soll... soll ich dir alles darüber verheimlichen? Ich meine, ob ich überhaupt...?«

»Ja.«

Jetzt scheint er sich doch ein wenig unwohl in seiner Haut zu fühlen, so wie er auf dem Sofa herumrutscht. Seine beginnende Erektion ist verschwunden.

Eine Weile sagt er nichts, als müsste er sich diese Regel erst durch den Kopf gehen lassen. Wollte er mir etwa brühwarm und in allen Farben des Regenbogens unter die Nase reiben, was für versaute Sachen er ausprobiert hat, die mit mir leider nicht möglich gewesen sind?

»Okay. Noch was?«

»Niemals ohne Kondom.«

Er schnaubt. »Natürlich nicht.«

So natürlich finde ich das nicht. Karsten und ich schlafen seit Jahren ohne Kondom miteinander. Nicht, dass er das Gummi im Eifer des Gefechts vergisst, weil er sich so sehr daran gewöhnt hat oder weil es sich besser anfühlt.

Als Karsten mich abwartend ansieht, zucke ich die Schultern. »Mehr weiß ich grad nicht. Kann ich nachträglich Regeln hinzufügen?«

»Nur, wenn wir beide damit einverstanden sind. Weil diese Regeln auch für dich gelten«, sagt er, als würde ich gleich morgen losrennen und die ersten zehn Kerle, die ich finde, in unserer Wohnung ohne Kondom flachlegen. Mehrmals. Offensichtlich überschätzt er mich.

»Klar.« Selbst ich höre den sarkastischen Unterton in meiner Stimme, kann aber nichts daran ändern. An den Fingern zähle ich auf: »Nicht in unserer Wohnung, nicht nur derselbe Mann, wir erzählen uns nichts davon, nie ohne Kondom.« Ich halte ihm die vier Finger wie ein Protestschild entgegen. »Hab ich was vergessen?«

»Nein, aber ich würd gern was korrigieren.« Die Pause, die er macht, dauert so lange, dass ich gerade nachhaken will, als er sagt: »*Du* willst nichts davon wissen. Ich schon. Ich möchte, dass du mit mir darüber redest.«

Ich blinzle ihn an. »Was?« Deshalb hat er so lange über diese Regel nachgedacht. Warum zum Teufel will er das wissen?

»Ich will wissen, was du machst oder mit wem oder wo«, wiederholt er meine Worte von eben mit minimaler Abweichung. Minimaler, aber *bescheuerter* Abweichung.

»Warum? Damit du es mir heimzahlen kannst? Mit... Sex auf der Uni-Toilette, wenn ich Sex auf der Toilette im Büro hatte?« Eine gruselige Vorstellung; der Altersdurchschnitt bei uns in der Firma liegt etwa bei fünfundvierzig.

Zwischen Karstens Augenbrauen bildet sich eine steile Falte, als er mich verärgert ansieht. »Es geht hierbei nicht ums *Heimzahlen*, verdammt. Außerdem hoffe ich, dass du nie Sex auf irgendeiner Toilette hast.«

Trotzig recke ich das Kinn. »Wer weiß. Vielleicht steh ich ja drauf. Du scheinst ja auch drauf zu stehen, wenn mich andere ficken.«

Etwas blitzt in seinen Augen auf. Heiß, wütend und voller Besitzgier. Es schießt mir direkt in den Schwanz und setzt meinen Unterleib in Flammen. Gleichzeitig schlägt mein Herz vor diebischer Freude ein wenig schneller.

Aha, das Kopfkino gefällt ihm also auch nicht. Gut. Das ist irgendwie beruhigend. Und es macht die Regel gleich weniger schlimm. Wenn ich ihm ein paar wilde Geschichten auftische, will er den Mist mit der offenen Beziehung vielleicht ganz schnell wieder vergessen.

»Du kapierst es immer noch nicht.« Seiner Stimme haftet ein erregendes Grollen an. »Natürlich steh ich nicht drauf, dass du mit anderen... Glaubst du, diese ganze Sache fällt mir leicht?«

»Hab ich so den Eindruck, ja.«

»Tut sie aber nicht. Ich will es wissen, damit wir darüber *reden* können.«

»Weil wir sonst so wenig miteinander zu reden haben?«

»Um damit zu arbeiten. Um daran zu wachsen. Um uns weiterzuentwickeln.«

Schnaubend schüttle ich den Kopf. Wer hat ihm bloß diese Grütze eingetrichtert? Es muss jemand von der Uni sein. Oder von seiner Schwertkampftruppe. Oder aus dem Sportladen.

»Deswegen solltest du dir überlegen, ob du wirklich nichts wissen willst.«

Da muss ich nicht lange überlegen. »Nein, will ich nicht. Aber ich erzähle dir gerne in allen Einzelheiten, was ich so treibe, wenn du es unbedingt wissen willst. Vielleicht solltest *du* da noch mal drüber nachdenken.«

Er verspannt sich etwas und sein Kiefer sieht ebenfalls ziemlich verkrampft aus. »Ich überleg's mir, nachdem du das erste Mal eine Märchenstunde aus der Sache gemacht hast. Mann, dabei geht es auch um Vertrauen. Du vertraust mir und ich vertraue dir. Nicht nur, dass wir die Regeln einhalten, sondern auch, dass wir den anderen nicht unnötig verletzen.«

Ich fühle mich ein klitzekleines bisschen enttarnt. Als hätte er meine Gedanken gelesen. Außerdem fühle ich mich angeklagt. Natürlich vertraue ich Karsten. Aber wer zum Teufel wäre nicht misstrauisch, wenn der eigene Freund plötzlich mit der Idee einer offenen Beziehung um die Ecke kommt? Damit verletzt er mich *unnötig*, weil das das Vertrauen auf eine ganz schön harte Probe stellt.

»Also«, sagt Karsten in einem Tonfall, als würde er nach einem Referat ein Fazit ziehen, »sind wir uns einig?«

»Ja.« Wieder dieser spöttische Unterton. Aber ich kann *wirklich* nichts dagegen tun. »Wir sind uns einig.«

***

***Peer:** Auch. Lust auf Sex?*

Ich starre Peers Nachricht im roten Chatfenster von *LoveLife* an, allerdings fällt mir immer noch keine gute, witzig spritzige Antwort ein. Ich habe das Gefühl, trotz der beiden Ventilatoren im Büro fließt mir das Hirn weg. Noch fünf Minuten länger und es tropft mir aus sämtlichen Körperöffnungen und verunreinigt meinen Arbeitsplatz. Frau Bimsel wäre begeistert.

Ich fange an zu tippen: *Sorry, dass ich mich so lange nicht gemeldet hab*

Klasse. Das klingt wirklich unglaublich sexy. Ich würde mich sofort flachlegen.

Grimmig lösche ich die Worte und fahre mit der freien Hand am Kragen meines Hemds entlang, das wie eine zweite Haut an meinem verschwitzten Körper klebt. Scheiß Dresscode. Bei dreißig Grad kann man da ruhig mal eine Ausnahme machen, finde ich.

Wahrscheinlich ist all die Grübelei eh völlig umsonst. Nach über einer Woche hat Peer Zeit genug gehabt, dieselbe Frage zwanzig anderen zu stellen, und darunter sind sicher einige weitaus begeistertere und willigere Kandidaten gewesen.

»Erwarten Sie einen wichtigen Anruf, Herr Wildner? Sie sehen heute ständig auf Ihr Handy.«

Ertappt sehe ich über den Rand meines Bildschirms hinweg in das mürrische Gesicht von Dr. Schuhknecht. An guten Tagen sieht er so aus, als hätte ihm jemand einen Tritt mitten ins Gesicht verpasst. An schlechten – so wie heute – wie etwas, das in einem Schuhkarton vergessen worden und zwischenzeitlich verreckt ist.

Verdammt. Wieso ist der immer noch nicht in der Mittagspause? Hat sich in seinem Büro verkrochen und sich so leise in meins und Frau Bimsels geschlichen, dass ich ihn überhaupt nicht gehört habe.

Mit einem Räuspern schalte ich das Display aus und lege das Handy zurück auf den Schreibtisch. Hoffentlich schiebt er es auf die Hitze, dass mein Gesicht auf einmal sehr warm wird.

»Nur die Wochenendplanung«, sage ich, weil mir spontan keine herzzerreißende Geschichte über meine Lieblingsoma einfällt, die bei diesem Wetter zu Hause aus den Latschen gekippt ist – Scheiße. Egal. Zug abgefahren.

»Verlegen Sie das in Ihre Mittagspause.« Mit einer knappen Bewegung wischt er sich eine Fuhre Schweiß von der Stirn. Die tropischen Temperaturen haben sogar ihn in die Knie gezwungen, sodass er heute auf Krawatte und Jackett verzichtet. »Bei dieser Affenhitze wird sowieso schon zu wenig gearbeitet.« Er nickt auf den leeren Stuhl von Frau Bimsel am Schreibtisch gegenüber meinem. »Frau Bimsel ist in der Mittagspause?«

»Ja.« Wo soll sie sonst sein? Sie wird sich kaum auf der Suche nach Abkühlung unter ihrem Mousepad verkrochen haben.

Dr. Schuhknecht nickt. »Haben Sie schon die Daten über die Kanzlei in Suhl ausgewertet? Die Geschäftsführung will bald darüber entscheiden, wo sich am besten expandieren lässt.«

Ich weiß. Ich mache seit zwei Wochen nichts anderes. Dr. Schuhknecht scheint zu glauben, ich hätte die Aufmerksamkeitsspanne eines Säuglings. Mittlerweile sollte er wissen, dass ich meine Arbeit gründlich, schnellstmöglich und *gut* erledige. Selbst Frau Bimsel traut mir inzwischen mehr zu.

Ich schaue kurz auf die Uhr unten in der Taskleiste. »In circa einer Stunde.«

»Gut. Ich brauche die Daten spätestens heute Nachmittag, bevor Sie Feierabend machen.«

»Wie gesagt, in ungefähr einer Stunde haben Sie sie.«

»Gut, gut.« Wieder wischt er sich über die Stirn, dann wendet er sich abrupt der Tür zu. »Ich bin eben in der Mittagspause.«

»Mahlzeit.«

Als er endlich weg ist, öffne ich einen weiteren Knopf an meinem Hemd und fächle mir mit dem Stoff ein wenig Luft zu. Irgendwie wird mir automatisch noch heißer, wenn ich einem anderen beim Schwitzen zusehen muss.

Ich warte fünf Minuten, ob Dr. Schuhknecht vielleicht was vergessen hat. Als er nicht vorzeitig zurückkommt, greife ich erneut nach meinem Handy und stehe von meinem Stuhl auf. Mit einem Ächzen zupfe ich hinten an meinem verschwitzten Hemd und an der Stoffhose, damit sich das Material von meinem Körper löst, während ich an die breite Fensterfront trete. Sehnsüchtig schaue ich zwischen den heruntergelassenen Lamellen nach draußen auf das bunte Treiben der glücklichen Münchner und Münchnerinnen, die um kurz vor eins an einem Freitagmittag nicht in einem stickigen Büro hocken müssen.

So wie Karsten. Vorhin hab ich bei *Facebook* ein Foto von ihm gesehen, die Sonnenbrille auf der Nase, ein strahlendes Grinsen im Gesicht, die Isar im Hintergrund und eine eiskalte Bierflasche in der Hand, mit der er dem Betrachter zuprostet. *Perfekter Start ins Wochenende!*, lautet der neidisch machende Status dazu, in dem er sechs andere markiert hat.

Das *alkoholfrei* auf der Flasche sieht man nur, wenn man drauf achtet, trotzdem haben einige seiner neueren *Facebook*-Kontakte es entdeckt und ein paar stichelnde Kommentare dazu gemacht. Irgendwie beruhigt mich das ein wenig. In letzter Zeit hat er so viele neue *Freunde* dazugewonnen, dass ich mir schon wie ein Eremit auf einer abgeschiedenen Hütte vorgekommen bin, aber offensichtlich wissen die Leute nur halb so viel über ihn wie ich.

Auch jetzt rufe ich *Facebook* auf, entdecke ein paar neue Likes unter Karstens Foto, sonst jedoch nichts Auffälliges. Na ja, er wäre sicherlich nicht so dreist, seine Sexdates öffentlich per *Facebook* zu terminieren. Falls er überhaupt noch Lust dazu hat. Seit wir uns *einig* geworden sind, hat sich das Thema irgendwie im Sand verlaufen.

Ich rufe *LoveLife* auf und starre wieder auf Peers Nachricht. Klingt *Prinzipiell schon* doof? Oder *Vorher würd ich dich gern erst mal sehen* abschreckend? Was ist mit: *Ja, aber erst, wenn mein Freund anfängt, durch die Gegend zu vögeln?*

Wenn ich allerdings erst zu suchen anfange, nachdem Karsten das erste Mal von der offenen Beziehung Gebrauch gemacht hat, finde ich im schlimmsten Fall erst Wochen später einen Sexkandidaten. Und kann Karsten damit auch erst Wochen später davon erzählen, während er in der Zwischenzeit wer weiß wie viele andere...

Ich unterbreche den Gedanken, schalte das Display aus und gehe an meinen Platz zurück. Scheiße. Vielleicht habe ich ja Glück und er will wirklich nur das Gefühl, dass er mit jemandem Sex haben könnte, wenn er wollte – ohne das Ganze in die Tat umzusetzen.

Schnelle Schritte auf dem Flur kündigen die Rückkehr von Frau Bimsel an, kurz bevor sie ins Büro stürmt. Ich werfe einen Blick auf die Uhr am unteren Bildschirmrand. Die Hitze ist für allerlei kuriose Überraschungen gut: Frau Bimsel ist ganze vier Minuten zu spät!

»Entschuldigung, Entschuldigung«, sagt sie auch sogleich, wirft ihre Handtasche auf den Boden und lässt sich in ihrem sackartig geschnittenen Businesskostüm auf ihren Stuhl fallen. Wenigstens kann sie im Gegensatz zu mir einen Rock anziehen, auch wenn sie ihre Beine definitiv lieber verstecken oder zumindest besser pflegen sollte. »So. Sie können jetzt in die Mittagspause, Herr Wildner.«

»Keine Eile.«

»Hach, diese Hitze«, stöhnt sie und streicht sich eine verirrte Haarsträhne, die sich aus ihrem streng nach hinten frisierten Dutt gelöst hat, hinters Ohr. »Da spielen die Leutchen alle verrückt, absolut verrückt. Und es soll ja noch heißer werden, hab ich gehört. Oje, wo soll uns das bloß noch hinführen?«

Bevor Frau Bimsel eins ihrer Lieblingsthemen vertiefen kann – neben dem Wetter sind das vor allem der Straßenverkehr, das unverständliche Verhalten all ihrer Mitmenschen, dass *schon wieder* alles teurer geworden ist oder ihre drei Meerschweinchen Tick, Trick und Track, was zugegebenermaßen ganz witzig ist, wenn man weiß, dass sie seit der Gründung durch Sir Francis Drake 1579 absolut *alles* über Entenhausen weiß –, stehe ich auf und greife nach meinem Handy.

»Ach ja. Ja, ja, gehen Sie in Ihre wohlverdiente Mittagspause, Herr Wildner«, sagt sie und scheucht mich mit einer Handbewegung Richtung Tür. »Und suchen Sie sich ein schattiges Plätzchen. Ich bin vorhin an einem Thermometer vorbeigekommen. Zweiunddreißig Grad. Zweiunddreißig! Früher hätte es bei so unmenschlichen Temperaturen hitzefrei gegeben.«

»Hm-hm«, mache ich und hebe kurz die Hand, als ich auf die Tür zugehe. »Mahlzeit.«

»Mahlzeit, Herr Wildner. Oh, und falls Sie sich ein Eis holen wollen: Die Eisdiele an der Ecke hat die Preise *schon wieder* erhöht. Das haben sie doch erst letztes Jahr gemacht, wenn ich mich recht erinnere. Gibt's denn so was?«

»Danke für den Hinweis«, sage ich, ohne stehen zu bleiben, und schlüpfe auf den Flur hinaus. Vielleicht hätte ich meine Schätzung für Dr. Schuhknecht nach oben korrigieren sollen. Frau Bimsel ist schon den ganzen Tag in Plauderlaune. Wahrscheinlich ist ihr auch zu heiß zum Arbeiten.

Das Handy vibriert in meiner Hand. Eine Nachricht von Karsten.

***Karsten**, 13:08*
Bin heut Abend auf ner Party im Studentenwohnheim und dann mal gucken. Weiß nicht, ob wir uns noch sehen, wenn du heimkommst.

Unwillkürlich gerate ich ins Stocken, woraufhin hinter mir jemand überrascht aufschreit und mich in letzter Sekunde mit einem Schlenker umrundet.

»Herr Wildner«, mosert Frau Schmidt, die Sekretärin vom Geschäftsführer, und wirft mir einen giftigen Blick über den Rand ihrer Brille zu, »passen Sie doch auf!«

»Entschuldigung«, murmle ich und trete einen Schritt zur Seite, damit mich nicht noch jemand im Flur über den Haufen rennt.

Party im Studentenwohnheim. Ich habe mir vorher nie was dabei gedacht, wenn Karsten spontan am Wochenende irgendwo feiern gegangen ist und mich nicht mitgenommen hat. Seit er Student ist, ist das öfter vorgekommen, weil er auch schon mal in der Woche ausgeht und es meistens eh Studentenpartys sind.

Jetzt lese ich das Wort *Studentenwohnheim* und alles, was mir dazu einfällt, ist: Da gibt's Betten. Haufenweise Betten und abschließbare Zimmer.

Ich fange an zu tippen, will ihm schreiben, dass ich mitkomme, auch wenn er mich nicht gefragt hat und mich ganz offensichtlich *nicht* dabeihaben will. Dann halte ich inne. Vertrauen. Hierbei geht's um Vertrauen.

Trotzdem hab ich das Gefühl, dass die Luft um mich herum auf einmal noch dicker geworden ist.

Scheiße.

Ich sehe, dass Karsten etwas schreibt. Kurz darauf vibriert mein Handy wieder.

***Karsten**, 13:10*
Ich liebe dich.

Dahinter ein Smiley, der ein Herz in meine Richtung küsst, was das Atmen noch schwerer macht.

Dann kommt mir ein schrecklicher Gedanke: Was, wenn er schon längst Sex mit einem anderen hatte? Wenn ich nur annehme, dass es noch nicht passiert ist? Weil ich es ja nicht *weiß*? Aber… das hätte ich doch bestimmt gemerkt, oder? Oder?

Kapitel 3

Als ich um halb sechs nach Hause komme, ist Karsten wie angekündigt nicht da. Die Umhängetasche, die er immer mit zur Uni nimmt, liegt als Stolperfalle mitten im Flur. Offenbar hatte er es eilig.

Ich versuche, mir nicht zu viel dabei zu denken, und schäle mich aus der Stoffhose und dem Hemd, ehe ich Nudelwasser aufsetze, obwohl mir nicht nach Essen ist. Silvi hat heute Abend leider keine Zeit mich abzulenken, da sie mit Freundinnen einen Mädelsabend macht.

»Wenn die anderen ein paar Augen zudrücken, kannst du bestimmt mitkommen«, hat sie mir vorhin auf dem Weg zur U-Bahn angeboten, aber ich will mich nicht aufdrängen, also habe ich abgelehnt. Ich kann darauf verzichten, als schwuler Hahn in einem Haufen Frauen zu sitzen, die im schlimmsten Fall betrunken irgendwelche Sexdetails von mir wissen wollen.

Als das Wasser auf dem Herd steht, gehe ich ins Wohnzimmer und scrolle durch die Kontaktliste meines Handys. Mit André aus der Personalabteilung habe ich schon ein paar Mal was gemacht und Jenny, die mit Silvi zusammen im Marketing sitzt und sich um die Presse- und Öffentlichkeitsarbeit kümmert, ist auch ganz nett. Aber mit keinem von beiden bin ich so gut befreundet wie mit Silvi. Andererseits… Ablenkung ist Ablenkung.

Ich schicke beiden eine halbherzige *WhatsApp*-Nachricht und bin nicht überrascht, als Jenny nur fünf Minuten später mit Bedauern absagt; sie ist bei Freunden zum Grillen eingeladen. André braucht ein paar Minuten länger, aber er geht heute mit seiner Freundin ins Autokino nach Aschheim.

Scheiße.

Ich scrolle weiter, aber damit endet meine Bekanntenliste in München auch schon. Die restlichen Kontakte stammen alle aus meiner Schul- und Unizeit und sitzen entweder in meiner Heimatstadt oder kreuz und quer über Deutschland verteilt – oder sind Studentenfreunde von Karsten.

Ich sollte nicht neidisch darauf sein, dass er innerhalb der acht Monate hier in München schon deutlich mehr Bekanntschaften geschlossen hat als ich. An Unis rennen naturgemäß viele kontaktfreudige, gleichaltrige Menschen rum, während ich mich tagsüber hauptsächlich mit Frau Bimsel und Dr. Schuhknecht befassen darf.

Trotzdem *bin* ich es. Neidisch.

Als das Wasser kocht, kippe ich eine Portion Nudeln hinein und greife aus lauter Verzweiflung wieder zum Handy, um meine Eltern anzurufen. Während ich wie üblich in Sachen Familie und Bekannte auf den neuesten Stand der Dinge gebracht werde, stelle ich mich ans Aquarium und beobachte die Lachsroten Regenbogenfische.

Das dunkelrote Schillern von Igors Schuppen erscheint mir heute noch intensiver als sonst. Träge gleitet er durchs Wasser, während seine Artgenossen mit kleinen, ruckartigen Bewegungen durchs Becken zucken. Igor war schon immer anders. Gelassener. Liegt vielleicht an seiner Position als Alpha-Fisch.

Es beruhigt mich ein wenig, Igor beim Schwimmen zuzuschauen. Seine großen, runden Fischaugen beobachten mich, als würde er darauf warten, dass ich den Arm hebe, um Futter ins Aquarium zu kippen – oder sich bereit machen, seinen Schwarm zu warnen, falls ich mich als Bedrohung herausstellen sollte.

»Und, was macht ihr zwei heute Schönes? Ist es in München auch so heiß?«, will meine Mutter wissen und vertreibt damit die Ruhe, die sich gerade bei mir eingestellt hatte.

Ich räuspere mich. »Ja, ist es. Karsten ist mit ein paar Leuten von der Uni unterwegs. Ich werd's mir hier gemütlich machen. Später vielleicht auf den Balkon raus, wenn's nicht mehr so warm ist.« Und weil ich eh nicht schlafen können werde.

Ich versuche mir vorzustellen, wie meine Mutter wohl reagieren würde, wenn ich ihr die Neuigkeit von unserer offenen Beziehung verkünde. Entsetzt? Verständnislos? Mitleidig? Ein schwuler Sohn hat das Weltbild meiner Eltern schon ziemlich ins Wanken gebracht, was richtet dann erst eine offene Beziehung an?

Seit ich nicht mehr zu Hause wohne und obendrein in eine andere Stadt gezogen bin, hat sich unser Verhältnis zwar wieder verbessert, aber Frank ist seit meinem Outing trotzdem zum Lieblingssohn aufgestiegen. Vorher habe ich als Nesthäkchen diese Position innegehabt.

»Denk bitte daran, dass Opa im Juli achtzig wird, ja?«, erinnert sie mich zum Schluss noch. »Karsten und du kommt doch?«

»Ist fest eingeplant.«

Das Ereignis des Jahres. Schließlich darf man sich keine Gelegenheit entgehen lassen, einem Haufen konservativer älterer Herrschaften vom Land ein schwules Paar vorzuführen. Warum hat Oma noch mal drauf bestanden, dass ich Karsten unbedingt mitbringen muss?

»Gut. Wegen eines Geschenks setzen wir uns noch mal zusammen. Marie hat vorgeschlagen, dass wir vielleicht für eine Kreuzfahrt zusammenlegen können, die wollte Opa schon immer mal machen.«

»*Kreuzfahrt*?« Ich blinzle Igor an, der daraufhin ein paar ruckartige Schwimmbewegungen macht, als hätte ich ihn erschreckt. »Hat Marie vergessen, dass nicht jeder von uns mit einem reichen Erben verlobt ist?«

Die Lebenshaltungskosten in München sind nicht nur hoch, mein Gehalt als Junior Controller ist auch nicht gerade üppig – ganz zu schweigen von Karstens Lohn für seinen Studentenjob in dem Sportladen.

»Sie meint, es gäbe da verschiedene Varianten, auch mit günstigeren Modellen. Je nach Strecke oder Fahrt oder Unternehmen… Ach, das soll sie dir selbst erklären. Ruf sie doch bei Gelegenheit mal an, ja?«

Im Hintergrund höre ich, wie mein Vater irgendetwas durchs Haus ruft, woraufhin meine Mutter einen überraschten Laut von sich gibt.

»Oh, schon so spät. Felix, ich muss auflegen. Papa und ich sind heute drüben bei den Lessings grillen und ich muss noch schnell das Dressing für den Salat machen.«

Super. Sogar meine Eltern sind gefragter als ich.

»Cool. Dann grüß mal schön.«

Jetzt höre ich meinen Vater lauter rufen, woraufhin meine Mutter »Ja, ja, *gleich*!« zurückbrüllt. »Schatz, ich muss jetzt wirklich Schluss machen. Wir telefonieren demnächst wieder, ja?«

»Okay.« Wir verabschieden uns und ich erinnere mich zu spät an meine Nudeln, die inzwischen verkocht sind. Verdammt.

***

Es ist kurz nach halb vier morgens, als ich endlich Karstens Schlüssel im Schloss höre. Ich weiß nicht, ob ich nach den langen Stunden des Wachliegens tatsächlich eingeschlafen bin oder nur gedöst habe, aber der Laut fährt mit der Intensität einer Kreissäge, die neben meinem Kopf gestartet wird, in mein Gehirn.

Er ist schon später nach Hause gekommen. Ist das ein gutes oder schlechtes Zeichen?

Ich lausche auf die Geräusche im Flur, als er die Schuhe auszieht, obwohl er dabei wirklich leise ist. Da er nie was trinkt, macht er auch nie betrunken Radau, wenn er nach Hause kommt. Ich höre ihn im Bad. Erst das Klo, dann das Waschbecken. Wenn er die Dusche benutzt…

Hör auf!

Die Dusche wird angedreht. Wie Tausende winzig kleine Nägel fallen die Wassertropfen aus dem Duschkopf und landen mit erschütternder Kraft in der Wanne. Ich spüre jeden einzelnen davon.

Ich kneife die Augen zusammen. Nein, nein, nein!

Das muss kein Indiz sein. Wenn er den halben Tag in der Sonne zugebracht hat, dann auf einer Studentenparty und feiern gewesen ist, würde ich auch duschen wollen. Den Schweiß und den Stress abspülen. Und den Geruch eines anderen Kerls. Seine Berührungen. Seine Küsse.

Atmen. Gott, atme, Felix!

Hastig hole ich tief Luft, als hätte jemand meinen Kopf zu lange zu Igor und seinem Schwarm ins Aquarium getaucht. Mein Herz schlägt so laut und so schnell, dass es fast meine Brust durchbricht.

Das Wasser wird abgedreht. Eine kurze, schnelle Dusche. Ein Duschquickie für einen Sexquickie.

Ich presse den Handballen gegen meine Schläfe. Wieso kann ich nicht aufhören, daran zu denken?

Als die Tür zum Badezimmer geöffnet wird, nehme ich den Arm runter, schließe die Augen und bleibe ruhig liegen. Ich zwinge mich dazu, regelmäßig ein- und auszuatmen, auch wenn sich meine Lungen dabei anfühlen, als würden sie platzen. Ihrer Meinung nach laufe ich gerade einen Marathon und müsste wie verrückt nach Luft ringen. Die Kommunikation zwischen ihnen, meinem Herzen und meinem Gehirn ist eindeutig gestört.

Leise wird die Tür zum Schlafzimmer aufgeschoben und kurz darauf wieder geschlossen. Seine Gestalt huscht durchs Zimmer, dann stöpselt er sein Handy ans Ladegerät an. Die Matratze bewegt sich, als er vorsichtig ins Bett klettert.

Wir schlafen in seinem alten 1,60m-Bett, kein Doppelbett, sodass ich die erfrischende Kühle seines Duschquickies spüre. Er riecht nach Shampoo und Seife. Nur nach Shampoo und Seife. Obwohl ich den Geruch eindeutig ihm zuordnen kann, hat er noch nie so fremd gerochen. So neutral. So nichtssagend. Es scheint meine Atemwege zu verstopfen und das Atmen schon wieder so unerträglich schwer zu machen.

Er rührt sich nicht. Ungewöhnlich. Vielleicht. Plötzlich kann ich mich nicht mehr erinnern, ob er sich sonst an mich schmiegt oder ob wir nachts spontan noch Sex haben, wenn er nach Hause kommt. Zumindest Letzteres ist schon eine Weile nicht mehr vorgekommen.

Allerdings schlafen wir sonst auch mit Bettdecke. Wegen der Hitze haben wir die aber in eine Ecke des Schlafzimmers verbannt, wofür ich gerade sehr dankbar bin. Ich will jetzt nicht mit ihm unter einer Decke liegen. Ich kann nicht.

Hat er es wirklich gemacht? Hat er es durchgezogen? Bis zum Ende?

Mein Arm fängt zu kribbeln an. Scheiße. Irgendwie habe ich mich in eine so beschissene Position gelegt, dass sich irgendwo das Blut staut. Und irgendwas juckt an meiner Nase. Ist er schon eingeschlafen? Atmet er überhaupt? Ich höre nichts.

Dann ein langes Ausatmen. »Bist du noch wach?«, fragt er leise. Seine Stimme klingt seltsam rau und unsicher.

Nein. Ich bleibe still liegen, obwohl das Kribbeln in meinem Arm zu einem unangenehmen Prickeln wird. Eine Panikreaktion. Ich will nicht reden. Hatte er wirklich... Sex mit einem anderen?

»Felix?«

Kurz glaube ich, seine Fingerspitzen an meinem nackten Rücken zu fühlen, doch die Berührung ist so vage und so schnell wieder vorbei, dass ich mir nicht sicher bin.

Nach einer Weile bewegt sich die Matratze wieder, als Karsten sich anders hinlegt. Ich weiß nicht, wie viel Zeit vergeht, aber es kommt mir vor wie Stunden, in denen ich allein mit meinen Gedanken und meinem unnatürlich lauten Herzschlag bin, während mein Arm langsam abzusterben droht. Das Kribbeln an meiner Nase hat sich von allein gelegt. Dann höre ich Karstens tiefe, regelmäßige Atemzüge.

Vorsichtig drehe ich mich um und verkneife mir ein Ächzen, als mein Arm protestierend wieder zum Leben erwacht. Karsten liegt von mir abgewandt und so weit weg, als wäre ein Fußballfeld zwischen uns. Durch das Licht von der Straße, das durch ein paar Ritzen in der heruntergelassenen Jalousie fällt, kann ich vage die Umrisse seines Körpers und ein paar widerspenstige Locken erkennen.

Er hatte Sex mit einem anderen. Oh Gott, er hatte *Sex* mit einem *anderen*.

Ich schließe die Augen und drehe mich wieder um. Ich kann das nicht. Ich will das nicht. Was reizt ihn so an der Vorstellung einer offenen Beziehung? Was reizt ihn an anderen Männern? Was? *Was?*

Ich reiße die Augen wieder auf und taste blind über meinen Nachtschrank, bis ich mein Handy gefunden habe. Ich rufe die *LoveLife*-App auf und dann den Chat mit Peer.

Peer: *Auch. Lust auf Sex?*

Mit einem Mal weiß ich ganz genau, was ich darauf zurückschreiben muss. Ich zögere nur kurz, obwohl sich die Antwort in meinem Kopf bereits geformt hat. Wenn Karsten Details zu meinen Seitensprüngen hören will, dann soll er, verdammt noch mal, auch welche bekommen.

Max: *Ja. Wann hast du Zeit?*

***

Peer antwortet nicht. Dafür hat Karsten Samstagmorgen beinahe ekelhaft gute Laune. Falls ich mir in der Nacht nicht nur eingebildet habe, dass er ein wenig zittrig geklungen hat, dann hat er das, was auch immer ihn da geplagt hat, inzwischen überwunden. Vielleicht war das das schlechte Gewissen, aber nachdem alles gemäß unserer *Einigung* abgelaufen ist, haben sich seine Schuldgefühle offensichtlich gelegt. Und er scheint Gefallen an dieser Scheiße zu finden.

»Was hältst du davon, wenn wir nachher an die Isar fahren? Wenn wir mit Einkaufen und so fertig sind?«, fragt Karsten, der an dem kleinen, quadratischen Tisch in unserer Küche sein Müsli löffelt und nebenbei das Wetter an seinem Handy checkt. »Soll nicht regnen.«

»Hm, ja, toll.«

Was gibt es Schöneres, als sich bei dreißig Grad mit tausend anderen Münchnern wie die Sardinen am Ufer der Isar aufzureihen? Ich ziehe mein Handy aus der Tasche. Immer noch keine Antwort von Peer. Mist. Ich bin zu spät.

»Esther hat uns heute Abend übrigens zum Grillen eingeladen. Hast du Lust? Stephan ist auch dabei.«

»Klar, wieso nicht?«

Ich scrolle die Liste der neuesten Nutzer von *LoveLife* durch und klicke das eine oder andere Profil an, wenn ich ein Foto ganz ansprechend finde. Schließlich entdecke ich einen Fabi, der auf seinem Foto nicht nur ganz nett aussieht, sondern sein Profil auch mit ausführlichen Informationen gespickt hat – sogar mit seiner Schuhgröße.

Ich schicke ihm eine kurze Nachricht im selben Stil von Peers *Hallo, wie geht's?*, dann fällt mir auf, dass Karsten schon seit einer Weile nichts mehr gesagt hat, und hebe den Kopf.

Er beobachtet mich. Er hat nichts gesagt, als ich mich vorhin nicht zu ihm an den Tisch gesetzt, sondern mein Toast lieber im Stehen an die Anrichte gelehnt gegessen habe, aber jetzt sagt sein Blick mehr als tausend Worte.

»Was hast du gestern noch gemacht?«, will Karsten wissen.

»Nudeln gekocht. Igor und seinen Schwarm gefüttert. Mit meiner Mutter telefoniert. *Magic Mike* geguckt. – Und du so? Wie war's auf der *Studentenparty* im *Studentenwohnheim*?«

Er lässt sich von meinem Tonfall nicht anstacheln. »Gut. Lustig. Feuchtfröhlich.« Er rührt kurz in seinem Müsli, hebt dann aber doch wieder den Blick. »Felix –«

»Ich will's nicht hören.«

»Du weißt doch gar nicht, was ich sagen wollte.«

»Doch, weiß ich. Weil ich nicht blöd bin.« Ich reiße die Spülmaschine auf und stelle meinen leeren Teller hinein, ehe ich die Klappe wieder zuknalle. »Und nur, damit du's weißt, du bist mir nur minimal zuvorgekommen, okay? Meinem Sexdate für gestern ist kurzfristig was dazwischengekommen.«

Ich weiß nicht genau, wo das hergekommen ist, aber Karstens Reaktion darauf lässt es in meinem Nacken kribbeln. Er erstarrt und seine Augen weiten sich, während er den Löffel langsam in seine Müslischale sinken lässt.

»Du hattest gestern ein Sexdate?«

Ich verschränke die Arme vor der Brust und sehe ihn provozierend an. »Hätte gehabt. Dem Idioten ist was dazwischengekommen. Großer Kerl. Blond.« Ich nicke ihm zu. »Muskulöser als du. Aber auch mit so hübschen Locken.« Mit einem Finger fahre ich an meinem Kinn entlang. »Und Dreitagebart.«

Beinahe macht es Spaß, so einen Adonis in farbenfrohen Einzelheiten auszumalen, insbesondere, weil Karsten sich Mr. Fiktion offensichtlich deutlich vorstellen kann. Beinahe. Während sich gleichzeitig diebische Freude über Karstens Eifersucht in mir breitmacht, komme ich mir auf der anderen Seite vollkommen lächerlich vor. Es kann nicht Sinn dieser beknackten offenen Beziehung sein, dass wir uns gegenseitig wehtun.

»Und...« Karsten bricht ab, weil seine Stimme heiser klingt, und räuspert sich kurz. »Und was ist ihm dazwischengekommen?«

»Keine Ahnung. Hat er nicht gesagt. Ist ja nicht so, als hätten wir uns zum *Reden* treffen wollen.«

Gut gezielt. Karsten zuckt zusammen und weicht meinem Blick aus. Dann schiebt er die Müslischale von sich und steht auf. Mein Herz schlägt schneller. Will er dieses bescheuerte Experiment jetzt endlich beenden?

»Wo hast du ihn kennengelernt?« Er kommt auf mich zu und bleibt dicht vor mir stehen. Das macht er gerne, weil ich dann den Kopf leicht in den Nacken legen muss.

»Ich...« Scheiße.

In seinem Blick flackert etwas auf, das an Belustigung erinnert. Verdammt. Wenn er mich durchschaut hat, wäre das *noch* lächerlicher.

Er stützt die Hände rechts und links von mir an der Anrichte ab und sieht mich eindringlich an. Jetzt kann ich das Blut deutlich in meinem Schwanz pulsieren fühlen. »Wo, Felix?«

Seine Lippen sehen zum Anbeißen aus. Und sind so nah. Ich löse meine verschränkten Arme und lege die Hände auf seine auf der Anrichte.

»In der Mittagspause.«

»In der Mittagspause«, wiederholt Karsten tonlos und lehnt sich noch etwas weiter zu mir. Seine Lippen streifen federleicht über meine. Mein Atem gerät ins Stocken. »Du beschwerst dich doch immer, dass der Altersdurchschnitt in deiner Firma irgendwo bei vierzig liegt.«

»Fünfundvierzig. Und es war nicht in der Firma.«

»Nein?«

Er richtet sich auf, greift nach meinen Händen und zieht sie hinter meinen Rücken, sodass ich ihm automatisch ein Stück entgegenrücke. Gleichzeitig schmiegt sich Karsten an mich und drängt mich mit seinem Körper gegen die Anrichte. Heißes Verlangen schießt durch meinen Unterleib und lässt mich aufkeuchen.

Nur für den Bruchteil einer Sekunde kommt mir in den Sinn, dass er das hier gestern vielleicht mit einem anderen Kerl gemacht hat – oder der Kerl mit ihm. Dann reibe ich mich an Karsten, als er ein Bein zwischen meine Oberschenkel schiebt und mit seinem Mund mein Ohr berührt.

»Wo dann?«

Ich habe keine Ahnung, was er meint. Habe völlig den Faden verloren. Alles Blut sammelt sich in meinem Schritt. Trotz der Hitze will ich ihn jetzt sofort. Heißen, schwitzigen, schmutzigen Sex, nach dem wir beide wahrscheinlich noch mal unter die Dusche müssen.

Ich spüre seine wachsende Erektion an meinem Oberschenkel und übe etwas mehr Druck aus, bis Karsten leise ächzt. Als er den Kopf zurückzieht, fange ich seine Lippen ein und mache mich aus seinem Griff los, um die Arme um ihn zu schlingen und ihn an mich zu ziehen.

Sein harter, athletischer Körper ist so viel besser als die Muskelberge irgendeines Adonis. Ich schiebe die Hände unter sein T-Shirt, kralle die Finger in seine Haut und stöhne auf, als er meinen Hintern mit beiden Händen packt und mich noch dichter an sich zieht.

Ja! Mehr davon!

Er verschlingt mich mit Lippen und Zunge und ich gehe gierig darauf ein, bis mein Körper vor Verlangen vibriert. Ich greife nach dem Verschluss seiner Shorts, während Karsten ein beinahe amüsierter Laut entfährt.

»Hier? In der Küche?«

»Ja.« Ich lege eine Hand in seinen Nacken und ziehe ihn zu einem weiteren Kuss zu mir herunter, während ich mit der freien Hand an meiner eigenen Hose nestle.

Lachend umschließt Karsten meine Hand und zieht sie von der Hose weg. »Quatsch. Komm mit.«

Als er anfängt, mich vom Tresen wegzuziehen, stemme ich mich dagegen und versuche, ihn wieder zu mir zu ziehen. Ich will jetzt nirgendwo anders hingehen. Ich will's hier machen. Ich will's *jetzt*.

»Felix –«

»Karsten. Streit jetzt nicht mit mir.« Ich will ihn wieder küssen, als ich noch mal einen Zug an meiner Hand spüre.

»Dann komm mit.«

Scheiße. Das ist doch jetzt nicht sein verdammter Ernst.

Abrupt lasse ich ihn los und fahre mir mit beiden Händen übers Gesicht. So plötzlich, wie meine Erregung aufgeflammt ist, so schnell ist sie wieder abgeklungen. Wie ein Streichholz, das man auspustet, kaum dass es brennt.

»Felix?«

Ich schüttle den Kopf.

»Was ist denn?«

Ich nehme die Hände runter und sehe ihn geradewegs an. »Wenn du noch mit mir diskutieren kannst, wo wir's machen, kannst du ja nicht so scharf auf mich sein.«

»Was? Was soll das denn jetzt?« Karsten macht eine Handbewegung, die die Küche umfasst. »Wolltest du wirklich *hier*?« Bei ihm klingt das so, als hätte ich von ihm verlangt, mich mit einem Korkenzieher zu vögeln.

»Ja, na und? Was ist so schlimm daran?« Wenn ich Glück habe, schiebt Karsten die Hitze in meinem Gesicht noch auf das kurze Aufflammen der Lust. »Besser, als mittendrin abzubrechen und das Zimmer zu wechseln.«

Karsten verdreht die Augen. »Das Schlafzimmer ist gleich nebenan.«

»Bis nebenan hab ich aber keine Lust mehr.«

»Also willst du, dass ich dich in der Küche vögle? Ohne Gleitmittel?«

»Wenn's dich überkommt, warum nicht?«

»Aber mich hat es doch gar nicht überkommen.«

»Tja, und genau das ist das Problem, oder?«

Karsten runzelt die Stirn und sieht aus, als hätte man ihn in einer fremden Stadt ohne GPS ausgesetzt. »Du wirfst mir also vor, dass ich Rücksicht auf dich nehme?«

Er versteht es nicht. Er versteht nicht, dass ich will, dass er mir ohne nachzudenken die Klamotten vom Leib reißt. Dass er mich so sehr begehrt, dass er nicht mehr geradeaus denken kann.

Karsten ist nicht der Typ, der auf Sex außerhalb des Schlafzimmers steht. Das Sofa hat ihm schon einiges abverlangt. Es ist nicht so, dass wir selten Sex haben. Aber meistens geht die Initiative von mir aus. Und manchmal weist Karsten mich zurück.

Ich dachte, wenn er jetzt schon dazu übergeht, mehr Sex zu wollen – wenn auch nicht mit mir –, könnte sich vielleicht auch das geändert haben. Fehlanzeige. Er findet mich nicht scharf genug.

»Nein, Karsten, das werfe ich dir nicht vor.« Ich seufze und schließe den Knopf meiner Hose. »Gehen wir einkaufen.«

***

»Und ihr lebt jetzt wirklich in einer offenen Beziehung?«

Stephans Frage trifft mich völlig unvorbereitet, sodass ich beinahe die beiden eiskalten Bierflaschen, die ich eben aus dem Kühlschrank gezogen habe, fallen gelassen hätte.

»Was?«

Er zuckt die Schultern, schließt den Kühlschrank und nickt in Richtung Balkon, auf dem sich Karsten und Esther angeregt unterhalten. »Hat Esther erzählt.«

Wenn ich nicht wüsste, dass Esther seit drei Jahren mit Stephan zusammen und erst Anfang dieses Jahres mit ihm zusammengezogen ist, könnte ich sie noch weniger leiden als ohnehin schon. Nicht nur, weil sie mir schlicht unsympathisch ist, sondern auch, weil sie offensichtlich eine Klatschtante ist und obendrein ständig über Karsten hängt, als würde sie sich Hoffnungen bei ihm machen.

Auch jetzt sitzt sie trotz der Hitze so dicht neben ihm, dass sich ihre Beine berühren. Beim Reden fasst sie ihn andauernd irgendwo an und das Blitzen in ihren Augen und wie sie ihre blond gefärbten Haare zurückwirft, empfinde ich als Flirten.

Keine Ahnung, wie Stephan das aushält. Ich bin nur froh, dass sie ihr ganzes Pulver bei Karsten umsonst verschießt.

Oder nicht?

Mit einem Mal krampft sich mein Magen zusammen und ich muss die Bierflaschen abstellen, damit sie mir nicht doch noch aus den Händen gleiten.

Beinhaltet unsere offene Beziehung auch, dass er mit *Frauen* schlafen darf? Versucht Esther *deshalb*, ihn anzumachen? Mir wird schlecht. Die Regel müssen wir unbedingt noch einführen. *Keine* Frauen.

Stephan stupst mich an. »Und?«

»Was?« Ich sehe ihn an, als hätte er mich gerade aus einer Tiefschlafphase gerissen.

»Habt ihr nun eine offene Beziehung oder nicht?«

»Ist ja toll, dass das so breitgetreten wird. Wer weiß noch davon?«

Er wischt sich den Schweiß unter seiner schmalen Brille weg, ehe er sie auf seiner Nase wieder geraderückt. »Ist doch klar, dass Esther es weiß.«

Wieder sehe ich zum Balkon. Esther wirft gerade den Kopf in den Nacken, lacht dämlich über irgendwas, das Karsten gesagt hat, und klopft mit einer Hand auf seinen Oberschenkel. Haha, was ein *Schenkelklopfer*! Das muss so was wie ausgleichende Gerechtigkeit sein. Karsten mag Silvi nicht und ich mag Esther nicht.

»Also, ich könnte so was nicht.«

Mit hochgezogenen Augenbrauen sehe ich Stephan wieder an. Ihm sollte vielleicht mal jemand sagen, dass seine geliebte Esther gerade meinen Freund angräbt, als gäbe es kein Morgen. Verhält die sich bei jedem befreundeten Paar so? Wahrscheinlich nicht. Und wahrscheinlich findet Stephan das alles auch ganz harmlos, weil wir schließlich schwul sind.

Ich mag Stephan. Er ist ein netter Kerl, auch wenn er mir manchmal etwas einfältig vorkommt – beispielsweise wenn es um seine Freundin geht. Mit ihm kann ich deutlich mehr anfangen als mit Esther, was möglicherweise daran liegt, dass sie wie Karsten studiert und Stephan wie ich arbeitet. Irgendwas mit Computern.

»Meine Idee war's nicht.«

»Und trotzdem hast du dich darauf eingelassen?«

Ich beiße die Zähne zusammen. »Weißt du, eigentlich will ich nicht drüber reden.«

Nach dem verhunzten Start in der Küche hat sich der Tag doch noch so gut entwickelt, dass ich den ganzen Scheiß beinahe vergessen habe. Wir waren einkaufen, anschließend ein paar Stunden an der Isar und es hat mir überhaupt nichts ausgemacht, dass meine *LoveLife*-App bis auf die freundliche Frage von einem fotolosen Nutzer, ob ich dicke Eier habe, stumm geblieben ist.

»Oh«, meint Stephan unsicher. »Gut, müssen wir auch nicht.« Trotzdem zögert er nur kurz, ehe er fortfährt: »Ich wollte nur sagen, *ich* könnte das nicht, aber ich kenne durchaus Leute, bei denen das super funktioniert. Meine Schwester, zum Beispiel.«

»Deine Schwester ist in einer offenen Beziehung?« Da das hier offenbar noch länger dauert, greife ich nach meinem Bier, öffne es und trinke ein paar gierige Schlucke. Verdammt. Schon nicht mehr kalt. Wir hätten die Dinger im Kühlschrank stehen lassen sollen.

»Ja. Seit etwas mehr als einem halben Jahr. Sie haben ein paar Regeln aufgestellt und bisher hab ich noch nicht gehört, dass sie es bereut hätte.«

»Hm.« Ich weiß, dass so was funktionieren *kann*. Das heißt aber noch lange nicht, dass ich so was *will*.

In meiner Hosentasche vibriert mein Handy kurz, doch ich schaue nicht nach. Muss eine Nachricht sein.

»Im Gegenteil.« An Stephans Mundwinkeln zupft ein verlegenes Grinsen, als wüsste er etwas, dass er eigentlich gar nicht wissen dürfte. »Es *belebt* sogar ihr Sexleben. Nicht, dass ich besonders viel über das Sexleben meiner Schwester wissen will, aber –«

»Was?«, unterbreche ich ihn.

»Hm? Ich frag nicht nach oder so. Das ist nur das, was sie mir erzählt.«

Ich schüttle den Kopf. »Nein. Was hast du gesagt? Es belebt ihr Sexleben? Was soll das heißen?«

Verlegen wendet er den Blick ab. »Wie gesagt, ich frag nicht –«

»Hey, Männer!«, grölt Esther wie ein Hafenarbeiter vom Balkon aus zu uns rein. »Wir sind hier ernsthaft am Verdursten, wird das heute noch was mit dem Bier?« Karsten versetzt ihr einen Klaps auf den Oberschenkel, der Esther zum Kichern bringt. »Was denn, ist doch wahr.«

»Komme schon«, ruft Stephan zurück, schnappt sich die drei geschlossenen Bierflaschen – inklusive des alkoholfreien für Karsten – und nickt mir und meiner offenen Flasche zu. »Kommst du?« Er wartet keine Antwort ab, sondern marschiert los, um dem Ruf seiner Liebsten zu folgen.

Ich bleibe wie angewurzelt stehen. *Es belebt ihr Sexleben.*

Hat er deshalb heute Morgen die Sache in der Küche gestartet? Und ich dachte, das lag an mir und der Vorstellung, die ich in seinen Kopf gepflanzt habe! Dabei war er nur noch von letzter Nacht aufgekratzt, als er…

Scheiße. Scheiße!

Während ich einen tiefen Zug aus meiner Bierflasche nehme, fische ich mein Handy aus der Tasche. Eine rote *LoveLife*-Nachricht strahlt mir entgegen.

Peer: *Hey, hätte gar nicht mehr mit einer Antwort gerechnet. Normalerweise kommt's hier eher zum Schnellschuss.*

Ich weiß nicht, was das für eine Antwort sein soll. Ich bin auf sein Angebot eingegangen und wollte wissen, wann wir uns treffen können, und er schreibt eine lustige Nachricht zurück? Wenigstens strotzt sie nicht vor Rechtschreibfehlern. Und fünfzig Prozent der Nutzer der App wissen offensichtlich nicht, wie sie bei ihrem Handy die Groß- und Kleinschreibung aktivieren.

Max: *Mir ist was dazwischengekommen. Hast du noch Lust auf Sex?*

Ich erwarte eigentlich, dass er gleich zurückschreibt, weil noch nicht so viel Zeit vergangen ist, seitdem seine Nachricht eingegangen ist, doch das Handy bleibt stumm.

Verdammt, kann ja wohl nicht sein, dass sich bei dieser beschissenen App niemand für einen schnellen Fick finden lässt. Niemand *Annehmbares*. So viele Ansprüche habe ich ja gar nicht, wenn es nur darum gehen soll, Karstens und mein Sexleben zu *beleben*. Seit wann müssen wir das überhaupt?

Ich trinke noch einen langen Schluck Bier, um darin all die Fragen, die ich eigentlich überwunden geglaubt habe, zu ertränken. Mir egal, ob Karsten dann nachher wieder wegen meines Alkoholkonsums auf mir rumhackt. Esther kam mir gerade auch nicht mehr besonders nüchtern vor.

Ich starre das Handy an, als könnte ich es beschwören, und zucke ertappt zusammen, als Karsten plötzlich neben mir steht und eine Hand auf meinen Rücken legt.

»Hey. Alles okay?«

Hastig schalte ich das Display aus und sehe ihn an. »Ja. Wieso?«

»Du kommst nicht raus.«

»Hm, hab schnell Silvi zurückgeschrieben.« Beinahe bin ich entsetzt darüber, wie leicht mir diese Lüge von den Lippen geht. Da ist nur ein schnelles Hämmern in meiner Brust, das meine Worte irgendwie atemlos klingen lässt, sonst nichts.

»Okay.«

Ich weiß nicht, ob er Zweifel an meiner Ausrede hat. Ob er glaubt, dass ich dem erfundenen blonden Adonis schreibe oder einem weniger attraktiven Kerl, mit dem ich mich treffen will.

Mit seiner Hand auf meinem Rücken schiebt er mich vorwärts. »Dann komm wieder raus.«

»Gleich.« Ich lege ihm eine Hand auf den Arm, als er losgehen will. »Wissen alle deine Freunde, dass wir jetzt eine… offene Beziehung haben?«

Etwas in seinen Augen flackert auf und legt sich wie ein Stein in meinen Magen. »Ich wusste nicht, dass wir da ein Geheimnis draus machen.«

Das fühlt sich an wie ein Schlag ins Gesicht. Als hätte er mich an den Pranger gestellt und danach geohrfeigt. *Seht her, der Schlaffi schafft es nicht, mich zu befriedigen, wer will's als Nächstes versuchen?*

»Also… also hast du es *allen* erzählt?«, krächze ich.

»Nein. Dem einen oder anderen. Gestern ist zufällig die Sprache darauf gekommen.«

»Zufällig mit dem, den du dann gefickt hast?« Als Karsten den Mund verzieht, schüttle ich den Kopf. »Vergiss es. Ist mir so rausgerutscht.«

»Willst du die Regeln ändern?«

»Ja.«

Überrascht hebt er die Augenbrauen an und scheint im ersten Moment tatsächlich erfreut zu sein. »Okay. Inwiefern?«

»Keine Frauen.«

Er blinzelt mich an und scheint eine Sekunde lang zu glauben, ich hätte einen Witz gemacht. Er lacht. »Was?«

»*Keine Frauen*«, wiederhole ich deutlicher.

»Felix, du solltest doch am besten wissen, wo meine Vorlieben liegen.«

»Aber du *hattest* schon was mit Frauen.«

»Aber keinen Sex, nur Gefummel. Außerdem war ich mitten in der Pubertät.«

»Das heißt ja nicht, dass das nicht auch zu den Dingen gehört, die du *ausprobieren* willst.«

Seine Augenbrauen ziehen sich wegen meines ätzenden Tonfalls verärgert zusammen, trotzdem klingt er immer noch leicht belustigt, als er sagt: »Gut. Keine Frauen. Kommst du jetzt wieder mit raus?«

»Sofort.« Ich schwenke mein Handy. »Ich schreib nur noch schnell Silvi.«

»Ich dachte, das hättest du gerade.«

»Hat eben noch mal vibriert«, lüge ich.

Dieses Mal kann ich sehen, dass er mir nicht glaubt, weil er die Lippen zusammenpresst. Trotzdem nickt er und geht durch die Wohnküche nach draußen auf den Balkon.

Ich rufe *LoveLife* auf und nachdem Fabi nichts zurückgeschrieben hat und auch Peer nicht mehr, gehe ich wieder in die Liste der neuesten Nutzer der App. Ich klicke den erstbesten ohne Profilfoto an, sehe schnell nach, wie alt er ist – sieben Jahre älter, das sollte okay sein –, und frage ihn schlicht und ohne große Vorrede, ob er Lust auf Sex hat.

Ich habe die Nachricht kaum abgeschickt, als eine neue Nachricht im Display auftaucht.

Peer: *Ja. Kannst du heute?*

Kapitel 4

Silvia*, 18:53*
Ich finde das immer noch grenzwertig. Ruf mich danach BITTE an. Und ich ruf dich so oder so in zwanzig Minuten an.
Felix*, 18:54*
Zwanzig nach sieben, Silvi. Ich bin doch noch gar nicht drin.
Silvia*, 18:54*
Ja, ja, ja. Und pass BITTE auf.

Kopfschüttelnd stecke ich das Handy zurück in die Hosentasche und sehe zur breiten Fensterfront des Café – Bar – Restaurants in Schwabing hinüber, das ich für das erste Treffen mit Peer vorgeschlagen habe.

Schon seit einer Viertelstunde stehe ich auf der anderen Straßenseite und beobachte die Leute, die reingehen oder schon drinnen und draußen sitzen. Der eine oder andere hätte vermutlich Peer sein können: 1,86m, blaue Augen, schwarze Haare. Die Kombination ist nicht so super selten, ganz abgesehen davon, dass ich nicht mit einem Maßband neben den Leuten herlaufe und ihre genaue Größe bestimme.

Vielleicht hätten wir ein Erkennungszeichen festlegen sollen. Eine bestimmte Zeitschrift oder ein spezielles Kleidungsstück oder so. Andererseits kann ich dann nicht flüchten, falls der Kerl dreihundert Kilo wiegt, aus dem Mund wie eine Mülltonne riecht und sein Alter um mehrere Jahrzehnte nach unten korrigiert hat.

Ich wische mir die schwitzigen Hände an der Jeans ab. Was zum Teufel mache ich noch mal hier? Was, wenn der Kerl mir in einem Moment der Unaufmerksamkeit irgendeine Droge ins Getränk kippt?

Ja, und was, wenn er dir vor allen Gästen eins überzieht und dich nach Timbuktu in seine Höhle verschleppt?

Ich atme tief durch. So ein Blödsinn. Im Chat hat er ganz nett geklungen. Den ganzen Sonntag über haben wir uns in unregelmäßigen Abständen Nachrichten geschickt, weil ich natürlich nicht gleich am Samstag losgesprungen bin, um mich von ihm flachlegen zu lassen. Er hat es völlig locker hingenommen, dass ich mich erst mal so mit ihm treffen will.

Mein Handy vibriert und ich verdrehe die Augen. Mann, Silvi. Selbst wenn der Kerl ein Verbrecher ist, der mich kidnappen oder sonst was will, hat sie alle nötigen Informationen, um zur Polizei zu gehen, sollte ich in zwanzig Minuten nicht ans Telefon gehen, wenn sie mich anruft. Oder sollte ich sie danach nicht anrufen.

Das Display zeigt ein rotes *LoveLife*-Nachrichtenfenster. Doch nicht Silvi.

Peer: *Bin da. Du?*

Oh, Peer gehört zur pünktlichen Sorte. Ich hebe den Kopf, sehe wieder zur breiten Fensterfront hinüber und scanne die Leute, die drinnen und draußen die Tische bevölkern. Habe ich verpasst, wie er reingegangen ist? Oder sitzt er schon länger drin?

Max: *Wo sitzt du?*

Wahrscheinlich werden nicht so viele Männer, auf die seine Beschreibung passt, allein an einem Tisch sitzen.

Peer: *Wenn man reinkommt, rechts. Draußen war nichts mehr frei.*

Sofort hebe ich wieder den Blick. Scheiße. Da gibt es nur kleine Fenster.

Mein Herz macht einen Satz. Okay, die Stunde der Wahrheit ist gekommen. Entweder gehe ich jetzt rein oder ich schwinge mich auf mein Fahrrad, um wie ein braver Freund zu Hause auf Karsten zu warten, bis der mit seinem Schwertkampfzeug fertig ist.

Ich schiebe das Handy in die Hosentasche, fahre mir noch einmal durch die Haare, überquere dann die Straße und halte auf den Eingang zu. Zum Glück ist die Tür festgestellt, dadurch muss ich meine zitternden Hände nicht aus den Hosentaschen ziehen.

Ich zögere nur ganz kurz in der Tür, dann mache ich zwei weitere Schritte vor ins Café hinein und sehe sofort nach rechts. Die meisten Leute sitzen draußen, was verständlich ist, weil die Luft hier drinnen trotz der geöffneten Türen und Fenster dick wie eine Wand und heiß wie in der Sahara ist. Auf der rechten Seite sind nur fünf Tische besetzt. Ich weiß sofort, wer Peer ist. Und er weiß offensichtlich sofort, wer ich bin.

Mein Herzschlag gerät ins Stolpern, als sich unsere Blicke treffen, und ich bleibe lieber stehen, bevor es mich noch umhaut. 1,86m kann ich nicht erkennen, aber blaue Augen und schwarze Haare sind eine Untertreibung.

Seine Augen haben die Farbe reifer Blaubeeren; ein sattes, intensives Blau, das in einem perfekten Kontrast zu den dichten, rabenschwarzen Haaren steht – wie bei dem Federvieh aus diesem *Game of Thrones*, was Karsten immer guckt. Er ist glatt rasiert, mit scharfen, markanten Gesichtszügen, die so männlich aussehen, dass es mir direkt in den Unterleib schießt. Er ist schlank und die Muskeln, die ich unter dem blauen T-Shirt erahnen und an seinen Armen sehen kann, zeugen von irgendeiner regelmäßig ausgeführten Sportart abseits des Fitnessstudios.

Ich glaube, die Sache mit der körperlichen Anziehung sollte kein Problem sein.

Warum zur Hölle sucht jemand wie er Sexpartner über eine Dating-App?!

Ein kleines Lächeln spielt um seine Mundwinkel, dann legt er fragend den Kopf schief und macht eine Handbewegung, die mich zum Näherkommen auffordert.

Ich weiß nicht, ob ich schon so weit bin, doch mein Körper hat bereits entschieden und setzt sich in Bewegung.

Vielleicht hat er ja eine ganz furchtbare Fistelstimme oder Probleme mit der Körperhygiene…?

Aber je näher ich ihm und dem Tisch komme, desto schneller wird mein Herzschlag und desto schlimmer wird das Krampfen in meinem Bauch. Wahrscheinlich lässt *er* sich gleich von einem guten Freund oder einer guten Freundin anrufen, um ihn von diesem grauenvollen Date mit Quasimodo zu erlösen.

»Max?«, fragt er, als ich an seinen Tisch trete, und seine Stimme hat einen angenehm dunklen Klang.

Für einen Moment bin ich verwirrt und drehe mich um, ob er nicht vielleicht doch jemand anderes meint, was ihn leise lachen lässt. Verdammt, ich bin ja Max.

»Komm, setz dich.«

Wieder ist mein Körper schneller als mein Hirn und lässt mich nach dem Stuhl ihm gegenüber greifen und mich hinsetzen, noch bevor ich die bewusste Entscheidung dazu getroffen habe.

Gott, Felix, reiß dich zusammen!

Ich weiß nicht, was mich mehr aus der Bahn wirft. Dass ich tatsächlich so unfassbares Glück habe, so einen attraktiven Mann über diese beknackte App gefunden zu haben, oder dass er noch nicht aufgesprungen und gegangen ist, was heißen könnte, dass wir heute oder in naher Zukunft *Sex* haben könnten.

So unauffällig wie möglich räuspere ich mich, weil ich sonst sicher keinen vernünftigen Ton rausbringe. »Peer?«, frage ich sicherheitshalber nach.

»Ja.«

Er ist es *wirklich*.

Vermutlich steht er auf irgendwelches abartiges Zeug, weshalb er seine Sexpartner über eine App finden muss. Oder er ist ein Serienkiller, der sich seine armseligen Opfer gerne über die moderne Technik sucht und die ihm wie dem Rattenfänger von Hameln in irgendein dunkles Loch im Perlacher Forst folgen, wo er sie dann in aller Seelenruhe in ihre Einzelteile zerlegt.

Und ich habe den Köder glatt geschluckt. Aber ich kann verdammt noch mal nicht anders, wenn er mich so angrinst.

»Ich vermute mal, du machst das nicht oft?«

»Steht mir auf der Stirn geschrieben, was?« Wow. Wenigstens kann ich noch reden.

»Ein bisschen. Aber das ist okay, weil du dann nicht merkst, wie nervös ich bin.«

»Du bist nervös?«, schnaube ich und schüttle den Kopf. »Sieht man nicht. Machst du so was öfter?«

»Nein. Sozusagen mein erstes Mal. Die meisten Leute bei der App sind... gewöhnungsbedürftig.«

Sehr diplomatisch ausgedrückt. Ich muss grinsen. »Wem sagst du das?«

Damit scheint sich das Thema erschöpft zu haben und es entsteht ein Moment peinlicher Stille, den ich beim besten Willen nicht überbrücken kann. Ich kann nicht aufhören, ihn anzustarren, und er macht es mir nicht leichter, weil er zurückstarrt. Ob er mich mustert? Scheiße, *natürlich* mustert er mich. Er will potenziell mit mir schlafen. Bei dem Gedanken nistet sich ein Kribbeln in meinem Unterleib ein – was gut ist, auf der anderen Seite aber auch schlecht. Normalerweise würde ich solche Gefühle unterdrücken oder der Versuchung ausweichen, aber jetzt sollte ich sie eigentlich so gut wie möglich hegen und pflegen.

Wie zum Teufel kriegt Karsten diesen Mist hin?

Ich bin unendlich erleichtert, als eine Kellnerin an unseren Tisch tritt und ich eine gute Entschuldigung habe, seinem Blick auszuweichen. Mir ist heiß. Und die Hitze in diesem verfluchten Lokal hilft da auch nicht unbedingt weiter.

»Kann ich euch schon was zu trinken bringen, Jungs?«

»Für mich ein Radler«, sagt Peer und ich sehe überrascht auf. Er trinkt Alkohol. *Natürlich* trinkt er Alkohol. Er ist nicht Karsten.

»Für mich auch.« Vielleicht wäre ich mit einem halben Liter Wodka besser bedient, aber das macht bestimmt keinen guten ersten Eindruck.

Als sich die Kellnerin entfernt, warte ich auf die nächste befremdliche Schweigerunde, nach der er sich dann unweigerlich entschuldigen und das Weite suchen wird, aber Peer sagt: »Also, Max, du wolltest dieses Treffen. Was erhoffst du dir davon?«

Seine Stimme klingt, als wäre er der Moderator einer Talkshow, in der die Gäste alle ihre Zunge verschluckt haben. Nur am Ende höre ich so was wie leichte Unsicherheit heraus. Und der Fake-Name irritiert mich extrem. Kommt mir immer noch vor, als würde er mit jemandem am Nachbartisch sprechen.

»Hm, ich glaube, das hat sich schon geklärt.«

Seine Mundwinkel zucken. »Okay. Es ging also darum, zu gucken, ob eine gewisse körperliche Anziehung vorhanden ist.«

Nervös, erstes Mal, haha, von wegen. Klingt, als würde er das doch öfter machen. Wenn ich nicht langsam mal auf diesen Zug aufspringe, rast er mir davon und ich stehe am Ende allein im Bahnhof.

»Ja, auch. Und vor allem, ob du echt bist.«

»Und?«

Aus einem Impuls heraus greife ich über den Tisch nach seiner Hand und taste über seine kräftigen Finger, Handfläche und -rücken und bis hoch zur weichen Haut an der Unterseite seines Handgelenks, als hätte man mir einen Gegenstand in die Hand gedrückt, den ich mit verbundenen Augen erraten soll.

Hübsche Hände. An der Unterseite leicht schwielig. Entweder verbringt er nicht den ganzen Tag am Schreibtisch oder seine Freizeitaktivitäten führt er vorrangig mit den Händen aus – so wie Karsten, dessen Hände vom Training auch rau sind. Ob es sich ähnlich anfühlt, wenn Peer mich berührt?

Das Herz schlägt mir bis zum Hals, trotzdem lasse ich Peer nicht aus den Augen. Er sieht nicht weg. Vielleicht hämmert sein Herz genauso heftig. Jedenfalls hat er nicht mit der Berührung gerechnet, das erkenne ich an seinem Gesichtsausdruck.

»Fühlt sich für mich echt an«, sage ich und lasse meine Finger noch einen Moment an seinem Handgelenk liegen, ehe ich sie zurückziehe. Meine Fingerspitzen kribbeln und mein Schwanz ist inzwischen halb steif.

Oh Gott, das fühlt sich an wie Fremdgehen.

Peer atmet langsam aus, als hätte er die Luft angehalten. »Ähm, ja.« Er starrt auf sein Handgelenk hinunter, als hätte ich dort einen sichtbaren Abdruck hinterlassen. »Für mich auch.«

Die Kellnerin kehrt mit unseren Getränken zurück. Kaum hat sie sie abgestellt und ist wieder verschwunden, greifen wir fast gleichzeitig nach unseren Gläsern, um einen großen Schluck zu trinken.

Ich muss lachen und Peer lacht zurück, während er sich durch die Haare fährt. »Warum hast du kein Foto hochgeladen?«, frage ich neugierig. »Vielleicht hätte dir das ein paar Anfragen von weniger *gewöhnungsbedürftigen* Nutzern eingebracht.«

Er zuckt die Schultern. »Du hast doch auch keins hochgeladen.«

Ich habe auch einen falschen Namen benutzt, aber das verrate ich ihm ganz sicher nicht. Vielleicht ist seiner auch nicht echt. »Weil ich das Ganze erst mal austesten wollte.«

»Und was wolltest du austesten? Warum hast du dich angemeldet?«

»Ähm… für… Sex?« Ist das nicht der Grund, weshalb wir uns hier treffen?

»Gut. Ich will nämlich auch nichts Festes, nur ein bisschen… Ablenkung.«

»Wieso Ablenkung?« Ich beiße mir auf die Unterlippe. »Vergiss es, das geht mich nichts an.«

Wieder zuckt er die Schultern, aber dieses Mal kann er das Thema nicht so einfach abschütteln; es hängt ihm deutlich sichtbar nach. »Böse geendete Beziehung.«

Mir liegt auf der Zunge, nachzufragen, aus reinem Interesse, doch ich halte mich zurück. Weil es mich *wirklich* nichts angeht und weil es nicht wichtig ist. Vielleicht ist ihm sein Ex auch mit einer offenen Beziehung gekommen und er hat sich nicht drauf eingelassen. Oder sie haben sich drauf eingelassen und es hat in einer Katastrophe geendet.

Ich rutsche auf meinem Stuhl herum, weil ich unweigerlich an Karsten denken muss. Was genau bedeutet eigentlich *böse geendet*?

»Wie lange ist deine letzte Beziehung her?«, will Peer wissen und nimmt einen Schluck von seinem Bier.

Ich zögere. Ich will ihm nicht von der offenen Beziehung erzählen. Nachher will er nicht mit mir vögeln, während sich mein eigener Freund woanders seine Befriedigung sucht. Da weder dieser Fabi noch der Nutzer ohne Profilfoto bis heute auf meine Nachrichten reagiert haben, könnten Wochen verstreichen, bis ich wieder so einen Glückstreffer wie mit Peer lande. Bei ihm stimmt alles. Aussehen, Anziehung… und er ist nett.

Außerdem stehe ich unter Zeitdruck, weil Karsten schon mit jemandem Sex hatte. Und was macht schon eine Lüge mehr oder weniger?

»Ein paar Monate«, sage ich langsam, ehe ich einer Eingebung folge: »Seit ich nach München gezogen bin. F…Fernbeziehung war nicht praktikabel.«

Selbst ich höre das Zittern in meiner Stimme, aber vielleicht schiebt Peer es auf die Nervosität. *Diese* Lüge hat sich jetzt definitiv wie Fremdgehen angefühlt. Nein, wie Betrügen. Ich *verleugne* Karsten.

Mein Herz pocht, als wäre ich wieder dreizehn und hätte im Supermarkt eine Packung Kaugummis eingesteckt, weil Klauen ja so verdammt cool und Teil irgendeiner beschissenen Mutprobe mit Tim Walther gewesen ist. *Alle* haben es gemacht, sogar Karsten. Aber wer wurde erwischt? Ich.

Inzwischen ist meine Erregung komplett verflogen.

»Wann bist du hergezogen?«

Ich glaube nicht, dass er das wissen muss, wenn er nur Sex mit mir haben will. »Im September letztes Jahr«, antworte ich dennoch.

»Und wo kommst du her?«

Ich rutsche auf meinem Stuhl herum. »Ein kleines Kaff in –« Ertappt zucke ich zusammen, als mein Handy vibriert. Ein Anruf. Karsten! Er ist früher vom Training nach Hause gekommen und wundert sich jetzt –

Oh, und wenn schon. Es ist völlig okay, was du hier tust. Wer weiß, was er Freitagnacht alles getan hat!

Und trotzdem bin ich unendlich erleichtert, als ich Silvis Namen auf dem Display sehe. Der verabredete Rettungsanruf, falls sich Peer als Totalausfall entpuppt hätte. Sitzen wir tatsächlich schon zwanzig Minuten hier?

Ich werfe Peer einen entschuldigenden Blick zu. »Sorry, könnte wichtig sein, da muss ich kurz drangehen.« Denn wenn ich es nicht tue, alarmiert Silvi garantiert die Polizei.

Peer grinst mich breit und wissend an. »Mach nur.«

»Hi, Silvi«, sage ich locker, um ihr gleich die Panik zu nehmen. »Was gibt's denn? Du weißt doch, dass ich gerade verabredet bin.«

»Oh mein Gott, und offensichtlich läuft es super?«

»Hm-hm.«

»Wow. Damit hätte ich wirklich nicht gerechnet. Wie ist er so?«

»Das kann ich nicht –«

»Ach ja, ja, ja, er sitzt dir ja gegenüber. Oder seid ihr schon nicht mehr im Café und schon dabei?«

Als ob ich dann ans Telefon gegangen wäre. »Nein.«

»Aber er sieht gut aus?«

Mein Blick zuckt zu Peer zurück, der mich immer noch breit angrinst, als hätte er irgendwie die Fähigkeit, Silvis Teil des Gesprächs mit anzuhören. »Ja.«

Silvi lacht auf. »Mann, du hast ja ein Glück. Okay. Und er ist nett?«

»Schon. Aber ich muss jetzt auch auflegen, okay? Lass uns da später drüber reden.«

»Und wie wir da später drüber reden werden. Pass aber trotzdem auf dich auf, ja? Die Hübschen und Netten sind meistens die Schlimmsten.« Sie hält inne. »Hm, klingt es blöd, wenn ich dir jetzt noch viel Spaß wünsche? Ich meine, ich mag Karsten nicht besonders, aber trotzdem fühlt es sich falsch an, dir mit einem anderen viel Spaß zu wünschen.«

Was zum Teufel soll ich denn darauf sagen, wenn Peer mir gegenübersitzt? »Ich ruf dich später an«, sage ich nur. »Bis dann, Silvi.«

Ich lege auf und stecke das Handy wieder ein. Überrascht stelle ich fest, dass Peer noch immer grinst und jetzt sein Handy aus der Hosentasche zieht. Noch ein *iPhone*-Anhänger. Vielleicht hat er damit bei Silvi gegenüber Karsten gleich schon einen Pluspunkt mehr.

»War das dein Notausstieg-Anruf?«

»Mein was?«, stelle ich mich dumm und wische mir über die verschwitzte Stirn.

»Ach, komm. Ich mach das zwar auch zum ersten Mal, aber mein Anruf kommt in zehn Minuten.« Er winkt mit dem Handy. »Den ich übrigens jetzt absage.« Er zögert. »Hast du doch auch gemacht, oder?«

Na gut, was soll's? »Ja«, sage ich und nicke.

»Okay. Dann Sekunde.«

Er tippt mit fliegendem Daumen auf seinem Display herum. Außerdem wirkt er erleichtert. Hat er ernsthaft gedacht, ich würde vor ihm flüchten wollen? Was stimmt nicht mit ihm? Ich meine, ein Typ wie er sucht sich seine Sexpartner doch nicht übers Internet, egal, ob das nun eine App oder ein Onlineportal ist.

Als er das Handy wieder wegsteckt, frage ich: »Was machst du beruflich? In deinem Profil steht nur, dass du irgendwo angestellt bist.«

»In deinem auch. Was machst du beruflich?«

Okay. Offensichtlich hat er *absichtlich* so wenige Informationen über sich preisgegeben. »Ich sag's dir, wenn du's mir sagst.«

Er lacht. Sehr angenehm. Nicht laut und dröhnend, aber auch nicht so, als würde er nur alle Jubeljahre mal was witzig finden und hätte ansonsten einen furchtbar dicken Stock im Arsch.

»Okay. Ich bin Mediengestalter in Bild und Ton. Also, das ist das, was ich gelernt hab, mit Schwerpunkt Schnitt. Im Moment arbeite ich bei einem Fernsehsender und mache da eine bunte Mischung an Aufgaben.«

»Wow.« Jetzt macht das Hobby *Film & Fernsehen* plötzlich sehr viel mehr Sinn. »Das klingt spannend. Was genau machst du da?«

»Einiges«, sagt er. Es klingt nicht prahlerisch, sondern eher, als wüsste er vor lauter Arbeit nicht, wo er ansetzen soll. »Viele Mediengestalter sind Freiberufler, also muss man ein bisschen über den Tellerrand gucken, wenn man eine Festanstellung will.«

»Zum Beispiel?«, hake ich nach, weil ich nicht so schnell locker lassen will. Ich kann mir darunter gar nichts vorstellen. »Schneidest du irgendwelche Filme zusammen und bist dann für die ganzen Schnittfehler verantwortlich? Ich glaube, allein bei *Dirty Dancing* gibt es zwanzig oder so.«

Das Beispiel lässt ihn stutzen, dann macht er eine vage Handbewegung. »Hm, ich eher weniger. Ich schneide viele *On Air*-Trailer zusammen oder manchmal auch Beiträge für Magazine.« Als ich ihn nur fragend ansehe, legt er den Kopf schief. »*On Air*-Trailer oder Magazinbeiträge?«

»Unter Letzterem kann ich mir vage was vorstellen«, sage ich zu meiner Verteidigung, auch wenn ich mir gerade ziemlich dämlich vorkomme. Andererseits hat er dafür bestimmt Probleme mit den Zielgrößen und Kennzahlen, mit denen ich mich täglich beschäftige.

»Ein *On Air*-Trailer ist die Werbung, die ein Fernsehsender für sich selbst macht. Für den großen Sonntagsblockbuster zum Beispiel. Oder für einen Thementag, eine Serie und so. Damit werden Sendungen angeteasert. Beiträge für Magazine ist das, was du siehst, wenn der Moderator den nachfolgenden Beitrag ankündigt.« Er richtet sich ein wenig auf und plötzlich klingt er wieder wie ein professioneller Sprecher, als er sagt: »Unser Redakteur XY hat für Sie die besten Tipps zusammengestellt, um auch bei dieser Hitze gut durch den Sommer zu kommen… oder so.«

Ich starre ihn an. »Klingt eher, als solltest du die Beiträge anmoderieren und nicht zusammenschneiden.«

Er winkt ab, allerdings mit einer Selbstverständlichkeit, als wäre ich nicht der Erste, der ihm das sagt. »Und was machst du?«

»Ich bin Junior Controller bei einer überregionalen Steuerkanzlei.«

Peer reißt die Augen auf. »Was? Im Ernst?« Er lacht. »Da wäre ich im Leben nicht drauf gekommen.«

»Wieso? Sehe ich so aus, als könnte ich zwei und zwei nicht zusammenzählen?«

»Nein, das nicht, aber… ist das nicht unheimlich langweilig?«

Ich zucke die Schultern. Die Frage musste ich mir von Karsten schon hundert Mal anhören, dabei ist er derjenige, wegen dem wir nach München gezogen sind, damit er hier BWL studieren kann. An Kennzahlen kommt er da ganz sicher nicht vorbei.

»Für mich nicht. Ich kann gut mit Zahlen. Und ich weiß, was mich erwartet, wenn ich bestimmte Werte sehe. So viel Interpretationsspielraum gibt's da nicht.«

»Und was genau machst du mit deinen Zahlen? Ich meine, wie häufig muss man die schon ausrechnen?«

»Controlling ist ein fortlaufender Prozess. Weil man eigentlich ständig alles kontrollieren muss. Wenn du die Zahlen nicht kennst, weißt du nicht, wo's mit dem Unternehmen hingeht. Ich bin der Unternehmensentwicklung zugeordnet. Das ist vor allem viel Berichtswesen für die Geschäftsführer. Wir wollen expandieren und planen im Moment die Integration weiterer Kanzleien. Dazu müssen wir herausfinden, in welcher Stadt sich eine zusätzliche Kanzlei rentiert.«

»Klingt immer noch nicht besonders spannend.«

»Deswegen bist du wahrscheinlich beim Fernsehen und nicht bei einer Steuerkanzlei.«

»Wahrscheinlich«, stimmt Peer lächelnd zu und greift nach seinem Bier. »Aber wir wollen uns ja auch nicht gegenseitig anwerben.«

Da liegt ein dunkler Unterton in seiner Stimme, der meine abgeflaute Erregung wieder anstachelt. Der Blick in seinen Augen ist auch anders geworden. Plötzlich sind wir wieder beim eigentlichen Thema und mein Puls beschleunigt sich.

»Nein, wollen wir nicht.« Mein Hals ist zu trocken und meine Stimme klingt kratzig.

Kurzzeitig ist unser Gespräch so normal verlaufen, dass ich ganz vergessen habe, worum es hier eigentlich geht. Peer hätte ein guter Kumpel oder Freund sein können, den man nach langer Zeit mal wieder getroffen hat, um sich auszutauschen.

Aber auf einmal ist alles, was da im Hintergrund lauert, wieder da. Peer hält meinen Blick fest, während ich die Hitze um uns herum deutlicher als zuvor spüre. Ich wische meine schwitzigen Handflächen an der Jeans ab und trinke großzügig von meinem Radler. Seins ist auch fast leer.

Und was dann?

»Hast du… irgendwelche besonderen Vorlieben oder Abneigungen?«

»Du meinst… sexuell?« Oh, blöde Frage, was sollte er sonst meinen? Er berät mich schließlich gerade nicht bei der Klamottenauswahl.

Seine Mundwinkel zucken aufwärts. »Ja.«

»Hm, nein.« Ich spiele an meinem Glas herum, ehe ich frage: »Du?« Jetzt hat die Stunde der Wahrheit geschlagen. Was, wenn er auf irgendwelches abstruses Zeug abfährt?

Er schüttelt den Kopf. »Nein. Bist du lieber aktiv oder passiv?«

Die Frage projiziert automatisch Bilder in meinen Kopf, bei denen mir heiß wird. »Ähm, passiv.« Andersherum haben Karsten und ich es zwar mal ausprobiert, dabei geblieben sind wir aber nicht.

»Trifft sich gut«, grinst Peer.

Ich schlucke. In meinem Nacken kribbelt es und zieht sich wie an einem Faden meine Wirbelsäule entlang. War das jetzt der Startschuss?

»Okay«, sage ich langsam.

»Gut«, sagt er und leert sein Radler in einem Zug. »Hast du heute noch was vor? Ich... ich wohne drüben in Schwabing-West. Es sei denn, du wohnst näher.«

Oh Gott. Mein Herz pocht wie wild in meiner Brust. Das *war* der Startschuss. Jetzt oder nie. Scheiße, und warum auch nicht? Peer sieht gut aus, wir verstehen uns gut genug, um Rettungsanrufe abzusagen und in Gesprächen zu versinken. Und ich *fühle* mich körperlich zu ihm hingezogen. Das ist doch das Wichtigste.

Nur dass mein Herz das nicht so sieht. Das denkt, dass es das Wichtigste ist, Karsten treu zu sein und nicht zu hintergehen. Nur dass ich ihn nicht hintergehe, weil er dieses verdammte Spiel angefangen hat. Und den ersten Spielzug schon gemacht hat. Ich will nicht hinter ihm zurückstecken.

Peer ist perfekt. Ich *muss* die Gelegenheit beim Schopf packen.

Langsam schüttle ich den Kopf. »Nein, du wohnst näher.« Mal ganz davon abgesehen, dass ich die Regel *nicht bei uns in der Wohnung* selbst aufgestellt habe. Und ich kann ihn wohl kaum mit zu mir nehmen, wo überall Fotos von Karsten und mir rumstehen.

Peer nickt, dann sieht er sich nach der Kellnerin um. »Wir zahlen dann, bitte.«

Kapitel 5

Was, wenn Peer nicht gut küssen kann? Oder wenn er sich ganz komisch unter meinen Händen anfühlt? Eckig? Kalt? Nicht richtig? Was, wenn er mich nicht so anfasst, wie ich es mag? Falls er mich überhaupt anfasst... Vielleicht wird das nur eine schnelle Rein-Raus-Nummer? Mit Klamotten noch an? Nur ein Schwanz und ein Arsch?

Genau das soll es ja sein. Man könnte, wenn man wollte.

Wie oft wollte Karsten in den vergangenen sechs Jahren schon und hat es nicht getan, weil er nicht konnte?

Ich mustere Peer, der mir in der Trambahn gegenübersitzt und genau wie ich seit einer Weile nichts mehr gesagt hat. Stattdessen schaut er abwechselnd nachdenklich mich an und dann wieder aus dem Fenster. Wenn ich Single und ihm irgendwo über den Weg gelaufen wäre und er mich angeflirtet hätte, wäre ich vermutlich ohne zu zögern darauf eingegangen.

Ist das das Freiheitsgefühl, das Karsten gemeint hat? Geht es darum?

Aber ich *muss* ja nicht mit Peer mitgehen, weil ich einen heißen Freund zu Hause habe, mit dem ich all die Dinge machen kann, an die ich mich mit Peer erst herantaste.

Das ist *mein* Freiheitsgefühl.

»Die nächste müssen wir raus«, sagt Peer, als die Tram gerade wieder anfährt. Ich nicke nur.

Seit wir das Café verlassen haben, hat er mich kein einziges Mal berührt oder zu küssen versucht oder so. Vielleicht mag er das in der Öffentlichkeit nicht. Trotz aufgeklärter Zeiten schauen einen manche Leute dennoch komisch an oder reden hinter vorgehaltener Hand über einen.

Karsten mag das nicht. Im Kreis seiner Freunde oder in den seltenen Fällen, in denen wir in Schwulenclubs unterwegs sind, ist das kein Problem, aber unter fremden Menschen hält er sich sehr zurück. Da könnte man uns auch für zwei gute Bekannte halten.

Vorhin, als Peer und ich in die Tram eingestiegen sind, hatte ich das Glück, hinter ihm gewesen zu sein. Seine Rückseite muss sich wie der Rest von ihm nicht verstecken. Hübscher Hintern. Füllt seine Jeans sehr gut aus. Ob er schon einen genaueren Blick auf meinen Hintern geworfen hat?

Als wir uns der nächsten Haltestelle nähern, steht Peer auf und ich folge ihm zur Tür. Es ist kurz vor acht und gerade hier in Schwabing-West und an der Haltestelle herrscht noch reges Treiben auf den Straßen.

Er legt eine Hand auf meinen unteren Rücken, als ich mich in die verkehrte Richtung drehe, und deutet die Straße entlang. »Da lang.« Er lässt die Hand einen Augenblick länger als nötig liegen, aber als wir loslaufen, nimmt er sie runter.

Ich sollte das gut finden, weil es hier um nichts als um Sex geht, aber ich komme mit dieser Distanziertheit nicht klar. Ich mag Körperkontakt. Andererseits sollte ich ihn nicht mit *Peer* mögen. Es fühlt sich weiterhin falsch an. Wie Verrat.

Die Häuser sind hier nicht ganz so schön und nicht vorrangig im Jugendstil gehalten wie in Schwabing, aber es ist immer noch eine tolle Wohngegend und sehr viel zentraler als Trudering, wo Karsten und ich wohnen.

Wir biegen um eine Ecke und am nächsten Gebäude bleibt Peer stehen, um den Schlüssel aus seiner Hosentasche zu ziehen. Ich sehe an dem grauen Gebäude hoch. Vier Stockwerke und jede Menge Balkone, die mal mehr, mal weniger gepflegt aussehen. Einer ist geradezu überladen mit verschiedenen Rosenarten in allen möglichen Farben: in Blumenkästen, als Ranken seitlich die Wände hoch, in Schalen von der Decke hängend und stehend, vermutlich in Blumentöpfen.

Es gibt keinen Fahrstuhl und ich bin leicht außer Atem, als wir im obersten vierten Stock ankommen. Peer hat die Stufen ohne Schwierigkeiten erklommen und wirft mir am oberen Treppenabsatz einen belustigten Blick zu.

»Sport scheint nicht zu deinen Hobbys zu zählen.«

Darüber beschwert sich Karsten auch immer, wenn ich nicht mit ihm joggen gehen will.

Scheiße, musst du ausgerechnet jetzt *an Karsten denken?!*

Ich schüttle den Gedanken ab und wische auch seinen Kommentar beiseite. Er hat sicherlich gesehen, dass ich nicht so durchtrainiert bin wie er. Meine Statur ist hauptsächlich meinem guten Stoffwechsel und der Tatsache, dass ich viel Fahrrad fahre, geschuldet.

»Nur horizontaler Sport.«

Überrascht weiten sich Peers Augen, dann schüttelt er grinsend den Kopf, ehe er die Tür aufschließt. »Dann fangen wir besser mit dem Work-out an. Nach dir.«

Ich betrete die Wohnung und stehe in einem langen, engen Flur, in dem sich eine hohe, schmale Kommode, ein unordentlicher Schuhhaufen und eine Garderobenstange drängen. Es gehen insgesamt vier Türen ab; zwei davon sind geschlossen, durch die anderen beiden kann ich einen Blick auf ein Badezimmer und eine Wohnküche erhaschen. Gegenüber der Eingangstür am anderen Ende des Flurs ist ein weißer Einbauschrank in die Wand eingelassen.

Da ich nicht weiß, wohin mit mir, drehe ich mich erst einmal wieder um. »Nett –«

Peers Lippen liegen auf meinen und verschlucken, was immer ich als Nächstes sagen wollte. Seine Hand liegt fest in meinem Nacken und übt erregenden Druck aus, um mich in Position zu halten, während seine Zunge nach meiner sucht.

Mein erster Impuls ist, ihn wegzustoßen. Ich bin mit Karsten zusammen. Mit Karsten! Bis zu mir durchgedrungen ist, dass das hier okay ist, weil Karsten *will*, dass wir mit anderen schlafen, bin ich unter Peers Mund steif geworden. Zum einen in meiner Hose – er kann definitiv küssen! –, zum anderen am ganzen Körper.

Zumindest Letzteres hat Peer ebenfalls bemerkt. Er zieht sich zurück und sieht mich fragend an. Für den Bruchteil einer Sekunde begegne ich dem unsicheren Blick aus seinen leuchtend blauen Heidelbeeraugen. Wenn ich was sage, wäre das Ganze hier und jetzt beendet, davon bin ich überzeugt.

Aber ich sage nichts. Stattdessen lege ich die Hand auf sein T-Shirt und fahre kurz über seine Brustmuskeln, ehe ich die Finger in den Stoff kralle und ihn wieder an mich ziehe. Das Blut rauscht in meinen Ohren. Mein Bauchgefühl schreit mir noch immer zu, dass ich verdammt noch mal die Finger von dieser Sache lassen soll, auch wenn sie sich noch so verboten gut anfühlt, aber ich ignoriere es. Ich schließe die Augen und lasse mich treiben, als ich meine Lippen auf Peers presse und seinen Mund mit meiner Zunge erobere.

Mein Gegenangriff überrascht Peer und er braucht einen Augenblick, um sich wieder zu fangen, doch dann küssen wir uns so heftig, dass ich schon nach kurzer Zeit so atemlos bin, als wäre ich die Stufen zu seiner Wohnung fünfzigmal nacheinander rauf- und runtergelaufen.

Seine Hände liegen warm und fest auf mir und verstärken das Pochen in meinem Schwanz, das seine Zunge bereits in Gang gesetzt hat. Ungeduldig zerre ich ihm das T-Shirt über den Kopf und lasse mir meins ebenfalls von ihm ausziehen. Ich bin deutlich klappriger als er und mir fehlen so ziemlich überall die fein modellierten Konturen, die seinen Körper seine Klamotten perfekt ausfüllen lassen, doch das scheint ihn nicht zu stören.

»Schlafzimmer«, sagt er atemlos. »Da drüben.« Er deutet auf die geschlossene Tür gegenüber der zur Wohnküche.

Er schiebt mich darauf zu und massiert dabei mit einer Hand meinen Hintern, was mich aufkeuchen lässt. Die Jalousien sind wegen der Sonne fast ganz heruntergelassen, sodass ich nicht viel im Zimmer erkennen kann. Bett, ein Nachttisch, Kleiderschrank. Damit ist der vorhandene Platz absolut ausgereizt.

Ich gehe auf das Bett zu, das ganz an die Wand geschoben steht, sodass man nur von einer Seite oder vom Bettende hineinsteigen kann. Hinter mir höre ich das Klimpern eines Gürtels und über die Schulter sehe ich, wie Peer sich weiter auszieht. Der Jeans folgt schnell die schwarze Pants.

Mir bleibt die Luft weg. Mein Herz rast schneller, obwohl wir uns gerade nicht anfassen, und meine Erektion drängt sich schmerzhaft gegen meine Jeans.

Er sieht umwerfend aus. Athletisch schlank, mit langen Gliedmaßen und hübschen, wohlproportionierten Muskeln, die sich dem Betrachter nicht aufdrängen, sondern den Blick wie magisch anziehen. Er hat einige Zeit in der Sonne verbracht, ich kann blasse T-Shirt-Ränder an seinem Oberkörper erkennen und auch unten…

Ich stöhne auf und presse eine Hand auf meinen Schritt. Sein Schwanz ist wunderschön. Und hart. So hart…

Er kommt auf mich zu, schiebt meine Hand von meiner Erektion und legt stattdessen seine eigene auf meinen Penis. Keuchend lege ich den Kopf in den Nacken, was für ihn genau der richtige Winkel ist, um mich zu küssen.

»Zieh dich aus«, murmelt er, während er bereits am Verschluss meiner Jeans herumfummelt.

Ich fange seine Lippen ein und lasse mich stattdessen von ihm ausziehen. Er ist ungeduldiger als Karsten. Etwas ruppiger, obwohl seine Hände nicht ungeschickt sind. Nur sehr zielgerichtet. Er weiß ganz genau, was er will.

Und im Moment bin das ich.

Seine Stimme ist rauer. Die Lust vibriert fast greifbar darin und läuft in Wellen über meinen Körper wie bei einem Stein, den man in ein ruhiges Gewässer geworfen hat. Alles ist in Bewegung. Er küsst auch ganz anders als Karsten. Intensiver. Das Gefühl rast von meinen Lippen bis in meine Zehenspitzen und wieder zurück. Bei Karsten ist es eher –

Hör auf, die beiden miteinander zu vergleichen!

Aber Karsten ist mein Nonplusultra und ich kriege die Vergleiche nicht aus meinem Kopf heraus. Weil es sich *jetzt schon* besser anfühlt als mit Karsten. Kann das sein? *Soll* das so sein? Und Peer? Gefällt es ihm auch? Hoffentlich merkt er nicht, dass sich meine sexuelle Erfahrung auf genau einen Kerl beschränkt.

Ich schlinge die Arme um Peers Nacken und ziehe ihn mit mir, als ich rückwärts auf sein Bett zugehe. Zwischenzeitlich verliere ich meine Jeans und die Unterhose und steige vorsichtig aus beidem heraus, ehe wir zusammen auf dem Bett landen, Peer über mir.

Er wiegt mehr als Karsten. Sein Gewicht drückt mich auf erregende Weise in die Matratze, während seine Hände fest über meinen Körper streichen und überall kleine Flammen entzünden. Und er ist größer, und damit ist nicht seine Körpergröße gemeint. Mein Herzschlag wird schneller.

Ich spreize die Beine. Er passt perfekt dazwischen. Seine Haut fühlt sich fantastisch an meiner an. Heiß und lebendig. Er rollt sich über eins meiner Beine, sodass mein Oberschenkel gegen seine Erektion drückt, und richtet sich halb auf einen Ellbogen auf, um etwas von seinem Gewicht von mir zu nehmen. Und damit er Platz hat, seine Hand um mich zu schließen.

Ich stöhne auf und zucke seiner Hand entgegen. Er weiß ganz genau, was er da tut, benutzt genau die richtige Geschwindigkeit, genau den richtigen Winkel, den richtigen Druck… Als sein Griff fester wird, wird auch das Ziehen in meinem Unterleib schlimmer. Auf der Suche nach Halt klammere ich mich an seinen Schultern fest. Meine Hand verirrt sich in seinen Nacken und ich grabe die Finger in die erstaunlich weichen Haare dort. Gelegentlich streicht sein Daumen über meine feuchte Eichel und jedes Mal zucke ich empfindlich zusammen.

Gott, wenn er so weitermacht… Wie kann es sein, dass er mich in so kurzer Zeit so sehr erregt? Ist es das, was Karstens und meine Beziehung *beleben* soll?

Ich wölbe mich ihm entgegen und lege den Kopf weiter in den Nacken, auch wenn sich dabei seine Lippen von meinen lösen. Oder vielleicht gerade deshalb. Luft, ich brauche Luft, weil mein Puls so rast und mich ganz schwindelig macht.

Sofort presst er seinen Mund auf meinen Hals, wo er warm und fest auf meiner Halsschlagader liegt. Die Vorstellung, dass er dort das Hämmern meines Herzens spürt, löst in meinem Unterleib ein Prickeln aus, das meinen Kopf auszuschalten droht.

Ich versuche, nicht den Verstand zu verlieren, irgendwie mit ihm mitzuhalten, und schließe ebenfalls eine Hand um seine Erektion.

Heiß, pochend, weich, hart, seidig... alles zusammen. Ich spüre seiner Länge nach, nehme jede kleine Unebenheit, jede Vene wahr und stelle mir vor, wie es sich anfühlt, wenn...

Wieder muss ich daran denken, wie anders er sich im Gegensatz zu Karsten anfühlt – und wie erregend dieser Gegensatz auf einmal ist. Ich will wissen, wie sich der Unterschied *in mir* anfühlt.

Peer sieht mich direkt an, während ich ihn streichle, so intensiv, als könnte er die Bilder in meinem Kopf sehen. Verlangen flackert so deutlich in seinem Blick, dass es mir den Atem nimmt – weil *ich* dafür verantwortlich bin, weil er *mich* begehrt. Ich recke mich ihm entgegen, um ihn zu küssen.

Sein Atem beschleunigt sich, wird erst zu einem Keuchen und dann zu einem hinreißenden Stöhnen, das ihm direkt in meinen Mund entfährt. Ein wohliger Schauer läuft mir über den Körper, als ich seine Laute gierig von seinen Lippen küsse.

Dann zieht er sich zurück, holt ein Kondom und eine Tube Gleitgel aus dem Nachtschrank und legt beides aufs Bett. Karsten und ich benutzen längst keine mehr. Wahrscheinlich starre ich sie zu lange an. Und Peer auch, während er etwas von dem Gel auf seine Finger verteilt. Der Anblick lässt mich vor Vorfreude erbeben.

Oh Gott, mach endlich! Vor Erregung wimmere ich leise auf, dann spreize ich auffordernd die Beine. Ich bin so erregt, dass ich das hier wahrscheinlich nicht mal abbrechen könnte, wenn ich wollte – und ich will nicht. Ich will wirklich nicht.

Peer stöhnt auf und presst seinen Mund erneut auf meinen, während ich berauscht die Augen schließe. Dann spüre ich seine Finger an meinem Eingang. Ich ziehe ein Bein für ihn an, dann gleitet er in mich. Ich erschauere, versuche, mich weit für ihn zu öffnen, und irgendetwas daran scheint Peer zu gefallen, weil sein Kuss fahriger wird.

Schnell nimmt er einen zweiten Finger hinzu, schiebt sie weiter in mich und... oh Gott. Stöhnend grabe ich die Finger ins Laken, als er meine Prostata streift. Noch mal. *Noch mal!* Ich dränge mich ihm entgegen und muss erneut aufstöhnen, als er dieselbe Stelle wieder trifft.

In meinem Inneren baut sich ein köstlicher Druck auf, der immer unerträglicher wird, je länger er mich reizt. Keuchend unterbreche ich den Kuss, weil ich das Gefühl habe, keine Luft mehr zu bekommen. Wie von selbst bewege ich die Hüften, während mein Schwanz zuckt und sich Lusttropfen auf der Eichel bilden, doch es reicht nicht. Stattdessen werde ich nur so empfindlich, dass ich beim kleinsten Lufthauch zusammenzucke.

Atemlos sehe ich Peer an, der mich im Halbdunkel beobachtet. Was soll das werden? Will er denn nicht... will er so?

Ächzend löse ich die Finger aus dem Laken. Im ersten Moment will ich nach meinem Schwanz greifen und das Ganze mit zwei, drei schnellen Strichen beenden, doch ich zwinge mich, stattdessen nach seinem Handgelenk zu greifen. Ich ziehe seine Hand weg und drehe mich auf den Bauch.

Mit einem Aufstöhnen krümme ich mich zusammen, als die Reibung an der Matratze mich für einen Augenblick gefährlich dicht an den Rand des Orgasmus bringt. Meine Hüften zucken und es hätte nicht viel gefehlt und ich hätte dem schier überwältigenden Drang in meinem Inneren nachgegeben.

Aber dann höre ich die Kondomverpackung knistern, höre Peers schnelle Atemzüge und reiße mich zusammen. Ich komme auf Ellbogen und Knie hoch und presse die Stirn ins Laken, während ich ihm meinen Hintern anbiete und die Beine weiter auseinanderschiebe.

Peers Atmung klingt abgehackt, als hätte er sich an irgendwas verschluckt, dann streichelt seine Hand über meinen Hintern den Rücken hinauf und seine Finger fahren federleicht über meinen Nacken. Mit der anderen führt er seinen Penis an meinen Eingang und dann schiebt er sich endlich, endlich in mich.

Sofort merke ich, dass er größer ist als Karsten, und ein Schauer rieselt kribbelig über meinen Rücken. Er will es langsam machen. Ich spüre das Zittern seiner Anstrengung, aber das ist nicht notwendig. Ich will es schnell. Ich will es jetzt. Bevor ich explodiere und gar nichts mehr mitbekomme.

Ich warte, bis er mit der Spitze in mich eingedrungen ist, ehe ich mich ihm fordernd entgegendränge – und weiter und weiter, als könnte ich nicht aufhören, bis er mich ganz ausfüllt. Kann ich auch nicht. Mein Kopf hat sich ausgeschaltet und mein Körper nimmt sich einfach, was er braucht.

Mit festem Griff klammert Peer sich an meine Hüften. »Gott…«, ächzt er und das hilflose Verlangen in seiner Stimme fließt wie eine Droge durch mich und direkt in meinen Schwanz.

Ich zucke zusammen und umschließe die Basis meines Schafts fest, um nicht sofort zu kommen. Doch als Peer sich zu bewegen beginnt, habe ich kaum noch Kontrolle über irgendwas. Schnell, tief und hart stößt er in mich und ich kann jede einzelne Bewegung bis in die Zehenspitzen fühlen. Ich komme ihm entgegen, so gut ich kann, aber er bestimmt den Rhythmus und den Winkel, er bestimmt alles.

Als er meine Prostata trifft, gibt es einen Kurzschluss in meinem Kopf. Für ein paar Sekunden bestehe ich nur noch aus Gefühlen, die in meinem Körper wie auf einem Schlachtfeld wüten. Ich sacke weiter nach vorne, spüre Peers Hand an meiner um meinen Schwanz und dann fängt er an, mich im Takt seiner Stöße zu pumpen, was kaum noch nötig ist.

Ich komme so heftig, dass ich kurzzeitig alles vergesse. Meinen Namen, wo ich bin, was ich bin, dass da draußen eine Welt abseits dieser mitreißenden Lust existiert, die mich mit ganzer Kraft überwältigt und vollkommen leer zurücklässt.

Ich kriege nicht mal mit, wie Peer kommt, aber er muss wohl gekommen sein. Als ich wieder klar denken kann, liegen wir seitlich im Bett, er hinter mir. Und immer noch in mir. Träge pulsiert sein Schwanz in mir wie ein zweiter Herzschlag. Er ist nicht ganz im Takt mit meinem, aber nahe dran.

Peers schnelle Atemzüge streichen über die verschwitzte Haut in meinem Nacken und ich bilde mir ein, seinen hämmernden Herzschlag an meinem Rücken zu fühlen. Auf meinem Bauch klebt mein Sperma und wird langsam kalt.

Ich hab's getan. Ich hatte Sex mit einem anderen als Karsten.

Und es war gut. Besser als gut. Besser als mit –

Peer zieht sich aus mir zurück und verlässt das Schlafzimmer, um das Kondom zu entsorgen. Keine Ahnung, wie er sich so schnell wieder bewegen kann. Ich fühle mich so erledigt, dass mir die Beine unter dem Körper wegknicken würden, wenn ich jetzt aufstehen müsste. Kurz darauf höre ich Wasser rauschen und er kommt mit einem Waschlappen zum Bett zurück.

Offensichtlich bedeutet zwangloser Sex, dass beim Quickie keine Dusche inbegriffen ist. Nur ein Waschlappen.

»Hier.« Er drückt mir das warme Stück Frottee in die Hand.

»Danke.«

Ich wische über meinen Bauch und zwischen die Beine, werde aber um eine Dusche nicht herumkommen. Bei uns zu Hause. Bei *Karsten* und mir zu Hause.

Karsten... Inzwischen ist er bestimmt zurück und fragt sich, wo ich bin.

Plötzlich fühle ich mich schlecht. Vermutlich das schlechte Gewissen. Oder Schuldgefühle. Oder beides. Ich schließe die Augen. Weil es so gut war. Weil ich mich so habe gehen lassen. Weil ich es gleich noch mal machen will...

»Das war...« Peer bricht ab. Federleicht streicht er mit einem Finger über meine Seite. Fühlt sich gut an. Irgendwie vertraut. Trotzdem wäre es mir lieber, er würde das lassen. Peer räuspert sich. »Ich hätte nicht gedacht, dass du... dass es bei der App auch normale Leute gibt.«

Dass ich was?

»Ich auch nicht.« Allerdings fällt Peer nicht gerade in die Kategorie *normal*. Ich taste über das Laken, bis ich die feuchte Stelle finde. »Hab allerdings dein Bett eingesaut.«

»Egal. Hab eine Waschmaschine.«

Na klar, so einfach ist das. Eine Ladung Wasser, etwas Waschmittel, für mich ein bisschen Seife und weg sind die verräterischen Spuren.

Aber bis dahin rieche ich vermutlich nach Peer. Und sobald ich durch die Tür trete, wird Karsten wissen...

Verdammt. Karsten will Details. Alle schmutzigen Einzelheiten. Jede Bewegung, jede Empfindung... *alles*. Keine Ahnung, ob ich ihm so einfach erzählen kann, was ich hier eben gemacht habe. Jetzt gerade fühlt es sich wieder sehr nach Fremdvögeln an – falls sich das so anfühlt.

Ich richte mich auf, rutsche an den Rand des Betts und will aufstehen, als er mich am Arm festhält. Ich sehe ihn an. Seit wir miteinander geschlafen haben, ist es das erste Mal. Schon vorher hat er meinen Blick wie magnetisch angezogen. Aber wenn ich ihn jetzt ansehe, fühle ich ein Echo dessen, was ich gerade mit ihm erlebt habe.

»Alles okay?«

»Klar, wieso?« Ich schüttle seine Hand ab und stehe auf, um nach meiner Pants und der Jeans zu greifen und hineinzusteigen.

»Du bist... etwas verkrampft, obwohl du gerade eigentlich ziemlich entspannt sein solltest.«

»Ich bin entspannt.«

»Aha.« Als ich mich zu ihm umdrehe, sieht es so aus, als wollte er noch etwas sagen, scheint es sich dann aber anders zu überlegen. Er steht auf und geht an mir vorbei aus dem Schlafzimmer, ohne sich anzuziehen. »Willst du was trinken? Oder vielleicht noch 'ne Kleinigkeit essen?«

»Nein.« Wo zum Teufel ist mein T-Shirt? »Ich denke, ich geh jetzt.« Ach ja, im Flur.

Gott, wir haben uns im *Flur* die Klamotten vom Leib gerissen. Ich kann an den Fingern abzählen, wie oft das bisher mit Karsten passiert ist: genau zweimal. Und bei beiden Malen war nicht er derjenige, der *mir* an die Wäsche gegangen ist. Eigentlich sollten wir das jetzt, da wir eine eigene Wohnung haben, viel häufiger tun.

»Okay.« Peer lehnt in der Tür zur Wohnküche und sieht so lässig aus, wie ich sein sollte. Wie ich es *wünschte* zu sein. Ihm merkt man an, dass da nicht das erste Mal ein mehr oder weniger wildfremder Kerl in seiner Wohnung ist, den er gerade gevögelt hat. »Wo musst du denn hin?«

»Trudering.« Ich bücke mich nach meinem T-Shirt und ziehe es über.

»Ah, cool, dann kannst du hier ja gleich in die U2 steigen.«

»Hm-hm.«

Nur dass ich mir dazu eine Fahrkarte kaufen müsste. Mein Rad steht noch bei dem Café, in dem wir uns getroffen haben. Scheiße. Wir sind ja mit der Tram hergefahren. Ich bin schwarzgefahren. Da hab ich vor lauter Aufregung und Nervosität gar nicht dran gedacht.

Ich schlüpfe in meine Schuhe und taste anschließend meine Hosentaschen ab, ob ich auch nichts verloren habe: Handy, Geldbeutel, Schlüssel. Alles da. Wäre super unangenehm, wenn ich irgendwas davon hier vergessen würde.

»Okay.« Ich drehe mich zu Peer um und zucke überrascht zusammen, weil er inzwischen auf mich zugekommen ist.

»Okay, Max.« Der Name irritiert mich kurz. Noch mehr als der trockene Kuss, den er mir auf die Lippen drückt, ehe er nach der Türklinke greift und sich hinter die Tür stellt, als er sie aufzieht. »Komm gut nach Hause.«

***

Für die Rückfahrt zum Café löse ich mir ein Ticket. Ich hätte auch laufen können, um es noch in die Länge zu ziehen, bis ich nach Hause muss, und um den Kopf freizubekommen, aber auf mich wartet sowieso noch eine knappe Dreiviertelstunde Rückfahrt auf dem Rad.

Mein Handy zeigt mir zwei verpasste Anrufe an, einer natürlich von Silvi und einer von meiner Schwester. Verdammt. Ich habe vergessen, sie anzurufen. Egal, *jetzt* habe ich keinen Nerv, mich mit ihr und ihrem tollen Vorschlag einer Kreuzfahrt auseinanderzusetzen.

Mit Silvi will ich allerdings auch nicht reden. Ich weiß nicht, was ich sagen soll. Ich weiß noch nicht mal, was ich *Karsten* sagen soll, wenn er mich nachher nach dem Sex fragt. Vielleicht muss ich ihm gar nichts sagen, wenn er nicht mitbekommt, was ich gemacht habe… was unwahrscheinlich ist, weil er mir nämlich eine Nachricht geschrieben hat.

Karsten, *20:43*
Hey, gerade vom Schwertkampf zurück. Wo bist du denn?

Das Dumme am Zusammenleben ist, dass der andere meistens genau weiß, wie der eigene Kalender so aussieht. Meiner ist im Vergleich zu Karstens ziemlich leer, wenn man abzieht, dass ich ohnehin einen Großteil des Tages in der Steuerkanzlei hocke. Er weiß vielleicht nicht, wo ich stecke, aber vermutlich kann er sich denken, warum ich nicht wie immer zu Hause bin oder er nicht bei *Facebook* gesehen hat, dass ich mit Silvi unterwegs bin.

Verdammt.

Ich schreibe Silvi eine kurze Nachricht, damit sie nicht die Polizei verständigt oder Telefonterror schiebt, und vertage das Gespräch mit ihr auf morgen.

Karsten schreibe ich nichts. Den sehe ich ja gleich sowieso. Mal ganz davon abgesehen, dass ich immer noch nicht weiß, was und wie ich es sagen soll.

Das ändert sich auch nicht während der Fahrt nach Hause. Oder während ich vor unserer Wohnungstür stehe und mit dem Schlüssel herumhantiere. Scheiße. Sich Geschichten auszudenken, ist leichter, als mit der Wahrheit rauszurücken. Wer weiß, wie viel Karsten tatsächlich wissen will. Wirklich *alles*?

Ach, zum Teufel. Es war schließlich *seine* bescheuerte Idee!

Ich ramme den Schlüssel ins Schloss und betrete unsere Wohnung. Karsten sitzt im Wohnzimmer und der Fernseher läuft, so viel kann ich erkennen. Allerdings rufe ich nur eine schnelle Begrüßung, ehe ich ins Badezimmer flüchte.

Feigling. Beschissen feiger Feigling. Er *wollte* es doch so! Aber vielleicht will er den anderen Kerl nicht zwangsläufig an mir riechen. Immerhin hat er sich danach auch geduscht.

Ich ziehe mich aus, drehe das Wasser in der Duschwanne auf und steige unter den Strahl, bevor ich den Duschvorhang zuziehe. Keine Sekunde zu früh.

»Felix?« Karsten schiebt die Tür zum Bad auf und kommt rein. Mist. Nicht abgeschlossen. Macht der Gewohnheit. »Alles okay?«

»Hm? Ja, alles gut.«

Hastig greife ich nach dem Shampoo, das mir jedoch aus der Hand rutscht und polternd in der Wanne landet. Großartig. Die Haare sind bestimmt eh nicht so schlimm wie die Haut, also schnappe ich mir stattdessen das Duschgel.

»Wo warst du?«

Trotz des Wasserrauschens ist die Anspannung in Karstens Stimme unüberhörbar. Er bemüht sich sehr um einen lockeren Tonfall, aber es klingt aufgesetzt, als würde ihm jemand ein Messer an die Kehle halten und dazu zwingen.

»Unterwegs.« Jetzt bücke ich mich doch nach dem Shampoo, um auch meine Haare zu waschen.

Karsten sagt eine Weile nichts, dann: »Mit wem?«

Mein Herz hämmert. Ich bin froh, dass ich bereits unter der Dusche stehe, weil mir gerade der Schweiß ausbricht. Mit diesem Kreuzverhör fühle ich mich, als hätte *ich* etwas falsch gemacht. Als hätte ich ihn *absichtlich* betrogen.

Ich könnte lügen. Aber das ist nicht Sinn der Sache. Er will es wissen. Er will es, verdammt noch mal, wissen!

»Mit Peer.«

Ich lege den Kopf in den Nacken und spüle mir das Shampoo aus den Haaren. Gleichzeitig kommt es mir wie eine Ewigkeit vor, bis Karsten seine Stimme wiedergefunden hat.

»Peer?«

Ich drehe das Wasser ab und ziehe den Duschvorhang zur Seite. Karstens wutverzerrtes Gesicht trifft mich wie ein Streich mit seinem Schwert. Etwa eine Sekunde lang. Dann strafft er die Schultern und versucht, mich nicht sehen zu lassen, wie wütend er ist.

Ach. Er darf, aber ich nicht, oder was? Jetzt hat er schon bekommen, was er wollte, und es passt ihm trotzdem nicht.

Ich angle nach meinem Handtuch, das über dem Handtuchhalter hängt, und trockne mich ab.

»Und?«, will Karsten wissen, während er mir zuschaut, ohne mir jedoch ins Gesicht zu sehen.

»Was, und?«

»Wie... war's?«

»Gut.« Das trifft es nur unzureichend und hängt trotzdem wie eine Giftwolke im Raum. Hätte *fantastisch* uns dann beide auf der Stelle umgebracht?

Karsten nickt langsam. »Schön.«

Das ist alles? Mehr will er nicht?

Ich steige aus der Wanne und merke, dass ich mir keine frischen Sachen mitgebracht habe. Egal, weder lohnt es sich jetzt noch, sich was anzuziehen, noch hat es sich zum Abend hin nennenswert abgekühlt.

»Gibst du mir Details?«

Ich begegne seinem Blick. Inzwischen hat Karsten sich so weit gefasst, dass da tatsächlich so was wie Neugier in seinen Augen schimmert. Wie kann er das wissen *wollen*? Ich will nicht wissen, dass sich der Sex mit anderen so ganz anders anfühlt als unserer.

»Was denn für Details?«

Karsten zuckt die Schultern. »Was ihr gemacht habt.«

»Sex«, sage ich geradeheraus. »Wir hatten Sex.«

»Das hab ich mir schon gedacht. Warst du passiv?«

»Ja.« Das Gespräch fühlt sich vollkommen surreal an. Wie ein Heiratsantrag auf einer Beerdigung oder so.

»Wo wart ihr?«

»Bei ihm.«

»Schlafzimmer?«

»Ja.«

»Bett?«

»Ja. – Karsten, warum fragst du das alles?«

Aber er antwortet nicht, sondern schüttelt nur leicht den Kopf, als wollte er die Frage abwimmeln. Seine hübschen Locken sind noch feucht von seiner eigenen Dusche nach dem Schwertkampf. In der heißen, schwülen Luft kringeln sie sich noch mehr als sonst.

»Was habt ihr gemacht? Was hat *er* gemacht?«

Ich rolle die Augen. »Wir haben uns geküsst. Wir haben uns ausgezogen. Dann sind wir ins Bett und haben gevögelt.« Gott, will er vielleicht auch noch hören, wie lang Peers verdammter Schwanz ist?

»Und wie hat es sich angefühlt?«

Als würde ich fremdgehen. »Sagte ich doch schon. Gut.«

»Nur gut? Weil... er ist doch auch erst der Zweite, mit dem du geschlafen hast, oder nicht?«

Und wenn ich mit einer ganzen Fußballmannschaft schlafe – was ändert das an meinen Gefühlen für Karsten? »Was willst du von mir hören?«

Ich drehe mich um, sodass ich mich und ihn im Spiegel ansehen kann, und greife nach dem Kamm, jedoch ohne ihn zu benutzen. Stattdessen halte ich Karstens Blick im Spiegel fest. Inzwischen ist er näher an mich herangetreten. Ich spüre seinen Körper dicht hinter mir, auch wenn er mich nicht berührt.

–Unter normalen Umständen hätte ich mich vielleicht nach hinten an ihn gelehnt. Jetzt tue ich es nicht. Ich will nicht.

Wieder geht er nicht auf meine Frage ein, sondern beugt sich stattdessen vor und platziert einen hauchzarten Kuss auf meiner Schulter. Den Blick hält er dabei über den Spiegel auf mich gerichtet. Seine Lippen lösen eine schwache Gänsehaut auf meiner Haut aus, die höchst verwirrend ist.

»Hat er dich hier geküsst?«, flüstert er und wandert mit den Lippen an meiner Schulter entlang bis zu meinem Hals. Während er sich zu meinem Ohr hocharbeitet, lässt er mich seine Zähne und Zunge spüren.

Ich erschauere – allerdings nicht auf gute Art. »Was...?« Als er mich ins Ohrläppchen zwickt, zucke ich zusammen.

Er packt mich, dreht mich herum und schiebt mich nach hinten gegen den Rand des Waschbeckens. Die kalte Keramik drückt sich unangenehm gegen meinen Rücken. Klar, dass ich nicht so erregt bin wie sonst, wenn Karsten ausnahmsweise mal den ersten Schritt macht, da ich quasi eben erst gekommen bin. Aber irgendwie ist da noch was anderes.

»Oder hier?« Seine Lippen streichen über meine und wecken einen Ekel in mir, der mich selbst erschreckt. »Hat er dich hier angefasst?« Die Finger seiner linken Hand streichen über meine rechte Brustwarze.

Meine Hand schnellt vor und hält seine fest, bevor sich das seltsam schmutzige Gefühl weiter in mir ausbreiten kann. Seine Berührungen fühlen sich nicht gut an. Nicht echt.

»Karsten, was soll das?«

»Ist das nicht offensichtlich?«

»Willst du wieder was anfangen, das du dann lieber im Schlafzimmer beenden willst?« Das Zimmer ist mir eigentlich völlig egal. Ich will jetzt nicht. Nicht, wenn ich Peer noch in mir spüren kann und sich Karstens Berührungen so kalt wie die eines Roboters anfühlen.

Er lehnt sich zu mir, aber bevor er mich küssen kann, drehe ich den Kopf weg. Sein Mund liegt an meinem Ohr, als er flüstert: »Vielleicht will ich ja gleich hier?«

»Seit wann?« Erst, als er sich ein Stück zurückzieht, sehe ich ihn wieder an. »Seit es dich scharf macht, wenn ein anderer mich vögelt? Wenn *du* einen anderen vögelst?«

Ich erinnere mich an Samstagmorgen, als er nach seinem Sexabenteuer ebenfalls auf mich zugekommen ist – in der Küche. Mein Hals schnürt sich zu. Ich weiß nicht, ob ich kurz davor bin, zu heulen oder zu kotzen.

Zwischen seinen Brauen bildet sich eine ärgerliche Falte. »Beschwerst du dich jetzt, wenn ich scharf auf dich bin?«

»Wenn du deinen Schwanz dazu erst in einen anderen stecken musst, ja.«

Entweder liegt es an meiner Wortwahl oder an meinem unterkühlten Tonfall, dass er zurückfährt, als hätte ich ihn mit einem Elektroschocker attackiert. Bei seinem wütenden Blick zieht sich mein Herz schmerzhaft zusammen.

»Du hast deinen Arsch auch verdammt schnell dem Erstbesten hingehalten, also tu nicht so scheinheilig.«

Ich starre ihn an. An diesem Satz ist so viel falsch, dass ich gar nicht weiß, wo ich anfangen soll. Es fühlt sich an, als hätte er mir ein Messer in die Brust gerammt, ohne genau zu wissen, wo sich mein Herz befindet, um dem Ganzen ein schnelles Ende zu bereiten.

Irgendwas bohrt sich schmerzhaft in meine rechte Handfläche. Der Kamm. Obwohl meine Hand pocht, muss ich mich mit aller Macht zwingen, meinen Griff darum zu lockern. Als ich es endlich geschafft habe, drehe ich mich um, um meine Haare zu kämmen.

Karstens wütender Blick trifft mich im Spiegel. Ich beiße die Zähne so fest zusammen, dass sie knirschen. Er hat kein verdammtes Recht, so sauer auf mich zu sein!

Du wolltest, dass ich meinen Arsch dem Erstbesten hinhalte, du *wolltest die offene Beziehung!,* hallt es in meinem Kopf, aber ich würge die Worte runter und sage stattdessen: »Törnt es dich an, wenn du und ich mit anderen schlafen? Wolltest du das deshalb? Um unseren Sex…« – ich schnaube abfällig – »zu *beleben*?«

»Eine offene Beziehung soll frischen Wind ins Sexleben bringen.«

Hält er mich für dämlich? Das ist keine Antwort auf meine Frage.

»Und? Tut sie's?«

»Wenn du mich abweist, wohl nicht.«

Ich schließe die Augen. Hört sich das nur in meinen Ohren wie eine Anklage an oder ist das seine Absicht? »Dann sollten wir damit wohl besser aufhören.«

Er schweigt. Ich spüre seinen Atem an meiner Schulter und bekomme schon wieder eine Gänsehaut. Als ich nach einer Ewigkeit die Augen öffne, ist sein Blick im Spiegel weicher geworden.

»Ich finde, es ist zu früh, um die Sache jetzt schon aufzugeben.«

Mir entfährt ein Laut irgendwo zwischen höhnischem Auflachen und abfälligem Schnauben. »Zu früh ist besser als zu spät.«

»Felix…« Vorsichtig, als wäre er nicht sicher, wie ich darauf reagiere, lehnt er die Stirn gegen meine feuchten Haare. »Ich liebe dich. Bitte lass uns nicht beim ersten Problem abbrechen.«

Sondern? Beim fünfundzwanzigsten?

Ich seufze, hebe einen Arm und lege die Hand auf seinen Kopf. »Ich kann danach nicht mit dir schlafen, Karsten. Das fühlt sich… ich… kann nicht.«

»Okay«, murmelt er und küsst mich sanft auf die Schulter. »Dann lassen wir das.« Er löst sich von mir, lächelt mich im Spiegel an und verlässt das Badezimmer.

Irgendwie kommt es mir so vor, als hätte er gerade akzeptiert, seltener mit mir zu schlafen, damit er öfter mit anderen schlafen kann.

Kapitel 6

Mein Handy vibriert. Marie. Zum *dritten* Mal. Die weiß auch nie, wann Schluss ist. Wenn ich drangehen könnte, hätte ich das schon längst getan oder sie zurückgerufen.

Frau Bimsel wirft mir einen mitfühlenden Blick zu. »Vielleicht ist es wichtig?«, fragt sie leise.

Für Marie auf alle Fälle. Aber für Dr. Schuhknecht nicht, der mir schon wieder über die Schulter sieht. »Sie sind ja heute wieder sehr gefragt, Herr Wildner.«

»Entschuldigung«, murmle ich und drücke den Anruf weg. »Ich schalte es gleich aus.«

»Entweder das oder Sie gehen kurz dran, wenn Ihr Handy dadurch endlich Ruhe gibt. Sie wissen ja, dass die Dinger am Arbeitsplatz eigentlich nicht erlaubt sind. Das ist ein Zugeständnis meinerseits.«

Überrascht sehe ich in sein mürrisches Gesicht. Inzwischen ist er wieder zu seiner kompletten Anzuggarnitur zurückgekehrt, mit Krawatte und Jackett, weil das Thermometer wieder unter dreißig Grad gefallen ist.

Frau Bimsel trägt nach wie vor Röcke und ich habe weiterhin einen Knopf am Hemd zu viel offen, auch wenn ich mir dafür jeden Morgen einen missbilligenden Blick von Dr. Schuhknecht einfange. Ich habe es schon geschlossen probiert, aber im Laufe des Tages machen sich meine Finger sowieso selbstständig und lösen den Knopf.

»Wenn es in Ordnung ist, würde ich tatsächlich gerne schnell zurückrufen. Das ist meine Schwester«, erkläre ich, als Dr. Schuhknechts Mundwinkel sich nach unten verziehen. »Vielleicht ist es wichtig«, wiederhole ich Frau Bimsels Worte.

»Ich hoffe, dass es wichtig ist, wenn das nicht bis zu Ihrer Mittagspause warten kann.« Er macht eine ruppige Kopfbewegung.

»Aber gehen Sie zum Telefonieren in die Küche. Und ich warte immer noch auf den Vergleich.«

Wenn ich nicht so beschäftigt damit gewesen wäre, Maries Anrufe wegzudrücken, hätte er den Vergleich schon vor zwanzig Minuten gehabt. »Den haben Sie in einer halben Stunde.«

»Abzüglich der Zeit Ihres Telefonats oder inklusive?«, fragt er mit einem sarkastischen Unterton, der mich stutzen lässt. Dr. Schuhknecht neigt für gewöhnlich nicht zum Scherzen.

»Äh... inklusive?«

Dr. Schuhknecht brummt nur als Antwort, dann dreht er sich um und verschwindet in sein Büro. Irgendwie hat er einen Radar dafür eingebaut, ausgerechnet dann aufzutauchen, wenn er mich bei irgendwas ertappen kann. Ich hasse es, dass ich mit dem Rücken zu seiner Tür sitze.

Ich greife nach meinem Handy und stehe auf. »Bin gleich wieder da.«

»Oh, ja, ich hoffe, es ist nichts Schlimmes.« Frau Bimsel senkt die Stimme. »Aber Sie sollten sich lieber beeilen, Dr. Schuhknecht ist im Moment nicht besonders gut gelaunt.«

Ach. Und wie sieht Dr. Schuhknecht aus, wenn er gut gelaunt ist? Schmeißt er sich dann in Shorts und Hawaiihemd und spendiert uns eine Runde eisgekühlte Smoothies mit Schuss? Falls ja, dann ist das während meiner ganzen Zeit hier noch kein einziges Mal vorgekommen.

Ich verpasse den Zeitpunkt, von meinem Schreibtisch wegzutreten, was Frau Bimsel zu einem übertriebenen Seufzen ermutigt. »Ich vermute, es ist seine Frau. Eine grässliche Person. Haben Sie sie auf der Weihnachtsfeier kennengelernt? So jemand verdirbt einem wirklich jeden Spaß am Leben. Und wie sie sich auf das Buffet gestürzt hat! Also *wirklich*, als wären da nicht noch andere Gäste gewesen, die vielleicht auch gerne etwas von dem Lachstartar –«

»Frau Bimsel«, unterbreche ich sie und schwenke mein Handy, das just in diesem Augenblick schon wieder zu vibrieren anfängt. »Meine Schwester ruft schon wieder an. Ich geh besser gleich dran.«

»Ja. Ja, ja, machen Sie das, Herr Wildner. Hoffentlich ist alles gut!«, ruft sie mir hinterher, als ich schnellen Schrittes aus dem Büro stürze.

Auf halber Strecke zur Mitarbeiterküche bin ich weit genug von Dr. Schuhknechts Büro entfernt, um den Anruf entgegenzunehmen.

»*Was?*«, blaffe ich ins Handy. »Scheiße, Marie, ich bin bei der Arbeit!«

»Ich *weiß*«, blafft sie im selben Tonfall zurück. »Aber du bist schwerer ans Telefon zu bekommen als die Queen. Warum zum Teufel rufst du nicht zurück?«

»Hab's vergessen. Und ich hatte keine Zeit. Ich verbringe nicht den lieben langen Tag damit, eine Hochzeit mit tausend Leuten zu planen.«

»So viele sind es nun auch nicht. Und du bist ja wohl nicht den ganzen Tag auf der Arbeit.«

Nein, aber wenn ich gerade nicht auf der Arbeit bin, verbringe ich Zeit mit Karsten. Und ich genieße es, verdammt noch mal, ich *brauche* das jetzt.

»Lass uns nicht streiten«, sage ich, als ich die Mitarbeiterküche betrete, in der sich gerade niemand befindet. Nur ich und die kleine Küchenzeile mit Kühlschrank, vier Herdplatten, einem Backofen und einer Mikrowelle. Daneben stehen ein hochwertiger Kaffeeautomat und mehrere Kästen Wasser sowie diverse Säfte. Die Hitze der letzten Tage hat den Getränkebestand deutlich dezimiert. Viele der Flaschen sind leer. Frau Schmidt muss bald nachbestellen.

Ich schließe die Tür hinter mir und schlängle mich zwischen dem großen Tisch mit zehn Stühlen und den beiden kleineren, niedrigen Tischen mit Lounge-Sesseln hindurch zum Fenster. Zwischen den halb geschlossenen Lamellen schaue ich auf die Schwanthalerhöhe hinunter.

»Ich hab nicht viel Zeit. Was ist?«

Marie stöhnt. »Was? Das kannst du dir doch wohl denken. Mama hat gesagt, du weißt schon von der Kreuzfahrt?«

»Geht es nicht auch ein bisschen weniger extravagant?«

»Warum? Das wünscht sich Opa schon sein halbes Leben lang.«

»Dir ist aber schon klar, dass wir dann *zwei* Tickets kaufen müssen? Oder glaubst du, Opa fährt alleine Schiff?«

Hinter mir geht die Tür auf und ich sehe kurz über die Schulter. Mit einer Kaffeetasse in der Hand betritt André aus der Personalabteilung die Küche. Lächelnd nickt er mir zu und will offensichtlich gerade was sagen, doch ich deute auf das Handy an meinem Ohr und zucke die Schultern.

»Natürlich nicht«, sagt Marie. »Mann, Felix. Bevor ich den Vorschlag gemacht habe, habe ich mich zufälligerweise informiert. Es gibt ganz interessante Pakete, die man da buchen kann, mit tollem Preis-Leistungs-Verhältnis.«

Sie rattert Produktdetails und Vorteile herunter, als würde sie im Reisebüro arbeiten und mich unbedingt davon überzeugen wollen, dass ich dringend Urlaub brauche – und zwar genau *diese* Kreuzfahrt –, weil ich sonst zeitlebens nicht mehr froh werde.

Ich lasse sie reden, während ich André dabei zusehe, wie er seine Tasse unter die Kaffeemaschine stellt und sich per Knopfdruck irgendeine der zahllosen Kaffeespezialitäten ordert. Als die Maschine laut zu rattern beginnt, wirft er mir einen entschuldigenden Blick zu und lächelt wieder.

»… wenn wir uns Strecken aussuchen, die – oh Gott. Was ist das denn für ein Krach bei dir? Hallo? Felix?«

Ich wende mich von André ab, um wieder aus dem Fenster zu sehen. »Die Kaffeemaschine«, sage ich laut, um das Rattern, mit dem die Kaffeebohnen gemahlen werden, zu übertönen. »Wie gesagt, ich bin im Büro und eigentlich darf ich hier nicht telefonieren, also steh ich in der Mitarbeiterküche.«

»Ach so«, ruft sie zurück. »Soll ich kurz… ah, ist der Kaffee jetzt durch?«

Ich sehe wieder über die Schulter. André hebt zum Abschied kurz die Hand und verlässt den Raum, ehe er leise die Tür hinter sich schließt.

»Ja.«

»Gut, was ich sagen wollte… Die Preise variieren stark nach Jahreszeit und Strecke und wenn wir…«

Ob Karsten Lust hat, in den Semesterferien mit mir in den Urlaub zu fahren? Wir sind schon ewig nicht mehr so richtig gemeinsam verreist – und die kurzen Stippvisiten zu Hause bei unseren Familien zählen nicht.

Das letzte Mal sind wir Anfang des Jahres für ein verlängertes Wochenende in Prag gewesen – mehr ist sowohl finanziell als auch zeitlich nicht drin gewesen. Da ich zu dem Zeitpunkt noch keine sechs Monate bei der Steuerkanzlei gearbeitet habe, wollte man mir natürlich nicht gleich einen mehrwöchigen Urlaub genehmigen. Karsten war noch mal mit ein paar Leuten wandern, aber da bin ich nicht mitgefahren.

Aber jetzt stehen seine Sommerferien vor der Tür und bei mir hat es sich mittlerweile auch eingependelt. Dr. Schuhknecht weiß, dass ich gute Arbeit leiste, also sollte die eine oder andere Woche Sommerurlaub schon drin sein. Vielleicht nach Italien oder Frankreich oder Spanien. Wenn Karsten unbedingt will, könnte ich mich sogar für Mallorca erwärmen, wenn es nicht gerade direkt an den Ballermann ist.

Vielleicht ist Urlaub genau das, was wir brauchen, um diese idiotische Sache mit der offenen Beziehung aus der Welt zu schaffen. Kein Sex mit Wildfremden, sondern einfach mal wieder eine schöne gemeinsame Zeit. Nur Karsten und ich. Niemand sonst. Konzentration auf das Wesentliche und alles andere aus dem Kopf verbannen.

»Und wenn wir alle zusammenlegen, dürfte das nicht so teuer werden. Mama und Papa sind auf jeden Fall dabei, Frank und Nicole auch und Oma sowieso. Oma Berta wusste es noch nicht. Und falls das immer noch nicht reicht, bin ich ja in der glücklichen Position, einen wohlhabenden Verlobten zu haben. Nils steuert bestimmt gerne einen größeren Teil bei.«

»Hm-hm«, mache ich, als die Tür hinter mir erneut aufgerissen wird, dieses Mal jedoch so ruckartig, dass ich unwillkürlich zusammenzucke.

Ich drehe mich um und werde von einem giftigen Blick von Frau Schmidt erschossen, der dem Handy an meinem Ohr gilt. Dann zückt sie einen kleinen Notizblock und verschafft sich einen schnellen Überblick über die Getränkevorräte, ehe sie wieder verschwindet und die Tür dabei lauter als nötig hinter sich schließt.

»Ist das ein Ja?«

Ich fahre mir durch die Haare, während ich mir ihre letzten Sätze in Erinnerung zu rufen versuche. »Warum suchst du nicht einfach eine Kreuzfahrt raus und sagst mir, was für Kosten auf Karsten und mich zukommen würden? Dann kann ich dir besser sagen, ob das in unser Budget passt. Karsten und ich wollen im Sommer vielleicht selbst wegfahren.«

Das scheint ein nachvollziehbares Argument zu sein.

»Wir müssen uns auch nicht alle mit gleich viel beteiligen«, lenkt Marie ein. »Mir ist schon klar, dass ihr in München wahrscheinlich genug damit zu tun habt, euer Geld zusammenzuhalten.«

Probleme, von denen sie zweifellos nicht die geringste Ahnung hat.

Ähnlich wie bei Karsten und mir ist Marie schon seit der Schulzeit mit Nils zusammen, nur dass Nils zwei Klassen über ihr war, was auf beiden Seiten üblen Klatsch verursacht hat. Bei Marie hieß es, sie wäre nur hinter seinem Geld her, bei Nils wahlweise, dass er nur junge Mädchen beeindrucken kann oder Marie sowieso nur ausnutzt.

Doch trotz all dem hatten sie nur einmal am Anfang ihrer Beziehung eine fünfmonatige Pause während seines Abis und haben sich danach wieder zusammengerauft. Letztes Jahr hat er sie dann gefragt, ob sie ihn heiraten will. Damit hat Marie für den Rest ihres Lebens ausgesorgt.

»Wie gesagt, sag mir einfach, mit wie viel Karsten und ich dabei wären«, wiederhole ich. »Und jetzt muss ich Schluss machen, sonst bekomm ich wirklich Ärger.«

»Ja, ja, schon gut. Hauptsache, du rufst beim nächsten Mal zurück. Opas Geburtstag rückt immer näher.«

Wir verabschieden uns, während ich bereits die Küche Richtung Tür durchquere. Als ich das Handy vom Ohr nehme und auflege, leuchtet mir ein rotes *LoveLife*-Chat-Fenster entgegen. Da ich schon an die obszönen Nachrichten gewöhnt bin, die ich gelegentlich bekomme, schwebt mein Daumen automatisch zum Schließen-Button und drückt ihn, kurz bevor ich den Nickname lese.

Peer.

Mein Herzschlag setzt kurz aus. Eine träge Erinnerung an unser Zusammentreffen prickelt durch meinen Unterleib. Seit vorletztem Montag ist das die erste Nachricht, die ich von ihm bekomme. Ein paar Mal bin ich in Versuchung gewesen, ihn selbst anzuschreiben, habe es jedoch nicht gemacht.

Zu gefährlich. Und unnötig. Nach unserem Gespräch im Bad ist Karsten scheinbar noch mal in sich gegangen und hat die Lust an der offenen Beziehung verloren. Zumindest ist mir nichts aufgefallen, wo er noch mal die Gelegenheit gehabt hätte. Stattdessen ist er seitdem unheimlich süß zu mir. Heute Abend sind wir sogar noch verabredet. Da kann ich locker drüber hinwegsehen, dass der Sex… na ja. Immerhin *haben* wir wieder Sex.

Auf dem Weg zurück zu meinem Schreibtisch öffne ich die *LoveLife*-App.

Peer: *Hey Max, alles klar? Was macht dein horizontales Work-out?*

Oh Mann, hab ich das wirklich so gesagt? Klingt grauenhaft. Trotzdem beschleunigt sich bei der Frage mein Herzschlag. Will er… noch mal?

Als ich am Büro von Dr. Schuhknecht vorbeikomme, das mit einer Verbindungstür mit dem von Frau Bimsel und mir verbunden ist, erhasche ich einen Blick auf Frau Schmidt, die vor seinem Schreibtisch steht und sich über irgendwas aufregt. Wahrscheinlich über mich und das Handy. Das war dann wohl das letzte Mal, dass Dr. Schuhknecht irgendwelche *Zugeständnisse* gemacht hat.

***

»Und?«, will Silvi neugierig wissen. »Was antwortest du?«

»Ich weiß noch nicht mal, ob ich überhaupt antworten soll.« Ich schaue auf Peers Nachricht, ehe ich schnell an meinem Eis lecken muss, weil es schon über den Rand der Waffel schmilzt.

Nachdem wir uns zum Mittag kurz was beim Bäcker geholt haben, haben Silvi und ich uns als Nachtisch noch ein kleines Eis gegönnt – von der Eisdiele, die Frau Bimsel verteufelt hat, weil *schon wieder* alles teurer geworden ist. Das Eis schmeckt trotzdem gut.

»Kannst ja erst mal was Unverfängliches zurückschreiben.«

»Hm.« Ich schnipse eine Ameise von meinem Hosenbein.

»Oder hat sich das mit der offenen Beziehung inzwischen erledigt? Du hast dich seit über einer Woche nicht mehr drüber aufgeregt.«

Silvi wendet mir das Gesicht zu. Da sie eine riesige Sonnenbrille auf der Nase hat, kann ich ihre Augen nicht sehen, was mir ein mulmiges Gefühl gibt, weil ich ihren Blick dafür umso deutlicher auf mir spüren kann. Ich fühle mich wie unter einem Mikroskop.

Das ist unfair. Wir sitzen im Bavariapark auf einer Bank im Schatten. Da muss sie das Ding doch nicht unbedingt aufsetzen.

»Im Moment läuft es gut.«

»Hm«, macht jetzt Silvi. »Vielleicht ging es gar nicht so sehr um eine offene Beziehung, sondern um irgendeinen Kerl, mit dem Karsten ohne Konsequenzen ficken wollte.«

Na super. »Was?«

»Na ja, und nachdem du dann auch deinen Spaß hattest, findet er die Idee im Nachhinein doof und will nicht mehr.«

Ich hab zwar schon das Gleiche gedacht, aber diese Vorsätzlichkeit, die sie Karsten unterstellt, finde ich grauenhaft. Ich weiß nicht mal, ob er so was überhaupt könnte. Und mit was für einem Kerl wollte er denn unbedingt schlafen?

»Hm, ja, vielleicht.« Wieder schaue ich auf Peers Nachricht, schalte dann den Bildschirm aus und stecke das Handy weg.

Silvi hat ihr eigenes immer noch in der Hand und tippt gelegentlich darauf herum. Eigentlich finde ich so was unhöflich, aber Silvi ist multitaskingfähig genug, dass ich es ihr verzeihe.

Natürlich musste sie auch ein Foto von unseren beiden Eiswaffeln auf *Facebook* posten und mich markieren. Jetzt vibriert die ganze Zeit mein Handy, weil irgendwelche Leute das Bild liken oder kommentieren.

Ich lege einen Arm über die Rückenlehne der Bank und strecke die Beine aus, während ich an meiner Waffel knabbere und dem beinahe einlullenden Rascheln der Blätter der Bäume hinter uns lausche. Nicht, dass es in meinem Büro wie auf einer Baustelle zugehen würde, aber ich könnte jetzt auch einfach den restlichen Tag hier auf der Bank verbringen.

Auch Silvi ist ungewöhnlich still. Dann weiß ich auch, wieso.

»Würdest du denn noch mal Sex mit Peer haben wollen?«

Ich rolle die Augen und sehe ihr bewusst nicht in ihr halb vermummtes Gesicht. Hinter den riesigen, dunklen Brillengläsern analysiert sie wahrscheinlich jede noch so kleine Regung in meinem Gesicht.

»Wieso reden wir eigentlich schon wieder über mein Privat-, insbesondere mein Sexleben? Wieso reden wir nicht über dich? Treibt dich der Prolet mit seiner Karre im Innenhof immer noch in den Wahnsinn?«

»Ja«, sagt sie knapp. »Und wir reden über dich, weil du meine Meinung hören willst, sonst hättest du mir Peers Nachricht nicht gezeigt.«

Scheiße. Das beweist nur, wie idiotisch dieser Mist ist.

»Und ich frage, weil du kaum was über diesen Peer erzählt hast. Du hast mir anschließend nur eine Nachricht geschickt und ich durfte bis zum nächsten Tag auf den Bericht warten.«

»Du bist doch sonst auch nicht so versessen darauf, Details aus meinem Schlafzimmer zu hören.«

»Das ist was anderes.«

»Inwiefern? Es ist immer noch Sex.«

»Aber du hast dich doch auch mit ihm unterhalten. Irgendwas muss dich doch davon überzeugt haben, mit ihm in die Kiste zu steigen.«

Ich kann ihren Blick so deutlich auf mir spüren, als würde sie mich anfassen. Ich lecke an meinem Eis, zucke nichtssagend die Schultern und sehe demonstrativ geradeaus auf eine nackte Frauenskulptur.

»Er war nett, er sah gut aus, also hab ich's für eine gute Idee gehalten. Oder eine gute Gelegenheit. Nenn es, wie du willst.«

»*Siehst du*«, triumphiert Silvi und stößt mich an der Schulter an, »genau das meine ich. Das ist praktisch alles, was ich von dieser Sache zu hören bekomme, und zwar in genau diesem betont gleichgültigen Tonfall, als wäre in China ein Sack Reis umgefallen.«

Mein Handy in der Hosentasche vibriert und auch ihres gibt ein leises Geräusch von sich. Noch ein Kommentator oder ein Liker. Ausnahmsweise ignoriert Silvi das komplett.

»Ich bin nicht blöd, Felix. Da *muss* ich doch misstrauisch werden.«

Ich weiß nicht, was ich sagen soll. Ich weiß nicht, warum das jetzt *schon wieder* Thema ist – in bester Frau-Bimsel-Manier. Und warum ich Silvi diese bescheuerte Nachricht gezeigt habe. Ich hätte sie einfach ignorieren sollen. Ich hätte mein verdammtes Profil löschen sollen. Oder gleich die ganze App.

»Gut, dann stelle ich mal zwei gewagte Thesen auf und du kannst mir anhand eines Muskelzuckens verraten, ob ich richtig liege oder nicht, okay?«

»Ich hoffe nicht, dass ich irgendwelche Muskelzuckungen habe«, brumme ich und rutsche unruhig auf der Bank herum.

»Option eins. Der Sex war so beschissen, dass es schlicht nicht mehr darüber zu erzählen gibt, als dass er stattgefunden hat. Punkt, aus, Ende.«

Sie hält inne und ich lecke wie ein normaler, Eis essender Mann an meiner Kugel Stracciatella.

»Option zwei. Da war was zwischen euch. Der Sex war so fantastisch, dass du es absichtlich herunterspielst – aha!« Sie pikst mir ihren Finger in die Wange. »Da. Ich *wusste* es.«

Sie kann es überhaupt nicht wissen. Wenn ich es vorher gewusst hätte, hätte ich mich nie auf Peer eingelassen. Aber er geht mir, verdammt noch mal, nicht aus dem Kopf.

»Wenn es so ist, gibt es jetzt wiederum zwei Möglichkeiten: Entweder du löschst sofort diese dumme App von deinem Handy und ziehst ein für alle Mal einen Schlussstrich unter Peer und am besten auch gleich unter die Vorstellung, dir in eurer offenen Beziehung Sexpartner zu *suchen*, um Karsten eifersüchtig zu machen. Oder du...« Sie zögert.

Langsam drehe ich den Kopf und sehe sie nun doch wieder an, obwohl ich wenig mehr als mein eigenes Spiegelbild in ihrer Sonnenbrille sehen kann. »Oder ich... was?«

Sie schüttelt den Kopf, so heftig, dass sich die eine oder andere blonde Strähne aus ihrem nachlässig hochgesteckten Dutt löst. Dann widmet sie sich für eine irritierend lange Zeit ihrem Eis. Fast so, als wollte sie mich auf die Folter spannen. Oder als wären ihre nächsten Worte so ungeheuerlich, dass sie sie nicht über die Lippen bringt.

Ein nervöses Kribbeln setzt sich in meinem Nacken fest. Als wäre die Luft elektrisch aufgeladen und als würde einen Meter vor uns gleich der Blitz einschlagen.

Eigentlich will ich das Gespräch lieber nicht weiterführen. Soll sie ihre Weisheiten für sich behalten. Vielleicht können wir stattdessen über den Spinner da hinten herziehen, der in der Mittagshitze joggen geht?

»Weißt du... ich bin kein Fan von Karsten.«

Ich schnaube. »Ach, echt?«

»Ich finde ihn langweilig und verklemmt und er meckert ständig an dir rum. Egal, ob du mal ein Glas Wein trinkst oder nicht mit ihm joggen gehen oder den verdammten Kinofilm aussuchen willst.«

Ich presse die Lippen zusammen und picke mir das raus, was am einfachsten zu erklären ist. »Es gibt Gründe, warum er keinen Alkohol trinkt. Sein Vater –«

Sie winkt ab. »Ich kenne die Geschichte. Das war gleich einer unserer ersten Streitpunkte, weil ich mir angemaßt habe, ihn wegen seiner Abstinenz aufzuziehen.« Sie verdreht die Augen. »Konnte ja keiner ahnen, dass sein Vater betrunken einen Unfall gebaut hat. Aber darauf wollte ich gar nicht hinaus.«

»Du wolltest Karsten nicht vor mir schlechtmachen?«

Sie seufzt und zupft an ihrem Rock herum. »Das macht er schon ganz von alleine. Im Ernst, Felix.« Sie wendet mir ihr Gesicht zu und schiebt die Sonnenbrille in ihr Haar hoch. Auweia. Gleich so ernst. »Er interessiert sich nicht so für dich wie du dich für ihn – mal ganz abgesehen davon, dass er dich wie einen Gebrauchsgegenstand rumschiebt und dich in die offene Beziehung gedrängt hat.«

»Hey. Er schiebt mich nicht wie einen *Gebrauchsgegenstand* rum.«

»Aber du tanzt nach seiner Pfeife.«

»Das stimmt doch gar nicht.«

»Dann bist du nicht allein seinetwegen nach München gezogen und hast dein ganzes Leben mehr oder weniger zurückgelassen? Weil Karsten hierher wollte?«

»Das ist doch was völlig anderes. Er hat hier einen Studienplatz bekommen, Silvi.«

Noch ein Seufzen. »Und wenn Karsten mit Freunden unterwegs ist, nimmt er dich auch mit deiner Zustimmung nicht mit?«

»Es sind seine Uni-Freunde. Da *will* ich überhaupt nicht mit.«

»Fragt er dich denn wenigstens?«

»Meistens nicht. Weil er weiß, dass ich sowieso nicht mitkommen wollen würde.«

»Also schiebt er dich wie einen Gebrauchsgegenstand in die Ecke eurer Wohnung und holt dich wieder hervor, wenn ihm danach ist?«

»Nein. Heute Abend zum Beispiel sind wir mit einigen Leuten in einer Bar verabredet. Was trinken, ein bisschen quatschen…«

Silvi zieht eine Augenbraue hoch. »In einer Bar? Mit *seinen* Leuten?«

»Ja. Das wird bestimmt nett.«

»Nett«, wiederholt sie tonlos. »Klar. So nett wie ein Spießrutenlauf.«

Ich zucke zusammen. Unheimlich, wie sie den Finger immer genau in die Wunde legen kann. In einer Runde mit Karstens Freunden fühle ich mich *immer* fehl am Platz, besonders wenn ich ihrer geballten Übermacht gegenüberstehe. Tatsächlich fast wie bei einem Spießrutenlauf. Was sich noch verstärkt hat, seit alle von dieser Sache mit der offenen Beziehung wissen.

Trotzdem kann ich das unmöglich zugeben. »Scheiße, Silvi, das sagst du nur, weil –«

»Weil ich kein Fan von Karsten bin.« Silvi lacht leise. »Ja, vielleicht.«

Ich verschränke die Arme vor der Brust. »Könnten wir zu den zwei Möglichkeiten zurückkommen? Entweder ich lösche die App oder…?«

»Oder du denkst zur Abwechslung mal an dich und genießt den Funken, der zwischen dir und Peer gezündet hat.«

Ich starre sie an. »Willst du mir gerade sagen, dass ich Karsten verlassen soll?«

Sie hebt die Hände. »Ich hab dir gesagt, ich bin kein Fan von ihm.«

»Ich werde Karsten nicht verlassen. Ich liebe ihn.«

»Gut. Dann lösch die App.«

***

In der Bar ist es laut, stickig und viel zu voll. Dass aus den Lautsprechern Achtzigerjahre-Rock tönt, macht es nicht besser. Nicht gerade meine Art von Musik. Aber getanzt wird hier sowieso nicht. Nicht dass ich tanzen *würde*, wenn es die Möglichkeit dazu gäbe.

Wir haben keinen Platz mehr bekommen, also stehe ich mit Karsten und seinen Freunden in einem großen Pulk am Bartresen zusammen. Esther ist auch dabei und hat Karsten sofort in Beschlag genommen. Stephan hat sie leider zu Hause gelassen. Die restlichen Leute kenne ich vage vom Sehen, obwohl mir nicht zu jedem ein Name einfällt und sich auch niemand die Mühe einer umfassenden Vorstellungsrunde gemacht hat.

Es wird über irgendwelche Vorlesungen, Dozenten und Kommilitonen gesprochen, die ich allesamt nicht kenne. Die Männer lassen sich über eine verklemmte Professorin mit Wahnsinnsbeinen aus, die Frauen tratschen über irgendeinem Kerl, der bei der letzten Party am See seine Badehose verloren hat, und Esther erzählt Karsten kichernd irgendeine haarsträubende Story, die offenbar viel Körperkontakt erfordert.

Und dazwischen hocke ich und nippe an meinem nicht alkoholfreien Bier, für das ich mir von Karsten einen missbilligenden Blick eingefangen habe.

Ich versuche, in irgendein Gespräch einzusteigen, versage aber kläglich. Scheinbar ist auch keiner von Karstens Freunden schwul, was mir heute nicht zum ersten Mal irritierend auffällt.

Entweder das oder die Schwulen stellt er dir einfach nur nicht vor. Grimmig will ich den Gedanken abschütteln, aber auf seinem Fuß folgt noch ein weiterer: *Wahrscheinlich, weil er mit allen schon gevögelt hat.*

Scheiße.

Ich umklammere das Handy in meiner Hosentasche wie ein Rettungsseil. Zum Glück habe ich nicht auf Silvi gehört und die App nicht gelöscht. Jetzt gerade ist der Gedanke an Peers Nachricht sehr tröstlich.

»Hey.« Plötzlich lehnt sich einer der Männer angesäuselt zu mir rüber. Sein Gesicht glänzt verschwitzt, was man ihm bei der stickigen Luft hier drinnen nicht verübeln kann. »Und wer bist du noch mal?«

»Felix.« Ich gebe mir einen Ruck und füge hinzu: »Karstens fester Freund.« Karsten wird wohl kaum irgendwelche Schwulenklatscher als Freunde haben *und* sie dann auch noch mitbringen.

»Ah.« Der Typ nickt langsam, sieht aber auf der Stelle desinteressiert aus. Klar. Ich will ja auch nichts über eine verklemmte Dozentin mit langen Beinen hören. »Und was studierst du?«

»Gar nichts. Ich arbeite.« Wahrscheinlich könnte ich hinzufügen, was ich beruflich mache, aber er wirkt jetzt noch gelangweilter als vor zwei Sekunden.

»Ohne Scheiß? Mann, du bist doch noch gar nicht so alt. Willst du das Leben nicht noch etwas genießen, bevor du in irgendeinem Bürojob versauerst? Das ist doch todlangweilig.«

Wenn das seine Ansicht über die Berufswelt ist, sehe ich für ihn nach seinem Abschluss schwarz. »Tja, ich finde es eigentlich nicht langweilig. Und ich verdiene gerne G–«

»Ey, Alter!« Einer der anderen Männer schlägt meinem Gesprächspartner auf die Schulter und faselt was von freien Kickertischen. Keine Sekunde später sind die beiden verschwunden, ohne sich zu verabschieden.

In meiner Brust zieht sich etwas unangenehm zusammen und ich denke wieder an die App auf meinem Handy, die mit einer Chatnachricht auf mich wartet. Manchmal frage ich mich, ob Karsten nur Idioten kennt.

Karsten lehnt sich zu mir rüber, um nicht so schreien zu müssen, als er fragt: »Und, hast du Spaß?«

Ich unterdrücke ein Schnauben und zwinge mich zu einem knappen Nicken. Eigentlich ist mir nach ein wenig Nähe, vielleicht einer Umarmung oder einem Kuss, aber dafür ist Karsten hier ja nicht zu haben. Schon gar nicht unter seinen ganzen Hetero-Freunden.

Ich sehe über seine Schulter. »Wo ist Esther?«

»Toilette.«

Unglaublich. Dann habe ich ihn jetzt tatsächlich mal fünf Minuten für mich. Schnell die Gelegenheit beim Schopf ergreifen. »Marie hat da übrigens was für den Geburtstag meines Opas im Juli auf die Beine gestellt.«

»Ah ja.« Karsten nippt an seinem alkoholfreien Bier und lässt den Blick durch die Bar schweifen. »Er wird achtzig, richtig?«

»Genau. Und wir dachten an eine Kreuzfahrt.«

Blinzelnd sieht er mich an. »Kreuzfahrt? Ist so was nicht ziemlich teuer?«

»Sie meint, es gibt günstige Paketangebote. Bei dem, was sie mir vorhin geschickt hat, könnten wir uns zum Beispiel mit zweihundert Euro beteiligen.«

Seine Augenbrauen schießen hoch. »Zweihundert? Also hundert für jeden?«

Grinsend stoße ich ihn mit dem Ellbogen an. »Du bist ja ein echtes Mathegenie.«

Er geht nicht auf die Neckerei ein, sondern runzelt nachdenklich die Stirn. »Das ist echt viel Geld.«

»Stimmt. Aber man wird ja auch nur einmal achtzig. Außerdem kennst du meinen Opa schon fast so lange wie ich.« Und immerhin ist Karsten so was wie Franks Frau oder Maries Verlobter. Ich weiß, dass er nicht viel Geld zur Verfügung hat, aber ich würde mich auch an Geschenken für seine Verwandten beteiligen. »Wir können es auch hundertfünfzig zu fünfzig aufteilen, wenn du dich damit wohler fühlst.«

»Hm...« Das Angebot scheint ihm nicht viel besser zu gefallen. »Ich... ich überleg's mir, okay?«

Das klingt unerwartet defensiv und vorsichtig und macht mich stutzig. Die Geburtstagsfeier steht schon seit Ewigkeiten rot bei uns im Kalender. Jetzt klingt er plötzlich so, als wäre noch nicht sicher, dass er überhaupt mitkommt.

Bevor ich jedoch nachhaken kann, ist Esther zurück und strahlt uns fröhlich an. Na ja, oder hauptsächlich Karsten. Wie immer habe ich das Gefühl, dass sie mich für unter seiner Würde hält. Und dann zückt sie plötzlich ihr Handy.

»Hey, wie wär's mit einem Foto von unserem süßen Schwulenpärchen, wo wir endlich mal alle zusammen unterwegs sind?«

Ich zucke zusammen und muss gegen den Drang ankämpfen, mich wegzudrehen. Ich habe nichts gegen Fotos. Karstens und meine Wohnung ist voll davon. Ich habe nur was gegen Fotos, wenn sie im Internet landen, wo sie jeder Hans und Franz betrachten und darüber urteilen kann – was in unserer Anfangszeit in München oft vorgekommen ist. In den Kommentaren hat der eine oder andere eine dumme Bemerkung zu mir *Fotocrasher* fallen lassen, bis sie herausgefunden haben, dass ich mit Karsten zusammen bin.

»Esther«, sagt Karsten mit einem Augenrollen. »Das muss echt nicht sein.«

»Ach, komm. Dein Spießerfreund kann sich ja wohl einmal zusammenreißen.«

»Hey!«, sage ich.

»Sorry.« Das hätte ich Esther nicht mal abgekauft, wenn sie nicht so falsch mit den Wimpern geklimpert hätte. »Aber ist doch wahr.«

Ich sehe Karsten auffordernd an, damit er auch was dazu sagt. Seufzend fährt er sich durch die Haare. »Lass gut sein. Wir machen ein andermal Fotos.«

Esther zieht einen Schmollmund, bevor sie sich an Karstens andere Seite drängelt, einen Arm um seinen Hals schlingt und an sich zieht. Sie hebt ihr Handy in bester Selfie-Manier hoch und drückt Karsten einen albernen Schmatzer auf die Wange. »Sag *Cheese*!«

»Cheese.« Karsten schneidet eine dämliche Grimasse, die ihn trotzdem nicht entstellen kann, dann blitzt es ein paar Mal hintereinander auf.

»Siehst du«, sagt Esther spöttisch an mich gewandt. »So einfach geht das. Und niemand wurde dabei verletzt.« Sie tippt auf ihrem Handy herum. »Und hochgeladen!«

Super. Auf ihren ersten zehn Likes kann sie sich ein Ei backen. Silvi ist zwar auch handy- und *Facebook*-süchtig, aber auf deutlich sympathischere Art. Außerdem nimmt sie bei Fotos Rücksicht auf mich, indem sie mich eben *nicht* ablichtet, sondern irgendwelche Gegenstände fotografiert.

Danach driften die Gespräche zu irgendeiner Party im Studentenwohnheim ab. Als mein Bier irgendwann leer ist, hole ich mein Handy hervor, anstatt ein zweites zu bestellen.

***Peer:** Hey Max, alles klar? Was macht dein horizontales Work-out?*

Ich starre Peers Nachricht an, die mich auf seltsame Art beruhigt. Ich denke über eine Antwort nach, habe aber nicht vor, eine zu verfassen. Karsten und ich hatten beide einmal unseren Spaß. Vielleicht reicht das jetzt.

Irgendwann sagt Karsten, dass er den anderen am Kickertisch Gesellschaft leisten will. »Kommst du mit?«

Ich stecke das Handy weg. »Nein. Ich denke, ich gehe nach Hause.«

»Schon?«, plärrt Esther dazwischen.

Ich beiße die Zähne zusammen. »Es ist mitten in der Woche. Ich muss morgen arbeiten.«

»Ach ja«, sagt Karsten, als hätte er das völlig vergessen. »Ich würde gerne noch bleiben, wenn das okay ist?«

Ich bin ein wenig besänftigt. Ich weiß zwar nicht, ob er wirklich mit mir kommen würde, wenn ich verneine, aber immerhin hat er gefragt. »Klar. Viel Spaß noch.«

Als ich mich durch die Menschenmenge schiebe, höre ich hinter mir einen der Kommilitonen sagen: »Geht der jetzt wirklich nach Hause, weil er morgen früh aufstehen muss? Ich hab auch um zehn 'ne Vorlesung und bleib noch.«

Ich blende das Geschwätz aus und beschließe, die App auf keinen Fall zu löschen.

Kapitel 7

Als hätte Karsten doch mitbekommen, dass mir der gestrige Abend wirklich nicht zugesagt hat, überrascht er mich am nächsten Tag nach Feierabend zu Hause mit einer Reispfanne mit Feta. Dazu schauen wir uns *Black Swan* auf DVD an.

Von wegen, Karsten würde nichts für mich tun. Ha!

Gut, *Black Swan* ist der einzige Film, der entfernt etwas mit Tanzen zu tun hat, bei dem Karsten mit mir im Kino gewesen ist. Möglicherweise würde er sich momentan aber sogar breitschlagen lassen, sich einen anderen aus meiner Sammlung anzusehen, aber ich will ihn nicht unnötig quälen.

Trotz der Wärme, die nach wie vor in unserer Wohnung herrscht, ist es so schön, in seinen Armen in einer Kurve des u-förmigen Sofas gekuschelt zu liegen, Haut an Haut, da wir uns bis auf die Unterhose ausgezogen haben. Träge streichle ich über seine Brust, den Bauch und gelegentlich auch tiefer, während seine Finger durch meine Haare kämmen und sein Atem an meiner Schläfe entlangstreicht. Das ist ein Abend ganz nach meinem Geschmack.

Ich merke erst, dass er sich einen Großteil des Films über mit seinem Handy beschäftigt, als das, was er da macht, ihn zunehmend amüsiert, während Natalie Portman alias Nina wilde Halluzinationen durchlebt. Sein unterdrücktes Lachen passt so gut zu den Szenen wie Vanilleeis zu Pommes.

»Sag mal, was machst du da eigentlich?« Ich hebe den Kopf von seiner Schulter, um ihn anzusehen, und stutze. Kommt es mir nur so vor oder hat er eben das Handy so gedreht, dass ich nicht aufs Display schauen kann?

»Sorry. Hab nur kurz zurückgeschrieben.«

»Aha.«

Mir liegt auf der Zunge, nachzufragen, mit wem er denn da so lustige Gespräche führt, mache es mir aber stattdessen wieder an seiner Schulter bequem. Wenn ich nachfrage, bin ich wieder der eifersüchtige Idiot, der ihm nicht vertraut. Ich will nicht kaputt machen, was sich in über einer Woche so wundervoll zwischen uns aufgebaut hat – auch wenn ich mich gerade wie das Sofakissen am anderen Ende der Couch fühle: einfach zufällig da.

Aus dem Augenwinkel sehe ich zum Aquarium hinüber, in dem Igor und sein Schwarm ungewöhnlich aktiv unterwegs sind. Erschrocken zucke ich zusammen.

»Hast du Igor heute schon gefüttert?«

Normalerweise mache ich das immer als Erstes, wenn ich von der Arbeit nach Hause komme, aber heute hat mich Karsten mit einem leidenschaftlichen Begrüßungskuss und dem Abendessen aus der Routine geworfen.

»Scheiße. Ganz vergessen.«

Ich rolle die Augen. Wenn ich es ihm nicht explizit sage, füttert er Igor nie. Streng genommen gehören er und sein Schwarm natürlich mir – das merke ich allein schon daran, dass ich der Einzige bin, der das Aquarium sauber macht oder das Wasser wechselt –, aber immerhin leben sie in unserer *gemeinsamen* Wohnung und sind dadurch Teil des Haushalts. Und sie zu füttern ist wirklich keine Knochenarbeit.

»Ich mach mal schnell«, seufze ich und rolle mich vom Sofa. Ein Fastentag zwischendurch schadet ihnen zwar nicht, aber den würde ich lieber selbst bestimmen.

»Soll ich auf Stopp drücken?«

»Brauchst du nicht. Ich kenn den Film eh auswendig.« Und Karsten ist es offensichtlich völlig egal, ob der Fernseher an oder aus ist, weil er gleich wieder nach seinem Handy greift, als ich zum Aquarium gehe.

Es kann um Tausend verschiedene Sachen gehen. Er könnte sich mit Esther witzige Tierbabybilder hin und her schicken, manche mit, manche ohne dumm-witzige Sprechblasen. Das machen sie andauernd. Bei mir hat Esther das genau zweimal versucht und als ich nicht darauf reagiert habe, hat sie es aufgegeben. Vielleicht kann sie mich deshalb nicht leiden.

Oder er plant seinen nächsten Fick außerhalb unserer Beziehung.

Mein Magen verkrampft sich. Vielleicht blödelt er auch mit seinem *letzten* Fick herum?

Hat dein dummer Freund immer noch nicht kapiert, dass du ihn jede Sekunde verlassen wirst, weil du lieber mit mir geilem Hengst zusammen sein willst? Haha, was ein Trottel! Kein Wunder, dass der's nicht bringt.

Ich kneife die Augen zusammen. Verdammt. Es lief doch gerade so *gut*. Was zum Teufel passt ihm daran denn nicht? Ist ihm ein Videoabend zu Hause zu langweilig? Es ist mitten in der Woche, verflucht. Und *er* hat mich doch mit dem selbst gekochten Abendessen überrascht!

Ich kippe das Futter ins Wasser und bleibe einen Moment lang am Aquarium stehen, um zuzusehen, wie sich Igor und sein Schwarm darauf stürzen. Dann drehe ich mich um, kehre zum Sofa zurück und greife nach der Fernbedienung, um den Film zu unterbrechen.

Überrascht hebt Karsten den Blick. »Es ist wirklich okay, Felix. Jetzt sind wir ja schon über der Hälfte, den Rest können wir uns auch noch ansehen.«

Ich schüttle den Kopf. »Mir ist gerade was eingefallen. Wir haben dieses Jahr noch gar nicht über Urlaub gesprochen.«

»Wow... Vom Psychothriller zu Urlaub, jetzt krieg ich Angst.« Karsten lacht. »Wie kommst du jetzt dadrauf?«

»Wegen der Kreuzfahrt, die Marie meinem Opa zum Geburtstag schenken will.«

»Hm, ach so, ja, was das angeht... Ich muss wirklich noch mal meine Finanzen checken.«

Schon wieder so eine abwehrende Antwort. Aber damit will ich mich jetzt nicht auseinandersetzen. »Ja, mach das und sag mir Bescheid, wie viel für dich okay ist. Jedenfalls...«, schlage ich schnell den Bogen zurück zum eigentlichen Thema, »... du hast bald Semesterferien und ich noch jede Menge Urlaubstage. Also dachte ich, wir könnten mal wieder zusammen irgendwo hinfahren.«

»Ja, gerne. Lustigerweise ist das auch gerade Hauptthema Nummer eins bei uns an der Uni – natürlich, Studenten eben«, fügt er grinsend hinzu. »Ein paar wollen sich so eine Selbstversorgerhütte in den Bergen mieten. Das haben wir Anfang des Jahres schon mal gemacht und war eigentlich ganz cool. Vielleicht können wir mit.«

Selbstversorgerhütte klingt für mich auf Anhieb nicht besonders ansprechend, aber bei näherer Betrachtung… Das könnte ganz romantisch werden. Karsten und ich allein in einer einsam gelegenen Holzhütte, mit vielen, vielen Stunden, in denen wir miteinander schlafen können.

Vielleicht vor dem prasselnden Feuer des Kamins, wenn es einen gibt. Oder im Licht der ersten Sonnenstrahlen, bevor wir uns träge aus dem Bett rollen und nackt ein rustikales Bauernfrühstück zubereiten. Oder nachts draußen mit nichts als dem Sternenhimmel über uns.

Und falls Karstens Bewegungsdrang damit noch nicht befriedigt ist, könnte ich mich sogar zu der einen oder anderen kleinen Wanderung überreden lassen. Dann kehren wir erschöpft und verschwitzt in die Hütte zurück, machen draußen vielleicht ein Feuer, grillen was –

Ich erstarre. »Moment. Was?« Die Bilder in meinem Kopf fallen in sich zusammen, als sich plötzlich ominöse, gesichtslose Gestalten um den Grill drängen. »Vielleicht können wir *mit*?«

»Ja.« Auf einmal ist Karsten ganz begeistert und richtet sich gerade auf. »In solche Hütten passen je nach Größe bis zu zwanzig Leute.«

»*Zwanzig*?«

»So viele werden wir wahrscheinlich nicht«, beruhigt mich Karsten sofort. »Aber vielleicht so sechs, sieben, acht? Es gibt auch kleinere Hütten. Hey, das wäre bestimmt total cool.«

Ich muss mich bemühen, keine Grimasse zu schneiden. Abgesehen davon, dass ich beim letzten Mal eh keinen Urlaub bekommen hätte, gab es noch andere Gründe, warum ich nicht mitgefahren bin. »Ich dachte eigentlich eher an was mit weniger Leuten. Eher nur so du und ich.«

»Hm.« Karsten legt die Stirn in Falten. »Dann müssten wir uns die Hütte wahrscheinlich mit Fremden teilen. Könnte auch lustig werden.« Irritiert mustert er mich. »Wobei ich dachte, dass du dich in Gesellschaft von Freunden wohler fühlst.«

In Gesellschaft *seiner* Freunde? Von denen ich der Hälfte der Gesichter nicht einmal Namen zuordnen kann? Oder meint er Freunde wie Esther? Da fühle ich mich wirklich so wohl wie der Fisch an der Angel, kurz nachdem ihm aufgegangen ist, dass er heute Abend in der Pfanne brutzeln wird. Ich dachte, das hätte er nach gestern Abend kapiert.

»Lassen wir doch die Hütte außen vor.«

»Du willst *zelten* gehen?« Lachend lässt er sich ins Sofa zurückfallen. »Davon warst du doch in der sechsten Klasse schon nicht besonders begeistert. Und prompt ist dir das Zelt nachts über dem Kopf zusammengebrochen. Wer hat das noch mal aufgebaut? Mit wem hast du dir das Zelt geteilt?«

Mit Simon, diesem Vollpfosten. Und er hat mir vorher noch versichert, dass er schon tausend Mal im Garten seiner Eltern gezeltet hat. Da hat dann wahrscheinlich sein Vater das Ding aufgebaut, weshalb es vorher natürlich nie zusammengebrochen und er nicht mitten in der Nacht quiekend aus dem Schlaf hochgefahren ist, worüber sich die ganze Klasse nach einer kleinen Schrecksekunde königlich amüsiert hat.

Ich rolle die Augen. »Karsten. Im Ernst jetzt.« Ich versetze ihm einen Schlag auf den Oberschenkel, damit er endlich zu lachen aufhört. »Ich meine richtigen Urlaub. In einem Hotel, idealerweise mit Strand in der Nähe. Vielleicht nach Italien oder so. Meinetwegen auch nach Mallorca.«

Schneller, als ich gedacht hätte, verebbt sein Lachen. Er räuspert sich und richtet sich wieder ein Stück weit auf, um mir über das Bein zu streicheln. Mehr braucht es nicht, damit sich ein schwermütiges Gefühl in meiner Magengegend einnistet.

»Was?«, will ich wissen. »Du wolltest doch schon immer mal nach Mallorca.«

»Ja. Direkt nach dem Abi. Da will jeder nach Mallorca und bis zum Umfallen feiern.«

»Ich hätte jetzt auch nicht unbedingt den Ballermann vorgeschlagen. Irgendwas weiter außerhalb. Die Insel hat viele schöne Ecken.« Das hat Silvi zumindest erzählt, die im April eine Woche da gewesen ist.

»Bestimmt«, sagt Karsten behutsam und sieht mich eindringlich an. »Ecken, die Geld kosten. Mehr als eine Selbstversorgerhütte, die man durch acht teilt.« Er seufzt. »Tut mir leid.«

»Was ist mit Last Minute?« So leicht werde ich bestimmt nicht aufgeben. »Oder irgendwelche Angebote? Du findest doch sonst alles im Internet, bestimmt ist auch das eine oder andere Reiseangebot dabei.«

»Felix…«

Unwillkürlich verschränke ich die Arme vor der Brust. Ich hasse es, wenn er diesen Tonfall anschlägt. Das klingt immer so, als wäre ich ein stures Kind, dem er erklären muss, dass an der Kasse im Supermarkt das Überraschungsei so kurz vor dem Mittagessen nun mal nicht drin ist.

»Alles, was ich verdiene, fließt in die Wohnung und die Haushaltskasse. Das weißt du. Ich hab praktisch keine Reserven.«

»Ist doch bei mir genauso.« Er scheint zu vergessen, wer einen Großteil der Wohnung und der Haushaltskasse finanziert. »Was ist mit deiner Mutter? Sie überweist dir doch monatlich was. Du kannst mir doch nicht erzählen, dass du davon nichts zur Seite legst.«

Immerhin unterstützt ihn seine Mutter im Gegensatz zu meinen Eltern. Andererseits ist das vermutlich das Privileg eines Einzelkinds, auch wenn es tragische Umstände gewesen sind, die dazu geführt haben, weil sein Vater nicht allein im Auto gesessen hat.

Sicherlich würden meine Eltern mir ebenfalls finanziell unter die Arme greifen, sollte es nötig sein, doch ich versuche, diese Notwendigkeit nicht entstehen zu lassen. Neben Frank und Marie stehe ich sowieso schon als Versagerkind da. Diese Meinung muss ich nicht noch bestärken.

»Natürlich lege ich ein bisschen was zur Seite. Aber, Felix, das reicht nicht für einen Urlaub in irgendeinem Hotel. Noch dazu zur Hauptsaison. Außerdem…« Er presst die Lippen zusammen, entscheidet sich dann aber doch dafür, es auszusprechen: »Außerdem ist es dafür, ehrlich gesagt, auch nicht gedacht. Sondern als Notreserve.«

»Und wenn wir uns was Günstiges suchen? Was du guten Gewissens verantworten kannst?«

Er schließt die Augen und fährt sich durch die Haare. Dabei wird mir irrationalerweise bewusst, dass wir heute noch keinen Sex hatten. Eigentlich habe ich da während, spätestens Ende des Films drauf spekuliert. Aber das war, bevor Karstens Aufmerksamkeit hauptsächlich seinem Handy gegolten hat.

»Was spricht gegen eine Selbstversorgerhütte?«, fragt er ruhig, während er wieder eine Hand auf mein Bein legt. Sie fühlt sich schwitzig und unangenehm an und ich würde ihr am liebsten ausweichen.

»Abgesehen vom Offensichtlichen?«

»Immerhin könnten wir dann überhaupt Urlaub machen. Ich dachte, darum geht es eigentlich. Mal rauskommen, ein bisschen Entspannung und so.«

»Ich will mit *dir* Urlaub machen, Karsten. Ich will Zeit mit *dir* verbringen, nicht mit deinen Freunden oder Wildfremden.«

Wenigstens scheint etwas davon bei ihm angekommen zu sein. Schuldbewusst wendet er den Blick ab und starrt zum Standbild auf dem Fernseher hinüber, auf dem sich Nina gerade eine schwarze Feder aus der Schulter zieht.

»Ich will dich küssen, wenn ich will, oder anfassen, ohne dass gleich alle gucken. Scheiße, ich will mit dir schlafen, ohne dass sechs, sieben oder acht andere Leute neben uns im Zimmer liegen und zuhören!«

»Du weißt, dass das kein Problem ist. Das Küssen und Anfassen«, fügt er schnell hinzu und sieht mich wieder an. »Keiner meiner Freunde hat ein Problem mit dir oder mir oder unserer Beziehung.«

»Nein?« Ich höre den ekelhaften Tonfall in meiner Stimme, aber wieder laufe ich auf Autopilot und kriege ihn einfach nicht raus. »Was ist mit dem, mit dem du gevögelt hast? Vielleicht hat der ein Problem damit, wenn ich dabei bin, weil er dann nicht noch mal mit dir schlafen kann.«

»Felix.«

»Oder würdest du das tun? Mit ihm ficken, während ich daneben stehe?«

»Felix, ich weiß nicht –«

»Oder vielleicht kommt dir zusätzlich zur offenen Beziehung noch der grandiose Gedanke eines Dreiers? Oder Vierers? Wo könnte man das besser umsetzen als in einer Selbstversorgerhütte?«

Er zieht die Hand von meinem Bein und schüttelt den Kopf. Seine Brust hebt und senkt sich heftig und obwohl sein Handy vibriert und das Display kurz aufleuchtet, bleibe ausnahmsweise ich Mittelpunkt seiner Aufmerksamkeit.

»Ich weiß nicht genau, worum es hier eigentlich geht«, sagt er betont ruhig, doch unterschwellig vibriert Ärger in seiner Stimme mit, »aber ganz offensichtlich nicht um Urlaub.«

»Stimmt, denn der ist für diesen Sommer offensichtlich gestorben. Vielleicht nächstes Jahr.«

Zwischen seinen Augenbrauen bildet sich eine grimmige Falte. »Was genau wirfst du mir gerade eigentlich vor? Dass ich nicht noch zwei, drei Nebenjobs mehr mache? Dass ich studiere und nicht arbeite? Oder die offene Beziehung?«

Ich beiße die Zähne aufeinander und grabe die Finger in meinen Oberarm.

»Du hast zugestimmt, Felix«, sagt er leise.

»Als hättest du mir eine Wahl gelassen.«

Er stößt ein fassungsloses Schnauben aus. »Als hätte ich dir eine Pistole auf die Brust gesetzt! Außerdem hast du auch schon davon Gebrauch gemacht!«

Oh, super, wieder das Totschlagargument. Ich springe vom Sofa hoch. »Aber erst, nachdem *du* damit angefangen hast, fremdzugehen!«

Zornig steht er ebenfalls auf. »Das ist kein verdammtes Fremdgehen! Wir haben eine Abmachung.«

»Eine beschissene Abmachung!« Ich greife nach der Fernbedienung und schalte die DVD und den Fernseher aus. Allein wird Karsten den Film garantiert nicht zu Ende gucken und mir ist die Lust vergangen.

Dadurch ist es mit einem Mal dunkel im Raum, abgesehen von der schwachen Beleuchtung durch das Aquarium. So war das eigentlich nicht gedacht.

Nur langsam gewöhnen sich meine Augen an die neuen Lichtverhältnisse, die durch den Schein der Straßenlaternen von draußen geschaffen werden. Das neue Halbdunkel nimmt unserem Gespräch ungewollt etwas von dem scharfen Wind, der uns eben noch umtost hat. Und gleichzeitig bringt es eine Bedrohlichkeit mit sich, die beinahe greifbar in den Schatten lauert.

Geräuschvoll atmet Karsten aus. »Wenn es dir so viel ausmacht –«

»Natürlich macht es mir was aus! Es tut so *verdammt weh*!« Ich werfe die Hände in die Luft, auch wenn er die Bewegung allenfalls vage erkennen kann. Dafür zittert meine Stimme in dem Zwielicht deutlich hörbar. »Und du sagst mir nicht mal, *warum*.«

»Doch. Das hab ich dir doch schon erklärt. Es geht um –«

»Ja, ja, um die Freiheit, zu können, wenn man wollte«, unterbreche ich ihn barsch. »So ein *Scheiß*! Es geht um was anderes. Um irgendwas, das entweder mit mir oder mit dir zu tun hat. Was, Karsten, *was* passt dir an unserem Sex nicht? Was *fehlt* dir, verdammt noch mal?«

Das Blut rauscht so laut in meinen Ohren, dass ich im ersten Moment befürchte, seine Antwort verpasst zu haben. Aber er sagt tatsächlich nichts. Eine Ewigkeit lang sagt er nichts, sondern atmet nur heftig ein und aus, als müsste er mit aller Macht beide Enden seines gerade gerissenen Geduldsfadens festhalten, damit sie ihm nicht durch die Finger gleiten. Als würde er *endlich* damit herausrücken, was an unserem Sex ihn so sehr stört oder nicht befriedigt, dass er es sich bei anderen suchen muss.

»Ich…« Seine Stimme klingt rau und er räuspert sich. Auf dem Sofa vibriert erneut sein Handy und beleuchtet kurz mit einem unheimlichen Schimmer die Sofaecke. »Ich bin am Freitag mit ein paar Leuten von der Uni unterwegs.«

Schmerz schnürt mir eine Sekunde lang die Luft ab. Meine Schultern sacken nach vorne. Irgendwie scheint das sein Code dafür zu sein, noch mal Sex mit einem anderen zu haben. Wer sind überhaupt die *Leute von der Uni*? Sonst hat er wenigstens Namen genannt, auch wenn mir das nicht viel gesagt hat. Und warum zum Teufel fängt er jetzt wieder mit dieser Scheiße an, nachdem sich in der vergangenen Woche alles gebessert zu haben schien?

Als ich wieder sprechen kann, schnaube ich abfällig. »Wow. Viel Spaß dabei. Und lass dich bloß oft genug einladen, damit du deine Notreserve nicht verpulverst.«

***

Erschöpft liegen Peer und ich nebeneinander in seinem Bett und versuchen, wieder zu Atem zu kommen. Die Luft im Raum ist stickig und schwer und riecht zweifellos nach Sex. Das Laken klebt an meinem verschwitzten Rücken und die Haare fallen mir feucht in die Stirn.

Eigentlich ist es viel zu warm für *horizontales Work-out*.

Trotzdem kann ich mich kaum noch erinnern, wie ich von der Eingangstür in sein Bett gekommen bin. Nur an das dazwischen. An die Explosion in meinem Inneren, als sich all die hässlichen Emotionen von dem Streit zwischen Karsten und mir entladen haben. So entspannt wie jetzt habe ich mich seit… seit unserem letzten Mal nicht mehr gefühlt.

Peer rollt sich auf die Seite, richtet sich auf den Ellbogen auf und sieht auf mich runter. Seine Haare hängen ihm ebenfalls verschwitzt ins Gesicht. »Ich hätte nicht gedacht, dass du noch mal herkommst.«

»Hätte nicht gedacht, dass ich noch mal herkommen soll.«

Er lacht und fährt mit einer Hand in meinen Schritt, um meine Hoden zu umschließen. Empfindlich zucke ich ihm entgegen. »Wieso? Passt dir was nicht?«

Ächzend schiebe ich seine Hand weg. »Ich meinte eher, dass *LoveLife* inzwischen an die 30.000 Nutzer hat. Da gibt's bestimmt noch einige, die aus München und schwul sind.«

»So viele schon?«

Keine Ahnung, warum ihn das so überrascht. »Na ja, und da du dir mit deiner Nachricht etwas Zeit gelassen hast...«

... dachte ich, du hättest schon zwei, drei andere Leute über die App aufgerissen?

... dachte ich, der Grund, warum mein Freund – von dem du übrigens nichts weißt – eine offene Beziehung will – weswegen ich überhaupt hier bin –, ist der, dass ich wirklich *so schlecht im Bett bin – oh, und ach so, ich heiße übrigens gar nicht Max, sondern Felix. Freut mich.*

Er grinst. Unfassbar, wie ihn das noch attraktiver macht, zusammen mit seinem Lachen und den blauen Augen. Ich kann kaum den Blick von ihm abwenden. Genau wie eben an der Eingangstür. Und dann haben wir uns geküsst und eine Sekunde später lagen wir im Bett.

Scheiße. Ich kann mich wirklich nicht mehr daran erinnern, wie ich von der Tür hierhergekommen bin. Da ist nur wieder dieses schwache Kribbeln in meinem Unterleib. Oder hat das alte Kribbeln gar nicht aufgehört?

»Wenn du solche Sehnsucht hattest, hättest du dich ja auch melden können.«

Ich blinzle ihn an. Hätte er das denn gewollt? »Tja, na ja, jetzt bin ich ja hier.«

»Zum Glück. Ansonsten sind die Leute da doch eher schräg. Unter den 30.000 Nutzern bist du echt so was wie ein Lottogewinn.«

Irgendwas an der Art, wie er das sagt, verstärkt das Kribbeln in meinem Unterleib. Seine Hand liegt wieder auf meinem Oberschenkel und streichelt träge darüber, hin und wieder auch über die Innenseite und höher zu meinem Schwanz. Aber es bleibt harmlos.

»Liegt vermutlich daran, dass du kein Foto hochgeladen hast.« Als er die Stirn runzelt, füge ich hinzu: »Dass dir nur schräge Leute begegnen. Ist bei mir genauso.« *Gewesen.* Seit ich mich mit Peer getroffen habe, habe ich niemanden mehr angeschrieben. Werde ich vermutlich auch nicht. »Schreibst du Leute mit Foto oder ohne Foto an?«

»Beides. Aber entweder bekomme ich keine Antworten oder nur vulgäres Zeug.«

»Genau wie bei mir. Da besteht eindeutig noch Optimierungsbedarf.«

Er grinst. »Allerdings. Sollte man den Entwicklern vielleicht mal sagen.«

»Genau, die werden sicherlich auf zwei Homos hören, die sich über zu wenig geeignete und/oder willige Sexkandidaten beschweren.«

Wie beiläufig streifen seine Finger erneut meine Hoden und verleihen dem Kribbeln eine neue Intensität, die mich aufseufzen lässt. In Peers Augen blitzt es auf und er gleitet ein Stück tiefer, bis seine Fingerspitzen gegen meine empfindliche Öffnung drücken.

Seine Lippen liegen an meinem Ohr, als er fragt: »Willst du dich etwa über deinen jetzigen Sexkandidaten beschweren?«

Mein Lachen geht in einem Stöhnen unter, als er mit einem Finger in mich eindringt. Gott, wir kennen uns praktisch erst seit ein paar Stunden und schon weiß er, wie er mich zu nehmen hat. Wortwörtlich.

Ich drehe den Kopf, um nach seinem Mund zu suchen, und finde stattdessen seinen Blick. Mir wird heiß und einen Moment lang hält er mich wie magisch gefangen. Dann strecke ich den Kopf ein wenig mehr und schließe die Augen, als ich ihn küsse.

Peer geht darauf ein, für meinen Geschmack allerdings viel zu kurz. Dann zieht er sich sowohl von meinem Mund als auch von meinem Hintern zurück und stützt sich wieder auf einen Ellbogen. Fast so, als würde er Distanz aufbauen wollen, was bei einer Sexbeziehung eigentlich keinen Sinn macht.

Andererseits haben wir den Sex für heute ja schon hinter uns gebracht. Zeit, zu gehen. Wahrscheinlich ist es das, was er mir mitteilen will.

In meinem Bauch nistet sich ein dumpfes Gefühl ein. So gut ich mich auch fühle, wenn wir Sex haben, so wenig komme ich mit diesem kühlen Danach klar. Irgendwie fehlt mir da die Verbindung. Ich *mag* die Verbindung. Deshalb mag ich es, mit Karsten in einer Beziehung zu sein – ohne den offenen Teil.

Ich will mich gerade aus dem Bett rollen, um seinem unausgesprochenen Wunsch nachzukommen, als er meint: »Sei froh, dass du eingeben kannst, dass du schwul bist.«

Irritiert sehe ich ihn an. Ach so. Die App. Geeignete Sexkandidaten.

»Ja«, sage ich lahm und versuche, die Bemerkung einzuordnen. Will er nicht, dass ich schon gehe? Oder ist das eine verdrehte Art der Zufriedenheitsbefragung? »Aber so was ist inzwischen doch Standard. Die App ist noch keine sechs Monate draußen.«

»Wäre gut, wenn man noch angeben könnte, wonach man sucht«, überlegt er laut.

»Wie zum Beispiel nach… Männern?«

Er versetzt mir einen Klaps gegen den Oberarm. »Wie zum Beispiel nach einer Beziehung oder nur Sex.«

Ich schnaube. »Klar. Und vergiss nicht die Angabe des Kinderwunschs. Eigene oder adoptiert, wie viele…«

»Wow, so weit bin ich noch lange nicht, Max, schalt mal einen Gang runter.«

Natürlich höre ich den Sarkasmus aus seiner Stimme heraus, trotzdem fühlt sich das an wie mein Stichwort. Ich richte mich auf und rutsche zum Fußende des Betts, um nicht über ihn drübersteigen zu müssen.

»Ich glaube, ich leg jetzt besser den Gang nach Hause ein.« Wo mich außer Igor und seinem Schwarm nur eine leere Wohnung erwartet.

»Okay«, sagt er gedehnt. Die Matratze wackelt, als er sich im Bett bewegt.

Ich stehe auf, angle nach meiner Unterhose und steige hinein, ehe ich mich nach meiner Shorts bücke. Wenigstens haben wir dieses Mal unsere Klamotten nicht über den ganzen Flur verteilt.

Wahnsinn. Ich bin schon zweimal hier gewesen und kenne bisher trotzdem nur den Weg von der Eingangstür zu seinem Schlafzimmer. Schätze, so fühlt sich eine Sexbeziehung an. Billig und armselig. Oder ich bin einfach nicht für diesen Scheiß gemacht.

»Bist du eigentlich geoutet?«

Überrascht sehe ich ihn an. Peer sitzt im Halbdunkel gegen das Kopfteil seines Betts gelehnt da und beobachtet mich. Nein, eigentlich *seziert* er mich sogar. Dieses Mal jedoch nicht auf sexuelle Art und Weise.

»Ja. Warum fragst du?«

Er zuckt die Schultern. »Du wirkst irgendwie nicht so, als würdest du so was hier öfter machen.«

Keine Ahnung, was er mit *so was hier* meint. Ich habe ihm schon bei unserem ersten Treffen gesagt, dass ich das erste Mal jemanden online treffe.

»Du wirkst dafür bei *dem hier* ziemlich selbstsicher. Du bist auch geoutet, oder?«

Er lächelt mich an, aber es sieht nicht ganz echt aus. Eher traurig. »Ja. Allerdings erst, seitdem ich in München wohne.«

Mit meinem T-Shirt in der Hand setze ich mich wieder aufs Bett. »Du kommst gar nicht aus München?«

»Über die Hälfte der Münchner kommt nicht aus München«, sagt er spöttisch.

Auf seinem Nachtschrank klingelt sein *iPhone*. Das Display beleuchtet die Nachttischlampe, seinen Oberarm und die Wand dahinter. Ich erkenne das Foto eines blonden Kerls, bevor Peer nach dem Handy greift und den Anruf entgegennimmt.

»Ja?«

Wow. Am liebsten würde ich ihm das Ding aus der Hand schlagen und den Anruf abwürgen. Deutlicher hätte er mir kaum zeigen können, dass sich unsere Beziehung auf die Sexebene beschränkt, auf der Gespräche nichts zu suchen haben.

»Klar, wann?« Er wirft einen Blick auf den Wecker auf seinem Nachtschrank – kurz nach halb neun. »Ich denke, das schaff ich. – Nein, kannst du nicht, ich komm zu euch. – Darum. – Weil es dich nichts angeht. – *Nein*. – Gut, dann bis später.« Er nimmt das Handy vom Ohr und legt es zurück auf den Nachttisch. »Sorry.«

Ich winke ab und ziehe mir mein T-Shirt über den Kopf. Mein Stichwort habe ich vor zehn Minuten verpasst, dafür muss ich jetzt damit leben, wie ein unerwünschter Aufriss aus der Wohnung befördert zu werden. Wenigstens hat sich das Telefonat nicht angehört, als würde er gleich den nächsten *LoveLife*-Fick begrüßen.

»Du gehst heute noch weg?«

»Ja, mit ein paar Freunden feiern, wahrscheinlich ins *Piggy*. Kennst du das?«

Tatsächlich sagt mir der Laden was. Ein Homo-Club, in dem Karsten schon das eine oder andere Mal war und wo ich schon zweimal mitgegangen bin. Aber mit Clubs ist es ähnlich wie damit, wildfremde Leute anzumachen oder Kontakte zu knüpfen. Dafür bin ich irgendwie nicht geschaffen.

Außerdem kann ich nicht tanzen.

»Vom Hörensagen.«

»Du solltest mal hin. Ziemlich gute Musik und ganz gut, um außerhalb einer App Leute kennenzulernen.«

»Ja, mal sehen.«

Kapitel 8

»Wie war dein Sexdate?« Karsten klingt so frostig, als wäre er geradewegs unserem Tiefkühlfach entstiegen.

Eigentlich müsste er entspannter sein. Als er gegen vier nach Hause gekommen ist, hat er wieder geduscht. Für mich kann das nur eins bedeuten. Vielleicht sollte ich die Regeln doch noch mal ändern. Vielleicht kriege ich raus, was ihn an anderen so anmacht, wenn er mir alle Details über seine Seitensprünge erzählt.

Als der Toaster meine beiden Toasts ausspuckt, bestreiche ich eins mit Marmelade und eins mit Nutella. Ich kann förmlich vor mir sehen, wie Karsten, der am Tisch hinter mir in seinem Müsli herumstochert, den Kopf schüttelt.

»Gut. Haben's kaum bis ins Schlafzimmer geschafft, ehe er mich angesprungen hat.«

Laut kratzt sein Löffel über die Müslischale. »Machst du das eigentlich mit Absicht?«

Ich zucke die Schultern, ohne mich umzudrehen. »Du hast doch gefragt. Eigentlich *weiß* ich sogar nicht mal mehr, wie ich von der Tür zum Schlafzimmer gekommen bin.«

Jetzt kracht der Löffel in die Müslischale wie ein Bombenangriff. »Felix!«

Mit dem Teller mit meinen beiden Toasts in der Hand drehe ich mich zu ihm um und setze mich ihm gegenüber an den kleinen Tisch. »Was denn?«, frage ich betont ruhig, während seine Augen Funken sprühen.

»Es geht hier nicht um…« Geräuschvoll stößt er die Luft aus und fährt sich durch die Haare. »Wo lernst du eigentlich auf einmal so viele Leute kennen? Wenn ich dich mal irgendwo mit hinnehmen will, sträubst du dich mit Händen und Füßen und plötzlich zauberst du jedes Wochenende ein anderes *Sexdate* aus dem Hut.«

»War derselbe. Noch mal Peer.« Ich beiße von meinem Marmeladentoast ab.

Karsten erstarrt. »Was?«

»Was daran hast du nicht verstanden?«

»Derselbe noch mal?«, wiederholt er.

Ich entnehme daraus, dass er gestern mit einem anderen als beim ersten Mal gevögelt hat. Und das findet er sexy oder aufregend? Ich nicht.

»Ja. Was dagegen?«

»Ja, hab ich.« Seine Augen werden schmal. »Du hast die Regel selbst aufgestellt. Nicht nur mit demselben Kerl. Erinnerst du dich?« Sein Tonfall klingt spöttisch, als wollte er mir wieder mal zwischen den Zeilen mitteilen, dass ich mich inzwischen offenbar *prima* mit der offenen Beziehung zurechtfinde, nachdem ich mich anfangs *so sehr* dagegen gewehrt habe.

»Es war das *zweite* Mal, Karsten. Das zählt noch nicht als *immer*.« Ein unangenehmes Ziehen in meiner Brust verrät mir, dass ich mir damit selbst was vormache.

»Aha. Und wer macht diese Definition? Wieder du? Wenn ich das gemacht hätte...« Er bricht ab, als ich die Augenbrauen hochziehe. Dann schüttelt er schnaubend den Kopf und senkt den Blick in sein Müsli, um darin herumzustochern. »Stimmt. Entschuldige.« Wieder klingt er alles andere als entschuldigend, sondern eher bitter. »Du willst ja nichts wissen.«

»Wieso hab ich das Gefühl, dass du mir das vorwirfst?« Ich lege mein zur Hälfte aufgegessenes Marmeladentoast zurück auf den Teller. Mir ist der Appetit vergangen.

»Weil es so nicht gedacht war.«

»Ach so. Dann *willst* du mir also unter die Nase reiben, wie viel Spaß du beim Sex mit anderen hast?«

Sein Kopf ruckt hoch. »Heißt das, du hast viel Spaß mit diesem *Peer*?«

»Sonst hätte ich wohl kaum gleich noch mal mit ihm geschlafen, oder?«

Ich kann beinahe *sehen*, wie etwas in ihm explodiert. In seinen Augen blitzt es auf, nur den Bruchteil einer Sekunde, bevor er vom Stuhl hochschießt, seine Müslischale schnappt und sich zur Küchenanrichte umdreht. Mit einem lauten Scheppern und einem wüsten Fluch knallt er die Schale auf die Arbeitsfläche und stützt sich mit beiden Händen an der Anrichte ab. Seine Schultern sind bis zum Zerreißen angespannt, seine Arme zittern.

Mein Herz wird schwer. Plötzlich rückt die ganze hässliche Angelegenheit mit der offenen Beziehung und der Fremdvögelei in den Hintergrund und es tut nur noch weh.

Ich liebe Karsten, verdammt. Aber ich weiß nicht, was er hier mit uns anstellt, dass ich mich immer öfter frage, warum ich mir das hier eigentlich noch antue. So war es ganz sicher nicht gedacht.

»Ich will die Regeln ändern«, sage ich leise. Karsten rührt sich nicht. »Du kannst mir von deinen Sexdates erzählen.« Mein Hals ist auf einmal staubtrocken, wodurch sich meine Stimme rau anhört. »Du musst nicht, weil ich es immer noch nicht wissen will, aber du kannst, wenn du willst.«

Eine ganz gute Zwischenlösung. Für ihn. Nur… was, wenn er mir anfangs was erzählt, dann aber plötzlich nichts mehr? Heißt das dann… *was* heißt das dann?

Fieberhaft suche ich nach einem Zusatz, wie ich diese Regel für mich besser gestalten kann, aber Karsten nickt bereits.

»Okay.« Dann holt er tief Luft und dreht sich zu mir um. Er ist immer noch so wütend, dass die Luft um ihn herum zu knistern scheint. »Und ich will, dass du dich an die Regeln hältst. Nicht immer mit demselben Kerl, Felix«, sagt er eindringlich. »Dein nächstes Sexdate ist also besser jemand anderes als Peer.«

Sonst was? »Was passiert eigentlich, wenn einer von uns die Regeln bricht?«

»Was *passiert*?« Karsten verschränkt die Arme vor der Brust, als er mich aus schmalen Augen mustert. »Hast du etwa vor, eine der Regeln zu brechen, die du selbst aufgestellt hast?«

Unwillkürlich recke ich das Kinn ein wenig vor. »Ich frag doch nur.«

»Ja, und wenn *ich* die Frage gestellt hätte, wärst du ausgeflippt.«

Das stimmt wahrscheinlich. Auf eine verquere Art tut es gut zu sehen, dass ihn das auch nicht kalt lässt.

»Bei dir ist das auch was anderes.«

»Aha«, sagt er lang gezogen und seine Augenbrauen schießen nach oben. »Und warum ist das bei mir wieder mal was anderes?«

Sein Tonfall macht mich rasend. Ich weiß nicht, ob er sich absichtlich dumm stellt, damit ich mich noch dümmer fühle. »Weil dir am Tag Hunderte Männer über den Weg laufen, mit denen du Sex haben könntest. Von denen du wahrscheinlich die Hälfte um den Finger wickeln könntest.«

»Das ist doch Quatsch.«

»Ist es nicht. Mal ganz davon abgesehen, dass du viel mehr Zeit hast, jemanden aufzureißen. Ich nicht. Ich hab weder die Zeit noch die Gelegenheit oder gar die Fähigkeit, irgendwen aufzureißen.«

Er presst die Lippen zusammen. Ich kann nicht sagen, ob ihm das bewusst gewesen ist, als er mir die offene Beziehung vorgeschlagen hat. Falls ja, ist es verständlich, warum er so verblüfft und wütend gewesen ist, als ich so kurz nach ihm mit jemand anderem geschlafen hab. Ich wusste, dass die App eine gute Idee war.

Falls ja, ist er ein echt beschissenes, heuchlerisches Arschloch, weil er scheinbar doch wollte, dass du brav zu Hause sitzt und wie ein treudoofer, dummer Hund auf ihn wartest, während er sich durch die Gegend vögelt.

Auf einmal klingt meine innere Stimme wie Silvi.

Als Karsten weiterhin schweigt, zieht sich mein Herz zusammen. »Vielen Dank, dass du mir widersprichst.«

Er schnaubt. »Immerhin ist es dir trotz keiner Zeit, keiner Gelegenheit und keiner *Fähigkeit* gelungen, diesen Peer zu finden, mit dem der Sex so gut zu sein scheint, dass du's gleich zweimal nacheinander mit ihm treiben musstest.«

Mein Herz schrumpelt weiter zusammen wie ein Stück Obst, das langsam verfault. »Und vielen Dank, dass du mir offensichtlich dieselben Freiheiten in unserer offenen Beziehung zugestehst, die ich dir zugestehen soll.«

»Nicht, wenn es ständig derselbe Kerl ist!«

»Es war *zweimal* derselbe Kerl! Und selbst wenn es ein anderer gewesen wäre, musst du doch damit rechnen, dass der Sex vielleicht mal besser sein kann.«

»*Besser?*«, explodiert er. »Besser als mit *mir*?«

Scheiße. Ich beiße die Zähne so fest aufeinander, dass ich es in meinen Ohren fiepen hören kann. So viel wollte ich überhaupt nicht sagen.

Karstens Blick brennt sich in meinen. Darunter schwelt Wut, Eifersucht und noch irgendwas anderes, das entfernt an verletzten Stolz erinnert. Seiner Reaktion nach zu urteilen, muss ich davon ausgehen, dass er tatsächlich geglaubt hat, ich würde nicht rumvögeln. Sonst müsste er sich doch mal mit diesen Gedanken auseinandergesetzt haben.

Der Geschmack des Marmeladentoasts prickelt schal auf meiner Zunge und unwillkürlich schiebe ich den Teller weiter von mir weg.

Hält er mich für so unattraktiv? So unsexy?

»Wie gesagt«, meine ich kühl, »das hättest du in Betracht ziehen müssen, *bevor* du die offene Beziehung wolltest.«

Er schnaubt. Dann stößt er sich plötzlich von der Anrichte ab und kehrt ohne seine Müslischale zu mir an den Tisch zurück. Wieder ist der Blick, mit dem er mich ins Auge fasst, so kalt, dass ich eine Gänsehaut bekomme. Wobei, eigentlich ist *kalt* das falsche Wort ist. Das würde irgendeine Art Gefühl implizieren.

»Ich hatte gestern Sex mit einem, der zwei Würfel auf seine linke Arschbacke tätowiert hatte.«

Schmerz explodiert in meiner Brust, als hätte er eine Granate nach mir geworfen. Ich verkrampfe mich und starre auf meinen Teller hinunter. Selbst schuld, Felix. Nur habe ich nicht erwartet, dass er mir sein Sexabenteuer gleich zum Frühstück serviert. Zum Glück ist mir eh schon schlecht.

»Er ist mir in einer Bar aufgefallen, weil er so ein süßes Lächeln hatte.«

Mein Kopf ruckt hoch und ich will ihm an die Gurgel springen. Er erinnert sich an ihn. An die beschissenen Würfel, an das Lächeln, genau jetzt. Ich kann es in seinem verdammten Gesicht sehen.

»Er hat nicht weit weg gewohnt, also bin ich mit ihm mit und hab den anderen gesagt, sie sollen mir sagen, wo sie danach hingehen, damit ich nachkommen kann.«

Ich weiß ganz genau, warum ich mir diesen Scheiß nicht anhören wollte. Mein Magen ist so fest verkrampft, als hätte ich einen Sack voll Kieselsteine verschluckt.

»Er wohnt in einer WG, aber von den anderen war zum Glück keiner da, weil er nämlich nicht gerade leise gewesen ist. Viel lauter als du.«

Ich zucke zusammen, als hätte ich in einen Elektrozaun gefasst. Gleichzeitig kneife ich die Augen zusammen, aber das macht die Bilder in meinem Kopf nur noch lebendiger.

Ich ziehe einen Fuß auf die Sitzfläche des Stuhls hoch und lehne die Stirn gegen das Knie. »Hör auf.«

»Jedes Mal, wenn ich in ihn gestoßen oder ihn an mich rangezogen hab, haben sich die Würfel auf seinem Arsch bewegt.«

»Hör auf!«

Ich reiße den Kopf wieder hoch und starre ihn an. Sein Atem ist beschleunigt. Geilt ihn allein die Erinnerung daran wieder auf oder was? Oder liegt es daran, weil er es mir erzählen darf? Offensichtlich macht ihn das Ganze so scharf, dass er in Kauf nimmt, mir wehzutun. Oder vielleicht geht es auch genau darum, weil ihm die Sache mit Peer nicht passt.

Bittere Galle sammelt sich in meinem Mund und ich schieße von meinem Stuhl hoch. Und er will mit *mir* schlafen, nachdem er mir so eine Geschichte erzählt hat? Eher friert die verdammte Hölle zu.

»Felix«, ruft Karsten mir hinterher, als ich schon halb aus der Küche raus bin.

Ich bleibe so abrupt stehen, als hätte er auf mich geschossen. Was denn, will er mir auch noch erzählen, wie er abgespritzt hat?!

»Nichts passiert, wenn einer von uns die Regeln bricht«, sagt er, als läge die Frage nicht schon Millionen Jahre zurück. »Außer, dass du mein Vertrauen missbrauchst.«

Ich traue mich nicht, mich umzudrehen. Meine Augen brennen so hässlich, dass ich nichts riskieren will. Trotzdem presse ich hervor: »Oder du meins.«

***

»Hey, Max.« Peer blinzelt. »Wow. Kommst du direkt von der Arbeit?«

Sein Blick wandert an meinem Hemd mit den hochgekrempelten Ärmeln entlang nach unten über die Anzughose, ehe er wieder nach oben gleitet und einige Sekunden an meinem Kragen hängen bleibt. Vielleicht habe ich für ihn den einen oder anderen Knopf mehr geöffnet.

»Nicht zu übersehen, oder?«

»Lauft ihr bei euch alle so rum? Wie kann sich denn da jemand konzentrieren?«, grinst er und zieht die Tür weiter auf, damit ich eintreten kann.

»Manche sogar noch mit Jackett und Krawatte.« Dass es sich dabei nur um Dr. Schuhknecht handelt, verschweige ich lieber, um der hübschen Vorstellung nicht die Sexyness zu nehmen.

»Bei dem Wetter? Verrückt.«

Ich bin etwas irritiert, als er sich danach umdreht und den Flur hinunter verschwindet. Normalerweise überlässt er mich nicht so mir selbst, sondern bleibt in meiner Nähe, um über mich herzufallen, kaum dass die Wohnungstür geschlossen ist.

Irgendwie habe ich damit heute auch gerechnet. Gerade weil ihm mein Aufzug zu gefallen scheint.

Dieses Treffen heute ist das erste Mal von mir ausgegangen, und das auch noch sehr kurzfristig. Karsten ist heute wieder beim Schwertkampf, aber auch wenn er nicht mit mir in der Wohnung ist, höre ich immer noch, wie er mir von seinem Würfelsex erzählt. Schlimmer noch, ich *sehe* das vor mir.

Ich habe ihm noch nicht geschrieben, dass ich zu Peer gefahren bin. Oder dass ich *irgendwohin* gefahren bin, um *irgendein* Sexdate zu haben. Ich weiß auch noch nicht, ob ich es tun werde.

Ich schlüpfe aus meinen Schuhen und ziehe die Socken gleich mit aus, ehe ich die Anzughose ein paar Mal umschlage. Dr. Schuhknecht würde im Sechseck springen, aber auch in Peers Wohnung staut sich die Wärme.

Eigentlich habe ich damit gerechnet, mich gleich ganz ausziehen zu können, aber Peer ist nicht Richtung Schlafzimmer verschwunden, sondern in seine Wohnküche. Zögernd folge ich ihm. Irgendwie kommt es mir falsch vor, mich so weit in sein Leben vorzuwagen, wo unsere Interaktionen eigentlich aufs Schlafzimmer beschränkt sein sollten.

Die Wohnküche ist überraschend groß. Eigentlich ist seine ganze Wohnung – so viel ich davon gesehen habe und so viel ich davon erahnen kann – ziemlich groß für eine einzige Person in Schwabing-West. Entweder schneidet er so erstklassige Trailer zusammen, dass man ihn unbedingt behalten will, oder… tja, was oder?

Vielleicht hat er noch einen Nebenjob. Oder die Wohnung gehört ihm. Oder er hat hier zusammen mit seinem Freund gewohnt, mit dem es böse ausgegangen ist, und bis jetzt nur noch nichts Neues gefunden.

Das geht dich nichts an.

Ich gehe weiter in den Raum hinein. Der helle, in Grau und Weiß gehaltene Küchenbereich befindet sich gleich links neben der Tür. Ein breiter Küchenblock mit Arbeitsfläche trennt den Bereich optisch vom Wohnzimmer ab.

Peer steht am Herd und rührt in einem kleinen Topf herum, während in einem größeren offensichtlich Nudeln vor sich hinkochen. Mit einem Schnauben nimmt er meine hochgekrempelten Hosenbeine zur Kenntnis.

»Du kannst die Hose auch gleich ausziehen, wenn du willst.«

»Ich dachte, das würde ich, kaum dass ich zur Tür rein bin.«

Er lacht und ich bin überrascht, dass es ein wenig verlegen klingt. »Sorry, hab nicht mit dir gerechnet und bin eben erst nach Hause gekommen. Aber du kannst mitessen, wenn du willst.«

Ich höre kaum, was er sagt, weil mich in diesem Moment die riesige Entertainmentwand gegenüber dem Sofa ablenkt. Ich habe immer gedacht, Karsten und ich würden es in dieser Hinsicht schon übertreiben, aber Peer besitzt deutlich mehr DVDs und Serienboxen als Karsten und ich zusammen.

Film & Fernsehen. Alles klar. Scheint nicht nur sein Beruf, sondern tatsächlich sein Hobby zu sein. Fasziniert trete ich näher.

Hellbraune Regale und Schränke sind bis oben und teilweise zweireihig mit DVDs nahezu sämtlicher Genres gefüllt. Wahrscheinlich ist er besser ausgestattet als die Videothek um die Ecke – als es noch Videotheken um die Ecke gab.

Ganz unten im linken Schrank entdecke ich mehrere Reihen VHS-Kassetten und als ich mir die untere Kommode näher ansehe, finde ich neben einem DVD-Rekorder tatsächlich einen Videorekorder und noch irgendwelche anderen Geräte.

Unübersehbarer Mittelpunkt der Entertainmentwand ist ein riesiger, beinahe randloser, leicht geschwungen geformter Fernseher. Curved-TV oder wie das heißt. Vermutlich mit HD und Smart-TV und weiß der Geier was noch ausgestattet. Das Ding hat bestimmt an die 80 Zoll und wirkt auf mich fast wie eine Kinoleinwand.

Ich sehe einem unauffälligen Kabel nach, das sich hinter der Schrankwand an einer Fußleiste entlang bis zum Sofa zieht. Offensichtlich hat er den vermutlich ohnehin schon bombastischen Sound des Fernsehers mit zusätzlichen Lautsprecherboxen aufpoliert.

Allein der Fernseher wird ein kleines Vermögen gekostet haben, ganz zu schweigen von dieser Sonderausstattung und der gigantischen DVD-Sammlung.

Ich überfliege einige der Titel. Viele habe ich gesehen, einige – darunter viele Klassiker – allerdings nicht. Automatisch suche ich nach bekannten DVD-Rücken, erkenne auf den ersten Blick jedoch nur wenig Tanzfilme – das Pflichtprogramm *Dirty Dancing* und *Flashdance* natürlich schon, aber die komplette *Step up*-Reihe fehlt ihm.

Bei *Magic Mike* hingegen muss ich schmunzeln. *Das* hätte mich jetzt auch gewundert, wenn der nicht da gewesen wäre. Generell scheint er Filme zu bevorzugen, Serienboxen sind in der Unterzahl.

»Wow«, entfährt mir, als ich einen Schritt zurückmache und die Wand noch mal als Ganzes betrachte.

»Hm? Hast du die noch nicht gesehen?«

Ich schüttle den Kopf. »Kenne nicht viel mehr als dein Schlafzimmer.«

Das veranlasst ihn schon wieder zu einem verlegenen Räuspern, obwohl ich das gar nicht provozieren wollte. Ich sehe zu ihm rüber. Peer hat die Hände auf den Küchenblock gestützt und beobachtet mich.

»Du hättest was sagen können.«

Was denn? Dass ich gerne mehr über ihn wüsste? Beim letzten Mal ist er schon auf Distanz gegangen, als ich ihn nach dem Sex nur küssen wollte. Während des Sex oder als Einleitung hat er kein Problem damit.

Ich winke ab. »Ist ja nicht so, als wäre ich für den gemütlichen Videoabend hier.«

»Trotzdem.« Er zeigt mit einem Daumen hinter sich. »Isst du mit?«

»Ein bisschen gern. Wenn ich dir dann nicht alles wegesse.«

Ich hoffe, Igor verzeiht es mir, dass er und sein Schwarm heute erst später was zu fressen bekommen, während ich mir hier den Bauch vollschlage.

Wahllos ziehe ich ein paar DVDs aus dem Regal und schaue mir das Cover und die Rückseite an. »Hast du dir die alle aus beruflichen Gründen angeschaut oder bist du tatsächlich so ein Filmfan?«

»Beides. Wenn man beim Fernsehen arbeitet, schadet es nicht, ein umfangreiches Filmwissen zu haben.«

»Aber Serien magst du nicht so.«

»Doch.«

Ich stutze und sehe zurück zur Wand, aber mein erster Eindruck hat mich nicht getäuscht.

»Die kaufe ich mir nur nicht immer«, erklärt Peer weiter und stellt sich neben mich.

»Warum?« Eine Box mehr oder weniger kann auch kein allzu großes Loch in seinen Geldbeutel reißen.

»Weil ich keine Serien…«

Er bricht ab. Ich sehe ihn an und er lächelt unsicher. Plötzlich ist da wieder eine Mauer zwischen uns, die er dieses Mal jedoch später als beim letzten Mal hochgezogen hat. Als wäre es okay, einen oberflächlichen Blick auf die Dinge zu werfen, gerade ausreichend, dass wir uns beim Sex prima verstehen, aber sobald es tiefer geht, geht es mich nichts mehr an.

Weil es dich auch nichts angeht, Felix.

Erstaunlich, dass er mich gefragt hat, ob ich mitessen will. Wenn wir uns beeilt hätten, hätte er mich wieder rausschmeißen können, bevor die Nudeln gar geworden wären.

»Weil das Zeug zusammen schon genug gekostet hat«, beendet Peer seinen Satz schließlich. »Irgendwo muss ich die Grenze ziehen. Außerdem hab ich jetzt schon nicht so viel Zeit, wie ich Filmmaterial habe.«

»Okay«, sage ich gedehnt und stelle die *Inception*-DVD in meiner Hand zurück ins Regal.

»Nein, eins weiter nach links. – Sorry.« Peer nimmt die DVD wieder raus und stellt sie an ihre richtige Position. »Da bin ich etwas pingelig. Sonst finde ich nichts wieder.«

»Schon okay. Wenn ich dein System verstanden hätte, hätte ich sie richtig einsortiert.«

Anstatt mir zu erklären, nach welcher Ordnung er seine Sammlung arrangiert hat – augenscheinlich eine Mischung aus Genre, Alphabet und Jahr – zuckt er nur die Schultern und geht in den Küchenbereich zurück. Mit einem Holzlöffel fischt er eine Nudel aus dem kochenden Wasser und probiert sie. Dann stellt er den Herd aus und gießt die Nudeln ab.

»Verdient man als Cutter so gut?«

Er wirft mir einen spöttischen Blick über die Schulter zu. »Versuchst du rauszufinden, ob ich eine gute Partie bin, Max?«

Unwillkürlich zucke ich zusammen. »Nein, ich meinte… Du hast ja gerade selbst gesagt, dass das alles ein bisschen was gekostet hat.« Ich mache eine Handbewegung, die die ganze Wand einschließt. »Außerdem ist deine Wohnung ziemlich groß. Für einen Single in München.«

Er holt zwei Teller aus einem Schrank über sich. »Ich hatte Glück. Ich hab die Wohnung von Bekannten übernommen. Die Miete ist okay.«

Glaubt er tatsächlich, ich merke nicht, dass er meiner Frage ausgewichen ist? Aber offensichtlich geht das schon wieder zu weit.

Eigentlich kann es mir scheißegal sein. Ich sollte froh sein, dass seine Wohnung kein Zehn-Quadratmeter-Wohnklo ist, in dem das Bett gleichzeitig Sofa und Esstisch ist, weil es niemals dazu kommen wird, dass wir in Karstens und meiner Wohnung Sex haben werden. Nicht mit den ganzen Fotos und unseren gemeinsamen Sachen dort. Außerdem würde er sich wundern, wo bei *K. Speth & F. Wildner* auf dem Klingelschild plötzlich sein guter Fickkumpel Max abgeblieben ist.

»Was gibt's eigentlich zu essen?« Das ist harmloses Terrain.

»Nur Nudeln mit aufgepeppter Tütensoße. Falls du Sterneküchenniveau erwartet hast, muss ich dich enttäuschen.« Er nickt zum Esstisch hinter dem Küchenblock rüber, während er mit zwei gefüllten Tellern und zwei Gabeln darauf zugeht.

Ich zucke die Schultern. »Da kann man wenigstens nicht viel falsch machen.«

Er besorgt uns noch was zu trinken, wobei wir beide bei alkoholfrei bleiben. Theoretisch könnte ich Alkohol trinken. Das wäre vielleicht sogar ein ganz gutes Alibi, weil ich Karsten dann erzählen könnte, dass ich bei Silvi gewesen bin. Wenn er Alkohol riecht, würde er das nicht hinterfragen. Aber ich werde mir einfach was anderes einfallen lassen.

Beim Essen plätschert unsere Unterhaltung angenehm vor sich hin und dreht sich auch von seiner Seite aus um unverfängliche, oberflächliche Themen. Er erzählt lustige Anekdoten über

LoveLife-Nutzer oder -Nachrichten, wobei wir witzigerweise herausfinden, dass wir offensichtlich beide über den Nutzer Fabi gestolpert sind, der seine Schuhgröße angegeben hat.

Peer kann gut erzählen und gleichzeitig entlockt er mir spielend leicht, dass Frau Bimsel ein Fangirl der *DuckTales* ist und Dr. Schuhknecht lieber eine Symbiose mit seinem Anzug eingehen würde, als bei fünfunddreißig Grad mal auf ein kurzärmeliges Hemd auszuweichen.

Eigentlich wollte ich gar nicht so viel von mir preisgeben, aber dann ist es irgendwie schon passiert. Trotzdem plappern wir nicht die ganze Zeit nervös vor uns hin, um ja keine Stille aufzukommen zu lassen. Wenn wir mal schweigen, ist es nicht unangenehm. Meistens ergibt jedoch ein Wort das nächste.

»Warum gehst du eigentlich nicht einfach in die nächste Bar und lernst da jemanden kennen, sondern versuchst es über eine App?« Er schnappt sich meinen und seinen Teller und steht auf, um sie in die Geschirrspülmaschine zu räumen. »Ich meine, zum Glück gibt's in München ja doch ein bisschen Auswahl.« Er klappt die Spülmaschine zu und geht zum Kühlschrank rüber. »Nachtisch?«

Ich schüttle den Kopf, woraufhin er nur einen Joghurt rausholt, einen Löffel aus einer Schublade kramt und sich anschließend wieder zu mir an den Tisch setzt. Kirsche. Ich ertappe mich bei der Vorstellung, das später auf meiner Zunge zu schmecken.

Später. Bisher haben wir nur beim ersten Mal so viel geredet. Bis er mit dieser unangenehmen Frage angefangen hat, hat es mir nichts ausgemacht.

Abwehrend zucke ich die Schultern. »Wieso gehst *du* nicht einfach in die nächste Bar und lernst da jemanden kennen?« Wenn er unterwegs ist, kann er sich bestimmt vor Angeboten kaum retten. Ich bin ja fast rückwärts umgefallen, als ich ihn in dem Café gesehen habe.

Er grinst schief, rührt in seinem Joghurt und hat zweifellos gemerkt, dass ich die Frage nicht beantworten will. »Wie viele Beziehungen hattest du schon, Max?«

Noch so eine gefährliche Frage. »Wie viele Beziehungen hattest du denn schon, Peer?«

Er lacht. »Okay. Ich verrat's dir, wenn du's mir verrätst.«

Dasselbe Spielchen wie bei unserem lustigen Beruferaten. »Du fängst an.«

Er schürzt die Lippen. »Drei.«

Meine Augenbrauen schießen nach oben. »*Drei*?« Wann hat er angefangen, sich für Jungs zu interessieren? Mit zehn?

»Überrascht? Hättest du auf weniger getippt?« Er wackelt mit den Augenbrauen. »Oder mehr?«

Ich weiß nicht, was ich darauf antworten soll. Irgendwie kommt mir das wie eine Fangfrage vor. »Die können dann aber nicht besonders lang gewesen sein.«

»Die längste war die letzte. Zweieinhalb Jahre.«

Ich starre ihn an, während ich versuche, mir meine Überraschung nicht anmerken zu lassen. Zweieinhalb Jahre. Das ist fast nichts. Nach zweieinhalb Jahren haben Karsten und ich uns gerade mit dem Abi rumgequält. Obwohl es da hin und wieder etwas hitzig zwischen uns zugegangen ist, hat keiner an Trennung gedacht.

»Die letzte ist die, die böse ausgegangen ist?«

Der Löffel in seinem Joghurt erstarrt und Peer senkt den Blick auf den Becher. Man muss kein Genie sein, um zu erkennen, dass ihm die Geschichte immer noch nachhängt.

»Wie lange ist das her?«, will ich wissen, ohne auf die offensichtliche Antwort zu warten.

Er presst die Lippen zusammen. Aha. Also nicht besonders lange.

Ich werfe noch mal einen Blick durch die Wohnküche, aber falls es hier Überbleibsel einer zweiten Person gibt, entdecke ich sie nicht. Rechts hinter dem Sofa steht eine etwa anderthalb Meter große Topfpflanze mit riesigen, herzförmigen Blättern, die dringend etwas Wasser vertragen könnte. Das muss jedoch nicht heißen, dass sie seinem Ex gehört hat. Vielleicht hat Peer einfach keinen grünen Daumen.

Gemeinsame Fotos wie bei Karsten und mir scheint es keine zu geben. Alle, die ich von meinem Platz aus erkennen kann, scheinen größere Gruppen zu zeigen. Freunde und Familie. Falls ich die Gelegenheit bekomme, muss ich unbedingt noch mal genauer hinschauen. Eben hat mich die Entertainmentwand zu sehr abgelenkt.

»Was ist passiert?«

Ich weiß, dass die Frage zu weit geht, noch während ich sie ausspreche. Das ändert allerdings nichts an meiner Neugier.

Peer hebt den Blick. Für den Bruchteil einer Sekunde blitzt Schmerz in seinen Augen auf, als hätte allein die Frage eine Kiste aufgebrochen, in der er alle Erinnerungen daran gut verschlossen hatte.

Dann setzt er ein Grinsen auf, bei dem ich froh bin, dass ich bereits sitze, bevor es mich von den Füßen hauen kann. Inzwischen habe ich schon gemerkt, dass er es regelrecht als Waffe einsetzt. Ich habe es noch nicht oft genug gesehen, als dass ich mich dagegen wehren könnte.

»Stellst du immer Fragen, ohne auf die Antworten zu warten?«

»Brauch ich nicht. Die Antworten sehe ich dir an.«

»Tja, das war's dann wohl mit der Karriere als Pokerspieler.« Er löffelt seinen Joghurt aus, stellt den Becher zur Seite und sieht mich an. »Und? Wie viele Beziehungen?«

Er fragt das, als hätte er sich eben nicht eine Minute Zeit genommen, um sich zu sammeln. Ich bohre jedoch nicht nach. *Natürlich* nicht. Weil es mich verdammt noch mal *nichts angeht*. Wenn ich mir das nicht merken kann, sollte ich besser nicht hier sein.

»Eine«, sage ich wahrheitsgemäß, nur dass die in Wahrheit noch nicht vorbei ist. Unruhig rutsche ich auf meinem Stuhl herum.

»Aha.«

»Was heißt hier *aha*?« Als würde mich Karstens Wunsch nach Sex mit anderen nicht schon genug verunsichern, sagt er in einem Tonfall *aha*, als würde das jeden einzelnen Patzer, den ich während unserer letzten beiden Male im Bett gemacht habe, erklären.

Peer zuckt die Schultern. »So was hab ich mir schon gedacht.«

Irgendwie denkt er sich ziemlich viel bei mir. »Warum?«

»Weil… du nicht so abgebrüht bist. Das ist was Gutes«, fügt er grinsend hinzu, als ich ihn argwöhnisch anstarre.

Stimmt, abgebrühter wäre ich wahrscheinlich nur noch, wenn es tatsächlich einen Max gäbe, dessen Identität ich nicht nur gestohlen, sondern den ich auch noch ermordet und im Starnberger See versenkt hätte.

Ich kann seinem Blick nicht länger standhalten. Stattdessen lasse ich ihn schweifen und werde unweigerlich wieder von seiner DVD-Sammlung angezogen. Wahllos sage ich das Erstbeste, was mir in den Sinn kommt, um vom Thema abzulenken.

»Hast du gewusst, dass dieses Jahr ein zweiter Teil von *Magic Mike* rauskommt?«

Peer lacht leise. Das Geräusch lässt es angenehm in meinem Nacken prickeln. »Was wird das? Fragst du mich gerade nach einem Date?«

Mein Kopf fährt herum. »Was? Nein.« Verdammt. Mit aller Macht versuche ich, gegen die bescheuerte Hitze anzukämpfen, die auf meinen Wangen brennt. »Ich meine… mit dem hier« – vage deute ich zwischen ihm und mir hin und her – »… brauchen wir ja auch keine Dates.«

Scheiße, selbst in meinen Ohren hört sich das an, als würde ich mich damit nur weiter reinreiten.

»Ich überleg's mir. Kinostart ist, glaube ich, erst im Juli.«

»Das war *wirklich* nicht so gemeint.«

Er grinst. »Ich überleg's mir trotzdem.«

»Peer –«

»Vielleicht will ich ja ins Kino gehen.«

»Dann tu dir keinen Zwang an. Du kennst bestimmt wen, der dich gerne begleitet.«

»Mir schwebt da schon einer vor. Reden wir im Juli noch mal drüber.«

Das Blut rauscht in meinen Ohren. Ist ihm klar, dass er gerade impliziert hat, dass wir im Juli immer noch so nett beisammensitzen, im übertragenen Sinn über das Wetter plaudern und miteinander vögeln?

Der Gedanke ist gleichzeitig schön und unmöglich. Wie ein zu großer Blumenstrauß, der sich beim besten Willen nicht in die viel zu kleine Vase quetschen lässt – nicht, bis man mit einer Schere ein paar störende Stiele und Blätter entfernt hat.

Um das Bild, das in meinem Kopf auftauchen will, loszuwerden, stehe ich auf und gehe um den Tisch herum auf Peer zu. Unter Peers irritiertem Blick schiebe ich den Tisch ein kleines Stück zur Seite, ehe ich mich rittlings auf ihn setze und die Arme um seinen Nacken lege.

Überrascht sieht Peer zu mir hoch, doch seine Hände finden automatisch den Weg an meine Hüften. Unter mir beginnt sein Schwanz anzuschwellen.

»So«, sage ich lang gezogen, um das nervöse Zittern aus meiner Stimme zu kriegen, »nachdem du mich jetzt gefüttert hast, könnten wir doch zur eigentlichen Abendunterhaltung übergehen, oder?«

Langsam lasse ich meine Hüften kreisen und entlocke ihm damit ein verblüfftes Keuchen. Seine Finger graben sich tiefer in meine Haut. In seinen Augen blitzt es erregt. Offensichtlich findet er meine Aktion nicht so lächerlich, wie es sich im ersten Moment für mich angefühlt hat.

Wie magnetisch angezogen liegt sein Blick auf meinen Lippen. »Du steckst voller Überraschungen, Max.«

Als er sich vorbeugt, um mich zu küssen, lehne ich mich ein Stück nach hinten, um ihm auszuweichen. Eine spontane Eingebung. Damit er merkt, wie frustrierend es ist, wenn er das bei mir macht. Doch bei der Bewegung spüre ich seinen steifen Schwanz an meinem Hintern, was meinen Puls zum Rasen bringt und ihn leise aufstöhnen lässt. Das hört sich so gut an, dass ich mich gleich noch mal an ihm reibe.

Verlangen leuchtet so deutlich in seinen Augen auf, als hätte jemand hinter seiner Stirn ein Signalfeuer angezündet. Mir wird heiß. Meine Hose ist viel zu eng.

Mit einem Ruck zieht er mich enger an sich heran und presst mich fest auf seine Erektion. Mir entfährt ein Stöhnen, das halb von seinen Lippen geschluckt wird, als er mich mit seinem Kuss überrumpelt.

Kirsche, schießt mir durch den Kopf, bevor ich kurzzeitig vergesse, ob das Obst, ein Name oder eine Wolkenformation ist.

Peers Hände schieben sich unter meinen Hintern und packen zu. Bevor ich richtig weiß, was er da tut, beugt er sich über mich. Mit seinem Oberkörper drängt er mich so weit nach hinten, dass ich ihn reflexartig fester umklammere, um nicht von seinem Schoß zu rutschen, als er aufsteht.

Ich reiße die Augen auf, als ich sekundenlang in der Luft schwebe. Mir entkommt ein protestierender Laut direkt in seinen Mund, bevor ich auf einmal etwas Stabiles an meinem Rücken fühle. Der Tisch. Der *Ess*tisch.

Oh Gott.

Mit einer unwirschen Handbewegung fegt er seinen leeren Joghurtbecher mitsamt Löffel vom Tisch. Letzterer landet klappernd auf dem Laminat.

Er will wirklich *hier*…!

Ein scharfes Ziehen explodiert in meinem Unterleib. Unwillkürlich erinnere ich mich daran, dass ich Karsten nicht zu Sex in der Küche überreden konnte, wohingegen ich Peer nicht einmal *fragen* muss.

Seine Hände nesteln an den Knöpfen meines Hemds und als ihm das zu viel Geduld abverlangt, zieht er die beiden Hälften mit einem Ruck auseinander. Das Geräusch zuckt wie ein Blitz durch meinen Kopf und lässt mir den Atem stocken. Seine Lippen brennen heiß auf meiner Haut, bevor sie sich an einer Brustwarze festsaugen. Ich umklammere seinen Kopf und drücke ihn dichter an mich, damit er ja nicht aufhört. Als er mich seine Zähne spüren lässt, stöhne ich auf und wölbe mich seinem Mund entgegen.

Gleichzeitig sind seine Hände mit meinem Gürtel beschäftigt. Ich höre das Klimpern, spüre, wie er den Reißverschluss über meine pochende Erektion zieht, und hebe ihm die Hüften entgegen. Flink zieht er mir die Hose samt Unterhose über den Hintern und lässt sie nachlässig an meinen Knöcheln hängen.

Dann liegt seine Hand um meinen Schwanz und sein Mund wieder auf meinem. Sein Griff ist fest, seine Bewegungen so schnell und zielgerichtet, dass mir schon nach kurzer Zeit das Herz die Brust zu sprengen droht.

Ich versuche, irgendwo Halt zu finden, greife erst nach seiner Schulter und schließlich stöhnend nach seiner Hand, um sie festzuhalten. Ich will den Kuss unterbrechen, doch Peer lässt mich nicht. Er küsst mich hart und tief und ich weiß nicht, ob ich seine Hand lieber festhalten oder weiterbewegen soll. Das Kribbeln in meinem Unterleib wird unerträglich. Der Druck seiner Hand ist Qual und Verheißung zugleich. In meinem Kopf dreht sich alles. Mehr. Ich will mehr davon, so viel mehr.

»Mach«, stöhne ich an seinen Lippen und zucke seiner Hand entgegen. »Oh Gott, mach endlich…!« Als ich den Reißverschluss seiner Hose höre, meldet sich ein Funken Restverstand durch den Nebel in meinem Kopf. »Kondom.«

»Scheiße.« Er küsst mich heftig, während er mit dem Daumen langsame Kreise über meine Eichel zieht, die mich erschauern lassen. »Warte«, flüstert er, ehe er von mir ablässt, um ins Schlafzimmer zu rennen, wobei er seine Hose mit einer Hand festhält.

Warte. Mit einer Hand fahre ich mir übers Gesicht. Wo zum Teufel glaubt er denn, dass ich jetzt hingehe?

Ich hebe den Kopf an und sehe an mir herunter zu meinem steifen Schwanz. Mein Hintern schwebt halb über der Tischkante, meine Hose hängt an meinen Knöcheln und vielleicht ist der eine oder andere Knopf von meinem Hemd abgerissen. Ich liege hier wie auf dem verdammten Präsentierteller. Vielleicht *bin* ich auch der Präsentierteller. Mitten auf dem Esstisch.

Ich weiß nicht, ob mich der Gedanke abschrecken sollte. Ich weiß nur, dass er mich erregt.

Schnelle Schritte im Flur, dann ist Peer zurück. Er schwenkt das Gleitgel und das Kondom wie eine Zielflagge, ehe er mitten im Lauf beinahe gestolpert wäre.

»Fuck.« Mit einem Satz ist er bei mir und presst seine Lippen auf meine. »Du siehst so geil aus.«

Er lässt seine Hose los, legt Kondom und Gleitgel neben mich auf den Tisch und packt meine Hüften, um mich dicht an sich zu ziehen. Ich ächze auf, als sein Unterleib gegen meinen stößt. Die perfekte Höhe, der perfekte Winkel, die perfekte Situation.

Er knabbert an meinen Lippen und greift nach dem Gleitmittel. »Ich kann nie wieder normal an diesem Tisch essen.«

Ich kann nie wieder normal an *irgendeinem* Tisch essen, ohne mir vorzustellen, wie ich auf der Speisekarte stehe.

Als sich seine Finger zu meinem Eingang vortasten, streife ich meine Hose ab, um die Füße auf die Tischplatte hochzuziehen und meine Knöchel zu umklammern. Seufzend küsst Peer mich wieder. Er kann das so gut, dass es echt Verschwendung ist, dass er das nicht unabhängig vom Sex machen will.

Spielend leicht dringen seine Finger in mich ein und finden mühelos meine Prostata. Stöhnend lege ich den Kopf in den Nacken und dränge mich seinen Fingern entgegen, doch das reicht nicht. Es reicht *nie*. Ich weiß, dass er es besser kann, dass es besser wird, sobald er in mir ist. Viel, viel besser. Und ich will es besser.

Ich lasse einen Fuß los, auch wenn mein Bein sofort anfängt zu zittern, aber das ist mir gerade egal. Ich angle nach dem Kondom und drücke es ihm vor die Brust.

Blind greift er danach und öffnet es, ohne den Kuss zu unterbrechen, muss dann aber doch kurz nach unten schauen, um es sich überzustreifen. Mein Blick folgt seinem. Mein Herz hämmert wild in meiner Brust und ich höre mich selbst nach Luft ringen, als ich zusehe, wie er seinen Schwanz in Position bringt.

Dann kribbelt es in meinem Nacken und ich sehe auf. Er schaut mir direkt in die Augen und hält meinen Blick regelrecht gefangen, als er langsam in mich eindringt. Allerdings nur am Anfang. Als er keinen Widerstand spürt, schiebt er sich mit einem einzigen kraftvollen Stoß in mich. Mir bleibt die Luft weg. Doch das ist nichts im Vergleich zu dem, als er sich zu bewegen anfängt.

Ich will nicht wegsehen. Das Blau seiner Augen scheint zu strahlen und der Ausdruck darin ist so intensiv, dass ich ihn wie eine Berührung auf der Haut spüren kann. Voller Verlangen, voller Begierde. Als wäre ich das Einzige, was gerade im gesamten Kosmos zählt. Als gäbe es außer mir nichts anderes.

Dann werden die Empfindungen zu stark. Innen, außen. Sein Blick auf mir und sein Schwanz in mir. Wenn ich ihn noch eine Sekunde länger ansehe, ist es zu viel. Zu viel von… allem.

Kurz bevor ich die Augen schließe, flackert etwas in seinem Blick, als hätte er ebenfalls Schwierigkeiten, ihn zu fokussieren. Dann packen mich seine Hände fester und seine Stöße werden fahriger. Jedes Mal rutsche ich ein kleines Stück über die glatte Oberfläche des Tischs nach hinten, ehe er mich wieder fest an sich zieht und tiefer, immer tiefer in mich eindringt.

Alles in meinem Inneren ist bis zum Zerreißen angespannt und als er erneut eine Hand um meinen Schwanz legt, ist es in der ersten Sekunde beinahe unerträglich. Beinahe. Dann komme ich mit einem Keuchen, weil meine Lungen einfach nicht mehr hergeben, bevor auch er sich verspannt.

Schwer atmend lehnt er seinen Oberkörper gegen meinen, während er zwischen meinen gespreizten Beinen steht. Ich lasse meine Knöchel los, um über seinen verschwitzten Rücken zu streichen, während meine Beine langsam zurück nach unten sinken. Jede einzelne Nervenbahn in meinem Körper pulsiert in einem trägen, zufriedenen Rhythmus, der süchtig macht.

Süchtig nach Peer.

Kapitel 9

»Felix!«

Erschrocken fahre ich zusammen, als mir jemand eine Hand auf die Schulter legt. Ich wirble auf meinem Bürostuhl herum, hätte dabei beinahe mein Handy fallen gelassen und starre zu Silvi hoch, die sich über mein ertapptes Gesicht halb kaputtlacht.

Ich fühle mich, als hätte mich meine Mutter gerade beim Wichsen erwischt. Ich will nicht sagen, dass das oft vorgekommen ist, aber ein-, zweimal bestimmt. Als notgeiler Teenager in einem Haus voller *älterer* Familienmitglieder mal ein paar Minuten für sich zu ergattern, grenzt fast an ein Ding der Unmöglichkeit.

Zum Glück war meine Mutter schon einiges von Frank gewöhnt. Als die Sache mit Karsten schließlich rausgekommen ist, hat sie immer extra laut und extra lange angeklopft und sich mit *Schatz, kann ich reinkommen?* angekündigt, ehe sie mein Zimmer oder das Bad betreten hat.

Silvi hat gerade ganz sicher nicht geklopft oder sich sonst wie bemerkbar gemacht. Allerdings ist der Hauch von Erregung, der sich bei mir eingeschlichen hat, spätestens dann verschwunden, als sie mich knapp an einem Herzinfarkt hat vorbeischrammen lassen.

»Scheiße, was soll das denn?! Bist du verrückt?«

»Ich?«, kichert sie und lässt sich auf meinem Schreibtisch nieder, wobei sie gekonnt die Beine in ihrem leichten Sommerkleid überschlägt. In der Marketingabteilung nimmt man es mit dem Dresscode nicht so genau wie hier bei Dr. Schuhknecht. »Wenn hier einer gefährlich lebt, dann ja wohl du. Ich hab dich schon zweimal gerufen. Muss ja ein interessanter Kopfporno gewesen sein.«

»Keine Ahnung, wovon du redest.«

»Wenn ich jemand anderes gewesen wäre, hätte ich wahrscheinlich dein Handy für den Rest des Tages konfisziert.«

»Konfisziert«, schnaube ich und lege das Handy mit ausgeschaltetem Display neben die Tastatur. »Wir sind hier doch nicht in der Schule.«

»Aber auf der Arbeit. Was auf einige offenbar ziemlich erregend wirkt.« Sie sieht sich in dem Büro um. »Alle ausgeflogen?«

Ich ignoriere ihren blöden Kommentar. »Mittagspause.« Glaubt sie, ich würde an meinem Handy rumspielen, wenn Frau Bimsel im Raum und Dr. Schuhknecht nebenan wären? So exhibitionistisch bin ich nun auch nicht veranlagt. Wobei das eher... Zufall war. »Wieso?«

»Machen wir gleich zusammen Mittag?«

»Um mich das zu fragen, hättest du mir auch eine E-Mail schreiben oder mich anrufen können.«

»Stimmt, aber ich war gerade sowieso in der Nähe.« Sie beäugt mein Handy und ich überprüfe noch mal, ob ich das Display ausgeschaltet habe. »Karsten oder Peer?«

Ich rolle die Augen. »Ja, wir können gleich zusammen in die Mittagspause gehen.«

»Also Peer. Könnte mich auch nicht daran erinnern, dass du bei Karsten im Büro schon mal einen Ständer bekommen hast.«

Ich zucke zusammen. Scheiße. War es doch so offensichtlich? »Ich hab keinen –«

»Nicht mehr.« Sie streckt eine Hand aus und tippt mir mit dem Zeigefinger zwischen die Augenbrauen. »Außerdem hast du hier keine Wutfalte, also muss es Peer gewesen sein.«

Ich schiebe ihre Hand weg und fahre mir jetzt selbst über die Stelle. »Ich habe überhaupt keine Falten. Ich bin dreiundzwanzig.«

Theatralisch seufzt sie auf und presst sich eine Hand auf die Brust. »So jung und so... unschuldig.« So, wie sie es ausspricht, hätte sie auch *versaut* sagen können.

»Du hast heute ja mal wieder supergute Laune.«

»Erstens ist Freitag, zweitens habe ich heute Abend ein Date und drittens...«

Mein Handy vibriert und ein rotes *LoveLife*-Chatfenster leuchtet auf. Ich kann das Gerät nicht schnell genug an mich nehmen, bevor Silvi es in die Finger bekommt. Scheiße.

»Silvi, gib her.« Auffordernd strecke ich die Hand aus, aber sie gibt mir das Handy erst zurück, nachdem sie mit einem anzüglichen Grinsen Peers Nachricht gelesen hat.

Hitze schießt mir ins Gesicht, ohne dass ich seine Worte überhaupt gelesen habe. Wie mit Leuchtbuchstaben steht mir unser ganzer Chatverlauf vor Augen, den ich angefangen habe, sobald Dr. Schuhknecht Frau Bimsel in die Mittagspause gefolgt ist. Weil mir langweilig war. Weil ich keine Lust mehr auf Zahlentabellen hatte. Weil ich Sehnsucht nach Peer hatte. Weil die Hitze mein verdammtes Gehirn gebraten hat.

Max: *Es ist viel zu heiß, um im Anzug im Büro zu sitzen. Was trägst du eigentlich auf der Arbeit?*

Peer: *Flipflops.*

Max: *Gemein.*

Peer: *Dafür siehst du besser aus.*

Max: *Dafür kann man mich gleich vom Boden aufwischen. Und ich wette, du siehst im Anzug besser aus als ich.*

Peer: *Aber nicht in dem einzigen, den ich besitze. Der ist zehn Jahre alt.*

Max: *Du musst ihn ja nicht lange anbehalten.*

Peer: *Weil…?*

Max: *Weil ich ihn dir schneller ausziehe als du mir Montag meinen.*

Peer: *Klingt verlockend. Aber nur, wenn ich dich noch mal auf dem Küchentisch ficken darf.*

Max: *Du darfst mich ficken, wo du willst.*

Peer: *Im Flur?*

Max: *Wo du willst.*

Peer: *Im Bad?*

Max: *Ja.*

Peer: *Im Arbeitszimmer?*

Max: *Auch.*

Peer: *Ich hab auch einen Balkon.*
Max: *Darüber müssten wir noch mal verhandeln.*
Peer: *Das heißt, wir müssen uns wenigstens noch dreimal sehen.*
Max: *Wenigstens.*
Peer: *Es war geil mit dir auf dem Esstisch.*
Max: *Es war überall geil mit dir.*
Peer: *Was machst du heute Abend?*
Max: *Vorbeikommen?*

Allein die Erinnerung an unser letztes Mal hat mich erregt. Hinzu kommt noch die Vorstellung, wie wir uns durch seine ganze Wohnung vögeln. Eine ganz andere Art der Wohnungsbesichtigung.

Ich lese mir Peers letzte Nachricht durch.

Peer: *Ich räum schon mal den Tisch frei.*

»Auf dem Tisch? Im Ernst, Felix? Ich hätte dich nie für so wild gehalten.«

»Du kennst mich überhaupt nicht.« Ich schalte das Display aus und lege das Handy zurück. »Nicht in *dieser* Hinsicht. Und das ist auch gut so.«

Ich möchte mir nicht jedes Mal beim Sex vorstellen, was Silvi wohl von dieser oder jener Stellung hält. Ich will das von ihr ja auch nicht wissen. Zum Glück gehört sie nicht zu der Sorte Frau, die da gemäß bescheuerter *Sex and the City*-Tradition peinliche Fragen stellt. Das hier ist das Maximum an Unterhaltung, die wir darüber führen werden.

»Unbedingt«, stimmt sie mir zu und beugt sich vor, um einen Blick auf die Uhr an meinem Monitor zu werfen. »Weswegen ich übrigens eigentlich hier bin: Jenny und ich haben uns überlegt, dass wir demnächst mal zum Open-Air-Kino wollen. Wahrscheinlich am Olympiasee. André und seine Freundin würden auch mitkommen. Wie sieht's mit dir aus?«

Ich zucke die Schultern. »Kommt drauf an, wann ihr hingehen und was ihr euch angucken wollt.«

»Na ja, ein furchtbar kitschiges Musikvideo mit Überlänge wird die anderen sicherlich nicht in Jubelschreie ausbrechen lassen.«

»Haha. Ich schaue durchaus auch andere Filme.«

»Oh ja, das habe ich an deiner DVD-Sammlung gesehen. Im Moment steht der letzte Teil vom Hobbit hoch im Kurs.«

Ich verziehe das Gesicht. Den musste ich mir schon mit Karsten im Kino ansehen. Ganz nette Unterhaltung, aber nichts, was mich zweimal vor eine Kinoleinwand lockt. Karsten sieht das zweifellos anders. In seinen Augen verdient jede große Schlacht mit Schwertkämpfern eine minutiöse Analyse, auch wenn die Story drumherum noch so schlecht ist.

Ich habe überhaupt keine Lust, ihn mitzunehmen. Allerdings hat Silvi auch nicht gefragt.

»Was wäre denn dein Favorit?«, fragt Silvi, als sie merkt, dass sich meine Begeisterung in Grenzen hält.

»Keine Ahnung. Was läuft denn noch so?«

Silvi zuckt die Schultern und nickt in Richtung PC. »Google doch mal schnell.«

Selbstverständlich ist auch privates Surfen am Arbeitsplatz nicht erlaubt, aber wenn sogar Frau Bimsel fünf Minuten am Tag darauf verschwenden kann, von ihrem Büro-PC aus seltene *Lustige Taschenbücher* auf *ebay* zu ersteigern, kann ich auch mal schnell das Kinoprogramm checken.

Da es um ein Open-Air-Kino geht, werden dort in der Regel keine brandaktuellen Filme gezeigt, sondern Pi mal Daumen die besten Filme der letzten Monate. Pro Tag gibt es nur eine Vorstellung, wobei der Film täglich wechselt. Besonders erfolgreiche Filme werden pro Saison öfter gezeigt.

Ich tippe *Open Air Kino Olympiasee* ein und lasse mir die Suchergebnisse anzeigen. Gleich die obersten Einträge stammen von der offiziellen Homepage mitsamt diversen Unterverlinkungen, doch das nehme ich nur am Rande wahr. Zum zweiten Mal innerhalb kürzester Zeit bleibt mir fast das Herz stehen.

Was zur Hölle ist *das*?!

Ich starre auf die Vorschau einiger *YouTube*-Videos weiter unten am Bildschirmrand und scrolle automatisch tiefer. Unter anderem wird ein Video von einem Nutzer namens *Filmfan* angezeigt, das eine Kritik zu *Interstellar* zu sein scheint.

»Hey, wo willst du denn hin? Die Homepage steht gleich ganz –«

»Das ist Peer.«

»Was?«

Ich habe schon auf den Link geklickt und noch während ich auf *YouTube* weitergeleitet werde, schlägt mein Herz schneller. Tonlos wird das Video abgespielt, es folgt ein kurzes Intro, dann das Filmplakat von *Interstellar* und dann lächelt er mich mit diesem sexy Lächeln und seinen strahlenden blauen Augen vom Computerbildschirm aus an und erzählt irgendwas.

Peer.

Mein Peer.

Den Raum, in dem er sich befindet, kenne ich nicht. Sieht aus wie ein Büro mit technischem Equipment im Hintergrund sowie der kleinen Ecke eines Fensters und einem zur Hälfte sichtbaren Schrank. Möglicherweise sein Arbeitszimmer? Oder wie immer er das Zimmer nennt, dessen Tür immer geschlossen ist und das ich bis jetzt noch nicht betreten habe.

»*Das* ist Peer?«, höre ich Silvi wie aus weiter Ferne sagen.

Ich nicke. Wie von selbst wandere ich mit der Maus auf seinen Nickname und schaue mir sein Profil an. Oh mein Gott. Sieht aus, als hätte er nicht nur seine eigene Filmsammlung rezensiert, sondern sämtliche Filme seit Beginn der Farbaufzeichnung. Und das offensichtlich seit 2008.

Ich muss blinzeln und zweimal hingucken, als ich die Anzahl seiner Abonnenten sehe: knapp unter 40.000. Um genau zu sein: 39.897 Abonnenten. Gemessen an den großen *YouTube*-Stars mag das nicht viel sein, aber… jedes Mal, wenn er ein Video hochlädt, sehen ihn 39.897 Menschen an? *Neununddreißigtausendachthundertsiebenundneunzig*? Das wären knapp drei Prozent aller Menschen in München.

»Hey, Felix.« Silvi stößt mich an und zeigt mit dem Finger auf Peers Profilbild, als würde sie jegliches Missverständnis ausschließen wollen. »*Das* ist Peer?«

»Ja. Sag ich doch.«

»Hübscher Mann.«

»Ja.«

»Mit vielen Fans.« Ich werfe ihr einen schrägen Blick von der Seite zu, weil ich beinahe spüre, dass da noch was kommt. »Unter anderem ich.«

»Du?«

»Jetzt guck nicht so entsetzt. Wenn ich gewusst hätte, dass er schwul ist, hätte ich ihn während der letzten... na ja, sagen wir mal zwei Jahre... nicht so angehimmelt.«

Ich weiß nicht, was ich darauf sagen soll, und starre sie nur an. Diese gigantische Zahl kreist noch immer in meinem Kopf. »Davon wusste ich gar nichts.«

Silvi zieht eine Augenbraue hoch. »Weil ihr offensichtlich nicht besonders viel miteinander redet.« Sie nickt auf mein Handy. »Außer über Tische, die für nicht jugendfreie Aktivitäten freigeräumt werden müssen.«

»Wir führen eine Sexbeziehung«, sage ich, auch wenn ich nicht weiß, ob ich das Silvi oder mir selbst in Erinnerung rufen will.

Beim letzten Mal hat es sich nicht unbedingt wie eine Sexbeziehung angefühlt, wie wir da an seinem Tisch gesessen und Nudeln gegessen haben. Obwohl es auch keine freundschaftliche Beziehung ist, weil er mir ansonsten von seinem kleinen Hobby hätte erzählen können. Jetzt macht auch die Entertainmentwand viel mehr Sinn. Karsten steckt sein ganzes Geld in den Schwertkampf – oder neuerdings ins Partymachen –, Peer offensichtlich in *Film & Fernsehen*.

»Eine Sexbeziehung, die streng genommen gegen die Regeln verstößt, die du mit Karsten für eure offene Beziehung aufgestellt hast.«

Finster sehe ich zu Silvi hoch. »Du hörst dich schon an wie Karsten.«

»Wahrscheinlich, weil ich recht habe.« Sie verzieht das Gesicht. »Was seltsam ist, weil ich dann ausnahmsweise mal mit Karsten einer Meinung wäre.«

»Eben. Ich dachte, du magst Peer.«

»Was hat das eine mit dem anderen zu tun? Ich erkenne trotzdem, dass du die Regeln brichst.« Ihr Blick wandert zurück zum Monitor und Peers *YouTube*-Profil. »Wobei mögen zu viel gesagt ist. Ich kenne Peer überhaupt nicht. Ich mag nur, dass er dir offensichtlich guttut.«

Offensichtlich mag ich das auch, sonst hätte ich mich für heute Abend nicht schon wieder mit ihm verabredet. Vielleicht gefällt mir auch einfach nur der Sex. Mit Karsten habe ich seit dem Würfelsex-Vorfall nicht mehr geschlafen. Er hat auch keinen Anlauf in dieser Richtung unternommen – natürlich nicht.

Und seitdem er weiß, dass ich nicht will, wenn sein Schwanz gerade noch in einem anderen gesteckt hat, versucht er sowieso gar nichts mehr. Vielleicht langweilt es ihn, dass ich keine Tattoos habe oder Sex mit zahllosen Fremden abtörnend finde.

Ich wende mich wieder dem Computer zu und klicke auf das erste Video, das er je hochgeladen hat – oder das er zumindest noch nicht gelöscht hat: *Batman – The Dark Knight*. Von August 2008. Da muss er süße achtzehn gewesen sein – und die sieht man ihm in dem Video auch an.

»Oh mein Gott«, quietscht Silvi und beugt sich vor. »Ich bin noch nie so weit zurückgegangen. Da sieht er aus wie frisch geschlüpft. Fünfundzwanzig ist er jetzt, oder?«

»Hm«, mache ich und überlasse ihr die restliche Mathematik. Ich glaube nicht, dass ich jetzt groß etwas sagen könnte.

Damals war er schmaler als jetzt, irgendwie jungenhafter und noch ohne diese erregende, sexy Sehnigkeit, die sich jetzt durch seine Muskeln zieht. Aber seine Augen leuchten in demselben strahlenden Blau, das mich schon bei unserer ersten Begegnung aus den Socken gehauen hat. Nur sein Lächeln wirkt noch nicht ganz so selbstsicher wie heute. Tatsächlich eher ein bisschen verlegen, als wüsste er selbst nicht so genau, was er da eigentlich tut. Ich muss automatisch mitgrinsen. Verdammt, das ist höllisch süß.

Mir juckt es in den Fingern, den Ton anzudrehen, um seine Stimme zu hören. In dem Video unterstreicht er noch viel mehr mit Gesten als heute, was ebenfalls ein wenig unsicher wirkt. Wahrscheinlich hört man das seiner Stimme auch an.

»Wir müssen uns das gleich in der Mittagspause unbedingt mal mit Ton anhören«, sagt Silvi und ich muss lachen.

»Unbedingt.« Tatsächlich ist es nicht ganz einfach, das Video anzuhalten und Peer auf dem Bildschirm erstarren zu lassen. Selbst tonlos transportiert er eine Begeisterung, die ansteckend ist. »Frau Bimsel müsste gleich zurückkommen. Soll ich dich kurz anrufen, bevor ich in die Pause gehe?«

Noch etwas, was in der Marketingabteilung irgendwie einfacher gehandhabt wird als bei uns. Dr. Schuhknecht besteht darauf, dass immer einer von uns die Stellung im Büro halten muss. Bei Silvi habe ich es schon erlebt, dass die komplette Marketingabteilung zusammen Mittag macht oder sich in der Kaffeeküche verquatscht.

»Ja, mach das.« Sie rutscht vom Schreibtisch runter, aber da ich immer noch niemandem im Flur höre, halte ich sie am Arm zurück.

»Kann ich dich übrigens um einen Gefallen bitten?«

»Ganz egal, für welchen Film du dich entscheidest, ich werde gegen den Hobbit stimmen, versprochen. Fantasy-Kampfgetümmel ist eh nicht so meins.«

»Was?«

»Open-Air-Kino? Die Auswahl des Films?«

»Ach so.« Das ist gerade völlig in den Hintergrund gerückt. »Klar, danke, ich werd nachher noch mal nachsehen, was so läuft. Aber…« Ich presse die Lippen zusammen. »Ich wollte eigentlich auf was anderes hinaus.«

»Worauf?« Ihre Augen verengen sich um einen kaum bemerkbaren Millimeter, weil ich mich vermutlich nur halb so beiläufig anhöre, wie ich gerne würde.

Ich räuspere mich. »Was machst du heute? Also, heute Abend, meine ich.«

»Wow, Peer muss eine unglaubliche Wirkung auf dein Kurzzeitgedächtnis haben. Ich habe ein *Date*, Felix. Das habe ich doch vorhin gesagt.«

Ach, Scheiße. »Stimmt.« Ich widerstehe dem Drang, nachzufragen, mit wem, um das Ganze hinauszuzögern. »Könntest du… wenn du heute Abend eh unterwegs bist… ein Foto machen und auf *Facebook* posten und mich verlinken?«

Sie runzelt die Stirn. »Hab ich was verpasst? Bist du heute Abend etwa mein Date?«

»Nein.«

»Mal ganz davon abgesehen, dass ich überhaupt nicht vorhatte, gleich beim ersten Date lustige Fotos auf *Facebook* zu posten.«

»Umso besser. Sollst du ja auch nicht. Du sollst so tun, als wärst du mit mir unterwegs.«

Ich kann ihr ansehen, dass sie sofort weiß, worum es geht. Dennoch starrt sie einen Moment lang schweigend auf mich hinunter, sodass ich mich nicht nur kleiner fühle, weil ich es bin und gerade im Gegensatz zu ihr sitze, sondern… weil es mir ein schäbiges Gefühl gibt.

»Wegen Karsten.«

»Hm-hm.«

»Du willst mich als Alibi benutzen.«

»Möglich.«

»Damit du ihm nicht sagen musst, dass du bei Peer bist.« Sie zögert kurz. »Schon wieder.«

Irgendetwas an ihrem Tonfall lässt mir erneut die Hitze ins Gesicht steigen. »Ich weiß schon, warum du meine beste Freundin bist«, versuche ich zu witzeln.

Seufzend streicht sie sich den Pony aus der Stirn und fährt ihren langen Pferdeschwanz entlang. »Hältst du das für klug?«

»Als ich Karsten beim letzten Mal gesagt hab, dass ich bei dir war, hat er mich so komisch angeschaut und mich blöd von der Seite angemacht, wo denn dann das Alkoholfoto auf *Facebook* gewesen wäre, das du so gerne postest, um ihn auf die Palme zu bringen.« Ich zucke die Schultern. »Deswegen dachte ich, wenn du vielleicht tatsächlich ein Foto postest –«

»Warte kurz. Du hast mich *schon mal* als Alibi benutzt?«

»Einmal.« Ich hebe eine Hand. »Ich schwöre. Erst einmal.« Weil er bereits bei meinem zweiten Treffen mit Peer aus der Haut gefahren ist.

Ich könnte es darauf ankommen lassen und ihn mit jedem weiteren Treffen zur Weißglut treiben, bis er entweder die offene Beziehung wieder in eine geschlossene verwandelt oder sich von mir trennt, weil ich sein Vertrauen missbraucht habe.

Aber ich will nicht, dass er sich von mir trennt. Ich will nicht, dass er mir misstraut.

Super, Felix, und was willst du dann?

Wieso hört sich meine innere Stimme immer noch wie Silvi an, obwohl sie direkt und leibhaftig vor mir steht?

Silvi seufzt. »Ich helfe dir immer gerne, das weißt du.« Ihr Tonfall klingt nach einem großen Aber in Leuchtbuchstaben. »Genauso, wie du weißt, dass ich kein Fan von Karsten bin. Aber –«

»Ich wusste es.«

»*Aber*... wenn du dir vor Karsten Alibis verschaffen musst, ist es vielleicht ganz sinnvoll, mal vernünftig mit ihm über diese ganze Sache zu reden.«

»Wir reden *ständig* über diese Sache. Vernünftig, unvernünftig und in allen Lautstärken. Und das Ergebnis ist, dass er offensichtlich andere Vorstellungen von unserer Beziehung hat als ich. Falls er überhaupt mal auf Fragen antwortet und mir nicht ausweicht, heißt das.«

Als ein mitfühlender, irgendwie trauriger Ausdruck über ihr Gesicht huscht, wird mir erst bewusst, was ich da gerade gesagt habe. Ich fühle mich, als hätte jemand einen Eimer Eiswasser über mir ausgekippt. Karsten hat eine andere Vorstellung von unserer Beziehung als ich. Wir wollen unterschiedliche Dinge. Wenn wir das nicht hinkriegen, bedeutet das –

Scheiße, hör auf damit!

Solche Gedanken sind alles andere als hilfreich.

»Wenn das so ist«, sagt Silvi einfühlsam, »solltet ihr sogar noch dringender reden. Und zwar über eure Beziehung.«

Für einen Moment bin ich nicht sicher, ob die Worte tatsächlich von ihr stammen oder ob das wieder meine innere Stimme ist, die sich Silvi zum Vorbild genommen zu haben scheint. Ihre Lippen haben sich allerdings bewegt.

»Glaub es oder nicht, aber auch darüber reden wir ständig.«

Wir reden mehr, als dass wir eine Beziehung *haben*. Möglicherweise hätten wir schon keine mehr, wenn ich der offenen Beziehung nicht zugestimmt hätte.

Schnelle Schritte auf dem Flur kündigen Frau Bimsels Rückkehr an, kurz bevor sie ins Büro rauscht. Automatisch werfe ich einen Blick auf die Uhr am Bildschirm. Pünktlich auf die Minute, wie jeden Tag, seit sie einmal vier Minuten zu spät gekommen ist. Offensichtlich hat sie sich vorgenommen, mich nicht noch einmal so unzumutbar lange auf meine Mittagspause warten zu lassen.

Überrascht blinzelt sie Silvi an, die jedoch bereits auf dem Weg auf den Flur hinaus ist. »Mahlzeit, Frau Bimsel. Ich hol nur schnell meine Tasche, dann können wir los, Felix. Und… ich mach das Foto.«

Plötzlich fühle ich mich armselig, dass ich sie überhaupt danach gefragt habe. »Danke.«

Kapitel 10

Irgendwie sind die Montage und Freitage zu Peer-Tagen geworden. Ziemlich bezeichnend, wenn ich so darüber nachdenke, weil ich mit ihm in die Woche starte und sie mit ihm beende. Das könnte Absicht sein, ist aber eher so nebenbei passiert. Karsten ist montags beim Schwertkampf und freitags meistens schon mit den *Leuten von der Uni* unterwegs, wenn ich nach Hause komme.

Ich weiß nicht, ob Peer dieses Muster auffällt oder ob er sich fragt, was ich eigentlich die restlichen fünf Abende der Woche mache. Wahrscheinlich nicht.

»Heute nicht im Anzug?«, fragt Peer mit einem schwachen Abklatsch seines sonstigen Begrüßungslächelns, als er mir die Tür aufmacht.

Überrascht sehe ich ihn an. Was ist denn das für eine Gewitterwolke über seinem Kopf? »Du doch auch nicht«, sage ich und versuche, ihn mit einem echten Grinsen aufzuheitern.

Erfolgversprechender wäre vielleicht gewesen, ihm die Mundwinkel nach oben festzutackern. Schade. Auch wenn ich trotz unseres Chats heute nicht wirklich damit gerechnet habe, dass er sich für mich in seinen zehn Jahre alten Anzug schmeißt. Obwohl es irgendwie süß gewesen wäre.

»Ich war noch kurz zu Hause, um Igor zu füttern, da hab ich mich gleich umgezogen.«

Ich merke erst, was ich da gesagt habe, als Peer eine Augenbraue hochzieht. »Igor? Ich wusste gar nicht, dass du ein Haustier hast. Das hast du nie erwähnt.«

Er hat auch so einiges nicht erwähnt. Und jetzt, da ich vor ihm stehe, kann ich nicht anders, als in seinem Gesicht die jüngere Version von ihm wiederzuerkennen. Er war damals schon ein Hingucker, aber jetzt ist er wie ein Magnet, der die Aufmerksamkeit auf sich zieht. Auch wenn er schon mal enthusiastischer ausgesehen hat.

»Eine Katze? Oder ein Hund? Ein Meerschweinchen?«

Ich räuspere mich, während ich aus meinen Schuhen schlüpfe. »Ein Fisch.«

Bescheuert, sich unwohl zu fühlen, weil mir ihm gegenüber ein weiteres, privates Detail rausgerutscht ist. Ich kann schlecht einschätzen, ob er solche Dinge grundsätzlich nicht wissen will oder ob er schlicht nicht danach fragt, weil er nicht riskieren will, dass ich ihm meinerseits Fragen stelle.

Gerade jetzt kann ich ihn überhaupt nicht einschätzen, weil ich ihn noch nie mit so offensichtlich mieser Laune erlebt habe. Irgendwie macht mich das nervös.

»Beziehungsweise eigentlich sogar acht. Fünf Weibchen, drei Männchen.«

»Fische?« Jetzt huscht ein kleines Lächeln über sein Gesicht, erreicht jedoch nicht seine Augen. »Okay, das passt irgendwie zu deinem Controller-Dasein.«

»Das sagst du nur, weil du Igor nicht kennst. Er ist ein ziemlich dominanter Alpha-Fisch.«

»Ein Alpha-Fisch? So was gibt's?«

»Zumindest bei Lachsroten Regenbogenfischen. Der Alpha-Fisch zeigt seine Dominanz gegenüber den anderen Fischen seines Schwarms durch eine intensivere Färbung der Schuppen.«

»Interessant.«

Noch ein kleines Grinsen. Sein Tonfall ist nicht spöttisch, also findet er mein Geschwafel offenbar wirklich interessant. Oder es ist nur die Ablenkung von dem, was auch immer ihm über die Leber gelaufen ist, die ihm Spaß macht.

Er mustert mich von oben bis unten. Nach der Arbeit habe ich den Anzug gegen dunkle Shorts und ein weißes T-Shirt getauscht.

»Damit ist dann wohl klar, wer von euch beiden zu Hause die Hosen anhat. Ich hab dich noch nie Rot tragen sehen.«

»Haha, witzig.« Ich nicke Richtung Wohnküche. »Hast du zufällig wieder Nudeln auf dem Herd stehen? Ich bin am Verhungern.«

Aus einem Impuls heraus trete ich auf ihn zu, schlinge die Arme um seinen Hals und schmiege mich an ihn. Vielleicht braucht er einfach nur ein wenig Zuwendung. »Oder willst du mir wieder gleich hier im Flur die Kleider vom Leib reißen?«

Allein die Nähe seines Körpers reicht aus, um mich halb steif werden zu lassen. Ich drücke mich an ihn und recke ihm mein Gesicht entgegen. Schwach nehme ich den Geruch von Bier wahr. Da Karsten so empfindlich auf Alkohol reagiert, hat mich das auch sensibilisiert, obwohl Peer vielleicht nur einen Schluck oder so getrunken hat.

Peer reagiert auch empfindlich – allerdings anders als gedacht. Zuwendung ist gerade offensichtlich nicht das Zauberwort. Er versteift sich sogar leicht in meiner Umklammerung. Dann dreht er kaum merklich das Gesicht weg.

Eigentlich sollte ich mich inzwischen daran gewöhnt haben, aber ich finde es immer noch seltsam, dass er mich außerhalb vom Sex nicht küssen will. Das eine oder andere Mal lag mir schon die Frage nach dem Warum auf der Zunge, aber das geht vermutlich wieder zu weit.

Heute hat die Geste allerdings wohl weniger mit seinen Prinzipien als mit seiner Stimmung zu tun. Ich lasse ihn los und versuche, mich nicht zurückgewiesen zu fühlen. Was schwer ist, weil ich schließlich hier bin, um mich begehrenswert zu fühlen.

»Ich hab auch Hunger«, sagt Peer, als hätte ich mich ihm gerade nicht buchstäblich an den Hals geworfen. »Was hältst du von Pizza?«

»Die müssen wir ja erst bestellen.«

»Und?«

Und? Ich frage mich nur, was er in der halben bis ganzen Stunde machen will, die es dauern könnte, bis das Essen geliefert wird, je nach dem, wie weit der Pizzalieferant entfernt ist und wie viel er an einem Freitagabend zu tun hat.

»Nichts und. Bestellen wir Pizza.«

Ich folge ihm in die Wohnküche. Auf dem Couchtisch steht eine geöffnete Bierflasche. Der Fernseher zeigt einen im Standbild erstarrten Ben Affleck mit dämlichem Grinsen vor dem Plakat einer vermissten, blonden Frau. Sieht nach dem Anfang von *Gone Girl* aus.

Sollte der Alkohol und die Filmauswahl irgendeinen Rückschluss auf seinen Gemütszustand zulassen, hat mich mein erster Eindruck nicht getrogen. Irgendwas stimmt nicht.

Ich lasse mich neben Peer aufs Sofa fallen, während er sein *iPhone* vom Couchtisch nimmt. Per App bestellen wir uns Pizza, dann fragt er mich, ob ich auch ein Bier will, und holt mir eins aus dem Kühlschrank, nachdem ich bejaht habe.

»Kennst du den Film?«, fragt er und reicht mir die kühle Flasche, ehe er sich wieder neben mich setzt.

»*Gone Girl*? Nein.«

»Woher weißt du dann, dass es *Gone Girl* ist?«

»Ich hab das Buch gelesen und kann mich an den Trailer erinnern.«

Er greift nach der Fernbedienung. »Willst du ihn dir ansehen, bis die Pizza kommt?«

»Eigentlich wäre mir eher nach was, das weniger aufs Gemüt drückt.«

Seine Augenbrauen wandern nach oben. »Das ist ein fantastischer Film.«

»Der auf einem sehr verstörenden Buch basiert.« Ich lege den Kopf schief und mustere ihn. »Alles okay bei dir?«

Das bringt ihn zum Lachen. Oder vielleicht wäre es ein Lachen gewesen, wenn es sich nicht so abgehackt anhören würde. »Hast du Angst, ich könnte dir nachher beim Sex mit einem Teppichmesser die Kehle aufschlitzen?«

Aha, wenigstens deutet er an, dass es nachher noch Sex geben könnte. Irgendwie beruhigt mich das, nachdem wir schon beim letzten Mal nicht gleich zur Sache gekommen sind. Nicht, dass ich mich nicht gerne ausführlicher mit ihm unterhalte, aber im Moment verwirrt mich seine Stimmung. Heute Mittag im Chat war er noch viel lockerer.

»Natürlich nicht. Aber du wirkst… anders als sonst. So kenne ich dich gar nicht.«

Er schnaubt. »Du kennst mich überhaupt nicht, Max.«

Autsch. Nicht nur seine Worte tun unerwartet heftig weh, auch der falsche Name ist wie ein Schlag in den Magen.

Ich nehme einen langen Zug von meinem Bier. Mir liegen eine Million Sachen auf der Zunge, trotzdem fühlt sich mein Hals so trocken an, als könnte ich nur unter größten Schmerzen ein Wort rausbringen.

Sein *iPhone* auf dem Couchtisch vibriert. Eine Nachricht leuchtet im Display auf. Kein *LoveLife*-Rot. Peer beugt sich vor, greift nach dem Handy und liest die Nachricht mit zusammengepressten Lippen. Dann drückt er sie weg, schaltet den Ton und die Vibration am Handy aus und legt es mit dem Display nach unten auf den Tisch.

Wenn er so miese Laune hat, hätte er unser Treffen auch absagen können. Vielleicht ist es besser, ich fahre wieder.

»Peer –«

»Was willst du denn für einen Film sehen?« Er macht eine ausschweifende Handbewegung Richtung seiner DVD-Sammlung. »Such dir was aus.«

Eigentlich will ich überhaupt keinen Film sehen, aber da ich ihn offenbar weder zum Sex noch zu einem Gespräch überreden kann, stehe ich seufzend auf und trete vor seine Entertainment-Wand.

»*Flashdance*?«

»Scheiße, nein.«

Damit hätte ich rechnen müssen. Es geht also nicht darum, was ich sehen will, sondern dass wir uns auf einen gemeinsamen Film einigen. *Black Swan* wäre vielleicht ein guter Kompromiss – genau wie bei Karsten –, aber auf den habe ich keine Lust. Ruft blöde Erinnerungen wach und es reicht, wenn einer von uns schlechte Laune hat.

Ich erspare es mir, seine restlichen Tanzfilme aufzuzählen, und frage stattdessen: »*Indiana Jones*?«

Er holt Luft, als würde er automatisch abwiegeln wollen, doch hinter mir bleibt es still. Über die Schulter sehe ich ihn an. Er runzelt die Stirn, als würde er den Vorschlag ernsthaft in Betracht ziehen.

»Welchen Teil?«

»Den dritten natürlich. Mit Sean Connery.«

Wieder ein winziges Lächeln. »Und ich dachte schon, du hättest überhaupt keinen Geschmack. *Magic Mike, Dirty Dancing, Flashdance*… langsam erkenne ich ein Muster.«

Meine Wangen werden heiß. Ich sehe wieder nach vorn und strecke eine Hand nach *Indiana Jones und der letzte Kreuzzug* aus. »Also, Indy?«

»Ja.«

Ich tausche *Gone Girl* gegen die neue DVD aus und kehre anschließend zum Sofa zurück. Kurz überlege ich, wo ich mich hinsetzen soll, da Peer das verlängerte L-Stück der Couch liegend für sich beansprucht. Mich an ihn zu kuscheln, kommt mir irgendwie seltsam vor, also setze ich mich wieder mittig aufs Sofa.

Der Film läuft noch keine fünf Minuten, als er sagt: »Das sieht unbequem aus. Komm her.« Er legt einen Arm über die Lehne und macht eine auffordernde Handbewegung.

»Ehrlich gesagt hab ich ein bisschen Angst, dass du mich beißen könntest.«

Er lacht leise, wenn auch nur kurz. Das erste richtige Anzeichen dafür, dass er mich eventuell doch um sich haben möchte. »Vielleicht möchte ich dich ja beißen.«

Ich verdrehe die Augen. »Wenn, dann hast du es bisher noch nicht versucht.« Ich rutsche näher an ihn heran und lege mich neben ihn, allerdings ohne mich zu stark gegen ihn zu lehnen. Das wirkt irgendwie zu vertraut.

Eine Weile bleiben wir so steif nebeneinander sitzen, als würde er darauf warten, dass ich von selbst näher an ihn rücke. Dann legt er den Arm um mich und zieht mich dichter an sich heran. Eigentlich ist es bescheuert. Ich schlafe mit ihm, da sollte mich ein Videoabend nicht so nervös machen.

Ich versuche, mich zu entspannen, lehne mich trotz der Wärme an ihn und konzentriere mich auf den Film. Zumindest nehme ich mir das fest vor. Stattdessen konzentriere ich mich mit jeder Minute mehr auf Peer. Sein fester Körper an meinem, sein Geruch, seine regelmäßigen Atemzüge, die Hitze, die er ausstrahlt. Eher beiläufig lege ich ihm eine Hand auf die Brust und spüre darunter seinen kräftigen Herzschlag.

Ich schließe die Augen. Im Hintergrund verblasst der Ton des Films. Seine Hand auf meiner Schulter streichelt mich sacht. Immer mal wieder streift sein Daumen meinen Hals und löst ein wohliges Kribbeln in meinem Bauch aus.

Das ist zu viel. Das Essen beim letzten Mal war schon grenzwertig, aber das hier geht noch weiter in die falsche Richtung. So was mache ich mit Karsten. Oder so was habe ich mit Karsten gemacht. So was *sollte* ich mit Karsten machen.

Mit Peer sollte ich vögeln. Mehr nicht.

Ich rolle mich auf ihn, was ihn überrascht aufächzen lässt. Ich nehme ihm die Bierflasche aus der Hand und stelle sie auf den Couchtisch. Bevor er fragen kann, küsse ich ihn. Ich merke sofort, dass ihn das überfordert und er sich von mir losmachen will.

Stattdessen löse ich mich von seinen Lippen, schiebe sein T-Shirt bis fast zu seinem Hals hoch und presse meinen Mund auf seine nackte Brust, um mich dann von dort aus langsam nach unten zu arbeiten.

Die Hitze des Tages hat seine Haut mit einem leichten Schweißfilm überzogen, doch das ist mir egal. Ich ziehe seine Haut zwischen meine Lippen und zwicke ihn kurz mit den Zähnen, während ich an seiner Hose nestle. Erst da hält er meinen Kopf mit beiden Händen fest und dreht mein Gesicht nach oben in seine Richtung.

»Ich bin total verschwitzt.«

»Ich weiß.«

»Darauf wollte ich überhaupt nicht hinaus.«

»Ich weiß.«

Seine Mundwinkel zucken und er sieht mich an, als wollte er mich fragen, was denn dann dieser Quatsch hier soll. »Max.«

Felix.

Ich entwinde mich ihm, schiebe seine Hose zur Seite und hole seinen halb steifen Schwanz heraus. Auch wenn er nicht darauf hinauswollte, gefällt ihm die Entwicklung offenbar ganz gut.

»Max, ich –«

Felix!

Ich beuge mich vor und umschließe seinen Schwanz mit meinen Lippen. Peer stöhnt auf und eine Hand verirrt sich in meine Haare. Er drückt mich auf seine Erektion, die in meinem Mund weiter wächst.

Am Anfang lasse ich es zu, dann stemme ich mich gegen den Druck, weil ich ihn nicht ganz schlucken kann. Offenbar war der Kerl, mit dem es böse ausgegangen ist, ein Meister im Deepthroat. Ich bin froh, dass Peer überhaupt gefällt, wie ich an ihm sauge und ihn mit meiner Zunge umspiele. Karsten ist bisher der Einzige gewesen, mit dem ich das gemacht habe.

Peers Schwanz fühlt sich in meinem Mund ganz anders an. Er ist nicht nur größer, er ist auch… anders. Ich merke es an den Unebenheiten, die ich an meiner Zunge spüre, und am Geschmack. Ich schließe die Augen und nehme jeden Millimeter, den ich erreichen kann, in meinem Gedächtnis auf.

Noch nie habe ich mich so ausführlich mit einem seiner Körperteile beschäftigt. Noch nie hat sich einer von uns dem anderen so intensiv und ausgiebig gewidmet, ohne dass das Ganze augenblicklich in Sex ausgeartet ist. Bisher habe ich mich nicht getraut. Ich weiß nicht, wie das bei ihm ist, aber auch das war mir zu viel und ist mir irgendwie falsch vorgekommen.

Jetzt gerade fühlt sich allerdings überhaupt nichts falsch an.

Als er unerwartet seine Hüften nach oben stößt, kitzelt es in meinem Rachen und ich ziehe mich hastig zurück.

»Nein.«

Peers Finger krallen sich fester in meine Haare. Als ich zu ihm hochschaue, klopft mir das Herz bis in den Hals. Mit leicht geöffneten Lippen schaut er atemlos auf mich runter. Verlangen glüht in seinen Augen und explodiert als Echo in meinem Unterleib.

»Mach weiter«, flüstert er rau. »Ich pass auf.«

Ich kann gar nicht anders, als ihm den Gefallen zu tun. Wie von einer unsichtbaren Schnur gezogen, gleite ich auf seinem Schwanz wieder nach unten und höre, wie Peer der Atem stockt. Seine Hüften zittern, aber wenn er sie mir entgegenhebt, versucht er, es langsam zu machen.

Ich lege eine Hand an sein Becken und halte ihn fest. Nicht, weil ich ihm nicht traue, sondern weil ich es ihm einfacher machen will. Peer scheint das gar nicht richtig mitzubekommen. Erregt legt er den Kopf nach hinten und genießt. Der Geschmack salziger Lusttropfen breitet sich auf meiner Zunge aus und wirkt wie eine Ladung Endorphine auf mein Gehirn.

Als es an der Tür klingelt, hätte ich beinahe laut aufgelacht.

»Fuck«, ächzt Peer und hebt sich mir verzweifelt entgegen. »Lass klingeln.«

Jetzt muss ich mich doch lachend zurückziehen, woraufhin Peer ein unglückliches Wimmern entfährt. »Das ist die Pizza.«

»Ich weiß. Scheiße.« Mit geschlossenen Augen lässt er den Kopf nach vorne kippen. »Machst du auf?«

Ich krabble bereits von der Couch. »Wenn du dir in der Zwischenzeit keinen runterholst.«

Er stöhnt. »Ich komme wahrscheinlich vom Durchzug, wenn du die Eingangstür aufmachst.«

Lachend trete ich gerade in den Flur, als es ein zweites Mal klingelt. Ich bestelle den Lieferanten hoch, während ich meinen Geldbeutel aus der Hosentasche ziehe. Verdammt. Zehn Euro werden nicht reichen.

»Peer? Ich hab nur zehn Euro da. Hast du noch irgendwo Bargeld?« In dem Augenblick entdecke ich seinen Geldbeutel auf der hohen Kommode im Flur.

»Auf der Kommode«, ruft Peer zurück, als ich bereits nach dem Portemonnaie greife.

Ich öffne die Wohnungstür und höre die Schritte des Lieferanten im Treppenhaus, ebenso wie sein Fluchen, weil er bei der Hitze ohne Fahrstuhl in den vierten Stock hochkraxeln muss. Ich klappe Peers Geldbeutel auf und will eigentlich nur schnell einen zweiten Zehner rausziehen, ohne lange rumzuschnüffeln. Aber vorne vor den Scheinen stecken ein paar Fotos, die ich unmöglich übersehen kann.

Ich weiß, dass es auch im digitalen Zeitalter Menschen gibt, die so was noch machen. Meine Eltern zum Beispiel schleppen Fotos von Frank, Marie und mir mit sich herum und neuerdings auch welche von Franks Kindern, seiner Frau, Maries Verlobtem und einen Schnappschuss von Karsten und mir. Wenn das so weitergeht, ist in ihrem Geldbeutel bald kein Platz mehr für Geld.

Frank und Marie haben auch Fotos in ihrem Portemonnaie, allerdings nur eins oder zwei. Ich nicht. Ich habe alle Fotos von Karsten und mir auf meinem Handy oder auf meinem PC gespeichert.

Obwohl Peer nicht viel älter ist als ich, scheint er zu der Sorte Mensch zu gehören, die echte Fotos dabeihaben müssen. Als wäre das Bild dann irgendwie mehr wert, wenn es nicht nur digital auf dem Handy existiert.

Neugierig zupfe ich an der Ecke des leicht abgegriffenen Fotos und ziehe es ein Stück raus. Eine etwas jüngere Version von Peer sitzt mit einer Bierflasche in der Hand an irgendeinem Küchentisch und grinst mich an, allerdings nicht so jung wie in seinem ersten *YouTube*-Video. Seine Haare sind länger als jetzt, seine Augen leuchten glücklich.

Wahrscheinlich, weil ihm dieser mir unbekannte blonde Kerl neben ihm einen Arm um den Hals geschlungen und ihn an sich gezogen hat, um ihm einen fetten Schmatzer auf die Wange zu drücken.

Der Stich in meiner Brust ist unerwartet heftig.

Nirgendwo gibt es einen Hinweis darauf, aber ich weiß instinktiv, dass das nicht sein bester Kumpel ist. Dafür hat die Kamera die Funken, die zwischen den beiden sprühen, viel zu deutlich eingefangen.

Ist das der Typ, mit dem es böse ausgegangen ist? Warum schleppt er dann noch das Foto mit sich rum? Oder… oder ist er etwa noch mit ihm zusammen?

Genau, Felix, als könntest ausgerechnet du ihm deshalb einen Vorwurf machen.

Ich will gerade die anderen Fotos durchstöbern, als der Pizzabote im vierten Stock ankommt. Obwohl er sichtlich genervt vom Treppensteigen ist, zwingt er ein Lächeln auf seine Lippen und macht eine flapsige Bemerkung über Altbauten ohne Fahrstuhl. Ich gebe ihm viel zu viel Trinkgeld, nehme die Pizza entgegen und verabschiede mich von ihm.

Nachdem ich die Tür geschlossen habe, hätte ich theoretisch noch Zeit, schnell einen Blick auf die anderen Fotos zu werfen. Ich entscheide mich allerdings dagegen, lege Peers Geldbeutel zurück auf die Kommode und atme ein paar Mal tief ein und aus, ehe ich ins Wohnzimmer zurückgehe.

Peer liegt immer noch auf dem L-Stück, hat jedoch seine Hose zugeknöpft. Im Fernsehen streitet sich Indy mit seinem Vater.

Ich lege die Pizzakartons auf den Couchtisch und deute zum Kühlschrank. »Willst du noch ein Bier?«

»Eigentlich bin ich hier der Gastgeber.«

»Ich steh gerade.«

»Ja.«

Und das gibt mir noch kurz einen Moment, in dem ich Peer nicht ansehen muss. Plötzlich sehe ich wieder den blonden Kerl vor mir. Auf dem Foto ist er nur im Profil zu sehen gewesen, aber er war hübsch. Hohe Wangenknochen, dichte, schwarze Wimpern. Dem sichtbaren Teil seines Oberkörpers nach zu schließen, eher so athletisch wie Peer und nicht so faul wie ich.

Ich ziehe zwei Flaschen aus dem Kühlschrank und mache sie mit dem Öffner auf, den Peer auf der Küchenanrichte liegen gelassen hat. Als ich mich umdrehe, zwinge ich mich dazu, das Bild von Blondie aus dem Kopf zu kriegen.

»Du hast dich ja wieder angezogen«, sage ich, als ich die beiden Flaschen auf dem Tisch abstelle.

»Weil die Pizza gekommen ist?«

»Du aber nicht.«

Peer lacht. »Tja, das war irgendwie schlechtes… was machst du da?«

Als ich mich rittlings auf ihn setze, ist der heisere Unterton sofort wieder in seiner Stimme. Seine Erektion unter mir ist nicht nennenswert abgeschwollen. Im Gegenteil. Jetzt wird sie wieder steinhart.

»Beenden, was ich angefangen hab«, sage ich, rutsche zwischen seine Beine und mache mich zum zweiten Mal innerhalb weniger Minuten an seiner Hose zu schaffen.

»Max...«

Felix, verdammte Scheiße!

Ich spüre seine Finger an meiner Wange. Die Berührung ist so zart, dass sie beinahe auf der Haut brennt. Ich hebe den Blick und begegne seinem, während ich blind seinen Schwanz aus Hose und Unterhose befreie. Sein Atem geht wieder schneller, trotzdem liegt da Unsicherheit in seinem Blick. Als würde er sich fragen, ob er das hier will. Sein heißer, pochender Schwanz ist sich dafür doppelt und dreifach sicher.

Vorsichtig streiche ich mit dem Daumen über seine immer noch feuchte Spitze. Peer zuckt mir entgegen. Lust legt sich wie ein Schleier über seine leuchtenden Augen.

»Falls du dir Sorgen machst, dass die Pizza kalt wird«, sage ich rau, »ich glaube, du brauchst nicht lange.«

Dann senke ich meinen Kopf und schließe erneut meine Lippen um seinen Schwanz.

***

Wir sehen uns *Indiana Jones* bis zum Ende an. Die Lücken, die zwischenzeitlich entstehen, weil ich Peer einen blase, wir essen oder Peer noch mehr Bier und dann Tequila holt, machen uns nichts aus. Zum einen ist das kein Film, der besondere Aufmerksamkeit verlangt, zum anderen kennen wir ihn beide auswendig.

Ich trinke viel zu viel. Karsten würde mich in diesem Zustand kein Fahrrad mehr fahren lassen. Andererseits ist das perfekt für mein Alibi mit Silvi. Ich habe vorhin bei *Facebook* gesehen, dass sie das Foto wie versprochen gemacht und mich verlinkt hat. Zwei Weingläser, ein Tisch im Freien, eine Kerze. Kann überall sein.

Und niemand merkt, dass sie gar nicht mit mir da ist, sondern mit ihrem Date.

Je später es wird und je mehr Alkohol fließt, desto entspannter wird Peer. Möglicherweise habe ich auch meinen Teil dazu beigetragen.

Als der Film zu Ende ist, greift Peer erneut nach der Tequila-Flasche. »Noch einen?«

Ich schüttle den Kopf. »Besser nicht.« Ich weiß jetzt schon nicht, wie ich unfallfrei auf meinem Rad nach Hause kommen soll.

»Du weißt, dass es unhöflich ist, einen Mann allein trinken zu lassen?«

Schnaubend versuche ich, mein Glas wegzuziehen, als er die Tequila-Flasche darüber schwenkt. Ein großzügiger Schluck landet auf dem Tisch.

»Ey! Der gute Alkohol.«

Er greift nach meinem Handgelenk und hält es nachdrücklich fest. Idiotisch, dass mein Puls bei dieser simplen Berührung zu rasen anfängt, wo wir schon ganz andere Dinge miteinander angestellt haben.

»Den guten Alkohol gibt's für nicht mal zehn Euro beim *Aldi*.«

»Oh, ein Alkoholkenner«, spottet Peer und hat es endlich geschafft, unsere beiden Gläser zu füllen. »Das nächste Mal biet ich dir was Exquisti... Ex-qui-si-«

Als er das Wort noch mal Silbe für Silbe ausspricht und dabei die Stirn so konzentriert runzelt, muss ich einfach lachen. Nur eine Sekunde später fällt Peer mit ein, dann greift er nach einem Kissen und wirft es mir an den Kopf.

»Mann. Sag du das doch mal.«

»Exquisit.«

Er schnauft. »Streber. Und jetzt dreimal schnell hintereinander.«

»Exquisit. Eski... Scheiße.«

Grinsend hebt Peer sein Glas. »Prost.«

Ach, verdammt, was soll's?

Ich greife nach meinem eigenen Glas und proste ihm zu, ehe ich den Tequila hinunterstürze. Inzwischen brennt er nicht mehr ganz so stark in meinem Magen wie am Anfang. Was eindeutig ein schlechtes Zeichen ist.

»Noch einen?«, fragt Peer.

»Scheiße, nein. Ich muss heut noch mal irgendwann nach Hause.«

»Ich meinte eigentlich noch einen Film.«

»Ach so.«

»Davon abgesehen kannst auch hier übernachten. Ist doch Wochenende.«

Ganz egal, was heute mit ihm los ist, es ist doch noch nicht verschwunden und hat sich eine Weile sehr gut hinter einer lockeren Fassade versteckt. Er hat mir noch nie angeboten zu bleiben. Er hat mich zwar auch noch nie direkt rausgeworfen, aber nach dem Sex haben alle Signale immer auf mein Verschwinden hingedeutet. Seine Körpersprache, wie er mich angesehen – oder besser *nicht* angesehen – hat, sogar seine Art, mit mir zu reden.

Als ich merke, dass ich ihn anstarre, senke ich den Blick auf das Schnapsglas, das ich zwischen meinen Fingern drehe. »Mal sehen.«

»Ist nur ein Angebot. Weil du doch bestimmt mit dem Rad bist.«

Ich sehe ihn wieder an. »Woher weißt du, dass ich Rad fahre?« Ich habe ihm das ziemlich sicher nicht erzählt.

Er zuckt die Schultern. »Ich hab dich mal wegfahren sehen. Vom Balkon aus.«

Er hat mir *hinterhergesehen*, als ich weggefahren bin? Steht er etwa auch da und wartet auf mich, wenn ich ankomme?

Der Gedanke treibt mir die Hitze ins Gesicht und ich sehe wieder nach unten aufs Schnapsglas. Scheiße, verdammte.

Da die Atmosphäre um uns herum gerade sowieso so angespannt ist, liegt mir auf der Zunge, ihn nach dem blonden Kerl in seinem Geldbeutel zu fragen. Oder nach dem Grund für sein seltsames Verhalten heute. Aber irgendwie kann ich mich nicht dazu durchringen. Stattdessen überlege ich, ob es nicht besser wäre, zu gehen.

»Also«, sagt Peer nach einer Weile lang gezogen, »schauen wir noch einen Film?« Ein Lächeln schleicht sich in seine Stimme, als er fortfährt: »Meinetwegen auch was mit Tanzen.«

Ich schnaube. »Glaubst du, ich bin so leicht zu haben?«

»Vielleicht.« Er steht auf und geht bedächtig zu seiner Entertainment-Wand. »*Dirty Dancing*?«

Okay, vielleicht bin ich *wirklich* leicht zu haben. Aber was soll ich machen? Mein Baby gehört nun mal zu mir.

Er streckt bereits die Hand danach aus, als mir plötzlich etwas auffällt. Wo er steht, als er nach der DVD greift, wo die anderen Filme stehen, wie sie angeordnet sind, was er von den wenigen Tanzfilmen, die er sein Eigen nennt, hält. Na klar. Alles andere würde auch keinen Sinn machen.

»Du hast sie nach Bewertung sortiert. Nach deiner Bewertung.«

»Was?« Er zieht die Hülle aus dem Regal und tauscht Indy gegen Johnny aus, bevor er ersteren wieder sorgsam an die richtige Stelle einsortiert.

»Deine Sortierung. Eine Mischung aus Jahr, Genre, Alphabet – und deiner Bewertung.«

Er sieht nicht besonders überrascht aus, als er sich zu mir umdreht. »Du hast den *YouTube*-Channel entdeckt.«

»Ja. Aber tatsächlich erst heute.«

Er kommt zum Sofa zurück und setzt sich neben mich. »Und?«

»Und du warst früher wahrscheinlich der absolute Schwarm auf deiner Schule.«

Das bringt ihn zum Lachen. »Oh Gott, wie weit bist du denn zurückgegangen?«

»Bis zu deinem ersten Video. Da müsstest du süße achtzehn gewesen sein.«

Verlegen fährt er sich durch die Haare. »Mit Zahlen kennst du dich ja aus.«

Genau, deswegen geistern mir noch immer seine 39.897 Abonnenten durch den Kopf.

»Jetzt macht einiges Sinn. Dein Hobby Film & Fernsehen, die riesige DVD-Sammlung, das gigantische Entertainment-System« – ich deute in Richtung der Fernsehwand – »und warum die Tür links neben dem Eingang immer geschlossen ist. Da steht wahrscheinlich dein ganzes Equipment drin.«

»Und jetzt willst du wissen, warum ich dir nichts gesagt hab.«

Offensichtlich bin ich ein verdammt offenes Buch für ihn. »Ja.

Aber wenn du das nicht verraten willst, kannst du mir stattdessen erzählen, warum du keinen einzigen *Step up*-Film bewertet hast.«

Er starrt mich an, als könnte er sich nicht entscheiden, ob er sich vor Lachen über den Boden kugeln oder vor Entsetzen aus dem Fenster stürzen soll. »Du meinst das ernst. Dieses ganze Gerede über Tanzfilme. Du magst die *wirklich*.«

Ich verschränke die Arme vor der Brust. »Ja. Na und?«

Er presst die Lippen zusammen, aber nicht fest genug, um sich das breite Grinsen gänzlich zu verkneifen. »Scheiße. Darauf brauch ich noch einen Tequila.«

»Hey.«

»Darauf brauchen *wir beide* noch einen Tequila.« Bevor ich das Glas aus seiner Reichweite bringen kann, nimmt er es mir aus der Hand und schenkt uns beiden nach. Anschließend drückt er es mir wieder in die Hand. »Wobei du wahrscheinlich eine ganze Kiste davon trinken müsstest, um wieder zur Vernunft zu kommen.«

Ich ignoriere die Hitze, die mir in die Wangen steigt, und stürze den Schluck auf ex hinunter. »Geschmäcker sind verschieden, oder?«

»Normalerweise würde ich dir zustimmen, nur dass man bei Tanzfilmen nicht mal von *Geschmack* reden kann. Das ist unterste Talsohle.«

»Okay. Zeit zu gehen, glaube ich.«

Abrupt stehe ich auf. Bevor ich jedoch auch nur einen Schritt machen kann, hält Peer mich am Handgelenk fest und zieht mich wieder zurück. Leicht zerknirscht sieht er mich an.

»Tut mir leid. Eigentlich weiß ich, wie das ist, wenn man mit seiner Meinung allein dasteht. Aber…« Er stößt ein tiefes Seufzen aus. »… ausgerechnet Tanzfilme?«

»Ja. Mal ganz davon abgesehen, dass die die beste Filmmusik haben.«

Er zieht scharf Luft ein. Sein Griff um meinen Arm verstärkt sich unwillkürlich. »Das ist ungefähr das zweitgrausamste, was du jetzt sagen konntest. Vielleicht wechseln wir lieber das Thema, bevor du mich noch zum Weinen bringst.«

Schnaubend schüttle ich den Kopf, tue ihm aber den Gefallen. »Also, warum hast du nichts gesagt?«

Er lässt mich los, zieht ein Bein aufs Sofa hoch und legt einen Arm über die Rückenlehne. »Glaub es oder nicht, aber selbst bei 39.000 Abonnenten verhalten sich manche Leute, als wäre ich ein *YouTube*-Star mit über einer Million Fans.«

»40.000 Abonnenten. Inzwischen bist du bei fast 40.000.«

Seine Mundwinkel zucken. »Du Zahlengenie. Aber das macht keinen Unterschied. Das ist gar nichts.«

»Du wolltest also nicht, dass ich zu einem Groupie mutiere.«

»So ungefähr. Der Letzte, dem ich davon erzählt hab, wollte mitten in der Nacht Teile meiner Ausrüstung klauen.«

»Scheiße.« Ist seine letzte Beziehung deshalb böse ausgegangen?

Wieder scheint mir die Frage auf die Stirn geschrieben zu stehen, weil er die Schultern zuckt und nach seinem Bier greift. Die Bewegung sieht nach einem Ablenkungsmanöver aus, weil er meinem Blick dabei ausweichen kann.

»Vielleicht war ich auch etwas zu betrunken, um zu kapieren, dass es nicht die klügste Entscheidung war, einem Typen, den ich gerade erst kennengelernt hab, mein Arbeitszimmer zu zeigen und zu erzählen, wie teuer diese und jene Anschaffung war.« Er räuspert sich und sieht schuldbewusst die Tequila-Flasche an. »Wahrscheinlich war ich *sehr* betrunken.«

Also doch nicht der Kerl aus seiner letzten Beziehung, sondern ein Wildfremder, mit dem er sich trösten wollte.

»Apropos betrunken. Ich muss mal aufs Klo«, sage ich, als ich aufstehe, damit er nicht wieder denkt, dass ich gehen will.

Auf dem Weg ins Badezimmer fällt mir auf, dass ich mich spätestens bis zum nächsten Schluck irgendeines alkoholischen Getränks entschieden haben sollte, ob ich über Nacht bleiben will oder nicht. Denn wenn ich auch nur noch einen Tropfen trinke, kann ich das mit dem Fahrrad fahren vergessen.

Ich schließe die Tür hinter mir ab, dann hole ich mein Handy aus der Tasche. Keine Nachricht und kein nichts von Karsten, seitdem er mir gegen Mittag geschrieben hat, dass er heute Abend mit den *Leuten von der Uni* auf einer Beachparty an der Isar ist. Auf mein simples *Okay* hat er nicht mehr reagiert. Auf Silvis Alkoholfoto bei *Facebook* auch nicht. Weder ein Like noch ein dämlicher Kommentar oder schlicht, dass er mir viel Spaß mit Silvi wünscht oder dass ich es nicht übertreiben soll.

Und wenn ich einfach bei Peer bleibe? Wahrscheinlich wird Karsten dann annehmen, dass es mit Silvi ausgeartet ist und ich bei ihr übernachte. Außerdem habe ich gerade nicht die geringste Lust, nach Hause zu fahren. Auch wenn mit Peer heute alles etwas seltsam ist, habe ich mich bei ihm noch nie so wohl gefühlt. Ich bin ihm noch nie so nahe gewesen, obwohl wir noch gar nicht miteinander geschlafen haben, von dem Blowjob einmal abgesehen. Ich will nicht, dass das jetzt schon vorbei ist.

Als ich aus dem Badezimmer komme, habe ich meine Entscheidung getroffen. Als ich um die Ecke biege, liegt mir ein flapsiger Spruch nach dem Motto *Hast du eine Ersatzzahnbürste für mich?* auf der Zunge, doch jedes Wort bleibt mir im Hals stecken.

Genau wie ich hat Peer die Pause genutzt, um auf sein Handy zu gucken. Er starrt sein *iPhone* an, als hätte Siri ihm gerade mitgeteilt, dass er nur noch zehn Minuten zu leben hätte, bevor er unter unerträglichen Schmerzen krepieren wird.

Vielleicht hat der Teil mit dem Krepieren auch schon angefangen.

Kapitel 11

Ich weiß nicht, wie lange ich so dastehe und Peer anstarre, während im Fernseher, der inzwischen zur einzigen Lichtquelle im Zimmer geworden ist, der Menübildschirm der *Dirty Dancing*-DVD gezeigt wird. Irgendwann schaltet er das Display des Handys aus und hebt den Kopf. Als er mich an der Tür stehen sieht, zuckt er so erschrocken zusammen, als wäre ich sein Todesengel.

Verdammt. Der Schmerz in seinen Augen sticht mir direkt ins Herz.

»Alles okay?«, frage ich, als ich vorsichtig näher trete.

»Klar.«

In demselben Tonfall würde sich jemand verabschieden, kurz bevor er von einer Brücke springt. Die seltsam bedrückende Stimmung, die über ihm geschwebt hat, als er mir die Tür aufgemacht hat, ist wieder zurück.

Er beugt sich vor, legt das Handy auf den Couchtisch und greift stattdessen wieder nach der Tequila-Flasche. Ich bin entsetzt, wie leer sie inzwischen ist. Ist die nicht fast voll gewesen, als Peer die auf den Tisch gestellt hat? Kein Wunder, dass ich Schwierigkeiten habe, geradeaus zu gehen.

»Peer.«

Ich nehme ihm die Flasche ab, bevor er sich einschenken kann, und stelle sie ans andere Ende des Couchtischs. Dann setze ich mich neben ihn aufs Sofa und berühre ihn behutsam am Arm. Er zuckt nicht zusammen oder schüttelt mich ab, aber es dauert einen Moment, bis er mich ansieht.

»Was ist los? Du... du siehst aus, als hättest du gerade sehr schlechte Nachrichten bekommen. Eigentlich siehst du schon den ganzen Abend so aus.« Ich zögere. »Anfangs wollte ich schon wieder gehen. Ist –«

»Nein«, unterbricht er mich und streckt eine Hand nach mir aus – zumindest glaube ich das. Er lenkt die Bewegung um und fährt sich durch die Haare. »Wenn ich dich nicht hier haben wollte, hätte ich dir abgesagt. Ich bin froh, dass du hier bist.«

Scheiße. So was kann er mir doch nicht direkt ins Gesicht sagen. Mein Herz fängt an, wie wild zu hämmern, und ich räuspere mich. »Ähm... erzählst du mir, was los ist? Ist was Schlimmes passiert? Ist... ist jemand... gestorben?«

Daraufhin lächelt er schwach und ich bin erleichtert, dass es das wenigstens nicht ist. »Nein.« Er sieht mich an, als wüsste er selbst nicht genau, ob er das Ganze ausführen will oder nicht, aber dann gibt er sich einen Ruck. »Ein paar Freunde sind meinem Ex-Freund über den Weg gelaufen. Und seinem Neuen oder seiner Affäre oder seinem One-Night-Stand, was weiß ich.«

Verdammter Mist. Hätte ich bloß nicht gefragt. Von allen möglichen Optionen muss es ausgerechnet das sein. Da wäre es mir fast lieber gewesen, jemand wäre gestorben.

Er zuckt die Schultern. »Ich weiß, dass mich das nichts mehr angeht und wahrscheinlich findest du das ziemlich albern, aber...«

Abrupt bricht er ab und weicht meinem Blick aus. Ich weiß trotzdem ganz genau, was er sagen wollte, und verspüre plötzlich einen unangenehmen Druck im Magen.

»Aber du hast ihn wirklich geliebt.«

Er sieht mich wieder an. Ich kann nicht sagen, ob er überrascht ist, dass ich es erkannt habe oder dass ich es tatsächlich ausgesprochen habe. Andererseits ist es auch ohne das Wissen um dieses blöde Foto in seinem Geldbeutel offensichtlich.

Unwillkürlich muss ich an Karsten denken. Ich weiß, dass ich ihn liebe. Trotzdem glaube ich nicht, dass ich jetzt gerade in dieser Sekunde so leiden würde wie Peer, wenn er... wenn wir...

Oh Gott, denke ich das gerade wirklich? Denke ich an eine *Trennung*?

»Er war der erste Mann, mit dem ich zusammen war. Also, längere Zeit.«

»Was?« Ich versuche, meine eigenen Gedanken abzuschütteln und mich auf ihn zu konzentrieren. »Der erste Mann?«

»Nicht beim Sex. Aber als Beziehung.«

»Ich dachte, du hast gesagt... hast du nicht gesagt, du hattest schon drei Beziehungen?«

»Ja.« Ich muss ziemlich geschockt aussehen, wenn er dieses schwache Lächeln zustande bringt. »Zwei davon mit Frauen.«

Oh. Jetzt habe *ich* das Gefühl, noch einen Tequila zu brauchen. Das war immer meine größte Angst bei Karsten. Dass er irgendwann mal was mit einer Frau hat, dass er merkt, dass ihm Frauen besser gefallen, dass er mich für eine Frau verlässt. Auf der einen Seite bin ich immer froh gewesen, dass er nie Sex mit Frauen hatte, auf der anderen wünsche ich mir beinahe, dass er es doch getan und für nicht gut befunden hätte, bevor wir zusammengekommen sind. Vielleicht wären meine Befürchtungen dann nicht so groß.

»Und wieso... warum... also...« Ich klappe den Mund zu, bevor es noch schlimmer wird. Einundzwanzig, zweiundzwanzig...

»Offensichtlich hattest du nie was mit Frauen?«

Ich schüttle den Kopf. »Nie. Ich erkenne zwar, wenn eine hübsch ist, aber das ist eher so, als würde man ein Bild betrachten. Absolut keine sexuelle Anziehung.«

Wenn mich nicht alles täuscht, sieht er beeindruckt aus. »Und du hast dich auch nie genötigt gefühlt... was mit einer Frau anzufangen?«

»Nein.« Allerdings bin ich mit zwei älteren Geschwistern in der glücklichen Lage, dass andere den Familienstammbaum weiterführen.

»Mutig.«

»Ehrlich.«

Das war sehr gut gezielt. Peer beugt sich zum Tisch, greift nach der Fernbedienung und schaltet den DVD-Player und den Fernseher aus. Offensichtlich ist ihm die Lust auf *Dirty Dancing* vergangen. Anschließend steht er auf, schaltet die Stehlampe in der Ecke an und fragt, ob ich noch ein Bier will.

»Das sollte kein Vorwurf sein«, sage ich stattdessen und verfolge, wie er zum Kühlschrank geht.

»Ich weiß. Also?«

Ich seufze. »Lieber noch ein Bier als Tequila.« In meinem Kopf verschwimmt jetzt schon alles.

Als Peer zurückkommt, frage ich: »Du hast dich also dazu genötigt gefühlt, was mit Frauen anzufangen?«

Er reicht mir die kalte Bierflasche und setzt sich wieder neben mich, einen Arm auf die Rückenlehne gelegt, den Kopf auf eine Hand gestützt. »Wieso reden wir eigentlich darüber?«

Das bringt mich kurz ins Stocken. Genau. Wieso reden wir eigentlich über seine Ex-*Freundinnen*? Weil er geschickt vom Thema Ex-Freund abgelenkt hat. Und jetzt will er vom Thema Ex-Freundinnen ablenken. Offensichtlich behagen ihm beide Themen nicht besonders und hängen ihm auf die eine oder andere Weise nach.

»Weil ich neugierig bin.«

»Du warst doch vorher auch nicht so neugierig.«

Doch. Da habe ich nur nichts gesagt. »Jetzt sind wir aber gerade in der richtigen Stimmung.«

»Bist du nicht in der Stimmung für Sex?«

Schwach regt sich etwas in meinem Unterleib, obwohl ich bis eben tatsächlich nicht daran gedacht habe. Meine Gedanken sind ganz woanders gewesen. Außerdem ist es schön, einfach nur so mit ihm hier zu sitzen und zu reden. Auch wenn ich nichts dagegen hätte, wenn wir dabei weniger anhätten und es ein bisschen mehr Hautkontakt gäbe.

»Ist das ein Angebot?«

Er zuckt die Schultern. »Immerhin hast du heute noch nicht.«

»Mit dir«, sage ich, bevor ich mich stoppen kann.

Peer lacht. Ich glaube, es ist das erste Mal an diesem Abend, dass ich ihn lachen höre. Das schwache Kribbeln in meinem Unterleib breitet sich in meinem Körper aus. Nachdem plötzlich Sex in der Luft hängt, kann ich an nichts anderes mehr denken.

»Das muss die sexuelle Energie der Jugend sein.«

Ich ziehe die Augenbrauen hoch. »Jugend? Du bist nur zwei Jahre älter als ich.«

»Aber in Sexjahren gerechnet, mit drei Beziehungen schon deutlich erfahrener als du.«

Ich pruste los. »Sexjahre? Was soll das denn sein?«

»Bringt man euch diese Kennzahl nicht in eurem Controlling-Studium bei? Die ist lebenswichtig.«

»Aha.« Ich ziehe die Augenbrauen hoch. »Und was genau sagt sie aus?«

»Was sie aussagt?«, fragt er langsam, als müsste er sich schnell eine schöne Definition überlegen. Er beugt sich vor, um sein Bier auf dem Tisch abzustellen, lehnt sich danach aber nicht zurück, sondern schwingt ein Bein über meine und setzt sich rittlings auf meinen Schoß.

Überrascht lege ich die Hände an seine Hüften und schaue zu ihm hoch. Mein Herz klopft schnell in meiner Brust und in meinem Schwanz, der für die Menge an Alkohol erstaunlich schnell hart wird. Ich stöhne auf, als Peer näher an mich heranrückt und dabei mit erregendem Druck über meine wachsende Erektion rutscht.

Er legt seine Hände rechts und links an mein Gesicht und bringt seins dicht an meins heran. Allein die Vorstellung, dass er mich gleich küssen könnte, rauscht wie eine Sexdroge durch meine Adern. Weil er es so selten macht, bin ich ganz verrückt nach seinen Lippen. Ich will, dass er mich öfter küsst. Ständig. Ich starre auf seinen Mund und öffne meine Lippen leicht.

»Nun, sie sagt aus«, raunt er und hebt mein Gesicht ein wenig an, damit ich ihn ansehe, »dass ich immer recht habe, weil ich älter und erfahrener bin.«

Obwohl er es geschafft hat, dass ich kaum noch an etwas anderes als an ihn denken kann, muss ich grinsen. »Komische Kennzahl. Und schon gar nicht lebenswichtig.«

Er beugt sich vor und streicht mit seinen Lippen hauchzart über meine. Mir stockt der Atem. Automatisch lehne ich mich ihm entgegen, doch er hält mein Gesicht fest.

»Willst du mir etwa widersprechen?«

»Nur, wenn du mich nicht innerhalb der nächsten zwei Sekunden küsst.«

Wieder kommt er mir näher, drückt mir jedoch nur einen Kuss auf den Mundwinkel. »Du küsst gerne, hm?«

Ich seufze gequält, als er sich wieder zurückzieht. »Offensichtlich lieber als du.« Daraufhin sagt er nichts, hält nur mein Gesicht fest und treibt mich mit den winzigen Berührungen seiner Lippen in den Wahnsinn. Ich grabe die Finger tiefer in seine Hüften. »Peer.«

Er sieht mich an. Geradewegs und offen. Und viel zu lange. Er muss merken, wie meine Wangen unter seinen Händen heiß werden.

Dann legt er seinen Mund fest auf meinen. Sanft fährt er mit der Zunge meine Lippen nach, schiebt sie dann langsam dazwischen und umschmeichelt meine Zunge. Langsam, sinnlich und viel zu intensiv. Mein Atem beschleunigt sich.

Er lässt nicht zu, dass ich den Kuss an mich reiße und das Tempo anziehe. Jedes Mal, wenn ich es versuche, zieht er sich ein Stück zurück oder drängt mich zurück auf meinen Platz.

Mir entfährt ein kleines Wimmern. Oh Gott. Nur weil er es nicht oft macht, heißt das nicht, dass er es nicht kann.

Mein Schwanz pocht und drückt unangenehm gegen meine Shorts. Der Alkohol in meinem Körper lässt mir zusammen mit der Lust ganz schwindelig werden. Meine Hände wandern von seinen Hüften über seinen Rücken und höher bis in seinen Nacken. Doch als ich fester zudrücke und ihn an mich ziehen will, unterbricht er den Kuss.

»Peer«, entkommt mir wieder und selbst in meinen Ohren hört es sich ein bisschen verzweifelt an. Ich kann nichts dagegen tun. Ist mir einfach so rausgerutscht.

Er achtet nicht auf mich. Stattdessen knabbert er sich von meiner Unterlippe über mein Kinn zu meinem Hals. Genau wie ich vor dem Essen bei ihm, schiebt er mein T-Shirt hoch und küsst sich meine Brust entlang. Seine Hände folgen seinen Lippen und legen sich auf den Verschluss meiner Hose, um ihn zu öffnen. Dann rutscht er von meinem Schoß und kniet sich zwischen meine Beine auf den Boden.

Bei dem Anblick stockt mir erneut der Atem. Ein erregender Schauer erfasst mich vom Kopf bis in die Zehenspitzen. Irgendwie hätte ich nicht gedacht, dass es ihm so leichtfällt, vor mir auf die

Knie zu gehen und mir einen zu blasen. Aber offensichtlich liegt es an was anderem, dass er das bisher noch nie getan hat. Vielleicht hat er genau wie ich gedacht, dass das irgendwie zu intim ist für eine Affäre.

Beinahe hätte ich nicht mitbekommen, dass er mir die Hose über den Hintern ziehen will, helfe ihm dann aber doch dabei. Er drückt meine Beine weiter auseinander und umschließt mit einer Hand meinen Penis. Langsam streicht er daran auf und ab, dann sieht er zu mir hoch und ich schnappe nach Luft. Der Ausdruck in seinen Augen ist so geil, dass ich seiner Hand entgegenzucke. Dann spannt er mich nicht länger auf die Folter und schließt seine Lippen um meinen Schwanz.

Die ganze Zeit über kann ich kaum den Blick von ihm abwenden. Nur hin und wieder, wenn die Empfindungen zu stark werden, schließen sich meine Lider flatternd, ohne dass ich es verhindern kann. Peer hält mich lange auf diesem schmalen Grat zwischen erregendem Vergnügen und qualvoller Lust. In der einen Sekunde ist es kaum noch auszuhalten, in der nächsten will ich nicht, dass es jemals endet.

Als er anfängt, mich tiefer in seinen Mund aufzunehmen, stöhne ich auf. Ich kralle die Finger in seine Haare, zwinge mich aber gleich darauf, ihn wieder loszulassen. Ich will nicht, dass er das hier wegen einer unbedachten Bewegung abbricht. Doch als er mich bis zur Wurzel schluckt, bin ich verloren.

»Oh Gott…«

Meine Hüften zucken ihm entgegen. Halb erwarte ich, dass er sich zurückzieht, doch er bleibt, wo er ist. Vorsichtig strecke ich die Hand wieder nach seinem Kopf aus, während es in meinem Unterleib schier unerträglich brennt.

»Peer«, sage ich wieder.

Er sieht zu mir hoch. Als sein Blick auf meinen trifft, ist es, als hätte mein Körper nur auf die Erlaubnis in seinen Augen gewartet. Ich stoße in seinen Mund. Einmal, zweimal. Dann vergesse ich zu zählen. Ich vergesse absolut alles und verliere auch noch den letzten Rest Kontrolle.

Ich komme so heftig, dass mein Körper Peer wie eine überspannte Bogensehne entgegenschnellt. Berauscht lasse ich den Kopf zurückfallen und ringe nach Luft. Erst nach einigen Sekunden merke ich, dass ich Peer an mich gedrückt festhalte. Ich spüre seine Zunge an meinem erschlaffenden Schwanz, die mich träge sauber leckt. Hastig lasse ich ihn los. Verdammt.

»Scheiße. Tut mir leid.« Hitze, die eben eigentlich zusammen mit allem anderen aus meinem Körper herausgeschossen sein müsste, sammelt sich in meinem Gesicht. »Ich wollte nicht –«

»Max, schon gut.« Er wischt sich über den Mund, kommt auf die Füße und schwingt sich neben mich aufs Sofa. »Wenn ich damit nicht klarkommen würde, hätte ich es nicht zugelassen.«

Trotzdem weiß ich, dass mir das nicht gefallen hätte. Weder das mit dem Deepthroat, noch wenn er so grob mit mir umgesprungen wäre.

Ich habe das Gefühl, irgendwas sagen zu müssen, aber ihm für diesen unglaublichen Orgasmus zu danken, kommt mir idiotisch vor.

»Das war…«

Aber jedes Wort, das mir einfällt, beschreibt nur unzureichend, wie schwebend ich mich gerade fühle. In der Beziehung mit seinem Ex muss er mehr ausprobiert haben als ich mit Karsten. Oder die beiden waren lernwilliger als wir.

Peer lacht leise. »Freut mich, wenn's dir gefallen hat.«

Das Dumme ist, eigentlich gefällt es mir immer bei ihm. Alles an ihm gefällt mir. Nur die Sache mit dem Küssen ist doof. Und jetzt gerade würde ich mich gerne mit ihm auf der Couch einrollen und vielleicht doch noch mal einen zweiten Versuch mit *Dirty Dancing* wagen.

Und diese Erkenntnis ist erschreckend.

Aus schlechtem Gewissen heraus angle ich nach meiner Hose und ziehe mein Handy aus der Tasche. Keine neuen Nachrichten. Das eine oder andere Like mehr unter Silvis Foto, aber nicht von Karsten. Dann entdecke ich den Kommentar einer Freundin von Silvi.

Ich dachte, du hast heute ein Date mit deinem Nachbarn?

Verdammt. Zum Glück können Dates auch mal kurzfristig abgesagt werden oder bescheuert verlaufen.

»Ehrlich gesagt, weiß ich nicht, was ich davon halten soll, dass du direkt nach meinem Blowjob nach deinem Handy greifst. Willst du deinen Status auf *Facebook* teilen? Was schreibt man denn da? *Befriedigt mit Peer Schütz*?«

»Quatsch.« Ich schalte das Display aus. »Ich musste nur mal schnell was nachgucken.« Siedend heiß fällt mir was ein. »Außerdem bin ich gar nicht bei *Facebook*.«

Zumindest ist Max Mustermann nicht bei *Facebook*. Und falls doch, stammt dieses Profil todsicher nicht von mir.

Peer runzelt die Stirn. »Dann war das gerade nicht das *Facebook*-Blau?«

Scheiße. Scheiße. Scheiße. »Nein.«

Ich sehe ihm an, dass er mir nicht glaubt. Trotzdem grinst er mich an, als hätte ich eben einen guten Witz erzählt. »Schon okay, Max. Ich fange nicht an, dich zu stalken oder so. Aber du könntest mir trotzdem deine Handynummer geben. Dann müssen wir nicht immer über die *LoveLife*-App schreiben.«

Das macht Sinn und die Nummer kann er auch gerne haben. Solange er nicht nach meinem Nachnamen fragt. Wenn er mich als *Max* in seinem Telefonbuch speichert, tauche ich auch unter diesem Namen in seiner *WhatsApp*-Liste auf. Keine Gefahr.

Er greift nach seinem *iPhone*. Zu spät fällt mir ein, dass das vielleicht keine gute Idee ist, aber da hat er schon das Display eingeschaltet und verzieht die Mundwinkel.

»Sorry«, sage ich. »Daran hab ich gar nicht mehr gedacht. Was schicken dir deine Freunde auch Neuigkeiten zu deinem Ex? Ist es nicht besser… ich weiß nicht. Einen Schlussstrich zu ziehen und gut ist?«

Peer schnaubt. »Ist das damals bei deiner Fernbeziehung einvernehmlich auseinandergegangen?«

»Ähm. Ja. Die Entfernung und so. Wir haben uns… auseinandergelebt. Und dabei wohl irgendwie entliebt.«

Ich bekomme eine Gänsehaut, als ich das ausspreche. Bis auf den Teil mit der Fernbeziehung könnte es bei Karsten und mir genauso ablaufen. Ich habe mich noch nie so weit von ihm entfernt gefühlt wie im Moment.

»Dann ist das mit dem Schlussstrich wahrscheinlich einfach.« Er zuckt die Schultern, als wollte er das Thema damit abschütteln, und macht eine auffordernde Bewegung mit dem Handy. »Sag an. Ich bin bereit.«

***

Peer hat tatsächlich eine Ersatzzahnbürste für mich, nach der er allerdings erst eine Weile suchen muss. Nachdem ich ihn am Ende doch dazu bekommen habe, *Dirty Dancing* zu schauen, habe ich mich breitschlagen lassen, noch was zu trinken.

Ich hätte ihm lieber noch einen geblasen oder vielleicht mit ihm geschlafen, um ihn abzulenken, aber jetzt ist es dafür eindeutig zu spät.

Ich weiß nicht genau, wie lange ich mich am Waschbecken festhalte und auf meine Zahnbürste warte, aber entweder findet Peer sie tatsächlich nicht so schnell oder mein Zeitgefühl ist völlig hinüber.

»Da«, sagt er, als er ins Badezimmer wankt und sich lieber an mir statt an einem eingebauten Objekt festhält.

Falls überhaupt möglich, ist er noch betrunkener als ich.

Ich nehme ihm die Zahnbürste ab, friemle sie aus der Verpackung und greife nach der Zahnpasta, während er sich auf dem geschlossenen Klodeckel niederlässt und den Kopf in die Hände stützt.

»Handtuch's da drüb'n.«

»Hm-hm.«

Ich folge seinem Fingerzeig zu einem kleinen Schrank, hole ein Handtuch raus und widme mich nach dem Zähneputzen einer schnellen Katzenwäsche, ehe ich in sein Schlafzimmer torkele.

Meine Hose bin ich schon vor Stunden losgeworden und während des Films auch mein T-Shirt, weil es zu warm und viel gemütlicher war, sich nackt an Peer zu schmiegen. Deshalb kann ich jetzt einfach in sein Bett fallen und nach hinten zur Wand rutschen, die angenehm kühl ist.

Ich lausche auf die dumpfen Geräusche aus dem Bad, während ein Großteil meines Bewusstseins bereits in einen alkoholisierten Halbschlaf abdriftet. Vage kommt mir in den Sinn, dass ich mein Handy im Wohnzimmer liegen gelassen habe und dass ich mir vielleicht besser den Wecker stellen sollte, aber ich bin zu faul, um noch mal aufzustehen. Außerdem riecht es hier so gut.

Ich drücke die Nase in das Kopfkissen unter mir und inhaliere den Duft.

Nicht Karsten. Nein, ganz bestimmt nicht Karsten.

Blinzelnd öffne ich in der Dunkelheit die Augen. Habe ich Karsten eine Nachricht geschrieben, dass ich nicht nach Hause komme? Hat *er* mir heute Abend überhaupt mal eine Nachricht geschrieben? Ach, und wenn schon. Ist jetzt eh egal.

Meine Augen fallen wieder zu. Selbst wenn ich wollte, könnte ich gar nicht mehr aufstehen. Zu bequem. Zu gemütlich. Zu müde.

Die Matratze bewegt sich, als jemand ins Bett steigt.

»'s mein Kopfkiss'n.«

»Hm.«

Etwas zupft an dem Kissen unter meinem Kopf und ich mache eine abwehrende Handbewegung, woraufhin ich angeknurrt werde. Ein warmer Körper legt sich neben mich, ein Bein schiebt sich zwischen meine und eine Hand landet auf meiner Hüfte. Sanfte, regelmäßige Atemzüge kitzeln mich im Nacken.

Eigentlich sollte das viel zu heiß und unangenehm sein. Vielleicht liegt es am Alkohol, dass es mir nichts ausmacht.

Etwas kratzt am Rand meines Bewusstseins. Etwas Unangenehmes. Aber nichts kann falsch sein, wenn es sich so richtig anfühlt. Ich seufze leise.

***

Ich wache auf, weil mir heiß ist. Im Zimmer ist es bis auf dünne Lichtstrahlen, die durch die Jalousie fallen, dunkel. Zu dunkel, um mehr als vage Umrisse zu erkennen. Aber ich bin sicher, dass sich das Fenster irgendwie im falschen Winkel zum Bett befindet.

Ich greife zum Nachtschrank rüber und ziehe zischend die Hand zurück, als ich gegen etwas Hartes stoße. Seit wann ist da eine verdammte Wand?! Wie zum Teufel liegen wir denn im Bett?

Ich drehe mich um und in diesem Augenblick fängt der Schmerz in meinem Schädel zu pochen an. Oh Scheiße. Hätte ich mich bloß nicht bewegt.

Ich rolle mich halb auf einen anderen Körper, von dem ich in derselben Sekunde, in der ich ihn berühre, weiß, dass er nicht Karsten gehört. Und das nicht nur, weil sich das Ächzen ganz und gar nicht nach Karsten anhört.

»Gott«, brummt Peer. »Ist mir schlecht.« Er schiebt mich von sich weg. »Du bist heiß.«

Trotz der Kopfschmerzen muss ich grinsen. »Danke. Du auch.«

»Wie spät ist es?«

»Keine Ahnung.«

»Hast du Hunger?«

»Nein.«

»Dann zu früh zum Aufstehen.«

Neben mir raschelt es, als Peer es sich offensichtlich wieder gemütlich macht. Ich strecke eine Hand aus, taste mich über den Spalt zwischen uns bis zu seinem Rücken vor und streiche mit den Fingerspitzen über seine verschwitzte Haut.

Ich weiß, dass es völlig bekloppt ist, aber trotz der Hitze möchte ich mich am liebsten wieder an ihn schmiegen. So wie letzte Nacht. Es ist alles ein bisschen verschwommen, aber das Gefühl seines Körpers an meinem ist noch da. Die Intensität. Die *Intimität*.

Wir waren noch nie zum Schlafen in seinem Bett. Wir haben noch nie die Nacht zusammen verbracht. Oder auch nur einen kompletten Abend. Wir haben noch nie aneinandergekuschelt einen Film geschaut. Wir haben uns noch nie einfach so angefasst, wie ich jetzt seinen Rücken anfasse. Als wäre er magnetisch und unwiderstehlich.

Als ich irgendwann die Hand zurückziehe, atmet Peer wieder tief und regelmäßig. Ich rutsche zum Ende des Betts und stehe leise auf, ohne ihn zu wecken. Ich mache einen Abstecher ins Bad, um mir die

Zähne zu putzen und unter die Dusche zu springen, wonach meine Kopfschmerzen ein wenig abklingen. Anschließend gehe ich weiter in die Wohnküche, um einen Blick auf mein Handy zu werfen.

Kurz vor zwölf. Und drei verpasste Anrufe und mehrere *WhatsApp*-Nachrichten. Offensichtlich ist Karsten irgendwann wieder eingefallen, dass er einen Freund hat. Auch wenn das erst *nach* seinem Fick gewesen zu sein scheint.

Der erste Anruf war um 04:37 Uhr, gefolgt von mehreren *WhatsApp*-Nachrichten, wo ich stecke und ob ich bei Silvi übernachten würde. Noch ein Anruf um kurz vor halb sechs. Der letzte vor einer halben Stunde und noch mehr Nachrichten, dass ich verdammt noch mal ein Lebenszeichen von mir geben soll.

Silvi hat mir ebenfalls eine Nachricht geschrieben.

***Silvia**, 10:09*
Hast du etwa bei Peer übernachtet? Karsten hat mich eben angerufen und ziemlich kalt erwischt, sorry. Wahrscheinlich weiß er jetzt, dass du nicht bei mir warst.

Großartig. Ich wechsle in den Chat von Karsten und gebe ihm das verlangte Lebenszeichen.

***Felix**, 11:57*
Alles okay. Komme später nach Hause.

Ich habe die Nachricht kaum abgeschickt, da erscheint Karsten online. Nur eine Sekunde später ruft er mich an. Obwohl ich mir das hätte denken können, zögere ich, ob ich den Anruf annehmen soll oder nicht. Meinen Bauchschmerzen nach zu urteilen, sollte ich ihn lieber wegdrücken. Aber das wäre nur aufgeschoben und nicht aufgehoben.

Ich werfe einen Blick in Richtung Flur, aber die Tür vom Schlafzimmer ist zu. Ich schließe auch noch die zur Wohnküche und gehe dann dran.

»Hi.«

»Wo zum Teufel bist du?!«

Sein Tonfall lässt mir die Haare zu Berge stehen und den Kopfschmerz wieder aufmucken. Er klingt, als würde er gleich durchs Telefon springen. »Dir auch einen guten Morgen.«

»Eher guten Mittag. Wo bist du, Felix?«

»Wo warst du denn gestern Nacht?«

»Hör auf mit diesen Spielchen!«, blafft er mich an. »Ich sitz hier und mach mir verdammte Sorgen um dich! Du hättest mir wenigstens eine kurze Nachricht schreiben können!«

Ich schlucke. Bei ihm klingt das wie eine beschissene Anklage. Als wäre *ich* an allem schuld. »Du schreibst mir auch keine Nachrichten, wann du nach Hause kommst.«

»Aber ich *komme* wenigstens nach Hause!«

»Ja, nachdem du mit irgendwem anders *gekommen* bist. Wer war's denn gestern?«

»Das ist jetzt nicht das Thema. Wo –«

»Doch, das ist jetzt das Thema. Los, erzähl's mir. Hatte er wieder so ein einprägsames Tattoo?«

Ich höre ihn am anderen Ende der Leitung schnaufen und dann klingt der Ton plötzlich sehr gedämpft, als hätte er das Handy vom Ohr genommen. Als er wieder zu sprechen anfängt, zittert seine Stimme vor unterdrückter Wut.

»Wo bist du? Und lüg mich nicht an! Ich kann nicht fassen, dass du Silvia gebeten hast, dein Alibi zu spielen!«

»Noch bei meinem Sexdate. Und jetzt bist du dran. Mit wem –«

»Ich will eine neue Regel hinzufügen.«

Damit überfährt er mich so sehr, dass ich ihn nicht mal dafür anschnauzen kann, mir andauernd auszuweichen oder mich wie einen Schwerverbrecher zu behandeln. Wenn er sich wirklich *Sorgen* um mich machen würde, würde er doch nicht gleich mit einer dämlichen Regel für unsere offene Beziehung um die Ecke kommen.

Er ist eifersüchtig.

Und obwohl ich anfangs genau das erreichen wollte, fühlt es sich jetzt in dieser Sekunde völlig falsch an. Als hätte er mehr Recht auf seine Eifersucht als ich. Als hätte er in unserer offenen Beziehung *grundsätzlich* mehr Rechte.

»Welche?«

»Keiner von uns übernachtet bei einem unserer Sexdates.«

Humorlos lache ich auf. »Im Ernst? Da ziehst du die Grenze? Ficken ist okay, aber bloß kein Frühstück?«

»Frühstück bedeutet mehr als Ficken.«

»Aha. Spricht da jemand aus Erfahrung?«

Er holt tief Luft. Es hört sich ein bisschen so an, als müsste er sich davon abhalten, Dinge zu sagen, die ihm durch den Kopf schwirren. Hässliche Dinge.

»Komm nach Hause, Felix.«

»Hab ich doch gesagt. Später.«

»Jetzt.«

Langsam platzt mir der Kragen. »Ist das ein Befehl?«

»*Felix!*«

»Glaubst du, es bringt was, wenn du mich anbrüllst?«

Als hinter mir die Tür geöffnet wird, wirble ich herum. Vollkommen zerzaust, verschlafen und verkatert steht Peer nackt vor mir und blinzelt mich aus halb geschlossenen Augen an.

»Was brüllst du denn hier so rum?«

»Wer ist das?«, keift Karsten in mein Ohr. Der Kopfschmerz bohrt sich in mein Hirn und macht seine Stimme fast unerträglich. »Ist das dein *Sexdate*?«

»Ich muss Schluss machen.«

»Wag es ja nicht, jetzt aufzulegen!«

Mein Herz hämmert mir bis zum Hals, als ich sage: »Tschüss.«

»Fe–«

Ich nehme das Handy vom Ohr und lege einfach auf. Und bevor Karsten auf die Idee kommen kann, mich gleich wieder anzurufen, schalte ich das Handy aus und stecke es in meine Hosentasche.

Peer steht noch immer in der Tür und sieht mich an, inzwischen allerdings wach genug, dass sich seine Stirn in beängstigende Falten legt. »Alles okay?«

Ich räuspere mich und versuche, meinen rasenden Puls unter Kontrolle zu bringen. Keine Ahnung, was mir mehr einheizt: Dass ich mich von Karsten wie ein Schuljunge zusammenfalten lassen muss, dass ich unsere offene Beziehung nicht so wie er ausleben darf oder dass Peer in mein Gespräch hineingeplatzt ist. Hoffentlich hat er nicht allzu viel mitbekommen. Zumindest nicht genug, um sich daraus irgendetwas zusammenzureimen.

»Ja, ja, alles okay.« Ich fahre mir durch die noch feuchten Haare, zwinge mich zu einem Lächeln und frage: »Na, ausgeschlafen?«

Er schnaubt, als hätte er das Ablenkungsmanöver sofort erkannt. »Geht so.« Er geht zur Kaffeemaschine hinüber. »Auch Kaffee?«

»Hm-hm.«

Während Peer Kaffeepulver und Wasser in die Maschine füllt, fragt er: »Hast du schon gefrühstückt?«

Als würde ich mich ungefragt durch seine Küche wühlen. »Nein.«

Er schaltet die Kaffeemaschine ein und zieht eine Tüte Aufbackbrötchen aus dem Gefrierfach. »Kannst du die in den Ofen werfen? Dann springe ich schnell unter die Dusche und putz mir die Zähne.«

Ich habe mich noch nicht entschieden, ob ich tatsächlich zum Frühstück bleibe oder lieber nach Hause fahren sollte, aber Peer verschwindet bereits ins Bad. Mit mechanischen Bewegungen mache ich den Ofen an und lege vier Brötchen hinein, ehe ich die restlichen zurück ins Gefrierfach stopfe.

Karsten hat sich komisch verhalten, als ich das erste Mal Sex außerhalb unserer Beziehung hatte. Eigentlich die ganze Zeit, wenn ich Sex außerhalb unserer Beziehung hatte. Und er wollte direkt danach mit mir schlafen, als wollte er meinen Erinnerungen seinen Stempel aufdrücken oder sie überschreiben. Ich werde das Gefühl nicht los, dass er sich das Ganze irgendwie anders vorgestellt hat. Dass er gedacht hat, dass ich sowieso niemanden für Sex finden würde.

Nicht, weil ich nicht anziehend auf andere Männer wirke, sondern weil ich schlicht keine Gelegenheiten habe. Und ich nicht der Typ dafür bin, der irgendwo jemanden aufreißt. Karsten kennt mich seit der Grundschule, verdammt. Die *LoveLife*-App hat er jedoch eindeutig nicht mit einkalkuliert.

»Wartest du darauf, dass sich der Kaffee selbst in die Tassen füllt?«

Peers Stimme schreckt mich aus meinen Gedanken. Nur in Pants und mit tropfnassen Haaren steht er neben mir und schaut mich belustigt an. Verspätet merke ich, dass ich mit der Kaffeekanne über einer Tasse verharre, ohne einzuschenken.

»Ähm… ich wusste nicht, ob du Milch oder Zucker nimmst.«

Seine Mundwinkel zucken, als hätte er auch dieses Ablenkungsmanöver durchschaut. »Schwarz. Mit diesem Schädel« – er tippt sich gegen die Schläfe – »definitiv schwarz. Willst du auch eine Kopfschmerztablette?«

»Gerne.«

Er zieht eine Schublade auf, fischt eine Packung Aspirin heraus und drückt mir eine Tablette auf die Hand. »Wundert mich, dass du mit einem Kater direkt nach dem Aufstehen am Telefon rumbrüllen kannst.«

»Eigentlich wollte ich nicht brüllen.«

»Hast du aber.« Er wirft mir einen nachdenklichen Blick zu. »Worum ging's denn? Du siehst etwas mitgenommen aus.«

Irgendwie Ironie des Schicksals, dass ich gestern fast dasselbe zu ihm gesagt habe. Und beide Male sind unsere Ex-Freunde dafür verantwortlich gewesen. Beziehungsweise mein Freund und sein Ex.

Als ich zu lange schweige, zuckt er die Schultern und füllt ein Glas mit Leitungswasser. »Du musst nichts erzählen, wenn du nicht willst.« Er wirft sich die Tablette in den Mund und spült sie mit einem Schluck Wasser runter, ehe er nach seinem Kaffee greift.

Ich sehe auf die Tablette in meiner Hand runter. Vage kommt mir in den Sinn, dass es klüger wäre, vorher was zu essen. Zu frühstücken.

»Frühstück bedeutet mehr als Ficken.«

Vielleicht hatte Karsten doch recht. Ich weiß, dass das alles hier zu weit geht.

»Das war mein Freund. Mein Ex-Freund«, schiebe ich hastig hinterher. Okay, Zeit für die verfluchte Tablette. Wie Peer schlucke ich sie mit einem Schluck Wasser runter, ehe ich mit Kaffee nachspüle, was grauenvoll schmeckt. Ich stelle die Tasse weg und lehne mich Peer gegenüber gegen den Küchenblock.

»Dein Ex-Freund? Die Fernbeziehung?«

»Ja.« Tja, und weiter?

Ich weiche Peers Blick aus. Ich wollte so nah wie möglich an der Wahrheit dran bleiben, aber jetzt weiß ich nicht, was ich sagen soll. Mit welcher Begründung sollte mich mein angeblicher Ex-Freund an einem Samstagmorgen anrufen? Oder ich ihn? Hätte ich mal besser die Klappe gehalten.

»Ist bei euch wohl auch nicht vollkommen glatt über die Bühne gegangen.« Peer sieht mich über den Rand seiner Kaffeetasse hinweg an.

»Nein.« Ich zögere. »Zum... Schluss hatten wir... eine offene Beziehung.«

Er nickt langsam. »Wegen der Entfernung?«

Nein, weil irgendein Vollidiot Karsten einen Floh ins Ohr gesetzt hat. »Ja.«

»Hm.« Nachdenklich nippt er an seinem Kaffee. »Ich verstehe, wie ihr auf den Gedanken gekommen seid, aber offene Beziehung... Ich glaube, für so was bin ich zu eifersüchtig.«

Ein warmes Kribbeln in meiner Magengegend hätte mich beinahe aufseufzen lassen. So was hätte ich gerne von Karsten gehört. Andererseits hat er ja scheinbar durchaus seine Probleme damit, mich zu teilen. Nur er selbst will sich nicht einschränken.

»Hat ja auch nicht funktioniert«, sage ich lahm und bekomme wieder diese unangenehme Gänsehaut. Ich reibe mir über die Arme.

»Tja, das weiß man vorher nie, nicht wahr?« Peer stellt die Kaffeetasse weg und sieht nach den Brötchen.

»Ist das jetzt auf deine Beziehungen zu Frauen bezogen oder zu dem Mann?«

Er lacht leise und richtet sich wieder auf. »Die Beziehungen zu den Frauen waren alibihalber. Bist du da noch nicht draufgekommen, Max?«

Nur gerade so schaffe ich es, nicht zusammenzuzucken. Dieser verdammte Name macht mich noch wahnsinnig. »Du bist also nicht bi?«

»Nur wenn ich muss.« Er grinst schief. »Seitdem ich in München lebe und meine Eltern Bescheid wissen, muss ich nicht mehr.«

»Also hast du das wegen deiner Eltern gemacht?«

»Und weil ich anfangs nicht besonders scharf drauf war, schwul zu sein. Allerdings haben meine Eltern das Outing schlechter aufgenommen als ich.«

Darüber muss ich lächeln. »Hast du noch Kontakt zu ihnen?«

»Klar. Aber weder besonders regelmäßig noch übermäßig herzlich.« Er zuckt die Schultern, aber ich sehe ihm an, dass er das nicht so locker wegsteckt, wie es klingen soll. »Meistens geht es mir besser, wenn ich nicht mit ihnen in Kontakt stehe oder über sie rede.«

Auch wenn ich seit meinem Coming-out in der Gunst meiner Eltern abgestiegen bin, kann ich mir nicht vorstellen, wie es wäre, wenn das Verhältnis zu ihnen so abkühlt. Wir telefonieren auch nicht regelmäßig miteinander, aber wenn irgendetwas ist, weiß ich, dass ich zu ihnen kommen kann.

»Ich glaube, die Brötchen sind fertig«, meint Peer und stellt den Ofen aus.

Kapitel 12

»Du kannst doch nicht einfach auflegen!«, blafft Karsten mich an, noch bevor ich die Wohnungstür schließe.

Demonstrativ knalle ich sie zu, um ihm anzuzeigen, dass nicht das ganze Haus unsere Beziehungsprobleme mitbekommen muss, ehe ich aus meinen Schuhen schlüpfe. »Ich dachte, du willst mich vielleicht lieber von Angesicht zu Angesicht anbrüllen.«

»Ich will dich überhaupt nicht anbrüllen!«

»Tust du aber.«

Als ich im Flur an ihm vorbeigehen will, packt er mich am Arm. Sein Blick bohrt sich in meinen. »Felix. Was zum Teufel ist los mit dir?«

Ich mache mich von ihm los und starre finster zurück. Ich werde mich nicht von ihm in die Ecke drängen lassen. Ich musste wegen seiner Bedürfnisbefriedigung schon so viel Scheiße hinnehmen, dass das Maß jetzt einfach voll ist.

»Was zum Teufel ist los mit *dir*? Ich bin zum Frühstück geblieben, na und? Ich habe vergessen, dir eine Nachricht zu schreiben. *Tut mir leid.* Aber du schreibst mir auch keine Nachrichten, wann du nach Hause kommst.«

In seinen Augen blitzt es auf. »Ich will nicht, dass wir über Nacht woanders bleiben.«

»Die Regel ist dir aber ganz schön plötzlich eingefallen.« Ich gehe besser nicht darauf ein, dass ich schon seit einer Weile eine andere Regel ständig breche. »Und was genau heißt überhaupt *über Nacht bleiben*? Ist es okay, wenn ich mich um fünf Uhr morgens in unsere Wohnung schleiche?«

Damit nehme ich ihm den Wind aus den Segeln. Er starrt mich an, aber ihm scheint keine passende Erwiderung einzufallen. Wahrscheinlich, weil es keine gibt. Nur weil ich frühstücke und er nicht, macht das keinen Unterschied.

»Empfindest du was für ihn?«, fragt er gefährlich ruhig, ohne mich aus den Augen zu lassen. »Für diesen Peer?«

Mein Herz setzt einen Schlag aus. Woher…

Er weiß es nicht. Er kann es gar nicht wissen.

»Du weißt doch gar nicht, ob ich bei Peer –«

In seinen Augen flammt es auf, kurz bevor er mir über den Mund fährt: »Doch! Verdammt, Felix, das ist deine eigene Regel gewesen. Nicht immer nur mit demselben Kerl!«

Ich presse die Lippen zusammen und gehe ins Wohnzimmer. Eine feige Flucht. Ich weiß nicht, was ich sagen soll. Er hat recht. Es war immer nur Peer.

»Felix!«

Ich wirble zu ihm herum. »Willst du mir jetzt vielleicht vorwerfen, dass ich nicht wie du durch sämtliche schwulen Betten Münchens hüpfe?«

Er wirft die Hände in die Luft. »Ich werfe dir vor, dass du dich nicht an die verdammten Regeln hältst!«

»Scheiße, Karsten, du weißt ganz genau, dass ich so nicht bin.«

»Dann sei auch nicht so! Und hör auf, mich anzulügen!«

Letzteres überhöre ich geflissentlich. »Und wie soll ich dann sein? Brav zu Hause sitzen, während du dich durch die Gegend vögelst? Hast du dir das Ganze so vorgestellt, ja? Weil ich weniger Leute kenne und weniger neue Leute treffe als du, werde ich auch weniger bis gar keinen Sex außerhalb unserer Beziehung haben? War das dein Hintergedanke bei dieser bescheuerten offenen Beziehung?«

Sein Kiefer mahlt, während er mich ansieht. Schweigend. Ertappt. Verdammt, ich hatte recht. Ich hatte, verdammt noch mal, recht!

Die Erkenntnis trifft mich so hart, dass ich mich abwenden muss, weil ich nicht weiß, was sich auf meinem Gesicht abspielt. Ich starre das Aquarium an, in dem auf den ersten Blick kein einziger Fisch zu schwimmen scheint. Igor hat sich mitsamt Schwarm zwischen den Pflanzen versteckt, als hätte unser Gebrüll sie verschreckt. Oder als wären wir zu peinlich, um sich das noch freiwillig länger mit anzusehen.

»So hab ich mir das auf jeden Fall nicht vorgestellt«, sagt Karsten nach einer Weile leise. In seiner Stimme zittert noch immer unterdrückte Wut, aber sie ist nicht mehr so explosiv wie noch vor einer Minute.

»Warum hast du das Ganze dann nicht abgebrochen? Warum…« Die Frage ist idiotisch. Wie sagt man so schön? Das Kind ist bereits in den Brunnen gefallen.

»Du hast die Frage noch nicht beantwortet.«

Seine Stimme klingt jetzt näher, aber ich drehe mich nicht zu ihm um. Er hat so viele meiner Fragen nicht beantwortet. Langsam weiß ich überhaupt nicht mehr, ob ich die Antworten darauf überhaupt noch wissen will.

»Welche Frage?« Ich lasse die Schultern sinken. Auf einmal komme ich mir alt vor. Sehr, sehr alt.

»Ob du was für ihn empfindest.«

Ich merke selbst, wie ich zögere, und bin ziemlich sicher, dass er es ebenfalls mitbekommt. Dennoch sage ich seufzend: »Nein, Karsten. Nicht so wie für dich.« Das ist nicht gelogen. Aber es fühlt sich zwischen Karsten und mir auch nicht mehr richtig an. Wie eine Schallplatte, die zu oft abgespielt wurde und inzwischen überall Kratzer hat.

Ich spüre seine Wärme in meinem Rücken, als er dicht hinter mich tritt. In meinem Nacken prickelt es, kurz bevor er mir dort einen Kuss hinhaucht. Ich unterdrücke ein Schaudern. Eigentlich will ich mich gerade nicht von ihm anfassen, geschweige denn küssen lassen, aber als er einen Arm um meine Taille schlingt, fehlt mir die Kraft, ihn wegzustoßen.

»Wir haben schon lange nichts mehr miteinander gemacht.«

Das muss er mir nicht sagen. Ich weiß nicht mal, an wem das liegt. Wir haben auch schon lange nicht mehr miteinander geschlafen. Weil ich momentan keine Lust auf ihn habe und deshalb auch nicht auf ihn zugehe. Er ergreift seinerseits auch nicht die Initiative.

Ich starre das Aquarium an, in dem sich Igor hinter einer Wasserpflanze hervorschlängelt und mich mit einem seiner runden Glubschaugen ins Visier nimmt.

Langsam atme ich aus. »Nein. Stimmt.«

Er platziert noch einen Kuss in meinem Nacken, dieses Mal fester. Will er vorschlagen, dass unsere erste gemeinsame Aktivität nach langer Zeit und nach diesem Streit mal wieder eine Runde Sex sein soll? Ich unterdrücke noch einen Schauder. Auf gar keinen Fall.

Vielleicht gibt er sich einen Ruck und schlägt *Dirty Dancing* vor. Wobei ich den jetzt tatsächlich nicht gucken will. Vielleicht auch nicht *kann*, ohne dabei an Peer zu denken. Aber ich habe ja noch zig weitere Tanzfilme, aus denen er sich sogar einen aussuchen darf, wenn er will.

»Esther lädt heute ein paar Leute zu sich ein.«

Ich erstarre. Im Ernst? *Das* ist sein Vorschlag? *Esther*?

»Ist noch nicht ganz sicher, was wir machen. Vielleicht ein paar Spiele spielen oder später noch weitergehen, mal gucken. Thorsten bringt seine *Wii* mit.«

Wer zum Teufel ist Thorsten?

»Wer kommt denn alles?«

Ich versuche, nicht abwehrend zu klingen, kann es aber nicht ganz verhindern. Igor wackelt mit seinen Flossen und zuckelt mit schnellen Bewegungen durchs Becken. Langsam tauchen auch die anderen Mitglieder seines Schwarms aus ihren Verstecken auf. Es kommt mir vor, als würden sie mich alle der Reihe nach anstarren und auslachen.

Hast du wirklich gedacht, er wird sich mit dir einen gemütlichen Videoabend mit einem deiner Tanzfilme machen? Haha, du Vollidiot!

Ich spüre, wie er die Schultern zuckt. »Ein paar Leute von der Uni.«

Gott, wie sehr ich diese *Leute von der Uni* hasse!

»Stephan ist auch dabei.«

Das betont er immer wie einen besonderen Pluspunkt. Als wäre das ein Grund für mich, unbedingt mitzukommen. Weil ich mich dann mit Stephan in eine Ecke verkriechen und über die *Leute von der Uni* lästern kann, mit denen wir nichts gemein haben und die uns aus ihrem erlauchten Kreis ausschließen. Vielleicht *würde* ich mich ja gerne unter die *Leute von der Uni* mischen, wenn man mich lassen würde.

»Hm-hm.«

»Hast du Lust, mitzukommen?«

Nein.

»Das wäre echt schön«, sagt Karsten und ich spüre seine Finger hauchzart an meinem Nacken, wo sie durch meine Haare streichen. »Dann kämen wir mal wieder raus, könnten was zusammen machen und ein bisschen den Kopf abschalten.«

Mit anderen Worten: Wenn ich ablehne, bin ich wieder der Arsch, der nichts mit ihm unternehmen will.

Seufzend schließe ich die Augen und versuche, meinen inneren Arschlochmodus auszuschalten. Eigentlich sollte ich mich freuen. Als unsere Beziehung noch funktioniert hat, hat er mich nur selten gefragt, ob ich bei einer seiner Aktivitäten mitwill. Ob aus Rücksicht auf mich oder weil er mich schlicht nicht dabeihaben wollte, sei mal dahingestellt. Vielleicht ist das seine Art eines Friedensangebots.

Als ich die Augen wieder öffne, ist Igor dicht ans Glas herangeschwommen und klappt seinen fischigen Mund auf und zu, als würde er Futter aus dem Wasser ziehen. Oder als würde er mir irgendwas entgegenbrüllen. Leider verstehe ich kein Fischisch.

Ich fange Karstens Finger in meinem Nacken ein und drehe mich um. Obwohl wir so dicht voreinander stehen, verspüre ich nicht den Drang, an seinen Locken zu zupfen.

»Okay, warum nicht? Gehen wir heute zu Esther.«

»Super.« Ich kann nicht sagen, ob sein Lächeln ernst gemeint ist. Der Blick in seinen Augen ist es allerdings. »Und, Felix?«

»Ja?«

»Hör auf, mich anzulügen. Silvia zu bitten, dir irgendwelche *Facebook*-Alibis zu verschaffen, geht gar nicht. Wenn du schon die Regeln brichst, dann sag es mir. Oder lass es besser gleich.«

Stur erwidere ich seinen Blick. »Das Gleiche gilt für dich.«

***

Die *paar Leute*, die Esther zu sich eingeladen hat, stellen sich als ungefähr zwanzig Personen heraus. Die meisten sind schon da, als Karsten und ich mit etwas Verspätung eintreffen, einige trudeln jedoch noch nach uns ein. Vielleicht werden es insgesamt auch dreißig oder so.

Viele stehen auf dem Balkon oder wenigstens in der Tür und rauchen, was sie sich eigentlich auch sparen könnten. Die Zugluft trägt den ganzen Qualm in die Wohnung, was die Luft zusätzlich zur stickigen Wärme schwer zu atmen macht. Stephan hat schon das eine oder andere Mal was dazu gesagt, aber Esther scheint das egal zu sein. Sie tätschelt Stephan die Schulter und meint lapidar, dass er sich nicht so aufregen soll, es wäre ja nur Rauch.

Karsten kennt viele der Anwesenden, wenn nicht gar alle. Wir sind kaum zur Tür rein, da kommen die Leute schon aus allen Ecken auf ihn zugeströmt, sodass wir es nur schrittweise weiter in die Wohnung schaffen.

Den einen oder anderen kenne ich mit Namen und hin und wieder kommt mir ein Gesicht bekannt vor, aber es ist offensichtlich, dass ich hier das Anhängsel bin. Wenigstens stellt Karsten mich all denen, die mich noch nicht kennen, als seinen Freund vor. Manchmal ernte ich dafür neugierige, manchmal belustigte und manchmal spöttische Blicke.

Wissen die alle, dass wir eine offene Beziehung führen? Vielleicht tratscht Karsten auch ihnen seine Eroberungen brühwarm weiter. Oder vergleicht uns.

Felix kann ja leider kein Deepthroat, aber dieser Kerl mit den Würfeln auf dem Arsch… Mannomann, der schluckt einen gleich von null auf hundert ganz. Nein, hab ich das noch nicht erzählt? Letztens hat mir ein Kerl noch im Flur buchstäblich die Kleider vom Leib gerissen. Das ist mir mit Felix noch nie passiert. Dafür wollte Felix letztens mit mir in der Küche…

Bei dem Gedanken wird mir ein bisschen schlecht. Ich vergrabe die Hände in den Hosentaschen meiner Jeans und sehe mich nach dem Getränkelager um. Wahrscheinlich irgendwo bei der offenen Küche. Ich brauche ein Bier. Oder vielleicht was Stärkeres. Alles, was ich gestern bei Peer in mich reingeschüttet habe, ist längst aus meinem Kreislauf raus.

Ich will mich gerade zu Karsten umdrehen, der mit irgendeinem Typen ins Gespräch vertieft ist, und ihn fragen, ob er auch was will, als sich ein schlaksiger, hoch aufgeschossener blonder Kerl einen Weg zu uns bahnt. Seine ausgewaschene, graue Jeans hängt tief auf seinen schmalen Hüften. Mit dem weißen Hemd dazu sieht er fast zu overdressed für eine lumpige Studentenparty aus. Und meine Mutter würde ihn sofort in die Küche zerren und mit irgendeiner Kalorienbombe füttern, bevor er sich vor ihren Augen in Luft auflöst.

Das breite, erfreute Grinsen in seinem Gesicht gilt Karsten, der bei seinem Anblick erstarrt. Sein Blick huscht zu mir. Er hätte mir kaum deutlicher sagen können, dass das jemand ist, mit dem er mich lieber nicht bekannt machen würde.

»Karsten, hi!«, sagt der Blonde, der ein paar Zentimeter größer ist als Karsten, beugt sich vor und platziert einen geräuschvollen Schmatzer auf Karstens Mund. Und… ist er etwa geschminkt? Das sieht aus wie Lipgloss auf seinen Lippen und um seine Augen ist auch irgendein Zeug geschmiert.

»Leo«, sagt Karsten, als würde er den Namen von einem Namensschild ablesen. »Wieso… ich dachte, du bist das Wochenende über nicht da?«

Ha. Nicht zu glauben. *Deshalb* hat er gefragt, ob ich mitwill.

»Planänderung. Aber Nick ist allein gefahren«, grinst Leo. »Trotzdem hoffe ich, dass du nachher noch Zeit für –«

»Kennst du eigentlich schon Felix?« Karsten schlingt einen Arm um meine Taille und zieht mich dicht an sich heran. »Meinen Freund?«

Leo, der zuvor weder mich noch den anderen Kerl, mit dem sich Karsten eben noch unterhalten hat und der jetzt zu schmückendem Beiwerk verkommen ist, bemerkt hat, richtet seine komplette Aufmerksamkeit auf mich. In meiner Magengegend breitet sich ein drückendes Gefühl aus, das mit jedem Herzschlag schlimmer wird.

Leo weiß *alles*. Ich erkenne es an dem Blick in seinen blauen Augen – kein so leuchtendes, intensives Blau wie Peers, aber ansehnlich genug. Leo taxiert mich von oben bis unten. Auf seiner Stirn taucht in Leuchtbuchstaben *Ach, du bist das* auf – mit einem eindeutig spöttischen Anstrich.

Ich bin nicht sicher, was auf meiner Stirn steht oder was da stehen sollte. Auch wenn Karsten keine Namen nennt, wenn er mir von seinen Sexabenteuern erzählt, kann ich mir denken, dass Leo eins davon ist. Das sollte mich wütend machen. Oder rasend vor Eifersucht. Oder tief verletzen. Irgendwas in der Richtung. Stattdessen bin ich hauptsächlich verblüfft, auf was für einen Typ er neuerdings zu stehen scheint.

»Nein, kenne ich nicht«, sagt Leo, nachdem er seine Musterung beendet hat. Besonders gut scheine ich nicht abgeschnitten zu haben. »Hi, Felix, ich bin Leo.«

Ich starre die Hand an, die er mir entgegenstreckt. Auf der Innenseite seines Handgelenks schlängelt sich ein feines, schwarzes Tattoo entlang, das wie ein Schriftzug aussieht, den ich jedoch nicht lesen kann. Dann sehe ich ihm wieder ins Gesicht, ohne seine Hand zu schütteln. Ich glaube nicht, dass das angebracht wäre.

»Hab ich schon mitbekommen.«

Seine Mundwinkel verziehen sich auf hinterlistige Art nach oben, dann lässt er die Hand wieder sinken. »Du bist also der ominöse Freund, der unserem Karsten hier erlaubt, mit anderen zu ficken.«

Ich weiß nicht, wer von uns beiden heftiger zusammenzuckt – Karsten oder ich.

Karstens Arm verschwindet um meine Taille und er sieht Leo eindringlich an. »Das ist jetzt nicht der richtige Zeitpunkt, um –«

»Ach, wieso denn?«, unterbreche ich Karsten. »Lass ihn doch reden. Immerhin *hab* ich dir den Scheiß erlaubt, oder? Nachdem du mich darum angebettelt hast.«

»Ich weiß ja nicht, wie das bei euch ist, aber normalerweise bin ich derjenige, der bettelt.«

»Leo!«, blafft Karsten und verpasst ihm einen Stoß gegen die Schulter. »Lass es.«

Der Typ, der noch bei uns steht, verabschiedet sich mit ein paar hastig gemurmelten Worten und verschwindet in Richtung Balkon. Vielleicht, um auf den Schreck erst einmal eine Zigarette zu rauchen.

Ich könnte auch eine vertragen. Oder einen Schnaps. Allerdings nicht aus den Gründen, die man vielleicht denken könnte. Das hier sollte mir eindeutig mehr ausmachen, verdammt.

»Gib dir keine Mühe, Karsten. Ich bin nicht blöd. Ich hab schon mitbekommen, dass ihr Sex hattet.« Ich sehe Leo aus zusammengekniffenen Augen an. »Hast du ihn auf die Idee gebracht?«

»Willst du vielleicht ein Bier?«, fragt Karsten und zerrt an meinem Arm. »Oder was anderes? Lass uns mal gucken, was –«

Ich reiße mich von ihm los und blitze ihn an. Vielleicht ist das meine Chance, ein paar Antworten zu bekommen. »Wolltest du die offene Beziehung, damit du mit ihm vögeln kannst?«

Karstens Gesicht verfinstert sich. »Im Ernst, Felix? Du willst *jetzt* darüber reden?«

»Bietet sich gerade an, oder? Immerhin hast du mir Leo bis eben nie vorgestellt.«

»Als hätte es dich irgendwann mal interessiert, meine Freunde von der Uni näher kennenzulernen.«

»Lenk nicht vom Thema ab.« Ich verschränke die Arme vor der Brust. »Hat er« – ich nicke in Leos Richtung – »dir den Floh ins Ohr gesetzt?«

Bevor Karsten antworten kann, sagt Leo: »Ja.«

Mit zusammengebissenen Zähnen sehe ich Leo an, der jetzt offiziell das Etikett *Feind* trägt. Karsten stöhnt. »Können wir das Thema bitte vertagen?«

Beim Anblick des lässigen Grinsens auf Leos Gesicht rumort es in meinem Magen. Vielleicht doch ganz gut, dass ich noch nichts getrunken habe. »Und was genau ist daran so witzig?«

»Du. Karstens kleiner Freund. Irgendwie hab ich mir dich ganz anders vorgestellt.«

Offensichtlich hat er schon mehr von mir gehört als ich von ihm.

»Leo«, zischt Karsten wieder, als wäre Leo sein ungehorsamer Hund, der schon wieder irgendwo einen Scheißhaufen hingesetzt hat. Dann will er nach meiner Hand greifen. Unsere Finger berühren sich kaum, als ich ihn abschüttle und meine Hand in die Hosentasche stopfe. Stattdessen fasst Karsten mich am Arm. »Komm, lass uns gehen.«

»Ihr seid doch gerade erst gekommen«, sagt Leo, bevor ich die Gelegenheit dazu bekomme.

»Du hast noch nicht mal Esther Hallo gesagt«, füge ich hinzu. »Geh sie doch mal suchen, ich unterhalte mich solange mit Leo.«

Karstens Griff um meinen Arm wird fester. »Nein.«

Leos Augen blitzen auf. »Halte ich für eine Superidee.«

Er hakt sich auf meiner anderen Seite unter, was bei unserem Größenunterschied erstens für ihn nicht ganz einfach ist und zweitens sicherlich total bescheuert aussieht. Mit sanftem, aber beharrlichem Nachdruck zieht er mich von Karsten weg. Karsten durchbohrt ihn mit Blicken und will ihm offensichtlich auf nonverbale Art irgendetwas mitteilen.

Leo schnaubt. »Keine Sorge, Schatz, ich werd ihn schon nicht fressen.«

»Leo –«

»Karsten«, sagt Leo überdeutlich und mit einer Bestimmtheit, die überraschend schneidend durch die Luft fährt. Anschließend nimmt er dem Wort etwas von seiner Schärfe, indem er eine verscheuchende Handbewegung macht, als wäre Karsten eine lästige Fliege. Die Geste passt schon eher zu ihm.

Karsten seufzt abgrundtief und fährt sich mit einer Hand übers Gesicht, ehe er mich wieder ins Visier nimmt. »Glaub ihm nicht alles, was er dir erzählt.« Er schießt einen bedrohlichen Blick in Leos Richtung ab, als wollte er hinzufügen: *Und du erzähl ihm nicht alles.*

Leo wirft ihm einen Luftkuss zu, dann dreht er sich einfach um und zieht mich mit sich.

»Erst mal besorgen wir dir was zu trinken«, meint Leo und steuert den Küchenbereich an.

Ich schaue über die Schulter zurück zu Karsten, der uns mit angespanntem Gesichtsausdruck hinterhersieht. Wovor hat er Angst? Dass ich es mit Leo auf dem Küchentresen treibe? Dass Leo mir von irgendwelchen abartigen Praktiken berichtet, die Karsten mit ihm ausprobieren wollte? Bisher war alles, was Karsten mir hinsichtlich seiner Abenteuer erzählt hat, ganz normaler, anonymer Sex. So harmlos wie ein verdammtes Vogelküken.

»Oder hast du Karsten zuliebe dem Alkohol abgeschworen?«, reißt Leo mich aus meinen Gedanken.

»Nein.«

»Ah, bist wohl doch nicht so dumm, wie ich dachte.«

Wir erreichen den Kühlschrank, neben dem zwei Kästen Bier und eine Kiste Radler stehen. Leo lässt mich los, nimmt zwei Bierflaschen aus dem Kasten und tauscht sie gegen zwei gekühlte aus dem Kühlschrank aus.

»Ich bin nicht dumm.«

»Und trotzdem denkst du, ich hab mit Karsten gefickt.« Das Klacken und Zischen, als er die beiden Flaschen so routiniert nacheinander öffnet, als würde er den ganzen Tag nichts anderes machen, unterstreicht seine Worte mit dem Effekt eines zerplatzenden Ballons.

»Was?« Automatisch greife ich nach der Bierflasche, die er mir entgegenhält.

Leo feixt mich an. »Oder denkst du das nicht?«

»Doch.«

Mit der freien Hand deutet er auf seinen Körper. »Glaubst du wirklich, Karsten steht auf jemanden wie mich?«

Nein. Seine Körpergröße, seine Art, sein Gerede, das Make-up... Er ist von vorne bis hinten nicht Karstens Typ. Trotzdem ist da irgendwas zwischen ihnen.

»Siehst du«, sagt Leo, als hätte er meine Gedanken gelesen, und streckt mir seine Bierflasche zum Anstoßen hin. Zögernd lasse ich meine Flasche dagegen klacken. Das fühlt sich ein wenig wie die moderne Variante einer Friedenspfeife an.

»Trotzdem hast du ihn auf die Idee mit der offenen Beziehung gebracht«, sage ich, als müsste ich mich selbst ermahnen, mich in seiner Gegenwart nicht allzu wohl zu fühlen. Das Gespräch fällt mir viel zu leicht. »Oder war das auch gelogen?«

»Wieso auch?«

»Von wegen, er lässt dich betteln?«

»Hab ich das gesagt?« Grinsend nimmt er einen Schluck aus seiner Flasche. »Das war eher auf andere Dinge bezogen, aber ja, ich muss ihn ständig anbetteln.« Er legt eine Kunstpause ein, in der er mich mit blitzenden Augen taxiert. »Dass er mich seine Mitschriften kopieren lässt. Dass er mich nach Hause bringt, weil er stocknüchtern ist und ich sternhagelvoll. Dass er seinen langweiligen Freund zu Hause sitzen lassen und mit mir feiern gehen soll.«

Meine Augen werden schmal, was ihn zum Lachen bringt. »Also war das mit der offenen Beziehung nicht gelogen. Du hast ihn dazu überredet, weil du Sex mit ihm haben willst.«

Er schürzt die Lippen. »Das wollte ich vielleicht am Anfang, weil dein Karsten ein ziemlich heißer Typ ist. Aber Hunde und Katzen ficken in der Regel nicht miteinander.«

Ich habe keine Ahnung, was das bedeuten soll, aber ich bin auch nicht scharf darauf, das hier weiter auszudiskutieren.

Während ich ein paar große Schlucke von meinem Bier trinke, sehe ich mich im Küchenbereich um, aber die Leute in der Nähe sind entweder selbst ins Gespräch vertieft oder holen sich nur schnell was zu trinken. Niemand schenkt uns besondere Beachtung, ganz abgesehen davon, dass es der Geräuschpegel mit der Musik und den diversen Unterhaltungen beinahe unmöglich macht, uns zu belauschen.

Dennoch trete ich näher und lehne mich neben Leo gegen die Anrichte. »Warum dann die offene Beziehung?«

Er schnaubt. »Das fragst du mich? Du hast doch eingewilligt.«

»Aber du hast es ihm schmackhaft gemacht!«

»Weil ich kein Freund vom Konzept Monogamie bin.«

Das ist alles? Ich kann kaum glauben, dass *das* der Grund sein soll, warum es mit Karsten und mir nie wieder so wie früher werden wird.

Sein Blick wandert an mir entlang, bis er mir schließlich nachdenklich wieder ins Gesicht sieht. »Hattest du bis vor Kurzem tatsächlich mit niemandem außer Karsten Sex?«

»Das geht dich nichts an.«

Er winkt ab. »Blöde Frage, ich weiß es ja eigentlich schon. Fragst du dich nicht, was du vielleicht verpasst hättest? Eigentlich solltest du mir dankbar sein.«

Dankbar? In meinem Inneren zerplatzt etwas. Das Wort hört sich schrecklich falsch an und dennoch wäre ich ohne die offene Beziehung Peer nie begegnet. Allerdings hätte ich ohne die offene Beziehung auch keine Notwendigkeit dazu gesehen. Karsten und ich waren glücklich. Zumindest größtenteils. Aber jetzt…

Mein Hals schnürt sich zu und ich konzentriere mich lieber wieder auf Leo. »Unser Sexleben geht dich einen Scheiß an«, blaffe ich. »Du hattest kein Recht, ihn auf so eine bescheuerte Idee zu bringen!«

»Es geht mich was an, wenn er mir nächtelang wegen Nick in den Ohren liegt.«

»Wer zum Teufel ist Nick?«

Er starrt mich an, als wüsste er nicht, wie ich auf diesen Namen komme, bis ihm aufgeht, dass er ihn gerade selbst ins Spiel gebracht hat. Er sieht weg, als müsste er sich eine geeignete Antwort einfallen lassen, und hält dabei in derselben Bewegung nach Karsten Ausschau. Ich folge seinem Blick.

Karsten steht bei Esther, scheint jedoch nicht mit ganzer Aufmerksamkeit bei ihr zu sein. Als Leo und ich beide zu ihm rübersehen, scheint er unsere Blicke zu spüren, denn er dreht den Kopf in unsere Richtung. Er sieht mich an. Fragend. Abwartend. Nervös.

»Nick ist die Wurzel allen Übels«, sagt Leo, ohne mich anzusehen. »Und falls Karsten ihn bisher noch mit keinem Wort erwähnt hat, habt ihr ein echtes Problem.«

»Dich hat er auch mit keinem Wort erwähnt.«

Ich beobachte, wie Karsten sich von Esther verabschiedet und anschließend auf uns zusteuert. Als ihn eine schlanke Blondine anspricht, wimmelt er sie ab und kommt weiter auf uns zu.

»Mich kehrt er gerne unter den Teppich. Ich glaube, er findet mich zu redselig, aber ohne mich kann er auch nicht. – Hi, Schatz.« Leo prostet Karsten zu, der soeben bei uns angekommen ist und sich neben mich stellt.

»Alles klar?«, will er an mich gewandt wissen, sieht dabei jedoch Leo an, der den Kopf schüttelt.

»Für jemanden, der in einer offenen Beziehung ist, bist du ganz schön eifersüchtig, Schatz.«

Da hat er nicht ganz unrecht, auch wenn Karsten grimmig das Gesicht verzieht.

»Willst du jetzt gehen?«, fragt Karsten, als wären wir nur mir zuliebe hier.

»Willst du denn schon gehen?«

»Meine Fresse«, ächzt Leo und trinkt noch einen Schluck Bier. »Langsam frage ich mich, wer von euch beiden der Langweiligere ist.«

Karsten greift nach meiner freien Hand und dieses Mal lasse ich ihn. »Gehen wir.«

»Okay.« Ich weiß nicht genau, warum ich zustimme, das nur halb ausgetrunkene Bier wegstelle und ein knappes »Tschüss« in Leos Richtung werfe. Aber die Party ist ohnehin beschissen und ist gerade noch schlimmer geworden.

Es kommt mir vor, als wären wir dieselbe Strecke erst vor fünf Minuten entlanggekommen, als wir uns jetzt in entgegengesetzter Richtung zur Wohnungstür schlängeln. Tatsächlich ist es schon fast anderthalb Stunden her.

Von Karsten kommt nichts, auch nicht, als wir unten auf der Straße ankommen. »Warum hast du Leo mir gegenüber noch nie erwähnt?«

»Hm?«, macht er, als wir zur U-Bahn gehen. Noch immer hält er meine Hand. »Hab ich doch.«

»Nein. Hast du nicht.«

»Ich erwähne ihn andauernd, wenn auch vielleicht nicht namentlich. Ich gehe mit ihm zur Uni, wir studieren das Gleiche.«

»Trotzdem kenne ich ihn nicht.«

Er seufzt. »Wie schon gesagt, du kennst viele meiner Freunde nicht. Und jetzt tu nicht so, als würde das an mir liegen.«

Aber es liegt an ihm. Zumindest zum Teil. Wenn er mir Freunde vorstellt, fallen sie eher in die Kategorie Esther, die ich schon auf die Entfernung nicht leiden kann. Schwule Freunde hat er mir bis jetzt keinen einzigen vorgestellt.

»Ich weiß, dass du nicht mit ihm gevögelt hast.«

Karsten schnaubt. »Natürlich nicht. Wir sind… ich weiß gar nicht, was wir sind. Gute Freunde, schätze ich.«

Das sind wir auch mal irgendwann gewesen. Gute Freunde. Dass wir als Paar zusammengekommen sind, hat daran nichts geändert. Unsere sechsjährige Beziehung hat daran nichts geändert. Erst der Umzug nach München und vor allem die offene Beziehung haben ihn so weit von mir entfernt, dass ich nicht einmal einen guten Freund von ihm kenne.

»Hast du ihn mir nicht vorgestellt, weil er zu viel redet?«

»Scheiße.« Karsten bleibt stehen und lässt meine Hand los. »Was hat er dir erzählt?«

»Dass er Monogamie schwachsinnig findet und du daraufhin offensichtlich auch der Meinung warst, dass ich dir nicht reiche.«

»Na ja, er hat schon nicht ganz unrecht, oder?«

»Mir hat nichts gefehlt.«

»Aber jetzt bereust du es auch nicht mehr, nicht wahr?« Seine Stimme klingt leicht spöttisch und in seinen Augen blitzt es kurz wütend auf. Dann wendet er sich ab und setzt sich wieder in Bewegung.

Ich bleibe stehen. »Und wer ist Nick?«

Er zuckt zusammen, als hätte ich auf ihn geschossen. Langsam dreht er sich zu mir um und versucht es mit einem vorsichtigen »Wer?«.

Manchmal frage ich mich, ob er mich echt für so blöd hält. »Leo hat ihn erwähnt.«

Er schließt kurz die Augen und holt tief Luft, ehe er den Kopf schüttelt. »Niemand. Noch ein Kommilitone. Eigentlich hätten Leo und er dieses Wochenende gar nicht in der Stadt sein sollen.«

»Weswegen du dich sicher genug gefühlt hast, mich mit zu dieser Party zu nehmen.«

Er zögert eine Spur zu lange. »Das ist doch Quatsch.«

Ist es nicht. »Also, wer ist Nick?«

»Hab ich doch gerade gesagt«, sagt er gereizt. »Ein Kommilitone.« Ruppig dreht er sich wieder um und läuft weiter. »Kommst du jetzt mit zur U-Bahn, oder was?«

Kapitel 13

»Lässt du mich eigentlich mal dein Arbeitszimmer sehen? Oder hast du Angst, ich könnte dir auch dein Equipment klauen?«, frage ich Peer und ziehe träge Kreise über seine nackte Brust.

»Da du es bis jetzt noch nicht versucht hast...« Peer fängt meine Finger ein und platziert einen geräuschvollen Kuss auf die Spitzen, ehe er sich aus dem Bett rollt. »Komm mit.«

»Ich meinte damit nicht unbedingt jetzt sofort.«

Peer zuckt die Schultern. »Warum nicht? Du brauchst doch bestimmt eh noch ein paar Minuten, bis du wieder kannst.«

»Ha! Du meinst wohl, *du* brauchst noch ein paar Minuten. Du hast dich angehört wie eine alte Dampflok.«

Er zieht die Augenbrauen hoch. »Vorsicht, sonst fühle ich mich genötigt, dir das Gegenteil zu beweisen.«

»Leere Versprechungen«, schnaube ich, aber da ist er schon splitterfasernackt im Flur verschwunden.

Das tut er andauernd. Nackt in seiner Wohnung rumlaufen. Keine Ahnung, ob das daran liegt, dass er hier zu Hause ist, oder ob er das in jeder anderen Wohnung genauso machen würde. In meiner Wohnung, zum Beispiel. Die er allerdings nie zu Gesicht bekommen wird. Aber vielleicht eine andere. Eine kleinere. Eine *echte* Single-Wohnung. Eine, die ich mir allein leisten kann.

In letzter Zeit stelle ich mir viele Fragen. Und sie werden immer lauter und drängender, wenn ich mit Peer zusammen bin. Allerdings verstummen sie neuerdings nicht mehr, wenn ich mit Karsten zusammen bin – insbesondere nicht nach der offensichtlichen Lüge, die er mir über Nick erzählt hat. Irgendein Kommilitone. Aha. Von wegen.

»Max?«

Ich seufze leise. »Felix.« Lauter rufe ich zurück: »Komme. – Ich meine... gleich.«

Ich höre sein Lachen aus dem Zimmer nebenan, als ich mich aus dem Bett rolle und nach meiner Pants greife. Irgendwie habe ich ein Problem damit, vollkommen nackt durch eine fremde Wohnung zu spazieren, obwohl seine mir inzwischen erschreckend vertraut ist. Besonders an Montagen und Freitagen. Und neuerdings auch noch an dem einen oder anderen Tag dazwischen.

Für Karsten habe ich mir ein System einfallen lassen, das mich vor ein paar Wochen vor Schuldgefühlen sicherlich noch um den Schlaf gebracht hätte. Aber da er vor unserer offenen Beziehung offensichtlich schon einen Haufen Geheimnisse vor mir hatte, fühle ich mich jetzt nur noch hin und wieder schlecht, wenn ich ihm offen ins Gesicht lüge.

Wenn ich montags bei Peer bin, erzähle ich ihm, dass ich Sex mit irgendeinem Typen hatte, den ich in der Schwulenbar aufgerissen habe, in die ich neuerdings jeden Montag nach der Arbeit gehe. Ich habe mir sogar extra eine ausgeguckt, die es tatsächlich gibt – das *Kunterbunt* –, falls er mir nachspionieren sollte. Bis jetzt scheint er mir zu glauben. Da er sowieso denkt, dass ich die offene Beziehung besser finde als anfangs gedacht, scheint er es nicht verwunderlich zu finden, dass ich die Montage, wenn er Schwertkampftraining hat, nutze, um in einer Bar einen Kerl aufzureißen.

Wenn ich ihm das vor einem Jahr aufgetischt hätte, hätte er mir nie und nimmer geglaubt. Jetzt ist es ihm entweder egal oder er schließt von sich auf mich. *Er* reißt sich nämlich vorrangig am Wochenende in irgendwelchen Bars und Clubs Männer auf. Zumindest erzählt er mir das. Wer weiß, was er treibt, wenn es beim Schwertkampf mal wieder länger dauert oder er schon wieder *urplötzlich* beim Sportladen einspringen muss, weil er irgendjemandes Schicht aus einem familiären Notfall, Krankheitsgründen oder wegen sonst was übernehmen muss.

Für die zusätzlichen Tage unter der Woche, die ich mich eher sporadisch mit Peer treffe, muss Silvi herhalten. Da das nicht jede Woche vorkommt, hat er bisher auch hierbei keinen Verdacht geschöpft.

Für die Freitage erzähle ich ihm die Wahrheit: Dass ich bei Peer bin. Sein einziger Kommentar dazu war: »Der muss ja wirklich der Wahnsinn im Bett sein, wenn du die Finger nicht von ihm lassen kannst.«

Anfangs hatte ich das Gefühl, es macht ihm was aus. Inzwischen nimmt er es genauso stoisch hin wie ich seine Sexgeschichten.

Und apropos Sex: Wir hatten *seit Wochen* keinen Sex mehr miteinander. Unter anderem deshalb stelle ich mir diese vielen Fragen.

Ich folge Peer in sein Arbeitszimmer, dessen Tür zum ersten Mal offen steht. Es ist kleiner, als es auf den Videos den Anschein hat. Vor ein paar Tagen habe ich endlich die letzten Videos seines Channels, die mir noch gefehlt haben, angesehen. Jetzt kenne ich alle und bin auf dem neuesten Stand.

Der Schreibtisch besteht aus zwei riesigen, rechteckigen Flächen mit Platz für zwei Monitore, eine Tastatur, eine Maus und irgendwelches Kamera- und Aufnahmeequipment mit unzähligen Knöpfen, das ich nicht benennen kann. Auf dem Boden steht ein Desktop-PC. Der ganze Computerkram ist natürlich von *Apple* und hat schätzungsweise noch mehr gekostet als seine Entertainment-Wand im Wohnzimmer. Zum Glück scheint *Film & Fernsehen* sein einziges Hobby zu sein. Wenn er jetzt noch gerne reisen würde, wäre er arm wie eine Kirchenmaus.

»Wow«, entfährt es mir, als ich mich umsehe. »Kein Wunder, dass man dich beklauen wollte. Sieht nicht so aus, als hättest du an irgendwas gespart.«

»Über die Jahre ist ein bisschen was zusammengekommen. Und Familie und Freunde wissen immer, was sie mir zum Geburtstag oder zu Weihnachten schenken können«, sagt Peer grinsend.

Er sitzt auf einem schwarzen Schreibtischstuhl mit hoher Lehne. Den kenne ich bereits aus den *YouTube*-Videos, ebenso wie den Schrank mit blickdichten Türen an einer Wand.

»Und wenn du was aufnimmst, sitzt du hier einfach und sprichst in die Kamera?« Ich tippe auf besagtes Gerät, das auf einem Gestell befestigt ist.

»So ungefähr, ja.« Er hakt einen Finger in den Bund meiner Pants und zieht mich zu sich heran. »Wieso hast du dir was angezogen?«

»Damit ich dich nicht ablenke.«

»Hm.« Er verzieht das Gesicht, legt beide Hände an meine Hüfte und zieht mich noch dichter zu sich, sodass ich die Beine über seinen spreize und die Hände auf die Rückenlehne des Stuhls lege. »Und du denkst, wenn du was anhast, lenkst du mich nicht ab? Da muss ich doch erst recht die ganze Zeit daran denken, wie ich dich wieder ausziehe.«

»Vielleicht hatte ich auch Angst, dass du heimlich Nacktaufnahmen von mir machst.«

Das bringt ihn zum Grinsen. »Sollte ich vielleicht.« Er nickt zur Kamera. »Willst du's mal ausprobieren?«

»Was? Nacktaufnahmen?«

»Nein. Irgendeine Aufnahme. Irgendwas daherreden.«

»Ich bin nicht gut im Daherreden.«

Schon gar nicht, wenn es für die Ewigkeit festgehalten ist und es vielleicht mal irgendwer anders zu sehen bekommt, der sich anschießend über mich kaputtlachen kann. Es gibt einen Grund, warum ich noch keinen Small Talk-Preis gewonnen habe. Ich bleibe gerne unter dem Radar.

»Blödsinn.«

»Im Ernst.«

»Max, du schaffst es doch wohl, zwei Sätze in die Kamera zu sagen.«

Um ihn jetzt doch abzulenken und vielleicht vom Thema abzubringen, lasse ich mich rittlings auf seinem Schoß nieder und lege ihm die Arme um den Nacken. »Und? Hast du mit der Kamera schon mal was anderes gedreht als eine Filmkritik? Vielleicht einen kleinen Privatporno in deinem Schlafzimmer?«

Er lacht. »Bist du verrückt?«

»Wieso? Vielleicht stehst du ja auf so was?« Ich lehne mich vor und küsse seinen Hals. Er erschauert wohlig und schlingt seine Arme um meine Taille. Zwischen uns wird sein Penis langsam wieder hart.

»Stehst du auf so was? Von wegen Nacktaufnahmen?«

Ich ziehe mich zurück. »Hab ich nicht eben gesagt, dass ich mir deshalb eine Unterhose angezogen habe?«

»Auch wieder wahr.« Er packt mich fester und zieht mich dichter an sich, sodass ich seinen Schwanz an meinem fühle. »Wie gesagt, du lenkst mich zu sehr ab.« Er drückt mir einen Kuss aufs Kinn und lässt mich dann wieder los. »Was machst du nächsten Donnerstag?«

Ich bin etwas enttäuscht, dass er die vielversprechenden Berührungen nicht weiter ausführt. »Noch nichts bis jetzt. Warum?«

Er grinst breit. »Dann nimm dir abends nichts vor. Wir gehen ins Kino.«

Überrascht blinzle ich ihn an, während in mir Freude und Unbehagen miteinander ringen. Wir haben noch nie etwas außerhalb seiner Wohnung gemacht, geschweige denn mit anderen oder in der Öffentlichkeit. Die Gefahr ist viel zu groß, dass wir jemandem über den Weg laufen, der mich als Felix kennt. Wenn es darum geht, kann selbst eine Stadt wie München zu einem Dorf werden.

Ich versuche, mir meine Beklemmung nicht anmerken zu lassen, und frage halb spöttisch: »Brauchst du eine qualifizierte zweite Meinung für deine nächste Filmkritik?«

»Könnte man so sagen.« Er legt den Kopf schief, aber als klar wird, dass ich nicht verstehe, worauf er hinauswill, sagt er: »Wir gehen in *Magic Mike XXL*. Donnerstag ist Kinostart.«

Mein Herz macht einen begeisterten Satz. Ein Tanzfilm. Oh Gott. Sechs Jahre lang habe ich darauf gewartet, dass Karsten sich mal einen mit mir im Kino ansieht – *Black Swan* ausgenommen –, und Peer sitzt einfach da und beschließt es.

»Was?« Ich klinge nicht nur atemlos, sondern auch völlig ungläubig.

Peer lächelt. »Heißt das Ja?«

»Aber dir hat ja nicht mal der erste besonders gut gefallen. Zumindest laut deiner Kritik.«

»Aber dir hat er gefallen. Und abgesehen davon breche ich mir bestimmt keinen ab, wenn ich ein paar halb nackten, gut gebauten Männern beim Tanzen zusehe.«

Karsten schon. Er würde niemals –

Ich würge den Gedanken ab, lege beide Hände an Peers Gesicht und küsse ihn sanft auf den Mund. Ohne Zunge. Das versuche ich gar nicht erst. Dennoch lasse ich meine Lippen länger auf seinen liegen, als es ihm gefällt. Er umfasst meine Handgelenke und zieht sie von seinem Gesicht weg, bevor er seins leicht wegdreht.

Irgendwie wird der Stich, den ich dabei in meiner Brust spüre, mit jedem Mal heftiger. Dieses Mal schnürt es mir sogar die Kehle zu, sodass ich ganz kratzig klinge, als ich frage: »Küsse ich so schlecht?«

»Was?« Er sieht mich wieder an. Seine Augen sind so unfassbar blau. »Nein. Wie kommst du darauf?«

»Weil du mich nur beim Sex küsst. Oder als Einstieg zum Sex.«

Sein Adamsapfel bewegt sich, als er schluckt. »Das hat nichts mit dir zu tun.«

»Sondern?«

Einen Moment lang glaube ich, dass er mir nicht antworten wird. Der Ausdruck in seinen Augen wird verschlossen. Doch dann sagt er leise: »Mir bedeutet Küssen sehr viel. Da stecken so viele Emotionen drin.«

»Und du willst keine Emotionen abseits vom Sex.«

In seinem Blick flackert etwas auf, das ich nicht identifizieren kann. Zärtlich streichelt sein Daumen über mein linkes Handgelenk. »Sagen wir einfach, ich bin vorsichtig geworden, okay?«

Ich weiß nicht, was ich davon halten soll. Will er keine Gefühle zulassen, keine aufkommen lassen oder keine vertiefen? Vielleicht wäre das der richtige Zeitpunkt, um zu fragen, was mit seinem Ex passiert ist oder warum er immer noch ein verdammtes Foto von ihm mit sich rumträgt. Aber ich nicke nur und nehme es hin.

Peers Mundwinkel zucken leicht. »Du hast noch nicht geantwortet. Willst du mit mir ins Kino gehen, Max?«

So, wie er das sagt, klingt es beinahe, als würde er mich nach einem Date fragen, was mich sehr schnell auf den Boden der Realität zurückbringt. Ich kann nicht glauben, wie schnell die Zeit vergangen ist. Haben wir nicht erst gestern noch Witze über dieses *Date* gemacht? Damals bin ich noch davon ausgegangen, dass wir uns nicht mehr wiedersehen würden.

Tja, und nun? Risiko eingehen, ja oder nein?

Das Klingeln seines Handys bewahrt mich vor einer Antwort.

»Mist.«

Peer schiebt mich von sich runter und rennt ins Schlafzimmer rüber, wo er sein *iPhone* auf dem Nachtschrank liegen gelassen hat. Ich lasse mich solange auf den Schreibtischstuhl nieder, der von Peers Körper noch ganz warm ist, und starre die Kamera an. Ich weiß, dass sie nicht eingeschaltet ist, trotzdem gibt sie mir ein unbehagliches Gefühl.

Völlig unvorstellbar, hier zu sitzen und der ganzen Welt meine Meinung über einen Film mitzuteilen. Zumal sich meine Meinung nicht mit der der meisten Menschen deckt. Vor Karsten, Silvi oder Peer mein Faible für Tanzfilme zu verteidigen, ist etwas anderes, als es Millionen anonymer User zu erzählen.

Die Anonymität des Internets macht viele Menschen zu Arschlöchern. Ich habe den einen oder anderen bösen Kommentar unter manchen von Peers Videos entdeckt. Natürlich auch viele neutrale oder ausufernde Beiträge, unter denen sich echte Diskussionen entsponnen haben. Dazwischen gibt es jedoch User, die Peer auf persönlicher Ebene für seinen Filmgeschmack angreifen oder so unqualifizierte Bemerkungen fallen lassen wie, dass er mit seiner Visage lieber Make-up-Tipps geben sollte, anstatt Filme zu kritisieren, von denen er offensichtlich keine Ahnung hat.

Ich weiß nicht, ob man sich so was unbedingt freiwillig antun muss. Peer scheint es egal zu sein, denn er geht auf solche Kommentare nicht ein. Vielleicht meldet er sie oder löscht sie, wenn sie zu beleidigend sind.

»... nicht? Sagen wir in einer Stunde?«, höre ich Peers Stimme, die langsam den Flur entlang aufs Arbeitszimmer zukommt. »Okay, cool, dann bis später.« Er nimmt gerade das Handy vom Ohr, als er das Zimmer betritt.

»Na, noch Pläne für den Abend?« Ich versuche, mir die Enttäuschung nicht anmerken zu lassen. Ist schon eine Weile nicht mehr vorgekommen, dass er eins unserer Treffen zugunsten seiner namen- und gesichtslosen Freunde so abrupt beendet hat.

»Ja.« Verlegen reibt er sich den Nacken. »Ich hoffe, du bist nicht sauer? Ich kann nicht immer absagen.«

Er sagt meinetwegen Verabredungen ab? Ein warmes Kribbeln steigt in meinem Magen auf, dank dem ich halbwegs locker abwinken kann. »Nein, schon okay.«

Peer zögert einen Moment, in dem er mich nachdenklich mustert. Schließlich scheint er zu einem Entschluss zu kommen, zuckt leicht die Schultern und sagt: »Du könntest mitkommen.«

»Wohin?«

Er lächelt. »Na ja, mit. Wir treffen uns erst bei einem Kumpel und gehen dann wahrscheinlich noch ins *Piggy*.«

»Du willst, dass ich mitkomme? Mit deinen Freunden?« *Als was?*, liegt mir auf der Zunge, aber das verkneife ich mir. Die möglichen Antworten darauf führen definitiv zu weit.

Wieder zuckt er die Schultern. »Ja. Ich meine, wieso nicht?«

Da könnte ich ihm einen ganzen Batzen an Gründen aufzählen, angeführt von: Was, wenn mich einer seiner Freunde erkennt? Als Felix, Karstens Freund?

»Ich bin nicht gut mit Fremden.«

»Oh, keine Sorge, sie werden nicht zulassen, dass du lange fremd bleibst.«

Ich weiß nicht, ob mich das beruhigen soll. »Hast du ihnen von mir… von uns… hast du ihnen irgendwas erzählt?«

Er legt das Handy auf dem Schreibtisch ab. »Es lässt sich schlecht verbergen, wenn man plötzlich wieder regelmäßig mit jemandem Sex hat.« Er neigt den Kopf zur Seite. »Ist bei dir niemand neugierig? Freunde, Familie?«

Das Letzte klingt so, als würde ihm just in diesem Augenblick auffallen, dass er weder besonders viel über meine Freunde noch über meine Familie weiß. Solchen Fragen pflege ich auszuweichen. Bis vor Kurzem hat er das auch noch getan.

Als ich schweige, hakt er nach: »Erzählst du… gar nichts?«

Das klingt jetzt eindeutig eine Spur zu enttäuscht. Auf einmal wird es in meiner Brust sehr eng. Ich bin froh, dass ich noch immer sitze, sonst wäre ich vielleicht einfach umgekippt.

Ich räuspere mich, um das beklemmende Gefühl loszuwerden. »Hast du nicht gesagt, du willst nichts Festes?«

Er holt Luft, als würde er zu einer sehr langen Antwort ansetzen, presst dann aber die Lippen fest zusammen und nickt. »Ja.«

Scheiße. Verdammte Scheiße.

»Peer, ich wollte damit nicht sagen…« Ich stehe auf, weil ich plötzlich nicht mehr still sitzen kann. Und weil ich überhaupt nicht mehr weiß, was ich damit sagen wollte. Oder nicht sagen wollte. Ich kann nicht mehr denken. Er sieht so verletzt aus.

»Ich weiß schon, was du sagen wolltest. Und du hast ja recht.«

Nein, habe ich nicht. Und nein, weiß er nicht. Auf einmal hämmert mein Herz so heftig in meiner Brust, dass es wehtut. Aber ich kann es doch nicht aussprechen. Nicht, während ich noch in dieser Sache mit Karsten festhänge.

»Wahrscheinlich ist es besser, wenn du nicht mitkommst.« Geschäftig greift er wieder nach seinem Handy. »Ich muss mich beeilen, duschen und so. Du findest ja den Weg raus, oder?«

Als er gehen will, schießt mein Arm automatisch vor und packt ihn am Handgelenk. »Peer…« Er bleibt stehen und wendet mir das Gesicht zu. Im Gegensatz zu vorhin wirkt es jetzt verschlossen, als würde er sich abschirmen. Vor mir.

»Vergiss das mit nächstem Donnerstag. War eine blöde Idee. Belassen wir einfach alles so, wie es ist.«

Mein Griff um sein Handgelenk wird fester, als er sich umdrehen und gehen will. »Peer.«

Etwas in meiner Stimme bringt ihn dazu, sich nicht von mir loszureißen, sondern mich noch einmal anzusehen. Jetzt spüre ich mein Herz nicht nur in meiner Brust, sondern in meinem ganzen Körper hämmern. In meinem Kopf, in meinen Fingerspitzen, in meinem Bauch… Wenn ich nur angestrengt genug lausche, höre ich das Blut durch meine Adern rauschen.

Ich weiß längst, dass Peer viel mehr ist als eine Affäre. Mehr als ein Sexpartner. Mehr als eine Gelegenheit, Karsten eins reinzuwürgen. Peer ist viel mehr.

»Es tut mir leid. Ich hab nicht nachgedacht. Ich... ich würde wirklich gerne nächsten Donnerstag mit dir ins Kino gehen.«

Sekundenlang blinzelt er mich an, als hätte er die Bedeutung meiner Worte nicht verstanden. Dann breitet sich langsam ein Lächeln auf seinen Lippen aus. Er tritt näher an mich heran, legt eine Hand in meinen Nacken und streicht sanft durch meine Haare. Für einen Lidschlag glaube ich sogar, dass er sich vorbeugen und mich küssen wird, aber das scheint doch ein zu großer Sprung für ihn zu sein.

Stattdessen küsst er mich nur auf den Mundwinkel, aber selbst das verstärkt das Kribbeln in meiner Magengegend und lässt es zu einem regelrechten Rausch werden.

***

Mein Kopf ist voller umherschwirrender Gedanken, weshalb ich mir für den Rückweg auf dem Rad den eher ruhigeren Soundtrack zu *Save the Last Dance* gönne. Ich möchte sie nicht übertönen. Im Gegenteil. Vielleicht ist es an der Zeit, dass ich sie mal von vorne bis hinten durchdenke. Obwohl mein Kopf in dieser Situation eigentlich eher weniger zu sagen hat. Mein Herz und mein Bauchgefühl dafür umso mehr.

Als ich jedoch eine rote Ampel überfahre und beinahe von einem Auto angefahren werde – das mich anschließend unnötig heftig zusammenhupt, damit auch ja jeder den Beinahe-Unfall mitbekommt –, wechsle ich die Musik.

Ich habe mal eine Playlist mit schnelleren Beats angelegt und sie großspurig *Work-out* genannt. Die habe ich zu der Zeit erstellt, als Karsten unbedingt mit mir zusammen joggen gehen wollte. Das war in den ersten ein, zwei Monaten nach unserem Umzug. Ich glaube, ich bin viermal mitgegangen, danach hatte ich auf seine Sticheleien und auf das *Work-out* keine Lust mehr. Jetzt hilft mir die Auswahl allerdings dabei, mich auf die Straße zu konzentrieren. Nachdenken kann ich auch zu Hause. Karsten ist sowieso unterwegs.

Oder auch nicht.

Der erste Hinweis ist, dass die Wohnungstür nicht abgeschlossen ist, der zweite, dass sich mehr Schuhe im Flur befinden als normalerweise, darunter zwei mir unbekannte Paare.

»Karsten?«, rufe ich überrascht und wenig begeistert. Ich habe jetzt keine Lust auf Gesellschaft. Kann er mit seinen Freunden nicht woanders vorglühen? Er ist freitags doch sonst nie um diese Uhrzeit zu Hause. Ich zwar seit einer Weile auch nicht mehr, aber trotzdem.

»Scheiße«, höre ich es aus Richtung Schlafzimmer zischen, kurz bevor mir noch etwas auffällt, das anders ist als sonst.

Der *Scheiße*-Ausruf hat Geräusche unterbrochen, die ich schon lange nicht mehr in dieser Wohnung gehört habe.

Mein Herz setzt einen Schlag aus. Was zum Teufel…?!

Geraschel, Getrappel und Hektik aus Richtung des Schlafzimmers, gefolgt von weiterem zischendem Geflüster. Dann stehe ich vor der nur halb geschlossenen Tür und stoße sie ohne Rücksicht auf Verluste auf.

Dank der Nachttischlampe, die in unserem halb abgedunkelten Schlafzimmer brennt, bekomme ich einen ausreichenden Blick auf den splitternackten, ziemlich genervt aussehenden Kerl in unserem Bett. Und auf den zweiten, muskulöseren, der gerade in seine Jeans steigt. Und auf Karsten, der sich ein T-Shirt über den Kopf zerrt.

Ich glaube, mein Hirn ist gerade explodiert. Anders kann ich mir nicht erklären, was ich da sehe.

Karsten und *zwei* andere Männer in *unserem* Schlafzimmer. In *unserem* Schlafzimmer!

»Scheiße. Felix.«

Karsten kommt auf mich zu, wobei er sich durch die zerzausten Locken fährt. Immerhin hat er den Anstand, zerknirscht auszusehen. Fast erwarte ich, dass er so was sagt wie *Es ist nicht so, wie du denkst* und dann zu einer haarsträubenden Erklärung ansetzt.

Allerdings sagt er etwas noch viel Dämlicheres: »Was machst du denn schon hier?«

»Ich wohne hier. Und was…« Noch einmal trifft mich die Erkenntnis, dass er mit *zwei* anderen Männern in *unserem* Schlafzimmer vögeln wollte, mitten ins Gesicht. Ich taumle einen Schritt zurück. »Und was zum Teufel machst du hier?« Ich mache wieder einen Satz nach vorne und stoße ihm grob vor die Brust. »Du wolltest die nicht ernsthaft in unserem Bett ficken?! In unserer Wohnung?!«

Karsten fängt meine Hände ein, als ich ihm erneut vor die Brust schlage. »Felix –«

»Lass mich los!«

Ich reiße mich los, wirble herum und verlasse das Schlafzimmer, in dem ein fremder Kerl auf meiner Seite des Betts liegt und ein anderer wie eine rotgeschaltete Ampel im Raum steht – vollkommen fehl am Platz.

Kopflos stürme ich ins Wohnzimmer zu Igor und seinem Schwarm, stütze die Hände auf das Aquarium und atme ein paar Mal tief durch. In der Hoffnung, wieder runterzukommen, beobachte ich die Regenbogenfische einen Moment. Ein bisschen fühlt es sich so an, als würde Igor mit seinem Schwarm in meinem Bauch herumzuckeln und nicht im Aquarium vor mir.

Seltsamerweise tut es nicht so weh, wie ich gedacht habe. Andererseits spüre ich auch das Glas unter meinen Händen kaum, also ist jetzt vielleicht ein schlechter Zeitpunkt, um das zu beurteilen. Es kostet viel zu viel Kraft, mich aufs Atmen zu konzentrieren. Irgendetwas außerhalb davon wahrzunehmen, ist beinahe unmöglich.

Dumpf höre ich Getuschel aus Richtung des Schlafzimmers und wütendes Gezische, das wohl dem Kerl gilt, der immer noch nackt im Bett liegt. Dann höre ich Schritte hinter mir.

»Felix…«

Seine Stimme dringt wie aus weiter Ferne zu mir. Irgendwie ist da ein seltsames Fiepen in meinem Kopf. Sagt er noch mehr? Ich verstehe nichts.

Ich schüttle den Kopf. Ich kann jetzt nicht mit ihm reden. Nicht, wenn ich ihn kaum höre und wenn… Vielleicht sage ich sonst Dinge, die ich später bereuen werde. Oder auch nicht. Dinge, die mir sowieso schon die ganze Zeit durch den Kopf gehen.

Karsten schnaubt. »Du willst mir jetzt nicht ernsthaft vorwerfen, diese alberne Regel gebrochen zu haben, oder? Von wegen kein Sex in unserer –«

»Hast du einen Knall?«

Ich fahre zu ihm herum und balle unwillkürlich die Hände zu Fäusten. Das Fiepen in meinem Kopf wird leiser und ich bin ziemlich sicher, dass ich ihn richtig verstanden habe. Was nichts daran ändert, dass er nur Schwachsinn redet, seit ich durch die Eingangstür getreten bin.

Aus schmalen Augen fixiere ich ihn. Er sieht immer noch zerzaust aus. Da ist ein schwaches Stechen in meiner Brust, wie von einer dünnen Nadel, die mir unsanft unter die Haut geschoben wird. Der Ausdruck in seinen Augen ist eine interessante, höchst explosive Mischung. Die Zerknirschtheit von vorhin hat jedenfalls nicht lange angehalten. Alles, was ich da sehe, macht mich so zornig, dass es für den Bruchteil einer Sekunde sehr verlockend ist, ihm meine Faust ins Gesicht zu rammen. Vielleicht reißt mich der Schmerz aus dieser komischen Taubheit. Es sollte definitiv mehr wehtun.

»Du brichst doch auch die ganze Zeit die Regeln. Von wegen nicht immer nur mit demselben Kerl.« Er schnaubt abfällig und sein Tonfall wird noch gehässiger, als er sagt: »Und trotzdem höre ich die ganze Zeit nur *Peer*.«

»Es geht hier doch nicht um die Scheißregel!«, explodiere ich. »Du wolltest zwei Kerle in unserem Bett vögeln! Hättest du danach die Bettwäsche gewechselt? Oder hättest du mich einfach in demselben Bettzeug schlafen lassen, in dem…« Ich schnappe nach Luft. Scheiße.

Karsten lacht auf. Es klingt bitter. Und jetzt tut es doch ein bisschen weh. Ganz langsam von einem winzigen Punkt in meiner Brust aus, der mit jedem Herzschlag größer wird.

»Darum geht es dir? Deswegen regst du dich so auf?« Er wirft die Hände in die Luft. »Dann gehe ich am besten wieder zurück und mache weiter, solange ich anschließend die Scheißbettwäsche wechsle.« In seinem Blick blitzt die gleiche Wut auf, die in meinem Bauch vor sich hin grollt.

»Weißt du was, Karsten? Es ist mir scheißegal. Es ist mir *scheißegal*«, betone ich. »Mach, was du willst. Das tust du ja sowieso.«

»*Ich* mache, was ich will? Du hast doch damit angefangen –«

»*Ich?!* Du wolltest die *beschissene* offene Beziehung!«, brülle ich.

»Und *du* hast eingewilligt!«, brüllt er zurück. »Du hast sogar die Scheißregeln aufgestellt, die du die ganze Zeit selbst brichst! Und du fickst inzwischen zwei- bis dreimal die Woche in der Gegend rum, also erzähl mir nicht, dass du was gegen die offene Beziehung hast! Ich hätte nie gedacht…« Abrupt bricht er ab, aber ich springe sofort auf den Zug auf.

»Was? Was hättest du nie gedacht? Tut mir leid, dass dein idiotischer Plan nicht aufgegangen ist, dass du nicht rumvögeln kannst, während ich keinen abkriege oder nicht will oder weiß der Geier, womit du dir das schöngeredet hast.«

»Ich hätte auf jeden Fall nicht gedacht, dass es dir so leichtfällt –«

»Leicht? Ich hab mich auf den Scheiß *deinetwegen* eingelassen. Weil es deine bescheuerte Idee war!«

»Du hättest, verdammt noch mal, Nein sagen können!«

»Hätte ich nicht!«, blaffe ich. »Weil du mich dann verlassen hättest.«

»Was?!« Die Überraschung auf seinem Gesicht sieht echt aus – aber nicht, weil er findet, dass ich dummes Zeug rede. Sondern weil ich ihn durchschaut habe. »So ein Blödsinn!«

»Ich hab's dir angesehen.« Mit ausgestrecktem Arm zeige ich auf die Couch. »Als wir hier auf diesem Sofa gesessen haben, hab ich's dir angesehen. Entweder ich willige ein oder du verlässt mich.«

»Ich hätte dich doch nicht –«

»Lüg mich nicht an!«, schreie ich.

»Felix!«

»Alles okay hier?«

Der muskulösere der beiden Kerle hat sich inzwischen komplett inklusive der Schuhe angezogen und lungert mit leicht eingesackten Schultern an der Tür zum Wohnzimmer rum. Sein Gesicht ist noch immer von einer leichten Röte überzogen und spiegelt deutliches Unbehagen wider.

Warum zur Hölle ist er noch hier? »Verpiss dich! Hier wird heute nicht mehr gevögelt!«

»Felix!«, blökt Karsten wieder, dieses Mal mit einem warnenden Unterton in der Stimme, der mich nur noch mehr hätte anstacheln können, wenn er mir noch mit dem Zeigefinger gedroht hätte.

»Oh, entschuldige, oder willst du ihn vielleicht doch noch vögeln? Im Hausflur vielleicht? Oder in unserem Kellerabteil?«

»Das reicht jetzt!«

Der Muskulöse räuspert sich unbehaglich. »Ich glaub, ich geh besser. Meld dich.«

»Nein, Nick, warte.«

Mir fällt die Kinnlade runter. »*Nick*?!« *Das* ist Nick? Der Nur-ein-weiterer-Kommilitone-den-du-nicht-kennst-Nick?

Ich starre Karsten an, der meinem Blick ausweicht und stattdessen Nick ansieht. Genau wie bei Leo scheint er ihm irgendetwas wortlos mitzuteilen, nur dass Nick folgsamer ist als Leo, sich umdreht und den Flur entlanggeht.

»Hey, stopp!«

Karsten hält mich am Arm fest, als ich an ihm vorbeigehen und Nick hinterherstürmen will. »Er ist nur einer meiner Kommilitonen, Felix.«

Ich sehe ihm direkt ins Gesicht. »Wenn du das noch öfter sagst, glaubst du's vielleicht selbst irgendwann.«

Als ich mich losreißen will, verstärkt er seinen Griff um meinen Arm. »Lass ihn.«

Ich drehe den Kopf und sehe wieder den Flur entlang zu Nick, der sich ebenfalls noch einmal umdreht und uns einen Blick zuwirft. Als er meinem begegnet, zuckt er ertappt zusammen, greift hastig nach der Türklinke und verschwindet aus der Wohnung. In derselben Sekunde lässt Karsten mich los.

»Nick ist…«

Ich ziehe die Augenbrauen hoch, als er nicht weiterspricht. »Spuck's aus, Karsten. Du kannst mich kaum noch mehr verletzen.«

Aber als er mir geradewegs in die Augen sieht, weiß ich, dass ich falschliege. Mein Herz zieht sich zusammen, bevor er auch nur einen Ton gesagt hat. Ich hätte nicht gedacht, dass er mir doch noch so sehr wehtun kann. Ich hätte nicht gedacht, dass ich nach der ganzen Taubheit *überhaupt* noch so viel Schmerz empfinden kann.

»Nick ist der Grund, warum ich die offene Beziehung wollte«, führt er den Satz schließlich zu Ende. »Weil ich… weil ich dachte, dass es das Ganze einfacher machen würde. Mich mit ihm zu treffen. Sex mit ihm. Weil ich schon vorher… also, vor der offenen Beziehung…«

Er bricht ab, als ich heftig blinzelnd das Gesicht abwende. Ich wollte immer den wahren Grund wissen. Tada, jetzt habe ich ihn. Und er ist gar nicht so weit von meinen schlimmsten Befürchtungen entfernt.

Und jetzt tut es wirklich richtig heftig weh. Was überhaupt keinen Sinn macht. Bescheuertes Herz.

»Warum hast du dich nicht einfach getrennt?«, will ich leise wissen.

»Weil ich dich geliebt habe, Felix.«

Ich zucke zusammen. Oh, verdammt. »Geliebt hast?«

Als von ihm keine Antwort kommt, sehe ich ihn langsam wieder an. Es schnürt mir die Kehle zu. Er hat nicht versehentlich in der Vergangenheit gesprochen. Und obwohl ich mich seit einiger Zeit mit denselben Gedanken rumschlage, ist es irgendwie schwer zu verdauen, dass es ihm nicht anders ergangen ist.

Dabei habe ich es in dem Moment gewusst, in dem er mir die offene Beziehung vorgeschlagen hat. Der Anfang vom Ende. Eine Trennung auf Raten. Ein langsames Entlieben.

Ein Geräusch im Flur zieht meine Aufmerksamkeit auf sich. Endlich hat sich auch der zweite Kerl aus dem Bett bequemt und angezogen. Er wirft einen neugierigen Blick auf Karsten und mich. Er kommt mir vage bekannt vor. Vermutlich ein weiteres Gesicht seiner *Leute von der Uni*, zu dem mir im Moment jedoch kein Name einfällt. Dann dreht er sich wortlos um und verschwindet durch die Wohnungstür.

Plötzlich wird mir die Stille um uns herum überdeutlich bewusst. Nur das Aquarium summt leise in meinem Rücken. Karstens Körper neben mir strahlt eine Wärme ab, in die ich mich früher so gerne gelehnt habe. Jetzt gerade habe ich das Gefühl, sie keine Sekunde länger ertragen zu können.

Ich gehe den gleichen Weg wie die beiden fremden Männer, den Flur entlang zur Wohnungstür.

»Felix. Wo willst du hin? Felix?«

Ich höre, wie Karsten mir hinterhergeht, und hebe eine Hand, bevor er mir zu nahe kommen kann. »Ich muss weg.«

»Wohin denn?«

»Weg.«

»Felix…«

Ich öffne die Tür und verlasse die Wohnung.

Kapitel 14

Silvi geht erst nach meinem vierten Versuch ans Handy, was ein deutliches Zeichen dafür ist, dass sie eigentlich nicht gestört werden will. Sie ist genervt, weil sie gerade mit einem Mann unterwegs ist. Halbherzig frage ich nach und bekomme nach einigem Hin und Her raus, dass es sich dabei um den Kerl aus ihrem Haus handelt. Der Prolet, der nicht einparken kann, laute Musik hört und jeden Tag eine andere abschleppt.

Aha. Na, wenn sie meint. In Beziehungsangelegenheiten sollte sie mich besser nicht um Rat fragen.

»Du bist also nicht zu Hause?«

»Hab ich das nicht gerade gesagt? Nein. Und falls ich nach Hause gehe, bin ich nicht allein.« Eine kurze Pause. »Wieso?«, fragt sie misstrauisch. »Was ist los?«

Mir liegt auf der Zunge, ihr zu erzählen, was los ist, aber dann würde ich ihr den Abend versauen.

Ich lehne mich auf der Bank im Ostpark zurück und starre in den dunklen Himmel. Vorhin bin ich einfach losgeradelt. Egal wohin, Hauptsache weg.

Ich weiß, dass das keine Lösung ist, dass Karsten und ich zusammenwohnen und dass wir uns früher oder später mit dieser Sache auseinandersetzen müssen, die so wehtut, obwohl sie sich längst abgezeichnet hat.

Aber nicht jetzt.

»Ach, nichts. Etwas Stress mit Karsten.«

»Okay«, sagt sie gedehnt. »Was für Stress? Und wieso bist du nicht bei Peer? Heute ist doch Freitag.«

»Ich bin bei Peer. Ich meine, ich fahr gleich zu Peer. Sorry, dass ich dich gestört hab. Viel Spaß noch.«

»Felix«, sagt sie gerade, als ich auflegen will.

»Ja?«

Angespannte Stille dehnt sich zwischen uns aus. »Ist alles okay? Mit der U-Bahn kann ich in einer halben Stunde zu Hause sein.«

Für eine Sekunde bin ich versucht, Ja zu sagen. Mein Hals fühlt sich auf einmal so eng an, dass ich kurz innehalte, bevor ich sage: »Nein, passt. Mach dir keine Sorgen und genieß den Abend. Bis dann.« Ich lege auf, bevor sie mich noch einmal unterbrechen kann.

Ich habe nicht viele gute Bekanntschaften oder Freunde, zu denen ich mich in so einer Situation flüchten kann, aber das ist eigentlich auch nicht wichtig, weil ich im Moment nur bei einem sein will. Der einzige Grund, warum ich zuerst den Umweg über Silvi genommen habe, ist, dass Peer heute Abend mit seinen Freunden unterwegs ist.

Na ja, und vielleicht noch deshalb, weil ich ihm nichts erzählen kann. Weil ich für ihn Max bin und nicht Felix.

Die Sache mit dem Namen ließe sich sicher leicht auflösen. Ich wollte meine wahre Identität nicht preisgeben, für den Fall, dass nur Freaks bei *LoveLife* unterwegs sind. Dass ich so lange gewartet habe, es ihm zu sagen, tut mir leid. Aber von jetzt an bin ich Felix und nicht mehr Max, okay?

Klingt plausibel. Der Teil mit Karsten und der offenen Beziehung ist da schon schwieriger zu erklären. Ich weiß, wie ich mich fühlen würde, wenn mir der Kerl, mit dem ich mich seit Wochen treffe, schlafe und gut verstehe, plötzlich offenbart, dass er eigentlich noch in einer anderen Beziehung steckt.

Gut verstehe. Ha. Und die Hand auf die heiße Herdplatte zu legen, tut auch überhaupt gar nicht weh.

Stöhnend ziehe ich die Füße auf die Bank hoch und lehne die Stirn gegen die Knie. Scheiße. Verdammte Scheiße.

Ich weiß nicht, wie lange ich so dasitze. Die Luft kühlt sich nur unmerklich ab, je später es wird. Wahrscheinlich könnte man die Nacht sogar draußen verbringen, obwohl das selbst in München keine besonders angenehme Vorstellung ist.

Einmal spricht mich ein älterer Mann an, der mit seinem Labradormischling spazieren geht, ob alles in Ordnung ist oder ich

Hilfe bräuchte. Ich schicke ihn mit ein paar beruhigenden Worten weiter und schwenke zur Sicherheit mein Handy, mit dem ich mir im Notfall auch selbst Hilfe besorgen könnte.

Dann setzt sich eine etwas schmutzig aussehende Frau mit fettigen, grauen Haaren neben mich und murmelt wirres Zeug vor sich hin. Ein paar Mal wirft sie mir finstere Blicke zu, als wäre ich allein für das Elend dieser Welt verantwortlich. Ich weiß nicht genau, ob sie mit mir spricht, mit sich selbst oder zu einem unsichtbaren Begleiter, aber irgendwann macht sie eine lange Pause und starrt mich an, als würde sie auf eine Antwort warten.

Ich räuspere mich und sage: »Entschuldigung?«

»Heuchler«, blafft sie und ich zucke ertappt zusammen.

Woher…?

»Alles Heuchler. Kannst keinem mehr trauen. Lügen!« Sie macht ein angewidertes Geräusch, als wäre sie in einen Haufen Hundescheiße getreten. »Ekelhaft. Aber man sieht sich immer zweimal. Immer zweimal, jawoll!«

Mit erstaunlicher Wendigkeit springt sie auf, umrundet die Lampe, die den Gehweg ein paar Schritte neben der Bank beleuchtet, und schlägt sich mit einem abrupten Schlenker rechts ins Gebüsch. Ein paar Sekunden höre ich es noch Rascheln und Knacksen, dann ist es auf einmal totenstill, als hätte sie sich einfach in Luft aufgelöst.

Schaudernd reibe ich mir über die nackten Arme, auf denen sich eine Gänsehaut gebildet hat. Mit einem Prickeln im Nacken, als würde mich jemand beobachten, sehe ich den gut ausgeleuchteten Gehweg rauf und runter, doch außer mir ist niemand zu sehen. Dann schweift mein Blick weiter zu den Büschen, Bäumen und Rasenflächen rund um mich herum, die ein einziges, schwarzes Loch bilden. Dadrin könnte sich alles verbergen. Angefangen bei Godzilla über eine Horde Zombies bis hin zum obligatorischen Axtmörder.

Der Gedanke lässt mich erneut erschaudern. Ich schaue auf mein Handy. Kurz vor halb elf. Noch anderthalb Stunden bis zur Geisterstunde. Haha.

Ich kann schlecht einschätzen, wie hoch die Wahrscheinlichkeit ist, dass Karsten in unserer Wohnung hockt und auf mich wartet. Möglicherweise hat er auch Nick und den anderen Kerl zurückbestellt, um da weiterzumachen, wo sie unterbrochen worden sind. Oder er ist Nick gefolgt. Nick, seinem *Kommilitonen*. Seinem Grund für die offene Beziehung. Seiner Affäre. Seinem... was auch immer.

Ich rufe *WhatsApp* auf und dann den Chat mit Peer. Ohne noch länger darüber nachzudenken, schreibe ich ihm.

***Felix**, 22:33*
Hey, wo seid ihr jetzt? Vielleicht komme ich doch dazu.

Das klingt unverbindlich genug, dass ich es mir noch anders überlegen kann – oder falls er einen Rückzieher machen will. Falls er die Nachricht überhaupt liest.

Während ich warte, raschelt es hinter mir. Ich drehe mich um, aber nichts springt mich aus dem Gebüsch an.

Trotzdem wird es allmählich etwas unheimlich hier.

Ich stehe auf, stecke mein Handy in die Hosentasche und schnappe mir mein Rad, um den Ostpark zu verlassen und erst einmal Richtung Innenstadt zu radeln. Zwischendurch vibriert mein Handy und ich bin beinahe erleichtert, dass er sich so schnell zurückgemeldet hat. Ich halte an, um die Nachricht zu lesen.

***Peer**, 22:39*
Noch bei einem Freund. Später im Piggy. Wollen wir uns da treffen?

Ich sehe an mir runter. Sneakers, kurze Hose und ein T-Shirt. Komme ich so in den Laden rein? Ich versuche, mich an die paar Male zu erinnern, als ich da gewesen bin, habe mich dabei jedoch jedes Mal so unwohl gefühlt, dass ich nicht besonders auf die Klamotten der anderen geachtet habe. Karsten und ich hatten jedenfalls lange Hosen an.

***Felix**, 22:42*
Klar. Halb zwölf vorm Eingang?

Falls ich nicht reinkomme, erbarmt sich Peer vielleicht, gleich mit mir zu sich nach Hause zu gehen.

***Peer**, 22:42*
Passt. Bis später.

***

Natürlich bin ich viel zu früh und muss fast eine halbe Stunde auf Peer warten. Ich habe mein Fahrrad angeschlossen und lungere vor dem Eingang des *Piggy* herum, in dem in unregelmäßigen Abständen Leute ein- und ausgehen. Na ja, oder besser gesagt: Schwule. Eine Handvoll Frauen ist auch dabei. Von denen könnte die eine oder andere sicher auch hetero sein, aber bei den Männern bin ich ziemlich sicher, dass sie ausschließlich homosexuell sind.

Die beiden Türsteher sind bis oben hin mit Muskeln bepackt, schauen aber nur halb so grimmig, wie es das Klischee von ihnen verlangt. Im Gegenteil. Sie albern viel miteinander und mit den Neuankömmlingen herum, als würden sie jedes zweite Gesicht kennen, oder unterhalten sich mit denen, die von drinnen für eine Zigarette nach draußen kommen.

Ich merke schnell, dass ich underdressed bin. Die meisten haben sich trotz der Hitze in Schale geworfen und lange Hosen angezogen. Die Bandbreite reicht dabei von perfekt sitzenden Designerjeans über kunstvoll zerrissene Designerjeans und normale Jeans bis hin zu Stoffhosen. Die eine oder andere Lederhose ist auch dabei.

Ich entdecke zwei andere, die wie ich kurze Hosen tragen, jedoch beide längere Gespräche mit den Türstehern führen, um dann schließlich reingelassen zu werden. Keine Ahnung, ob sie die Türsteher überzeugt haben oder einfach kennen.

Inzwischen tummeln sich so viele Partyfans vor dem Eingang und auf der Straße, dass ich kaum noch auffalle, wo mir vorher noch der ein oder andere merkwürdige Blick zugeworfen wurde. Allerdings fühle ich mich damit nicht unbedingt wohler. Ich bin immer wieder überrascht, wie viele Schwule es gibt. Damals zu Hause bei meinen Eltern auf dem Land hatte ich das Gefühl, dass Karsten und ich die einzigen wären. Für Karsten muss München so was wie das Paradies gewesen sein, als wir hergezogen sind.

Ich lasse meinen Blick schweifen. Vielleicht sollte ich doch lieber gehen. Für Peer kann ich mir ja irgendeine Entschuldigung… Oh Gott. Mein Herz bleibt stehen und ich muss kurz eine Hand ausstrecken und mich an der Hauswand abstützen, damit ich nicht umkippe.

Peer kommt in Begleitung von vier anderen Männern die Straße entlang. Vielleicht sind es auch nur drei. Oder dreizehn. Keine Ahnung, weil ich nur ihn sehe.

Er sieht toll aus. Fantastisch. *Umwerfend*.

Die langen Beine stecken in einer hellen, verwaschenen Jeans, die sich sensationell an seine muskulösen Oberschenkel schmiegt und seinen Hintern garantiert fantastisch zur Geltung bringt. Darüber trägt er ein dunkelblaues Hemd, das seine Augen so herrlich zum Strahlen bringt, dass ich es bis in meinen Schwanz fühlen kann. Seine rabenschwarzen Haare fallen ihm verwegen in die Stirn und es juckt mir in den Fingern, durch sie hindurchzustreichen.

Und dann treffen sich unsere Blicke und mein Herzschlag setzt mit einem Ruck wieder ein, als hätte man mir einen Elektroschock verpasst.

Lächelnd kommt er auf mich zu. »Hey, Max. Schön, dass du doch gekommen bist.«

»Hm«, bringe ich nur raus. Am liebsten würde ich ihn küssen. Jetzt sofort. Stattdessen vergrabe ich meine Hände in den Hosentaschen, reiße mich von seinem Anblick los und sehe mich unauffällig um.

Das *Max* hat niemanden irritiert. Ich werfe einen Blick hinter ihn auf die vier Kerle, die ein paar Meter abseits stehen und mich neugierig mustern. Keins der Gesichter kommt mir bekannt vor.

Peer beugt sich etwas zu mir runter, sodass mir sein verlockender Geruch in die Nase steigt. Ich lehne mich ihm ebenfalls etwas entgegen. »Sind das dieselben Sachen, in denen du vor ein paar Stunden meine Wohnung verlassen hast?«, will er belustigt wissen und streicht mit den Fingern am Halsausschnitt meines T-Shirts entlang.

Ich räuspere mich. »Kann sein. Ich… war noch bei einer Freundin, hatte dann aber keine Lust, nach Hause zu fahren.«

»Okay.« Er nickt hinter sich. »Na komm, ich stell dich vor.«

Nicht, dass ich diese Situation nicht schon einige Male gehabt hätte – nur dass mich meistens Karsten irgendwelchen Leuten vorgestellt hat. Oder Silvi. Oder meine Geschwister. Oder meine Eltern. Ich schließe selten Bekanntschaften, wenn sie mir nicht gerade wie Frau Bimsel den ganzen Tag am Schreibtisch gegenübersitzen. Da ist es unvermeidbar, einander kennenzulernen.

Dieses Mal ist es etwas anderes. Peer stellt mich seinen Freunden als Max vor. Im Gegenzug lerne ich Curt, Alex, Richard und Viktor kennen. Wenn einer von ihnen mir gegenüber einen Alias-Namen benutzen würde, würde ich mir ganz schön doof vorkommen, wenn ich das später herausfinde.

Wir reihen uns in die Schlange ein, in der es zum Glück schnell vorwärts geht. Das Gespräch bleibt oberflächlich. Peer scheint nicht viel von mir erzählt zu haben, da ich nach meinem Beruf gefragt werde oder wann ich nach München gezogen bin und solche Dinge. Niemand fragt, wie wir uns kennengelernt haben. Zumindest das hat wohl schon die Runde gemacht.

Bei den Türstehern angekommen, werfen mir beide einen missbilligenden Blick zu, ehe der eine mit Alex ins Plaudern gerät. Alex zündet sich eine Zigarette an und scheucht uns mit einer winkenden Geste ins *Piggy*.

»Ich find euch schon«, sagt er und damit ist die Klamottenfrage geklärt.

Das *Piggy* besteht aus einem kleineren Vorbereich, in dem sich die Kasse, die Garderobe, eine kleine Bar und eine winzige

Lounge-Ecke befinden, und dem zweistöckigen Hauptbereich mit Galerie, Tanzfläche, Darkroom und mehreren Bars. Die Toiletten sind im Keller und werden hin und wieder von einem der Türsteher kontrolliert.

Die Lounge-Ecke ist hoffnungslos überfüllt und an der Bar reihen sich bereits einige Gäste auf, die auf einen Platz auf den dunklen Sofas lauern. Notgedrungen bewegen wir uns in Richtung Tanzfläche.

Vorne gibt es keine Lautsprecherboxen. Die Musik dringt einzig von der Tanzfläche herüber, sodass wir stetig lauter beschallt werden, je näher wir dem Hauptraum kommen. Unterhalten ist hier schwierig, aber wer geht schon für ein nettes Gespräch in einen Club?

Viktor, der breitschultrige Kerl mit grimmiger Miene, seilt sich augenblicklich in Richtung Darkroom ab, was ich trotz allem ziemlich unhöflich finde. Der Rest der Gruppe steuert die Bar an.

Ich bin froh, dass keiner von uns sofort zur Tanzfläche rennt. Ich schaue anderen gerne beim Tanzen zu – nicht nur im Fernsehen, sondern auch in echt –, solange ich selbst nicht die Hüften schwingen muss. Das war schon immer eins der Probleme zwischen mir und Karsten, der ab und zu ganz gerne auf der Tanzfläche rumhüpft, auch wenn andere es deutlich besser können als er.

Im *Piggy* gibt es eine gesunde Mischung an Bewegungskünstlern und Grobmotorikern. Ersteren schaue ich lieber zu, obwohl es bei Letzteren amüsanter ist. Oben auf der Galerie haben sich einige Männer versammelt, um die Tanzenden zu beobachten. Zwei drahtig schlanke Männer fallen mir ins Auge, weil einer von ihnen Alex ist, der seine Zigarette offensichtlich aufgeraucht hat.

Die beiden stecken die Köpfe zusammen und machen sich offensichtlich über drei Typen am Rand der Tanzfläche lustig, deren Bewegungen so ruckartig zuckelnd aussehen wie die von Igor und seinem Schwarm. Zum Glück bemerken die drei unten Alex und seinen Freund nicht. An ihrer Stelle wird mir flau im Magen.

An der Bar angekommen, bestellt Peer für alle ein Bier, dann lässt er sich von Richard in ein Gespräch verwickeln und ich stehe mit Curt ein wenig befangen daneben. Es ist zu laut, um sich bequem in die Unterhaltung der anderen beiden einzumischen, trotzdem nicht laut genug, um die Stille, die sich zwischen uns auszubreiten droht, zu ignorieren.

Während ich so tue, als würde ich weiterhin die Tanzfläche beobachten, mustere ich Curt aus dem Augenwinkel in der Hoffnung, dass mir ein Gesprächsthema einfällt.

Curt ist eine riesige Bohnenstange mit schwarzer, rechteckiger Nerdbrille und Undercut. Vielleicht könnte er was zu meinem letzten PC-Absturz sagen, aber in dieser Situation wäre das wahrscheinlich so, als würde man mir jetzt einen Businessplan mit der Bitte vorlegen, die KPIs zu überprüfen.

»Wie zufrieden bist du mit der App?«, fragt Curt plötzlich laut an meinem Ohr.

Ich wende ihm das Gesicht zu. Das beantwortet wohl die Frage, ob Peer erzählt hat, woher wir uns kennen. Trotzdem hake ich nach: »*LoveLife*?«

»Welche sonst?« Hinter der Brille blitzen mich seine Augen belustigt an.

Ich zucke die Schultern. »Ganz okay.«

»Irgendwas, das man verbessern könnte?«

Das klingt nach einer Kundenzufriedenheitsbefragung. Fehlt nur noch, dass er mir einen Fragebogen vorlegt, mit Smileys zum Ankreuzen. »Warum fragst du? Ist die App von dir oder was?«

Er grinst, was bei ihm ein wenig halbseiden aussieht, weil nur der rechte Mundwinkel ganz nach oben geht, während der linke auf halber Strecke verhungert. »Ja.«

Oh. »Wow.«

Er lacht. »Keine große Sache, wenn man weiß, was man tut. Und es ist nicht so, als wäre ich dadurch Millionär geworden.«

Die App ist komplett kostenlos. Ich verstehe nicht viel von diesem Zeug, aber für mich sieht es so aus, als hätte er da bis jetzt nur Zeit und Geld reingesteckt, ungeachtet des finanziellen Erfolgs. Seinen Businessplan würde ich ihm wahrscheinlich durchstreichen und noch mal komplett neu schreiben.

»Na ja, wart's ab, bis dich *Facebook* kauft. Oder *Google*. Oder wie die ganzen Internetriesen heißen.«

Er bedenkt mich mit einem Blick, der mich auf freundliche Art wissen lässt, dass ich offensichtlich überhaupt keine Ahnung habe. Wenigstens können wir uns jetzt unverbindlich über etwas unterhalten, das ihm am Herzen liegt.

Curt ist merklich stolz auf die App, als er mir von der Idee über die Anfänge bis hin zur Veröffentlichung erzählt. Viel technisches Zeug, bei dem ich nicht ganz mitkomme, aber als er mir erklärt, dass er mit dem nächsten Update das Feature eines Gruppenchats möglich machen will, steige ich wieder ein.

»Gruppenchats? Für Gruppendates, oder was?«

»Klar. Soll ja eine Fullservice-Dating-App sein. Falls sich zwei gefunden haben, können sie sich noch einen Dritten suchen, wenn sie wollen. Oder einen Vierten, Fünften, vielleicht ein anderes Paar. Je nach Lust und Laune. Hetero, Homo, alles dabei.« Das begeisterte Funkeln in seinen Augen könnte auch von Dr. Frankenstein stammen, kurz bevor er sein Monster zum Leben erweckt. »Ihr könnt das bei Gelegenheit ja mal austesten.«

Ich sehe Curt wieder an. »*Was*?«

»Äh, worüber reden wir hier denn gerade? Die Gruppenchat-Funktion.«

»Was?«

»Keine Panik.« Trotz des unruhigen Discolichts sehe ich, wie in seinen Augen der Schalk tanzt. »Nur weil ihr den Chat testet, heißt das ja nicht, dass ihr euch auf einen Dreier einlassen müsst. Peers Ding ist das auch nicht. Dafür ist er zu sehr *ganz oder gar nicht*.«

Mein Blick wandert zu Peer, der noch immer mit Richard ins Gespräch vertieft ist. Ganz oder gar nicht. Da erzählt Curt mir nichts Neues. Wenn Peer zu eifersüchtig für eine offene Beziehung ist, hat er sicher auch Probleme damit, jemanden mit einem Dritten, Vierten oder Fünften zu teilen. Jemanden. Seinen Partner.

Ein warmes Kribbeln läuft mir den Nacken hinunter und meinen Rücken entlang, viel stärker als jedes angenehme Gefühl, das ich in letzter Zeit mit Karsten hatte.

Mist. Ich will jetzt nicht an Karsten denken. Darum kann ich mich auch noch morgen kümmern. Um ihn und um seine… Affäre.

Ich nehme einen großen Schluck von meinem Bier und wende mich wieder an Curt. »Hast du ihn bei der App angemeldet?«

Mit seinem halben Grinsen und dem schelmischen Blick sieht er aus, als würde er mich auslachen, weil ich da nicht eher draufgekommen bin. »Ich hab ihn dazu *überredet*. Und es so verkauft, als würde er mir einen Gefallen tun. War wohl das Beste, was ihm nach Tom passieren konnte.«

Ah, Tom. Sein blöder Ex. Sein blöder, einzig männlicher Ex. Kein Wunder, dass er ihm so nachhängt. »Wie lange ist das mit Tom her?«, will ich so unauffällig wie möglich wissen.

Curts Augen funkeln, als wüsste er ganz genau, dass ich ihn auszuhorchen versuche. »Was denn, redet ihr etwa nicht über eure Verflossenen?«

»Redest du gleich über deine Verflossenen, wenn du jemand Neues kennengelernt hast?«

»Kommt drauf an. Aber ich dachte, das zwischen euch ist nichts Ernstes?«

Ich runzle die Stirn. Habe ich etwa gesagt, dass das zwischen uns was Ernstes ist? Hinter seiner Nerdbrille beobachtet Curt mich mit Argusaugen. Plötzlich bin ich nicht mehr so sicher, wer hier wen ausfragt. Mein Blick huscht wieder zu Peer. Immer noch im Gespräch mit Richard. Aber… war das gerade so was wie ein schneller Seitenblick?

»Es… es ist nur Sex.« Selbst wenn mir nicht bewusst wäre, wie sehr ich über diese Worte stolpere, ist das Ziehen in meiner Brust unmissverständlich. Ich weiß, dass es schon lange nicht mehr nur Sex ist.

»Wenn's nur Sex wäre, hätte er nicht so ein Geheimnis um dich gemacht. Und glaub mir, das hat er.« Er zählt an den Fingern ab. »Sagt uns kurzfristig ab, kann freitags auf einmal *gar nicht* mehr, starrt ständig auf sein Handy… und wenn man ihn mal fragt, was los ist, wird man mit so knappen Antworten wie *Ich treff mich mit Max* abgewiegelt.«

In meinem Bauch breitet sich eine scharfe, intensive Wärme aus, einen Tick unangenehm, ein bisschen wie ein Schnaps, der anfangs brennt. Ob das Gefühl danach gut oder schlecht ist, zeigt sich erst später.

Ob Peer es wohl witzig finden würde, dass wir beide umeinander ein Geheimnis machen?

Wahrscheinlich nicht.

»Hab ich jetzt was gesagt, dass du noch nicht gewusst hast?«, kommentiert Curt mein Schweigen.

Nein. Eigentlich nicht.

»Wie lange ist das mit Tom jetzt noch mal her?«, wiederhole ich, um vom Thema abzulenken.

Curt grinst. »Ich hab Peer um Hilfe bei der App gebeten, da waren sie etwa zwei Monate getrennt. Kurz danach muss er angefangen haben, sich mit dir zu treffen. So genau weiß das ja keiner von uns.«

Also eine ziemlich frische Angelegenheit. Wenn auch nicht ganz so frisch und unabgeschlossen wie bei mir. Vielleicht bringt es mir Pluspunkte ein, dass er seinem Ex auch noch nachhängt. Oder ich marschiere einfach zum Einwohnermeldeamt, ändere offiziell meinen Namen und verschweige ihm den Rest bis ans Ende unserer Tage.

»Und was ist passiert? Zwischen ihm und Tom, meine ich.«

»Eure Gespräche beschränken sich wirklich auf ein Minimum, was?«

Mein Gesicht wird heiß, aber das Licht dürfte zu schlecht sein, als dass er das mitbekommt. »Bei Tom ist er empfindlich.«

Curt nickt. »Ja«, sagt er gedehnt. »Ein Grund, warum er mir wahrscheinlich den Hals umdreht, wenn er mitbekommt, dass ich mit dir darüber rede.« Bedeutsam hebt er die Augenbrauen, damit mit sein immenses Opfer nicht entgeht. »Tom ist wie Alex – ein hübscher Kerl, der gerne viel Sex hat, viel rumkommt, viel unternimmt, viele Leute kennt und sich auf nichts Festes einlassen will.«

Unwillkürlich wandert mein Blick nach oben zur Galerie, aber sowohl Alex als auch der andere Mann sind von ihrem Beobachtungsposten verschwunden. »Aber mit Peer hat er sich auf was Festes eingelassen.« Wenn ich mich richtig erinnere, sogar für zweieinhalb Jahre. Was ziemlich lange ist für jemanden, der so flatterhaft ist, wie Curt ihn gerade beschreibt.

»Ja. Peer hat ihn umgehauen. Eine Weile war es sehr ernst zwischen den beiden.«

»Und was ist passiert?«

Curt zuckt die Schultern. »Tja, was wahrscheinlich allen irgendwann passiert. Tom konnte eben doch nicht aus seiner Haut und hat ihn betrogen. Mehr als einmal. Wie gesagt, Peer hat da eher die Ganz-oder-gar-nicht-Einstellung. Hat ihn ziemlich getroffen. Tom hat's hinter seinem Rücken gemacht und als Peer anfing, misstrauisch zu werden, Fragen zu stellen und solche Sachen, immer öfter direkt vor seiner Nase. Danach war's vorbei.«

Ich schlucke. Scheiße. Ich schaue zu Peer hinüber und zucke zusammen, als ich bemerke, dass er mich ebenfalls beobachtet. Peer lächelt und ich lächle zurück. Vielleicht fällt ihm nicht auf, wie sehr ich mich gerade dazu zwingen muss.

Falls Peer jemals herausfindet, dass ich ihm seit unserem Kennenlernen eine Lüge nach der anderen erzählt habe, kann ich wahrscheinlich gar nicht so schnell gucken, wie er mich verlässt.

Verlässt? Ihr seid ja noch nicht mal zusammen! Weil du noch mit Karsten zusammen bist!

Ich führe ein verdammtes Doppelleben. Und ich kann nicht damit aufhören. Wenn ich Peer die Wahrheit sage, ist es vorbei. Aber irgendwann *muss* ich ihm die Wahrheit sagen. Ich kann so nicht weitermachen. Weder mit Karsten noch mit Peer. Scheiße, Scheiße, Scheiße.

Kapitel 15

Irgendwann sieht auch Curt ein bekanntes Gesicht und verschwindet in der Menge. Daraufhin dauert es nicht lange, bis Peer sein Gespräch mit Richard beendet und sich mir zuwendet. Richard kramt sein Handy aus der Tasche, lehnt sich gelassen an den Bartresen und sieht aus, als würde er genau hierher gehören.

Wenn ich mich mit meinem Handy in eine ruhige Ecke zurückgezogen habe, hat Karsten mir immer vorgeworfen, mich hinter dem Ding zu verstecken. Bei Richard sieht das irgendwie nicht so aus.

»Und, was hat dir Curt für Horrorgeschichten über mich erzählt?«, fragt Peer. Ich höre das Grinsen in seiner Stimme, weil er sich so weit zu mir rüberlehnt, dass seine Lippen beim Sprechen mein Ohr streifen. Ich erschauere.

»Viel von seiner App.«

Peer nickt und rückt noch ein Stückchen näher an mich heran. »Hätte ich mir denken können.«

»Ich auch. Ich meine… ich hab mich schon die ganze Zeit gefragt, warum so jemand wie du sich da anmeldet.« Dass wir auch über Tom geredet haben, verschweige ich ihm wohlweislich. »Er hat keinen Zugriff auf irgendwelche Gesprächsprotokolle, oder?«

Peer lacht und das Geräusch vibriert durch meinen ganzen Körper, da sich seine Hüfte gegen meine drückt. Eben stand er noch nicht so nah bei mir.

»Hat er wahrscheinlich schon, aber es verstößt sicher gegen irgendwelche Datenschutzbestimmungen, wenn er sich unsere durchliest.«

»Scheiße.« Ich stürze eine Ladung Bier hinunter. Immerhin sind wir meistens jugendfrei geblieben. Niemand kann sich vorstellen, wie schwer Sexgeplänkel über einen Online-Chat ist. Das ist ja nicht mal im Schlafzimmer einfach, weder mit Peer noch mit –

Ich atme scharf ein.

Gott, Felix, lass es doch einfach. Lass ihn heute außen vor. Er verschwendet sicher keinen Gedanken an dich, während er Nick vögelt. Oder sonst wen.

Peers Finger schleichen sich in meinen Nacken und streicheln die empfindliche Haut dort. Ich erschauere noch mal und sehe ihn an.

»Ich bin froh, dass du doch noch hergekommen bist.«

Obwohl er die Worte laut in meine Richtung rufen muss, schwingt ein Hauch Zärtlichkeit darin mit, der mein Herz zum Hämmern bringt. »Ich auch.«

»Tanzt du mit mir?«

»Ähm…«, sage ich, da sind seine Finger bereits aus meinem Nacken verschwunden und über meinen Arm zu meiner Hand hinuntergewandert. Als er sanft daran zupft, schüttle ich den Kopf. »Ich… ich kann nicht…«

»Was?«

»Ich kann nicht tanzen.«

Er hebt die Augenbrauen an, bevor er seine Bierflasche leert und zurück auf den Tresen stellt. »Du hast jeden Tanzfilm dieser Welt tausend Mal gesehen und willst mir sagen, dass du nicht von einem Fuß auf den anderen wippen kannst?«

Bei ihm klingt das, als wäre ich zu dämlich, eine Tür zu öffnen. Ich recke das Kinn vor. »Genau das will ich damit sagen.«

Sein Daumen streichelt über meinen Handrücken. »Das ist doch Blödsinn, Max.«

»Ist es nicht. Du hast mich noch nicht tanzen gesehen.«

Peer sieht zur Tanzfläche, pickt sich einen völlig aus dem Takt zuckenden, hoch aufgeschossenen Kerl heraus und zeigt auf ihn. Bei genauerem Hinsehen erkenne ich Curt. Auweia.

»Es kann nicht schlimmer als das da sein.«

Ich erinnere mich an Alex und seinen Kumpel oben auf der Galerie, die sich über wenig begabte Tänzer lustig gemacht haben. »Ich steh nicht so auf öffentliche Demütigung.«

»Genauso wenig wie du darauf stehst, zwei alberne Sätze in eine Videokamera zu sagen.« Es ist mehr eine Feststellung als eine Frage.

»Vielleicht.«

Peer seufzt. »Du weißt nicht, was du verpasst.«

»Einen Haufen Schamgefühle?«

»Einen Haufen Spaß.«

Das nistet sich irgendwie schwer in meinem Magen ein. Auf einmal komme ich mir albern vor, es nicht wenigstens zu versuchen. Mit… mit jemand anderem habe ich diese Diskussion auch schon öfter geführt – allerdings eher so routiniert wie ein Gang zum Klo.

Erneut zupft er leicht an meiner Hand. »Nicht mal mir zuliebe?«

Bevor ich richtig weiß, was ich vielleicht geantwortet hätte, taucht Alex mit einem bunten Cocktail in der Hand auf. Vom Gefühl her haben wir das *Piggy* gerade erst betreten, aber er stützt sich bereits schwer an Peers Schulter ab, um nicht zu sehr zu schwanken, als er ihm etwas ins Ohr brüllt.

Ich verstehe nicht ganz, was er sagt, bekomme aber die Worte *Tom* und *hier* mit. Langsam dreht sich Peer zu Alex um und sieht ihn an. Er sagt irgendwas, das ich nicht verstehen kann, und Alex ruft was mit *allein* und *Darkroom* zurück.

Selbst diese zusammenhanglosen Wörter fühlen sich wie ein Schlag in die Magengrube an. Besonders, als Peer seine Hand aus meiner zieht. Instinktiv will ich zupacken und ihn festhalten, zwinge mich jedoch, es nicht zu tun. Eifersucht ist hier wohl fehl am Platz.

Peers Blick wandert durch den Club und dann zurück zu mir. Er sieht unentschlossen aus, was mich ein klein wenig beruhigt – bis er sich zu mir runterbeugt.

»Ich geh mal schnell jemandem Hallo sagen.«

»Jemandem?«, rutscht mir raus, ehe ich mir auf die Zunge beißen kann.

Er zögert, doch dann sagt er: »Tom. Mein Ex. Ich bin gleich wieder da. Versprochen.«

Und was zum Teufel soll ich darauf sagen? Ich kann ihn schlecht an mich ketten, wenn er zu seinem bescheuerten Ex will. Mein Hals schnürt sich zu. »Okay«, würge ich raus. »Ich bleib hier.«

Ich sehe ihm hinterher und bin erleichtert, als er sich nicht in Richtung Darkroom wendet. Alex muss irgendetwas anderes gesagt haben.

Ich stürze mein restliches Bier runter und bin versucht, mir anschließend vielleicht so ein Gebräu wie Alex zu bestellen, als ich merke, dass eben dieser mich beobachtet. Den Ausdruck in seinen Augen kann ich nicht einordnen, aber freundlich ist er nicht.

Obwohl er nur unwesentlich größer ist als ich, war Alex mir von der ersten Minute an der unsympathischste von Peers Freunden. Ein bisschen so was wie Abneigung auf den ersten Blick. Liegt möglicherweise daran, dass er ein echter Hingucker ist, wenn auch auf ganz andere Art als Peer. Blond, stahlblaue Augen, schlanke, drahtige Statur, ein leichter Bartschatten und mit einer aufmüpfigen, rebellischen Aura, die irgendwie nach Ärger riecht.

»Was?«, frage ich, nachdem wir uns einige Sekunden lang schweigend angestarrt haben. Normalerweise gehe ich Menschen wie ihm aus dem Weg, besonders, wenn sie angetrunken sind.

»Nix.«

»Warum guckst du dann so?« Offensichtlich tut mir die Mischung aus Bier, Eifersucht und der allgemeinen Situation auch nicht besonders gut.

Alex stellt seinen Cocktail auf den Tresen und stützt sich mit einem Arm ab, als würde er sonst umkippen. »Kennst du Tom?«

»Peers Ex.«

Alex' Mundwinkel zucken. »Ja. Und 'n guter Freund von mir. Tom will ihn zurück.«

Ich beiße die Zähne zusammen. Das macht er mit Absicht. »Schön für Tom. Oder vielleicht auch Pech. Er hat seine Chance vertan.«

Humorlos lacht Alex auf. »Hat er das? Weiß Peer das auch?«

Darauf sage ich nichts.

»*Ich* glaub nämlich, dass er hier wär, wenn Tom seine Chance vertan hätt'.« Demonstrativ sieht er sich um. »Aber ich seh ihn nich'. Du?«

»Ich hab keine Lust, mit dir zu streiten.« Gefühlt fünf Sekunden nachdem wir uns kennengelernt haben.

»Gut, dann verschwind am besten wieder dahin, wo du hergekomm'n bist.« Seine Augen werden schmal. »Die Sache mit Tom ist noch nich' vorbei und du has' hier überhaupt nichts zu suchen.«

»Lassen wir das doch Peer entscheiden.«

»Denkst du nich', er hat sich eben entschieden? Scheiße, guck dich mal an. Stehst hier mit 'nem Stock im Arsch rum und siehst aus wie 'n Penner.« Er schüttelt den Kopf, als würde er die Welt auf einmal nicht mehr verstehen. »Und daneben Peer. Weißt du, wie Tom und Peer zusammen ausgesehen haben?«

»Interessiert mich nicht.«

»*Heiß*.«

Damit erzählt er mir nichts Neues. Ich habe das beschissene Foto gesehen. Und ich stehe hier in Klamotten, die ich schon seit heute Morgen trage. Beziehungsweise sogar seit gestern.

»Ha«, macht Alex triumphierend und zeigt mit einem Finger auf mich. »Siehst du. Da fällt der Groschen.«

Vielleicht sollte ich mich einfach schnell auf die Toilette entschuldigen, wenn er nicht die Klappe halten kann.

»Hey.« Eine Hand landet auf Alex' Schulter und Richard, der sich von seinem Handy losgeeist hat, sieht uns abwechselnd an. »Lass ihn in Ruhe, Alex.«

»Ich? Was zum Teufel tu ich denn?«

»Irgendeinen Scheiß.« Er schnappt sich Alex' Cocktailglas. »Und hör auf, so viel zu trinken.« Stattdessen nimmt er selbst einen großzügigen Schluck.

Alex schnaubt. »Bitte, bedien dich. Ist ja sowieso alles egal.« Er macht auf dem Absatz kehrt und verschwindet zwischen den Leuten, allerdings nicht, ohne mir vorher noch einen giftigen Blick zugeworfen zu haben.

»Mach dir nichts draus«, sagt Richard mit dunkler Stimme. »Und hör bloß nicht auf ihn. Tom ist nun mal ein guter Freund von ihm.«

»Hm-hm«, mache ich nur, weil Alex leider nicht vollkommen unrecht hat.

Richard nimmt noch einen Schluck von dem Cocktail, verzieht dann das Gesicht und schiebt ihn über den Tresen weit von sich weg. »Kommst du mit tanzen? Peer findet uns schon. Curt ist auf der Tanzfläche meistens nicht zu übersehen.«

»Ähm, danke, das ist echt nett, aber… ich glaub, ich warte lieber hier auf ihn.«

Richard scheint sich von meinem Korb hinsichtlich seines Integrationsversuchs nicht besonders angegriffen zu fühlen. Er zuckt die Schultern und steht kurz darauf bei Curt auf der Tanzfläche.

Ich bleibe an der Bar zurück und könnte genauso gut mit Karsten und seinen *Leuten von der Uni* hier sein, weil sich das mit denen ungefähr genauso abspielt. Irgendwann werde ich an der Theke zurückgelassen und als Langweiler abgestempelt.

Ich schüttle den Kopf, um den Gedanken an Karsten loszuwerden, und wende mich an den Barkeeper, um mir einen Cuba Libre zu bestellen. Falls Peer nicht zurück ist, bis ich den ausgetrunken habe, gehe ich.

Keine Ahnung, ob Alex gelogen hat, als er gesagt hat, dass Tom Peer zurückwill, aber je länger Peer weg ist, desto nervöser werde ich. Was, wenn Peer die Gelegenheit beim Schopf ergreift und Tom freudestrahlend zurücknimmt? Der Gedanke sticht mir direkt ins Herz. Wer weiß, ob sie gerade nur miteinander reden oder gemeinsam in den Darkroom verschwunden sind, um die guten alten Zeiten aufzufrischen? Vielleicht sind sie auch schon gegangen?

Bei der Vorstellung wird mir schlecht. Irgendwie habe ich gedacht, dass Peer und ich –

»Hey«, sagt Peer auf einmal rechts neben mir und ich fahre zu ihm herum. Er ringt sich ein mattes Lächeln ab. Er sieht ein wenig ausgelaugt aus, als hätte das, was auch immer er mit Tom angestellt hat, ihn fertiggemacht. Mir liegt auf der Zunge, nachzuhaken, wie es war. »Immer noch nicht auf der Tanzfläche?«

»Nein.«

»Willst *du* gehen?«

Verwundert blinzle ich ihn an. »Willst du gehen?«

»Ich hätte nichts dagegen.«

Wow, das Gespräch mit seinem Ex muss beschissen gelaufen sein. »Okay.«

Ich stürze den Rest von meinem Cuba Libre hinunter, dann schlängeln wir uns zum Ausgang durch. Unterwegs schreibt Peer seinen Freunden eine kurze Nachricht, dass er gegangen ist. Draußen steuere ich mein Fahrrad an, dann gehen wir langsam Richtung U-Bahn.

Auf halber Strecke meint Peer plötzlich: »Lass uns zu dir fahren.«

Mein Herz sackt in meine Kniekehlen. »Zu… zu mir?«

»Ja.« Er wirft mir einen schnellen Seitenblick zu. »Du hast doch eine Wohnung, oder?«

»Klar hab ich eine Wohnung.« Worüber zum Teufel hat er mit Tom gesprochen? Über mich? Oder ist sein altes Misstrauen gegenüber seinem Ex wieder hochgekocht, wobei ihm klar geworden ist, dass er mich eigentlich überhaupt nicht kennt? »In Trudering. Hab ich das nicht schon mal gesagt?«

»Doch. Trotzdem treffen wir uns immer bei mir.« Noch ein Seitenblick. »Seit Wochen.«

»Weil deine Wohnung schöner und größer ist und zentraler liegt.«

Er zuckt die Schultern. »Vielleicht würde ich deine Wohnung trotzdem gerne mal sehen.«

»Stell dir ein zwanzig Quadratmeter großes Wohnklo vor.« Ich weiß nicht, wo ich das hergezaubert habe. Manchmal ist es erschreckend leicht, Peer was vorzumachen. Insbesondere, wenn mir das Herz bis zum Hals schlägt und er so misstrauisch ist.

»Ein Bett wirst du ja haben, oder?«

Verdammte Scheiße. Nicht jetzt. Bitte nicht jetzt und nicht heute.

»Peer.«

Ich bleibe stehen. Peer geht noch einen Schritt weiter, bevor er ebenfalls innehält. Als er sich zu mir umdreht, sieht er mich zurückhaltend und argwöhnisch an, was mich auf mehr als nur eine Art trifft. Weil er mir nicht vertraut. Weil er jeden verdammten Grund hat, mir nicht zu vertrauen.

»Ich bin nicht dein Ex.« *Oh Gott, Felix, immer weiter rein in die Scheiße, was?* Wenn es jemals einen Zeitpunkt gegeben hat, ihm die Wahrheit zu sagen, dann wahrscheinlich jetzt. Zeitpunkt verpasst.

»Ah.« Peers Mundwinkel zuckt. »Curt hat geplaudert.«

»Nur ein bisschen.«

»Ich weiß, dass du nicht Tom bist, aber…« Er verstummt und wendet den Blick ab. »Okay, gehen wir zu mir.«

»Worüber…« Die Worte bleiben mir im Hals stecken. Ich räuspere mich und setze erneut an: »Worüber habt ihr gesprochen?«

»Dies und das.« Er setzt sich wieder in Bewegung. »Kommst du?«

»Peer«, sage ich wieder, bevor er zwei Schritte weit gekommen ist. Ich schließe zu ihm auf und suche seinen Blick, was eine Weile dauert. »Warum… hast du noch ein Foto von ihm in deinem Geldbeutel?«

Er erstarrt. Ich kann beinahe sehen, wie es hinter seiner Stirn rattert. »Woher… Das Pizzageld.«

»Ja.«

»Das Foto ist uralt.«

»Und trotzdem trägst du es mit dir rum.« Bei meinem anklagenden Tonfall fühle ich mich wie ein Arschloch. Falls Peer mein Handy in die Finger bekommen sollte, wird er einen Haufen Fotos von mir und Karsten darauf entdecken.

»Du hast doch schon mitbekommen, dass Tom mir viel bedeutet hat. Das lässt sich nicht mal eben so alles wegwerfen.«

Das ist zwar eine Antwort, klingt aber irgendwie ausweichend. »Willst du ihn… ich meine, sollte sich die Gelegenheit ergeben…« Ich bekomme es nicht über die Lippen. Ich will nicht, dass er noch so sehr an seinem blöden Ex hängt.

»Wir sind nicht ohne Grund getrennt«, sagt er nur, auch wenn das ebenfalls keine klare Antwort ist. Er nickt Richtung U-Bahn. »Kommst du jetzt?«

***

Den Weg zu seiner Wohnung legen wir schweigend zurück. Die Stimmung zwischen uns ist gedrückt, was vermutlich daran liegt, dass er mir nicht die ganze Wahrheit über Tom gesagt hat – und ich ihm nicht die ganze Wahrheit über mich. Wahrscheinlich sollte ich froh sein, dass er mich nach der Wohnungsdiskussion überhaupt mit zu sich nimmt.

Ich schließe mein Rad draußen vor seiner Wohnung an, dann steigen wir in den vierten Stock hoch. Nachdem er die Tür geschlossen hat, kommt er auf mich zu, legt eine Hand in meinen Nacken und beugt sich zu einem langen Kuss zu mir runter.

Wow. Ich bin überrascht, trotzdem flammt sofort mein Verlangen nach ihm auf und ich küsse ihn gierig zurück. Irgendwie habe ich angenommen, dass heute nichts mehr zwischen uns läuft, aber wenn er mich so küsst…

Ich schließe die Augen und genieße es, mit welcher verzehrenden Lust er meinen Mund erobert. Beinahe verzweifelt. Leise seufze ich auf und dränge mich an ihn. Ich spüre seine zweite Hand an meiner Wange, die zärtlich mein Gesicht streichelt. Dann löst er sich von mir und lehnt seine Stirn gegen meine.

»Tut mir leid, Max.«

Ich habe keine Ahnung, was er meint, aber der Kloß in meinem Hals verrät mir, dass nicht er derjenige sein sollte, der sich hier entschuldigt. Max. *Max*, verdammte Scheiße!

»Was?«

»Für meine dumme Fragerei. Tom ist… Tom reibt mich immer auf.«

Ich spüre ein ekelhaftes Brennen hinter meinen Lidern und stelle mich auf die Zehenspitzen, um ihn sanft zu küssen. »Egal«, murmle ich an seinen Lippen. »Du brauchst dich nicht zu entschuldigen.«

Dann presse ich meinen Mund wieder auf seinen, um deutlich zu machen, dass das Thema damit für mich beendet ist. Peers Lippen und Zunge empfangen mich warm und wild, dann schiebt er mich ins Schlafzimmer.

Es dauert nicht lange, bis wir die Klamotten losgeworden sind und eng umschlungen in seinem Bett liegen. Es kommt mir vor, als würde er mich mehr streicheln, mehr anfassen und mehr küssen als sonst, denn mein Herz schlägt lauter und schneller in meiner Brust. Meine Fingerspitzen kribbeln, wenn ich ihn berühre, als wären wir beide elektrisch aufgeladen.

Irgendwann rolle ich mich auf den Rücken und ziehe ihn mit mir. Das Blut pocht in meinem Körper, am schlimmsten jedoch in meinem Schwanz. Wenn er mich noch länger reizt, zerspringe ich.

»Peer, bitte…« Ich hebe ihm meine Hüften entgegen und reibe mich an ihm, was ihm ein leises Ächzen entlockt.

Ich spüre seine heißen Lippen an meinem Hals und drehe das Gesicht weg, um ihm mehr Angriffsfläche zu bieten. In seinem Schlafzimmer sind es bestimmt eintausend Grad und in meinem Unterleib herrscht ein schier unerträglicher Druck.

Als er sich über meine Brust nach unten küsst, stöhne ich gequält auf und versuche, ihm auszuweichen. Wenn er meinen Schwanz auch nur anhaucht, komme ich sofort.

Ich verpasse meine Chance, seinen Schwanz zu umfassen, um ihn vielleicht mit den richtigen Argumenten zu überzeugen, denn er arbeitet sich meinen Körper weiter hinunter. Federleicht spüre ich seine Finger an meinen Hoden und zucke empfindlich zurück.

»Peer«, stöhne ich und kralle die Finger in seine Haare. Als ich zu fest an ihnen ziehe, schiebt er meine Arme zur Seite. Ich bin so erregt, dass selbst sein Atem auf meinem Bauch mich erschauern lässt. Ich spüre das Ziehen bis in meine Zehenspitzen. Ich kann kaum die Augen offen halten, weil ich so dicht an der Klippe entlangtaumle, dass nur ein Blick darauf mich sofort kommen lässt.

»Wenn du meinen Schwanz –«

Weiter komme ich nicht, weil er mich auf den Bauch rollt. Oh Gott, endlich. Ich stöhne auf, als mein Schwanz so herrlich zwischen mir und der Matratze eingeklemmt wird. Instinktiv bewege ich die Hüften und reibe mich an seinem Bett, bis er meine Pobacken auseinanderzieht.

»Oh ja, ja, mach, Peer, bitte, mach…«

Aber anstatt seines Fingers oder seines Schwanzes spüre ich etwas Warmes, Feuchtes, Wendiges an meiner Spalte. Lust zuckt wie ein Blitz durch mich hindurch. Das hat Karsten nie –

Stöhnend drücke ich das Gesicht in die Matratze, als sich seine Zunge in mich schiebt.

»Gott…!«

Gleich darauf muss ich es wieder zur Seite drehen, weil das Atmen ohnehin schon schwierig genug ist.

Ich weiß nicht, wohin mit meinen Händen oder mit dem Druck, den Peer in mir aufstaut. Ich will ihn anfassen, kralle die Finger jedoch ins Laken. Ich weiß nicht, ob ich mich bewegen kann, aber ich habe keine Kontrolle darüber. Zwischen seiner heißen Zunge und dem Laken rutsche ich hin und her, bis ich nicht mehr weiß, wo oben und unten ist. Bis Peer eine Hand auf meinen unteren Rücken legt und mich festhält.

Ich kann nicht mehr. Ich kann nicht mehr!

Ich spüre, dass das Laken unter mir bereits feucht ist, aber es reicht nicht ganz. Nur noch ein kleines bisschen.

»Peer!«

Das klingt überhaupt nicht nach mir. Aber Peer bringt es dazu, neben seiner Zunge einen Finger in mich zu schieben und zielsicher nach diesem Punkt in mir zu krümmen.

Ich bekomme nicht mit, wie er ihn berührt. Ich explodiere.

Er katapultiert mich auf einer gigantischen Welle nach oben, so weit weg, dass weder Worte noch Gefühle oder irgendwas einen Sinn ergeben. Da gibt es nur diese endlose, gelöste, befriedigte Glückseligkeit, die meinen Kopf und meinen Körper vor Vergnügen summen lässt.

Als ich wieder halbwegs in seinem Schlafzimmer zurück bin, spüre ich, wie Peers Schwanz in mich eindringt. Ich bin so überempfindlich, dass ich mich mit einem Wimmern an seinem Kopfkissen festklammere. Aber um nichts in der Welt hätte ich jetzt aufhören wollen.

Auf dieser satten, trägen Zufriedenheit dahinzugleiten, während ich ihn tief in mir spüre, ist der Wahnsinn. Wenn ich könnte, würde ich sofort wieder hart werden. In meinem Unterleib pocht noch immer mein heftiger Orgasmus, obwohl sich gleichzeitig ein erregendes Kribbeln in mir breitmacht.

Vielleicht, ganz vielleicht kann ich doch –

Aber da werden Peers Stöße bereits fahriger und ich kann mich niemals so schnell erholen, bis er kommt. Also gebe ich mein Bestes, um ihm entgegenzukommen, obwohl sich meine Muskeln wie weich gekochte Spaghetti anfühlen.

Als er kommt, rinnt sein Stöhnen wie dickflüssiger Honig durch meinen Körper. Anschließend bleibt er verschwitzt und atemlos auf mir liegen, seine Lippen gegen meinen Nacken gepresst.

Kapitel 16

Als ich mich am nächsten Tag nach dem Frühstück von Peer verabschieden will, um mich dem unvermeidlichen Gespräch mit Karsten zu stellen, hält Peer mich im Flur auf.

»Hey, wir gehen nachher wahrscheinlich alle zusammen an die Isar grillen. Willst du mitkommen?«

Ich bezweifle, dass mir nach der Unterhaltung mit Karsten… dem Streit mit Karsten… der Sinn nach Gesellschaft steht. Zumindest keine derart große Gesellschaft. Peer allein allerdings…

»Hast du noch nicht genug von *mir*?«, will ich scherzhaft wissen. »Gestern hast du mich auch schon gefragt, ob ich mitwill.«

Peer lächelt, kommt einen Schritt auf mich zu und streicht kurz an meiner Kinnlinie entlang. »Hast du noch nicht genug von mir?«, fragt er zurück. »Oder von meinen Freunden? Ich hoffe, gestern hat sich keiner danebenbenommen.«

Dass Tom ihn zurückhaben will, weiß er wahrscheinlich schon. Und falls nicht, bin ich der Letzte, der ihn darauf hinweist. Kein Grund also, das dumme Gespräch mit Alex zu erwähnen.

»Nein, alles gut.«

»Dann überleg's dir. Wir fahren wahrscheinlich schon am späten Nachmittag hin. Vier oder fünf oder so.«

»Hm-hm, mal schauen.«

»Ich würd mich freuen, wenn du kommst, Max.«

Ich schaffe es nur gerade so, nicht zurückzuzucken. Verdammt.

»Ich schreib dir dann einfach.«

»Okay.«

Er zögert, als wollte er noch etwas sagen, doch dann scheint er es sich anders zu überlegen und legt stattdessen eine Hand an mein Gesicht. Sein Daumen streichelt über meine Wange, so sanft, dass es in meinem Nacken kribbelt. Sein Blick nimmt mich gefangen.

Ich merke, wie mein Herz einen Schlag überspringt, nur um danach mit doppelter Geschwindigkeit weiterzuhämmern. Der Blickkontakt dauert viel zu lange. Unwillkürlich halte ich den Atem an.

Dann beugt er sich vor und legt seine Lippen sanft auf meine. Er küsst mich. Dabei ist ziemlich sicher, dass wir gleich keinen Sex haben werden. Er küsst mich einfach so. Zum Abschied. Als Versprechen auf mehr. Voller Zärtlichkeit. Weil er es will.

Ich spüre, wie sich der Kloß in meinem Hals, der sich gestern irgendwann während des Sex aufgelöst hat, zurückmeldet.

Scheiße, ich bin so ein Arsch.

Als Peer sich von mir löst, starre ich ihn an und versuche, sein Lächeln so gut es geht zu erwidern. »Dann bis später, Max.«

***

Zu meinem Lieblingsmix aller *Step up*-Filme radle ich nach Hause. Wahrscheinlich dröhnt mir die Musik wieder lauter in den Ohren, als es im Straßenverkehr erlaubt ist.

Ich bin mir sicher, dass ich in Peer verliebt bin. Ziemlich sicher. Ich versuche, mich an das Gefühl damals bei Karsten zu erinnern, aber falls ich es noch richtig im Kopf habe, ist es kein Vergleich zu dem, wie ich jetzt für Peer empfinde. Falls man so was überhaupt miteinander vergleichen kann. Ich habe keine Erfahrungswerte, abgesehen von der einen oder anderen Schwärmerei, die nie so stark gewesen ist wie meine Gefühle für Karsten.

Jetzt sind meine Gefühle für Peer stärker. Aber Karsten… verdammt, Karsten ist eben Karsten. Ein Sonderposten mit Sonderstellung. Wie kann ich ihn *nicht* lieben? Wir haben so viel miteinander erlebt, so viel miteinander entdeckt und durchgemacht. Dinge, die ich mit Peer nie erleben, entdecken oder durchmachen werde.

Es ist, als hätte Karsten für immer einen Platz in meinem Herzen. Und bis vor Kurzem habe ich gedacht, dass neben ihm kein Raum für eine zweite Person ist. Aber plötzlich scheint mein Herz größer geworden zu sein. Oder das Fleckchen, das bisher für Karsten reserviert war, kleiner. Denn auf einmal ist da so viel Platz für Peer, dass es beinahe unheimlich ist.

Ich liebe Karsten. Wahrscheinlich werde ich ihn immer lieben, weil ich ihn selbst nach dieser ganzen Scheiße mit der offenen Beziehung nicht hassen kann. Ich bin sauer und wütend und zutiefst verletzt, aber das reicht nicht aus, um Karsten aus meinem Leben zu streichen. Ich will ihn nach wie vor nicht verlieren, aber vielleicht müssen wir die Positionen, die wir im Leben des jeweils anderen einnehmen, neu überdenken.

Bei unserer gemeinsamen Wohnung angekommen, fühle ich mich völlig ausgelaugt. Nicht körperlich, da ich die Strecke zwischen Peer und mir regelmäßig fahre, sondern psychisch. Ein bisschen so wie nach einer anstrengenden Abiturklausur, die man über sechs Stunden geschrieben hat.

Ich bringe mein Rad in den Fahrradkeller und werfe einen Blick auf mein Handy. Normalerweise wären Karsten und ich jetzt gerade mit einem der zahllosen Car-Sharing-Autos beim Einkaufen. Im Gegensatz zu mir hat Karsten einen Führerschein, wenn auch kein Auto.

Er hat mir keine Nachricht geschrieben. Vielleicht ist er gar nicht da. Vielleicht ist er nicht allein.

Du wirst es nie rausfinden, wenn du nicht in die Wohnung gehst.

Ich schließe die Tür zu unserer Wohnung auf – nicht abgeschlossen – und trete ein. »Karsten?«

Es würde keinen Sinn machen, das Ganze hinauszuzögern oder ihn wieder bei irgendwelchen sexuellen Aktivitäten zu überraschen, also kann ich mich auch gleich bemerkbar machen.

Er streckt den Kopf aus der Küchentür. Kurz verspüre ich einen schmerzhaften Stich beim Anblick seiner zerzausten Locken. Eine Erinnerung daran, wie sie sich zwischen meinen Fingern anfühlen, durchzuckt mich. Ich liebe seine Locken…

Er schiebt die Hände in die Hosentaschen. »Du bist wieder da.«

»Ja.« Ich überlege, ob ich mir überhaupt die Schuhe ausziehen soll, falls ich wieder schnell aufbrechen will, schlüpfe dann aber doch aus ihnen. »Bist du allein?«

Er lächelt matt und durch und durch humorlos. »Ja.«

»Gut.« Ich nicke und weiß eine Sekunde lang nicht, was ich mit meinen Händen anfangen soll. Instinktiv will ich auf ihn zugehen, ihn umarmen, ihn küssen... Stattdessen stopfe ich sie ebenfalls in die Hosentaschen.

»Wo warst du?« Er mustert mein etwas derangiertes Äußeres. »Bei Peer?«

»Ich hab bestimmt nicht unter freiem Himmel geschlafen.« Das kam etwas pampiger raus als beabsichtigt, weswegen ich eine gemurmelte Entschuldigung hinterherschicke.

»Schon okay.« Er lehnt sich gegen den Türrahmen. Eigentlich sieht er genauso kaputt aus, wie ich mich fühle. Vielleicht sehe ich auch so aus und er denkt das Gleiche von mir.

Ich hole tief Luft. »Können wir reden?«

»Ich glaube, das müssen wir sogar.«

»Küche?«

Er nickt, dreht sich um und verschwindet in den Raum hinter sich. Zögerlich folge ich ihm. Es fühlt sich an, als würde ich mit dem Übertreten der Schwelle eine Grenze überschreiten. Sobald ich einmal drüber bin, gibt es kein Zurück mehr. Beinahe so wie damals, als er mir die offene Beziehung vorgeschlagen hat. Ab hier geht es nur noch in eine Richtung weiter.

Karsten steht an der Kaffeemaschine. Auf dem kleinen Küchentisch steht seine obligatorische morgendliche Müslischale. Sieht aus, als hätte er vielleicht zwei oder drei Löffel davon gegessen. Ich kann nicht sagen, ob er nicht mehr runtergekriegt hat oder ob ich ihn beim Frühstücken störe. Falls er sich so ähnlich fühlt wie ich mich, ist das vermutlich alles, was er heute frühstücken wird.

»Kaffee?«, fragt er, als er sich eine Tasse einschenkt.

»Ja.«

Wir greifen beide gleichzeitig nach dem Schrank, in dem wir unser Geschirr aufbewahren, und zucken beide zurück, als hätten wir uns verbrannt. Verdammt.

»Sorry.«

Keine Ahnung, wofür er sich entschuldigt. Haben wir jetzt Berührungsverbot?

Der Gedanke schneidet mir wie mit einem Messer in die Brust. So weit bin ich irgendwie doch noch nicht.

»Kein Problem«, würge ich raus, obwohl ich keine Ahnung hatte, dass man sprechen kann, wenn einem die Zunge wie ein Stück Pergament im ausgedörrten Mund liegt. »Du musst mich nicht bedienen. Ich... ich... wohne hier.«

Ich höre selbst, wie meine Stimme mit jedem Wort leiser wird. Das *noch* hängt sehr deutlich zwischen uns in der Luft. Karsten sieht nicht auf und sagt nichts, um die Beklemmung zu lösen.

Plötzlich türmen sich am Rand meines Bewusstseins Fragen auf, die ich mir in den letzten Wochen zwar hin und wieder unverfänglich gestellt habe, die jedoch nie so aufdringlich waren wie jetzt.

Bleiben wir zusammen in der Wohnung wohnen, bis jeder von uns was Eigenes gefunden hat? Kann einer von uns die Miete allein stemmen? Wem gehören die ganzen Sachen? Wer bekommt was? Wer hat was bezahlt? Und wie lange ist eigentlich unsere Kündigungsfrist?

Ich greife wieder nach dem Schrank und nehme eine Tasse heraus. Eins nach dem anderen.

Ich schiebe Karsten die Tasse zu, damit er mir Kaffee einschenkt. Anschließend wirft er noch ein Stück Zucker hinterher. Noch so was, von dem er mich nie überzeugen konnte, genauso wenig wie von seinem Müsli: Kaffee *ohne* Zucker.

Dass er sich jetzt zwar an meine Vorlieben erinnert, mir aber keine Predigt hält, fühlt sich seltsam an. Auf einmal muss ich heftig blinzeln, schnappe mir meine Tasse und setze mich an den Tisch. Karsten stellt seine Tasse ab und räumt anschließend die Müslischale weg.

Das aufgeweichte Müsli landet im Müll, die Schale in der Spülmaschine. Dann sieht er sich um, findet aber nichts mehr, das er noch aufräumen könnte.

Er setzt sich zu mir an den Tisch, legt beide Hände um die Tasse und starrt in das schwarze Gebräu hinunter. Das Summen des Kühlschranks ist mir noch nie so laut vorgekommen.

Ich weiß nicht, wie viel Zeit vergangen ist, als ich es endlich schaffe, mich zu räuspern und zu fragen: »Wer fängt an?«

Er schweigt so lange, dass ich schon glaube, er hat mich nicht gehört. »Ich weiß es nicht«, flüstert er schließlich. Er fährt sich mit beiden Händen übers Gesicht und durch die Haare und sieht mich anschließend gequält an. »Es tut mir so leid, Felix.«

Der Kloß in meinem Hals wird größer und ich brauche einen Moment, um ihn runterzuwürgen. Irgendwie hätte ich jetzt nicht mit einer Entschuldigung gerechnet. »Mir auch.«

»Ich bin ein Arschloch.«

Ich presse die Lippen zusammen, nicke abgehackt und muss schon wieder blinzeln. »Ja, bist du. Ich aber auch.«

Für einen Sekundenbruchteil zucken seine Mundwinkel nach oben, dann starrt er wieder in seine Kaffeetasse, die er immer noch umklammert hält. Draußen hupt ein Auto, gefolgt vom wütenden Gebrüll eines Mannes und dem erschrockenen Bellen eines Hundes.

»Ich weiß nicht, wie das mit Nick passiert ist. In der einen Sekunde war er ein Kommilitone und guter Freund und in der nächsten...«

Innerlich versuche ich, mich gegen die Geschichte zu wappnen. Sie gehört dazu. Zu uns und dem Ende unserer Beziehung. Und ich will es hören.

»Wie lange geht das schon mit euch?« Meine eigene Stimme überrascht mich. Ruhig und neutral, als wäre ich ein Interviewer, eine völlig unbeteiligte Person.

»Wie lange...« Er krallt eine Hand in seine Haare und zieht kurz daran. »Meinst du den Sex oder wann ich das erste Mal Herzklopfen hatte?«

Ich schlucke. »Beides.«

Er holt tief Luft, sieht mich aber immer noch nicht an. »Das erste Mal Herzklopfen… Wir, also ich und ein paar Freunde von der Uni… wir waren doch in den letzten Semesterferien öfter wandern, erinnerst du dich?«

Wie könnte ich das nicht? Ich habe zu Hause gesessen und gearbeitet, weil ich noch in der Probezeit war und nicht mehr als ein paar Tage Urlaub am Stück bekommen habe. Ganz abgesehen davon, dass Wandern nicht gerade zu meiner liebsten Freizeitbeschäftigung zählt. Ich war sauer auf Karsten, weil er ständig mit seinen neuen Freunden unterwegs war, konnte ihm aber auch nicht vorwerfen, dass er nicht den ganzen Tag allein zu Hause sitzen und darauf warten wollte, dass ich von der Arbeit kam.

»Ja«, sage ich schlicht. Das war Anfang des Jahres. Februar oder März. Jetzt haben wir Juli.

»Ich weiß gar nicht mehr, bei welcher Wanderung es war. Aber plötzlich… ich hab ihn angesehen und…« Er schnipst mit den Fingern. »Ich konnt's nicht glauben. Ich meine, wir sind sechs Jahre zusammen, Felix. *Sechs Jahre*«, wiederholt er, als wäre mir das nicht bewusst, und wirft mir einen schnellen Blick zu. »Das ist eine lange Zeit.«

»Dein Freund Leo würde wahrscheinlich sagen: zu lange.«

Dieses Mal dauert das Lächeln, das sich auf seine Lippen schleicht, ganze zwei Sekunden. »Tut er auch. Seit wir uns kennen. Und als Nick plötzlich… als mir Nick auf einmal aufgefallen ist… ich meine, du weißt, wie er aussieht.«

Ganz anders als ich. Größer, muskulöser, besser. Und anhand der zehn Sekunden, die ich ihn erleben durfte, ist er weitaus friedfertiger als ich.

»Gut«, sage ich nur.

Karsten verzieht den Mund, als wäre *gut* seiner Meinung nach eine zu durchschnittliche Bezeichnung, aber er fährt fort: »Plötzlich hab ich mir so viele Fragen gestellt und ja, wahrscheinlich ist Leo da nicht ganz unschuldig dran. Anfangs wollte ich alles ignorieren. Die Anziehung. Das Herzklopfen. Aber irgendwann hab ich gedacht… Scheiße, ich weiß gar nicht, was ich tue. Was ich…«

Als er es nicht ausspricht, tue ich es: »Was du verpasst.«

Wieder ein kurzer Seitenblick zu mir. »Ein bisschen schon, ja. Du bist alles, was ich kenne, Felix. Der Einzige, in den ich je richtig verliebt war. Der Einzige, mit dem ich Sex hatte. Wir haben alles geteilt, in allem unsere ersten Erfahrungen miteinander gemacht, bis hin zum Zusammenziehen. Ich weiß nicht, ich glaub, auf einmal hab ich Panik bekommen. Dass das doch noch nicht alles gewesen sein kann. Und dazu kamen noch Leo und sein Gerede – wobei ich ihm das Ganze nicht in die Schuhe schieben will.«

Witzig, dass wir bis zu einem gewissen Grad dieselben Gedanken hatten. Nur dass er zu dem Schluss gekommen ist, dass es ihm nicht reicht, während ich mit allem zufrieden gewesen bin. Das heißt, bis Peer auf der Bildfläche erschienen ist.

Möglicherweise wäre ich jetzt an Karstens Stelle, wenn ich Peer früher begegnet wäre als er Nick.

»Und als das Herzklopfen bei Nick nicht aufgehört hat…« Unwillkürlich ballt er eine Hand zur Faust und legt sie auf seine Brust. »Als ich immer öfter an ihn denken musste… da hab ich's einfach gemacht. Mit ihm geschlafen. Und anschließend hatte ich ein so furchtbar schlechtes Gewissen, dass ich die Nacht bei Esther verbracht hab, weil ich dir nicht in die Augen gucken konnte.«

Auch dieses Gefühl kenne ich. Als ich zum ersten Mal mit Peer geschlafen habe, ist es mir nicht anders ergangen, obwohl ich es in erster Linie aus Trotz getan habe. Ich bin nur fassungslos, dass es mir nicht aufgefallen ist. In der offenen Beziehung habe ich sofort gewusst, wann er das erste Mal Sex hatte. Davor ist es mir, verdammt noch mal, einfach nicht aufgefallen.

»Wann war das?«

»Zum Ende der Semesterferien. Die Uni hatte noch nicht wieder angefangen.«

Also hat er sich zumindest einen Monat lang geziert, bevor er diesem *Herzklopfen* nachgegeben hat. Irgendwie ist der Gedanke seltsam tröstlich, auch wenn ein Seitensprung ein Seitensprung bleibt. Aber immerhin hat er sechs Jahre nicht leichtfertig weggeworfen.

Da er keinen Alkohol trinkt, muss das eine wohl überlegte Entscheidung gewesen sein, die ihn mehr als nur eine Nacht lang umgetrieben hat.

»Und dann?«

Er stößt ein tiefes Seufzen aus. »Dann wurde es schlimmer statt besser. Ich hab mich dir gegenüber so schuldig gefühlt und war gleichzeitig so froh, dass du nichts gemerkt hast. Ich hab entschieden, dir nie was davon zu erzählen, weil es eigentlich eine einmalige Sache sein sollte, aber…«

Nicht immer nur mit demselben Kerl. Auch Peer hätte eine einmalige Sache sein sollen.

»Aber es war keine einmalige Sache.«

»Nein.«

Karsten greift nach seiner Kaffeetasse und hebt sie an. Auf halber Strecke hält er jedoch inne und lässt sie wieder sinken. Ich habe ebenfalls noch keinen Schluck getrunken, aber ich klammere mich genau wie er an die Tasse wie an eine Rettungsleine.

»Was die Schuldgefühle nicht besser gemacht hat. Im Gegenteil. Es wurde immer schlimmer. Und jede Sekunde hab ich erwartet, dass du was merkst. Jedes Mal, wenn ich mit Nick zusammen war, hab ich gedacht, dass es das letzte Mal sein würde. Ich wollte dich nicht verlieren und ich wollte ihn nicht verlieren. Das hat mich wahnsinnig gemacht.«

Mich macht es gerade wahnsinnig, wie ich so blind sein konnte. Mir ist nie aufgefallen, dass er mich betrogen hat. Oder sein schlechtes Gewissen. Wie sehr kann ich noch in ihn verliebt gewesen sein, wenn mir so was nicht aufgefallen ist?

»Dann hat Leo dich auf die Idee mit der offenen Beziehung gebracht.«

»Ja. Als ausgleichende Gerechtigkeit, wenn du so willst. Ich musste dir nichts von Nick erzählen, aber du solltest die gleichen Gelegenheiten haben oder so.« Er schüttelt den Kopf. »Rückblickend klingt das ziemlich bescheuert. Leo ist nicht gerade der Beziehungstyp. Keine Ahnung, warum ich überhaupt auf ihn gehört habe.«

»Du hättest einfach mit mir reden können.«

Zum ersten Mal seit wir uns an den Tisch gesetzt haben, hebt er den Kopf und sieht mich an. »Hätte ich das?«, fragt er trocken. »Und was hättest du dann gemacht? Mir den Kopf abgerissen? Mich verlassen? Verlangt, dass ich Nick nie wiedersehe?«

Er hat recht. Ich wäre ausgeflippt. Dieses Mal bin ich es, der seinem Blick ausweicht. »Besser als die bescheuerte offene Beziehung.«

»Ich hab die Wahrheit gesagt, Felix«, sagt er leise. »Ich glaube, mir ist noch nie irgendwas so schwergefallen, wie dich darum zu bitten. Ich weiß, dass es wahrscheinlich keinen Sinn macht, aber allein der Gedanke daran, dass dich ein anderer... mir ist schlecht geworden. Andauernd.«

»Mir auch«, murmle ich.

»Ich war so verdammt eifersüchtig.«

»Ich auch...«

»Ich wollte unbedingt wissen, was du mit den anderen Männern machst. Weil meine Fantasie noch schlimmer war. Deswegen... deswegen war ich so verletzt, als du es zuerst nicht wissen wolltest.«

»Ich hätte es nicht ertragen. Ich ertrag's selbst jetzt kaum.«

»Und als du dann keinen Sex mehr mit mir wolltest... Gott, das hat so wehgetan. Wir haben uns so irrsinnig schnell voneinander entfernt. Damit hätte ich überhaupt nicht gerechnet. Ich wollte weder dich noch Nick verlieren, aber plötzlich bin ich gar nicht mehr an dich rangekommen. Und, ja, zugegeben, ich hätte auch nicht damit gerechnet, dass du dich so schnell nach Sexpartnern umsiehst. Dafür... bist du einfach nicht der Typ.«

Meine Mundwinkel zucken und ich begegne wieder Karstens Blick. Jetzt bin ich wohl dran.

»Ich hab Peer über eine Dating-App kennengelernt. *LoveLife*.«

Seine Augenbrauen schießen nach oben. »Eine... eine Dating-App?«

»Ja.« Normalerweise würde ich ihm die lustige Anekdote erzählen, dass ich den Entwickler der App kennengelernt habe, der zufälligerweise ein guter Freund von Peer ist – ist die Welt nicht klein, haha? Aber Karsten sieht so geschockt aus, dass ich mir das verkneife.

»Du hast... du hast dir vorsätzlich Sexpartner gesucht? Über eine *Sex-App*?«

Das scheint ihn nicht nur zu schocken, sondern völlig von den Socken zu hauen. Und es stachelt seine Eifersucht wieder an. Ich erkenne das Blitzen in seinen Augen.

»Gerade *weil* ich nicht der Typ für so was bin. Ich wollte nicht hinter dir zurückstecken. Und ich hab gedacht, ich könnte dich mit meinen Sexdates so eifersüchtig machen, dass du die Idee mit der offenen Beziehung schnell wieder vergisst.«

Er lächelt matt. »Damit warst du gar nicht so weit von der Wahrheit weg.« Er schüttelt den Kopf. »Eine Dating-App. Und ich hab mich schon die ganze Zeit gefragt...« Wieder schüttelt er den Kopf, als würde das jetzt auch keine Rolle mehr spielen. Tut es wahrscheinlich auch nicht. »Als du angefangen hast, Sex mit anderen zu haben, was dir scheinbar so leichtgefallen ist, war ich drauf und dran, das mit der offenen Beziehung sein zu lassen. Weil...«

Er streckt eine Hand über den Tisch aus, zieht sie jedoch noch vor der Hälfte wieder zurück, als wäre er sich immer noch unsicher, was Berührungen angeht.

Ich zögere keine Sekunde. Ich löse eine Hand von meiner Kaffeetasse und lege sie auf seine. Der Hautkontakt beschert mir einen erneuten Stich in der Brust. Er fühlt sich an wie immer. Ganz genauso wie immer.

Karsten blinzelt erst meine Hand an, dann mich. Dann dreht er seine und verschränkt seine Finger mit meinen. Ich bin so erleichtert, dass sich meine Kehle zuschnürt und sich jetzt doch Tränen in meine Augen schleichen.

»Felix...«, sagt Karsten gequält.

Ich schüttle den Kopf und wische mir mit der anderen Hand über die Augen. »Vergiss es. Du kennst das ja.«

»Es tut mir leid.«

»Ja. Mir tut's auch leid.«

Einen Moment lang lassen wir das sacken. Sein Daumen streichelt sanft über meinen und die Berührung ist gleichzeitig vertraut und unendlich tröstlich. Und das, was ich in seinem Blick erkenne, lässt mich hoffen. Vielleicht verliere ich ihn doch nicht.

»Ich hab gelogen«, sagt er schließlich. »Als ich gesagt hab, dass ich dich geliebt hab. Ich lieb dich immer noch, Felix. Nur...«

»... anders«, führe ich den Satz für ihn zu Ende und muss lächeln. »Ich weiß. Ich versteh's besser, als du dir vorstellen kannst.« Ich hole tief Luft. »Und ich hab auch gelogen. Ich... hatte die ganze Zeit Sex mit demselben Kerl. Mit Peer und mit niemandem sonst.«

Karsten stutzt. »Das sollte mich wahrscheinlich nicht überraschen.«

»Die anderen hab ich mir ausgedacht.«

Er räuspert sich und rutscht ein wenig unbehaglich auf seinem Stuhl herum. »Ich nicht. Ich meine... es war hauptsächlich Nick, aber der eine oder andere war dazwischen, weil... na ja. Sex macht Spaß.«

»Ach.«

Für eine Sekunde taucht ein amüsiertes Funkeln in seinen Augen auf, ehe es wieder verschwindet, als wäre er sich nicht sicher, ob jetzt schon der richtige Zeitpunkt für Heiterkeit ist.

»Und weil ich deine Regeln einhalten wollte.«

»Bis auf die mit kein Sex in der Wohnung.«

»Das war nicht geplant. Aber da ich wusste, dass du freitags sowieso nie da bist... Es war ganz spontan.«

»Ein ganz spontaner Dreier.«

»Es wäre der erste gewesen.« Das klingt ein bisschen nach einer Rechtfertigung.

»Nick ist in dieser Hinsicht wohl ziemlich locker, hm?«

Die streichelnden Bewegungen seines Daumens hören abrupt auf, als würde ihn das Thema Nick noch immer in Alarmbereitschaft versetzen.

»Er ist anders als du, ja.«

Ich merke, wie sich wieder Beklemmung zwischen uns breitmacht und den kleinen Funken Lockerheit im Keim ersticken will.

Es ist seltsam. Eigentlich führen wir hier gerade so etwas wie ein Trennungsgespräch – und doch tut es so gut, wieder mit ihm zu reden, dass ich nicht wieder diese Anspannung zwischen uns aufkommen lassen will.

Noch während ich mir das Hirn über eine neue Gesprächsrichtung zermartere, sagt Karsten: »Erzähl mir von Peer. Was anderes, als wie er im Bett ist. Dass er gut ist, hab ich schon mitbekommen.« Er versucht, daraus einen Scherz zu machen, aber so ganz gelingt es ihm nicht.

Ich bin behutsam mit meiner Wortwahl, als ich ihm von Peer erzähle. Wie ich ihn zum ersten Mal in diesem Café getroffen habe, dass er ein klitzekleiner *YouTube*-Star und riesiger Filmfan ist. Die tatsächliche Anzahl unserer Treffen lasse ich aus, genauso wie alles Sexuelle oder dass Peer nicht leichtfertig küsst.

Ich finde, das geht Karsten nichts an. Außerdem befürchte ich, dass er ein Problem damit haben könnte, weil er sich schon bei den anderen Sachen verspannt. Da unsere Finger immer noch miteinander verschränkt sind, merke ich das.

»Er ist auf *YouTube*?«

»Ja.«

Er holt sein Handy raus und tippt die entsprechende App an, ehe er es mir rüberschiebt. »Zeigst du ihn mir?« Als ich zögere, versucht er sich an einem Lächeln. »Hey, du hast Nick auch gesehen, oder?«

»Das ist was anderes.«

»Inwiefern?«

Insofern, dass Nick Karsten nicht als *Kalle, glücklicher Single*, kennt. Dass Nick keinen Ex-Freund hat, an dem er noch hängt. Dass ich keine Ahnung habe, ob Peer und ich schon so weit sind wie Nick und Karsten. Ob wir überhaupt je so weit sein können, wenn er mich erst mal als Felix kennengelernt hat.

Statt einer Antwort ziehe ich sein Handy zu mir und tippe in das Suchfeld seinen Nickname und vorsichtshalber auch noch *Interstellar* ein, damit mir gleich die richtige Auswahl mit neueren Filmen angezeigt wird. Ich tippe das Video an und schiebe Karsten das Handy wieder zu.

Da ich den Clip schon kenne, beobachte ich sein Gesicht, aber ich hätte es auch am Zucken seiner Finger in meinen gemerkt, wann Peer das erste Mal auf dem Display erscheint.

»Wow. Er sieht gut aus.«

»Ich weiß.«

»Tolle Augen.«

Ich muss lächeln. »Ja.«

Er stoppt das Video und sieht mich an. »Also, du…«, sagt er lang gezogen, ehe er sich einen Ruck gibt. »Du bist verliebt, hm?«

Ich weiß nicht, was ich darauf sagen soll.

»Schon okay, Felix. Ich bin auch in Nick verliebt. Ich werd nicht gleich an die Decke gehen oder so.« Er nimmt die streichelnden Bewegungen seines Daumens wieder auf.

»Ja«, sage ich nach einer Weile leise. »Ja, ich denke schon.«

Obwohl er sich das gedacht haben muss, stößt er zitterig den Atem aus. »Okay. Mann. Scheiße. Ich hab's echt vermasselt, oder?«

»Ich glaube, dazu gehören immer zwei.«

Tatsächlich frage ich mich, ob wir heute auch hier sitzen würden, wenn er mir von Anfang an von Nick erzählt oder mir den wahren Grund für die offene Beziehung erzählt hätte. Vielleicht hätten wir irgendeine Möglichkeit gefunden, damit klarzukommen, ohne dass wir uns voneinander entfernen oder er Nick aufgeben muss.

Andererseits hätte ich dann Peer nie kennengelernt. Mein Herz zieht sich zusammen. Der Gedanke ist schrecklich.

»Ja, hast recht.« Er seufzt und fährt sich wieder mit einer Hand übers Gesicht. »Verdammt, ich glaub, ich brauch was zu trinken.«

Ich lächle. »Du trinkst doch gar nicht.«

»Vielleicht sollte ich damit anfangen.«

»Dann solltest du vielleicht nicht Samstagmittag damit loslegen. Könnte eine schlechte Angewohnheit werden.«

Er erwidert mein Lächeln. »Und das von dir. Ich dachte immer, du wartest schon dein ganzes Leben lang darauf, dass ich mal was mit dir trinke.«

Ein Anflug von Schwermut will sich wieder zwischen uns breitmachen, weil ab jetzt wohl nicht mehr ich darauf warten werde, sondern Nick.

Hastig fahre ich fort: »Stimmt. Trotzdem schlechter Zeitpunkt. Wir brauchen beide einen klaren Kopf.«

»Weil?«

»Weil... Scheiße. Wie machen wir denn jetzt weiter, Karsten?«

»Ich weiß nicht.«

»Ich meine, bleiben wir... wir bleiben doch nicht zusammen. Oder?«

»Das könnte eine seltsame Beziehungskonstellation werden.« In seinen Augen blitzt es kurz auf. »Und ich fürchte, ich bin bei Nick nicht weniger eifersüchtig als bei dir.«

Gott, allein die Vorstellung, dass Karsten und Peer *irgendetwas* miteinander anstellen, beschert mir eine heftige Gänsehaut – nicht wegen Karsten, sondern wegen Peer. Ich will nicht, dass er mit anderen schläft. Ganz abgesehen davon, dass Peer mit seiner Ganz-oder-gar-nicht-Einstellung auch nicht fürs Teilen ist.

»Also...«, sage ich gedehnt.

»Also trennen wir uns«, beendet Karsten den Satz leise für mich und ich höre den Schmerz so deutlich aus seiner Stimme heraus, dass ich sein Echo in meinem eigenen Herzen fühlen kann.

»Okay.«

»Komische Vorstellung, oder?«

»Ja.« Ich verstärke meinen Griff um seine Finger. »Aber wir müssen ja nicht den Kontakt abbrechen. Ich meine, wir gehen hier ja gerade im Guten auseinander, oder?«

»Irgendwie schon.« Er lächelt mich an. »Ich mein's wirklich so, Felix: Ich will dich nicht verlieren. Ich... du bedeutest mir so viel.«

»Du mir auch. Aber Peer...«

Jetzt lacht er. »Ich weiß. Scheiße, ich weiß.«

Nein. Er weiß es nicht ganz. Bei Nick und ihm gibt es keine verschleierten Identitäten. Und plötzlich habe ich doch das Bedürfnis, Karsten davon zu erzählen. Er ist mein Freund. Mein bester Freund. Das war er schon, bevor wir ein Paar geworden sind, danach ist es nur irgendwie kompliziert geworden.

Allerdings stehen im Augenblick andere Dinge im Vordergrund. »Okay. Was machen wir mit der Wohnung?«

***

Die Frage ist gar nicht so leicht zu beantworten. Fürs Erste einigen wir uns darauf, alles so zu lassen, wie es ist – nur dass wir natürlich kein Paar mehr sind, sondern gute Freunde, die zusammenwohnen. Es war schon nicht einfach, diese Wohnung zu finden. Zwei Single-Wohnungen aufzutreiben, dürfte da noch schwieriger werden.

Theoretisch könnten Nick und ich die Wohnungen einfach tauschen. Ich ziehe in seine Vierer-WG und er zieht mit Karsten zusammen. Nur dass ich kein WG-Mensch bin und Karsten und Nick erstens noch nie übers Zusammenziehen gesprochen haben und zweitens noch gar nicht so weit sind.

»Richtig *zusammen* waren wir ja auch noch gar nicht«, sagt Karsten. »Es war eher so was wie eine Affäre, seit April. Vielleicht ein bisschen mehr.«

Trotzdem weiß ich nicht, ob es gut ist, wenn wir weiterhin zusammen wohnen. Natürlich denke ich nicht, dass wir auf einmal wieder anfangen, miteinander zu schlafen – das Bedürfnis hat uns die letzten Wochen auch nicht überkommen. Aber dadurch bleibt alles so seltsam vertraut.

Vorerst behalten wir auch unser gemeinsames Konto, weil davon die Miete abgebucht wird, und gehen für uns zusammen einkaufen, anstatt dass wir anfangen, die Fächer im Kühlschrank aufzuteilen. Inzwischen wohnen wir fast zehn Monate zusammen, da kennen wir die Essgewohnheiten des anderen und wissen, wer was an Lebensmitteln braucht.

Komisch ist die Schlafaufteilung. Wir schlafen nicht mehr zusammen im Bett, sondern wollen uns wöchentlich abwechseln mit dem Schlafzimmer und dem Sofa. Das ist zumindest mein Vorschlag, aber Karsten ist nicht überzeugt.

»Du weißt, dass mich das Aquarium die Hälfte der Nacht wach halten wird. Das hat es früher schon gemacht.«

»Ach so? Ich dachte, *ich* wäre dafür verantwortlich gewesen.«

»Wieso schlafen wir nicht weiterhin beide im Bett?«

»Findest du das nicht komisch? Es ist ja nicht mal ein Doppelbett.«

»Wir haben schon zusammen in einem Bett geschlafen, als wir uns beide noch für hetero gehalten haben.«

»Und jetzt sind wir beide schwul und nicht mehr zusammen.«

»Ist das ein Grund, gleich übereinander herzufallen, wenn man im selben Bett liegt?«

»Nein, aber –«

»Ha! Siehst du! Also abgemacht.«

Ich verdrehe die Augen. »Karsten…«

»Du kannst gerne auf dem Sofa kampieren. Ich finde das albern.«

Und damit ist die Diskussion für ihn beendet.

Zum Glück ist das so ziemlich der einzige Punkt, in dem wir uns uneinig sind, denn Karsten ist genau wie ich dafür, dass wir sowohl Nick als auch Peer vorerst aus unserer Wohnung raushalten und uns stattdessen woanders treffen. Bei mir ist das kein Problem, Karsten wird sich weiterhin mit Nicks WG arrangieren.

Zum Glück ist es nach wie vor für keinen von uns leicht, den anderen mit anderen zu *sehen*.

Kapitel 17

»Das ist total schräg«, wiederholt Silvi zum dritten Mal, während wir in der Schlange vor der Eisdiele einen Schritt weiter nach vorne rücken. Das komplette Stadtviertel scheint in der heutigen Mittagspause am Montag Lust auf Eis zu haben. Silvi und ich stehen schon seit zehn Minuten an.

»Und ich will ja nichts sagen«, fährt sie fort, »aber hab ich's nicht gesagt? Hab ich nicht gesagt, dass er die offene Beziehung deshalb wollte, weil er einen anderen hat?«

Unbehaglich nestle ich am obersten Knopf meines Hemds herum, während ich meinen Blick umherschweifen lasse. Hinter uns steht eine Frau mittleren Alters in einem ähnlich gnadenlosen Businessoutfit wie ich und hat die Nase in einen E-Reader gesteckt. Ob sie allerdings tatsächlich so vertieft ist, wie sie tut, wage ich zu bezweifeln. Sieht aus, als hätte sie die Ohren gespitzt und würde uns belauschen.

Auch der Buchhaltertyp mit Brille und beginnender Glatze vor Silvi wirft immer wieder grimmige Blicke über seine Schulter, als würde ihm auf der Zunge liegen, dass wir uns über so frivole Themen ja wohl nicht in der Schlange vor einer Eisdiele unterhalten können, während Kinder anwesend sind. Seins im Besonderen. Allerdings zeigt der Junge – vielleicht zehn oder so – nur Interesse an seinem Handy und ansonsten an gar nichts.

»Ganz so kann man es nicht sagen.«

Sie zieht eine Augenbraue hoch. »Ach nein?«

»Nein. Er liebt mich. Er wollte uns beide –«

»Ha! Und das ist kein Grund, auszuflippen? Er wollte euch beide, hat es aber nicht für nötig gehalten, dir von deinem Nebenbuhler zu erzählen.«

Der Buchhalter sieht schon wieder über seine Schulter. Ich tue so, als hätte ich seinen Blick nicht bemerkt, und drehe mich ein Stück von ihm weg.

»Es ist kompliziert.«

»Verdammt richtig.« Silvi schüttelt den Kopf und nimmt mich mit zusammengekniffenen Augen ins Visier. »Ehrlich, ich habe keine Ahnung, wie du das Ganze so gelassen sehen kannst. Dein Freund hatte eine heimliche Affäre, in die er sich obendrein noch verliebt hat. Anstatt dir davon zu erzählen, beschließt er, mit einer offenen Beziehung für Gleichberechtigung zu sorgen, allerdings in der Annahme, dass du da vermutlich eh nicht zum Zug kommen wirst.«

»Könntest du bitte etwas leiser reden?«, zische ich sie an, als mir die Neugier auf dem Gesicht der Frau mit dem E-Reader auffällt. Ich glaube nicht, dass ihr Buch so fesselnd ist wie mein Liebesleben.

»Meine Güte, hört doch keiner zu.«

»Doch, leider«, höre ich den Buchhaltertyp vor uns brummeln, woraufhin sich Silvi überrascht zu ihm umdreht.

Danach fährt sie tatsächlich leiser fort: »Wo war ich? Ach ja. Nachdem du dann *doch* zum Zug gekommen bist und dir mit Peer eine echte Sahneschnitte geangelt hast –«

»Ich hab ihn mir nicht *geangelt*.«

»– kriegt Karsten auf einmal Eifersuchtsattacken, weil er dich ja doch noch *so sehr* liebt –«

»Tut er auch.«

»Aber seine neue Flamme will er trotzdem nicht aufgeben. Ihr entfernt euch voneinander, habt keinen Sex mehr –«

»Silvi!« Dieses Mal bin ich so empört, dass ich ihr gegen die Schulter schlage.

Sie verdreht die Augen und macht im Flüsterton weiter: »Und du verliebst dich in Peer und Karsten verliebt sich in… wie heißt er noch mal?«

»Nick.«

»Genau. Und von dieser ganzen Scheiße erfährst du nur durch Zufall, weil Karstens Freund komische Andeutungen macht und du einmal versehentlich früher nach Hause kommst, wo Karsten seiner sexuellen Freiheit und diesem Nick frönt. Ihr könnt euch endlich aussprechen, aber anstatt Karsten eine reinzuhauen, einigt ihr euch darauf, dass das Ganze irgendwie dumm gelaufen ist, werdet wieder beste Freunde und obendrein noch Mitbewohner?!« Sie schnaubt. »Entschuldige, aber das ist nun mal *total schräg*.«

»Wäre es dir lieber, ich würde mit Geschirr nach ihm werfen?«

»Nein. Aber bist du denn überhaupt nicht sauer?«

»Natürlich bin ich sauer. Ich war die ganzen letzten Wochen permanent sauer auf Karsten.«

»Wem sagst du das?«

»Wahrscheinlich hab ich innerlich schon länger mit ihm abgeschlossen. Meine Gefühle ihm gegenüber haben sich verändert. Anfangs wollte ich ihn wegen der offenen Beziehung auseinandernehmen, aber seitdem ist so viel passiert… Schätze, dazu fehlt mir jetzt einfach die Energie.«

»Die Energie«, wiederholt sie langsam und schüttelt den Kopf.

Ich glaube, Silvi möchte ich auch nicht als Partnerin haben. Da fliegt wahrscheinlich nicht nur Geschirr. Sie scheint zu der Sorte zu gehören, die radikal Fotos verbrennt, Klamotten zerschneidet und sich eine neue Frisur zulegt, um die Trennung zu zelebrieren.

»Außerdem habe ich ja noch Peer.«

»Falsch.« Sie rückt in der Schlange weiter vor. Jetzt bestellt der Buchhaltertyp, danach sind wir dran. »Du hättest Peer gerne, aber tatsächlich hast du ihn nicht.«

Ich beiße die Zähne zusammen, weil ich nicht protestieren kann. Nachher bin ich wie jeden Montag mit ihm verabredet, aber ich habe keine Ahnung, wie ich ihm erklären soll, dass ich Felix und nicht Max bin.

Ach so, übrigens, Peer, wäre cool, wenn du mich demnächst nicht mehr Max nennst, wenn du kommst, sondern Felix. Das ist nämlich mein richtiger Name, weißt du? Ich hab dir was vorgeschwindelt, weil ich bis vorgestern noch mit meinem Freund Karsten zusammen in einer offenen Beziehung gelebt habe. Aber das hat sich jetzt erledigt, weil er sich in seine Affäre und ich mich in meine verliebt habe. Na, rate mal, wer das ist? Richtig! Du!

Silvi tritt vor und bestellt für sich zwei Kugeln in der Waffel, Schokolade und irgendwas Neonblaues, das ich nicht mal mit der Kneifzange anfassen würde. Ich nehme Stracciatella und Vanille. Anschließend schlendern wir von der belebten Hauptstraße weg in kleinere Seitenstraßen, in denen nicht so viel Verkehr herrscht und es dadurch ruhiger ist.

»Also«, sagt Silvi, als hätten wir unser Gespräch nie unterbrochen. »Was willst du wegen Peer tun?«

»Ich sag's ihm heute.«

»Okay«, sagt sie gedehnt und mustert mich von der Seite. »Deine neue, aufgeräumte Seite gefällt mir. Ich bin gespannt, wie Peer reagiert.«

Ich auch. Allein bei dem Gedanken krampft sich mein Magen zusammen. Ich weiß, wie *ich* reagieren würde. In Anbetracht von Peers Vorgeschichte mit Tom könnte es sein, dass Peer es sogar noch schlechter aufnimmt.

»Aber noch mal zurück zu Karsten…«

Ich stöhne. »Silvi, lass gut sein. Ich muss nicht so reagieren, wie du es vielleicht würdest.«

»*Ich* würde gar nicht erst in so eine Situation geraten. Aber davon mal abgesehen… Dir ist klar, dass Karsten dich weiterhin nach seiner Pfeife tanzen lässt, oder? Obwohl ihr nicht mehr zusammen seid?«

»Wir haben uns gemeinsam dafür entschieden, uns zu trennen, aber vorerst weiterhin zusammenzuwohnen.«

»Und das ist Quatsch. Ihr wart sechs Jahre zusammen, ihr könnt nicht einfach nur so zusammenwohnen. Er will immer noch beides. Dich und Nick.«

»Er kann uns ja auch beide haben. Nick als neuen Freund und mich als alten besten Freund. Ich will ihn doch genauso wenig verlieren, Silvi.«

Sie schüttelt den Kopf. »Ihr seid echt schräg.«

»Das hast du jetzt schon hundertmal gesagt. Wieso reden wir eigentlich schon wieder die ganze Zeit über mich? Schläfst du jetzt wirklich mit deinem Proletennachbarn, der nicht einparken kann, schreckliche Musik hört und jede Nacht eine andere flachlegt?«

Nicht dass mich das bis ins letzte Detail interessiert wie Silvi offensichtlich mein Liebesleben.

»Im Moment legt er nur mich flach, dafür sorge ich schon.«

»Oh Mann.«

Sie wirft mir einen belustigten Seitenblick zu. »Deshalb reden wir die ganze Zeit über dich.«

Ihr neonblaues Eis schmilzt über den Rand der Waffel und ein Klecks läuft in einer schnurgeraden Linie nach unten, bis er von ihrer Hand aufgehalten wird. Verspätet leckt sie die Spur auf und an dem Eis entlang.

»Wie schmeckt dieses neonblaue Experiment eigentlich?«

»Zum Kotzen.« Sie streckt mir ihr Eis entgegen. »Du willst nicht zufällig tauschen?«

***

»Max, hey!«

Ich drehe mich in die Richtung, aus der der Ruf kommt, und entdecke Peer zwischen mehreren Rauchern vor dem *Mathäser*-Kino. Wie immer, wenn er mich mit meinem falschen Namen in der Öffentlichkeit anspricht, ist mir ein wenig mulmig zumute. Ich weiß schon, warum wir uns hauptsächlich in seiner Wohnung in trauter Zweisamkeit aufhalten – abgesehen davon, dass ich es liebe, mit ihm zu schlafen.

»Hey«, sage ich, als Peer vor mir steht.

Kurz bin ich irritiert, wie ich ihn in der Öffentlichkeit begrüßen soll. Küssen fällt ja bei ihm schon aus, wenn wir uns an seiner Wohnungstür begegnen. Wie habe ich ihn letztes Wochenende im *Piggy* begrüßt? Mit einer Umarmung?

Zu meiner Überraschung beugt sich Peer zu mir herunter und streift mit seinen Lippen kurz über meine – vielleicht ist es auch eher mein Mundwinkel. Egal. Die Berührung reicht aus, um mein Herz zum Hämmern zu bringen.

Als Peer mich anschließend angrinst, versuche ich, mich schnell wieder zu fangen. »Ähm, hätte nicht gedacht, dass es hier so voll ist.«

Er lacht und deutet in Richtung der Rauchergruppen, die zwar bunt gemischt sind, unter denen jedoch ein leichter Männerüberhang herrscht. »Glaubst du, die sind alle wegen *Magic Mike* hier?« Er schüttelt den Kopf. »Wahrscheinlich sind wir die beiden einzigen Männer im Kinosaal.«

»Weil wir die beiden einzigen Schwulen in München sind?«

»Weil viele einen besseren Filmgeschmack haben.«

»Hey.« Ich knuffe ihn mit dem Ellbogen.

»Na komm. Gehen wir rein.«

Obwohl wir kein Händchen halten oder uns besonders schwul verhalten, kommt es mir so vor, als würden uns hin und wieder wissende Blicke streifen – was totaler Schwachsinn ist. Mit Karsten war ich so selten im Kino, dass ich es nicht gewohnt bin, allein mit einem Mann im Kino zu sein: das klassischste aller Date-Szenarios.

Seit ich mich mit Karsten ausgesprochen habe, fällt es mir leichter, an ihn zu denken, während ich mit Peer zusammen bin, oder die beiden miteinander zu vergleichen. Das Einzige, was jetzt noch an mir nagt, ist diese verdammte Max-Geschichte.

Als Peer und ich uns Montag gesehen haben, war ich kurz davor, es ihm zu erzählen. Wollte ich ja auch. Ich habe es mir fest vorgenommen. *Wirklich.*

Aber dann haben wir irgendwie angefangen uns auszuziehen, und dann hat er mich noch mal an Donnerstag und unser Kino-Date erinnert. Danach hat mich der Mut verlassen – noch mehr.

Ich weiß einfach, dass seine Reaktion nicht positiv ausfallen wird. Gleichzeitig kann ich mir überhaupt nicht vorstellen, *wie genau* sie ausfallen wird. Und das macht mir Angst.

Als ich Silvi von meinem erfolglosen Versuch erzählt habe, hat sie mich nur mitleidig angesehen und gesagt, dass ich es ihm irgendwann sagen muss, wenn ich so was wie eine Zukunft mit ihm haben will. Die Frage ist nur, *ob* wir überhaupt eine Zukunft haben, wenn ich es ihm sage.

»Da. Letzte Reihe.« Peer deutet ans Ende des Kinosaals und steigt die Stufen hoch. Ich folge ihm. Unsere Plätze befinden sich nicht ganz mittig, aber das sollte kein Problem sein.

Beladen mit Popcorntüte und einer großen Cola lassen wir uns in unsere Sitze sinken und schauen zu, wie sich das Kino allmählich füllt. Es sind tatsächlich nur wenig Männer anwesend, auch wenn Peer unrecht damit hatte, dass wir die einzigen sind.

»Nimmst du anschließend eine Filmkritik auf?«, frage ich und fasse in die noch warme Popcorntüte.

»Hm, ich weiß nicht, ob das nicht meinem Image schadet, nachdem ich den ersten Film schon nicht besonders gut bewertet habe.«

Ich merke, dass er das nicht ganz ernst meint, und schnaube. »Dein Image? Was für ein Image soll das sein?«

»Das eines Filmkenners? Hey, was glaubst du wohl, wo die 40.000 Abonnenten herkommen?«

»Sind es inzwischen 40.000?« Nicht dass ich nachfragen müsste. Inzwischen gehöre ich zu seinen Abonnenten und schaue mir jedes neue Video von ihm an.

»Inzwischen sind es fast 41.000.«

»Oh mein Gott, du entwickelst dich mit riesigen Schritten vom Z-Promi zum Y-Promi.«

Jetzt stößt er mich spielerisch mit der Schulter an, ehe er mir die Popcorntüte wegschnappt und auf seinen Schoß stellt. Das Licht im Kinosaal wird gedimmt und die Werbung beginnt.

Peer beugt sich zu mir rüber, obwohl der Ton so laut eingestellt ist, dass ihn mein anderer Sitznachbar vermutlich eh nicht hören würde. »Ich find's schön, dass du dich doch noch umentschieden hast und mit mir hergekommen bist.«

»Umentschieden?«

»Ich hatte den Eindruck, du wolltest erst nicht.«

Ich drehe den Kopf, um ihn im schummerigen Dämmerlicht anzusehen, und finde mich fast Nase an Nase mit ihm wieder. Da er nicht zurückweicht, tue ich es auch nicht.

»Ich wollte schon«, sage ich zögerlich.

»Aber?«

»Aber… ich wusste nicht so ganz, wo uns das hinführt.« Das ist zumindest *eine* gute Erklärung, neben der Tatsache, dass *Max* extrem öffentlichkeitsscheu ist.

Seine Zähne blitzen kurz auf, als er lächelt. »Ins Kino?«

Ich rolle die Augen, ehe mir einfällt, dass er das wahrscheinlich nicht sehen kann. Ich will gerade zu einer Antwort ansetzen, als es zwischen uns klingelt und Peer zusammenzuckt.

»Scheiße.« Er fummelt an seiner Hosentasche herum, während sich das eine oder andere Gesicht zu uns umdreht und jemand »Handy aus!« blafft.

Ich grinse belustigt. »Wie oft, hast du gesagt, gehst du im Monat ins Kino? Hat dir noch niemand gesagt, dass man…« Ich erhasche einen Blick auf das leuchtende Display seines *iPhones*. Tom ruft an.

»Ich weiß, ich weiß.« Peer drückt den Anruf weg und stellt das Handy auf lautlos. »Hab's vergessen.« Er öffnet *WhatsApp* und tippt mit fliegenden Fingern eine kurze Nachricht, die ich nicht lesen kann. Meine Fantasie hilft mir allerdings bereitwillig aus.

Hör auf, mir hinterherzulaufen! Das mit uns ist vorbei!

Bin gerade im Kino. Melde mich später.

Hab doch gesagt, dass ich erst noch diesen Trottel Max abservieren muss. Komm um halb zwölf zum Ficken vorbei.

Ich schüttle den Kopf und trinke einen großen Schluck von der Cola, weil mein Mund auf einmal ganz trocken ist. »Ihr habt wieder Kontakt? Du und Tom?«

Er schiebt das Handy zurück in die Hosentasche. »Er hat sich seit Freitag ein-, zweimal gemeldet.«

Wenigstens ist er ehrlich. Das hat er mir voraus. »Und?«

»Hm? Nichts und.«

Er nimmt mir die Cola aus der Hand und trinkt ebenfalls einen großzügigen Schluck, als würde ihm die Zunge genauso am Gaumen festkleben wie mir. Dann stellt er den Pappbecher zwischen uns in die Halterung und greift sich eine Handvoll Popcorn aus der Tür. Offensichtlich hat er nicht vor, weiter auf das Thema einzugehen.

Sie haben sich vielleicht nicht ohne Grund getrennt, aber trotzdem ist es bestimmt sehr schmeichelhaft, wenn der Ex plötzlich wieder anfängt, Interesse an einem zu zeigen.

Für die Eisunterbrechung geht das Licht noch einmal an, dann wird es bis auf die Notfallbeleuchtung gelöscht und die obligatorischen Filmtrailer folgen. Bei dem einen oder anderen beugt sich Peer zu mir rüber und verrät mir entweder irgendwelche Details zur Story, zum Dreh oder zu den Schauspielern oder er sagt, wie lange er schon auf diesen Film wartet oder alternativ, was für ein riesengroßer Schwachsinn da wieder zusammengedreht wurde. Da geht seine Leidenschaft für sein Hobby mit ihm durch und langsam entspanne ich mich wieder.

Er sitzt mit mir hier im Kino, nicht mit Tom, das will ja wohl was heißen, oder?

Während des Films hingegen ist er sehr still und aufmerksam und wendet kaum den Blick von der Leinwand. Fehlt nur noch, dass er sich wie in der Schule Notizen macht, damit er anschließend ein ordentliches Referat halten kann.

Ab etwa dem ersten Drittel des Films werde ich zunehmend unaufmerksamer, weil Peer seine Hand auf meinen Oberschenkel legt und mich massiert und streichelt. Anfangs noch in eher ungefährlicher Zone, dann schiebt er seine Hand jedoch zwischen meine Beine und streicht mit seinen Fingern über die Beule in meiner Hose. Zweifellos stammt die von Peers Zuwendungen, denn der Film wartet mit enttäuschend wenig Tanzeinlagen und kaum nackter Haut auf.

Als ich bei der Berührung kurz zusammenzucke und mir auf die Unterlippe beiße, um nicht versehentlich aufzustöhnen, ist das der einzige Moment, in dem Peer seine Aufmerksamkeit von der Leinwand abzieht, um mich anzusehen.

Sein Gesicht wird vom Licht der Leinwand von einer Seite angestrahlt, die andere bleibt in einem diffusen Halbdunkel. In seinen Augen blitzt es und er grinst, als er die Reibung in meinem Schritt kurzzeitig erhöht.

Ächzend lege ich eine Hand auf seine. »Was machst du bloß mit mir?«, flüstere ich.

Eine Sekunde sieht es so aus, als würde er antworten wollen. Dann wendet er sich wieder dem Film zu, lässt seine Hand aber, wo sie ist. Ich auch. Damit er nicht auf dumme Ideen kommt. Und weil sich der Kontakt gut anfühlt. Zum Glück scheint Channing Tatum in *Magic Mike XXL* lieber angezogen zu bleiben. Andernfalls wäre es für mich sicher noch peinlicher geworden.

Erst als sich der Film dem Ende nähert, nimmt Peer die Hand wieder weg, als wollte er mir Gelegenheit geben, wieder runterzukommen, bevor das Licht angeht. Als der Abspann beginnt, springt ein Großteil der Kinobesucher auf und nähert sich schwatzend und lärmend den Ausgängen. Peer und ich bleiben zusammen mit einigen anderen noch kurz sitzen, bis sich der größte Ansturm gelegt hat.

»Vielleicht stehst du gar nicht so sehr auf die Tanzszenen, sondern auf die *Männer*, die da tanzen«, grinst Peer mich an.

»Vielleicht. Was ist falsch dran, wenn jemand gut aussieht und sich bewegen kann?«

»Nichts. Du weißt ja bestimmt, was man sagt. Von wegen, wer gut tanzen kann, ist auch gut im Bett und so.«

»Oh Gott. Dann muss ich furchtbar sein.«

Peer lacht – was mich nicht gerade beruhigt –, beugt sich zu mir rüber und legt eine Hand in meinen Nacken, um mich sanft zu kraulen. »Quatsch. Geistert dir das im Kopf herum, wenn man dich mit auf die Tanzfläche nehmen will?« Er drückt mir einen Kuss auf die Schläfe. »Dann kann ich nur sagen: So, wie du im Bett bist, musst du der Wahnsinn auf der Tanzfläche sein.«

Jetzt kann *ich* nur lachen. Und ich spüre, wie mein Gesicht heiß wird und es in meinem Magen erfreut kribbelt. Ich ziehe seine Hand aus meinem Nacken. »Okay, lassen wir den Scheiß. Ich glaube, der Film ist dir aufs Gehirn geschlagen. Gehen wir besser.«

Ich will gerade aufstehen, als er mich am Arm festhält. Wieder beugt er sich zu mir rüber und dieses Mal spüre ich seine Hand an meiner Wange, als er mein Gesicht zu sich dreht, um mich zu küssen. Nur kurz, aber dennoch spüre ich flüchtig seine Zunge zwischen meinen Lippen, die über meine streicht, ehe er sich zurückzieht.

Mein Herz pocht wie verrückt in meiner Brust, als ich ihn anstarre. Irgendwie kommt er meinem Mund in letzter Zeit öfter näher. Anfangs hat er mich überhaupt nicht geküsst außer beim Sex und inzwischen…

Peer lächelt und zuckt auf meine unausgesprochene Frage die Schultern. »Einfach nur so.«

»Das kannst du gerne öfter einfach nur so machen.«

»Hm, vielleicht. Aber nicht, wenn du dabei jedes Mal so erschrocken guckst.«

Er weiß ganz genau, warum ich so erschrocken aussehe, aber ich sage nichts dazu. Wir stehen auf und gehen ins Foyer. Peer verschwindet kurz auf die Toilette und obwohl keiner von uns es angesprochen hat, warte ich auf ihn. Ich rechne fest damit, dass wir jetzt noch zu ihm gehen. Vielleicht sollte ich Karsten eine kurze Nachricht schreiben, damit er sich keine –

Wow. Was für ein abgedrehter Gedanke. Meinem Ex und derzeitigem Mitbewohner schreiben, dass er sich keine Sorgen um mich machen soll, weil ich heute bei meinem neuen Lover übernachte und nicht auf der scheißunbequemen Couch. Die ersten zwei, drei Nächte war sie noch ganz okay. Inzwischen bin ich geneigt, mich Karstens Meinung anzuschließen: Ist doch albern, auf dem Sofa zu kampieren…

Silvi würde mir dafür vermutlich den Kopf abreißen. Aber es ist ja auch für mich gut, wenn ich keine Rückenschmerzen bekomme. Das hat nichts damit zu tun, nach Karstens Pfeife zu tanzen.

Ich merke, dass ich mein Handy schon in der Hand habe, schiebe es aber wieder zurück in die Hosentasche. Natürlich werde ich Karsten *nicht* schreiben, verdammt.

»Felix?«

Ich fahre herum, als hätte jemand auf mich geschossen. Mein Herz rast so hart und schnell in meiner Brust, als wäre es darin gefangen und würde sich einen Weg nach draußen kämpfen wollen.

»André.« Hastig sehe ich mich um. Wo ist Peer? Noch auf Toilette? Scheiße.

»Hey«, lächelt André aus der Personalabteilung freundlich. »Dann hab ich mich ja doch nicht geirrt. Bist du mit Karsten da?« André reckt den Kopf.

»Äh... nein.« Wenn ich ihm erzähle, dass wir uns getrennt haben, dauert dieses Gespräch sicherlich länger, als gut für mich ist. »Mit einem Freund. Und du?«

»Mit meiner Freundin. Sie ist eben zur Toilette. Was habt ihr euch angesehen? Oder geht ihr in die Spätvorstellung?«

Scheiße, wie zum Teufel kann ich diese Unterhaltung möglichst *schnell* beenden? Bevor ich einen verdammten Herzinfarkt bekomme. Jedes Mal, wenn die Tür zur Herrentoilette aufschwingt, zucke ich zusammen. Vielleicht kann ich Peer weismachen, dass Max mein zweiter Vorname ist, mit dem ich mir irgendwie verruchter vorkomme als mit Felix?

»Nee, wir waren schon. *Magic Mike*.«

André lacht. »Den musste ich mir auch ansehen. Meine Freundin steht auf den Hauptdarsteller.« Er rollt die Augen, als wäre es ihm vollkommen unverständlich, wie man auf Channing Tatum stehen kann. »Zum Glück bin ich in der Nähe und der nicht.«

»Hm-hm.« Ich stelle mich auf die Zehenspitzen und tue so, als würde ich an André vorbei etwas in der Menge entdecken. »Du, André, ich glaube, ich hab da hinten gerade meinen Freund gesehen. Ich geh mal schnell rüber, ja? Wir sehen uns morgen im Büro.«

»Na klar. Bis morgen.«

Ich will gerade losmarschieren, als ich aus dem Augenwinkel Peer aus der Herrentoilette kommen sehe. Verdammt. Und jetzt hab ich ihn schon angeguckt, jetzt kann ich nicht einfach wegrennen. Scheiße.

»Hey.« Peer kommt auf uns zu und mustert André neugierig. Da ich inzwischen seine Freunde kennengelernt habe, ist er sicherlich neugierig darauf, meine kennenzulernen.

So habe ich mir das allerdings nicht vorgestellt. Mir bricht der Schweiß aus. »Ähm.« Ich räuspere mich und versuche krampfhaft, die Röte, die mir ins Gesicht steigen will, zu unterdrücken. »Äh, Peer, das ist André. Ein Arbeitskollege.«

Die beiden begrüßen sich und tauschen kurzen Small Talk aus, während ich angespannt danebenstehe. Bei der kleinsten Erwähnung von Max oder Felix müssen Peer und ich leider ganz schnell gehen. Und wo zum Teufel bleibt eigentlich Andrés Freundin? Muss bei den Frauen denn *immer* so eine riesige Schlange auf dem Klo sein?

»Ich hab schon gehört, dass ihr auch in *Magic Mike* wart«, sagt André gerade. »Bist du auch schwul? Oder hat Felix dich mitge-«

»André!«, rufe ich panisch und offensichtlich so laut, dass sowohl André als auch Peer zusammenzucken. Beide sehen mich irritiert an. Mein Herz hämmert mir bis zum Hals. »Ich... äh... ist... das da nicht deine Freundin?« Ich zeige in die entgegengesetzte Richtung der Toiletten auf eine Ansammlung Menschen vor dem Ticketschalter.

André schüttelt den Kopf. »Sie ist auf Toilette. Hab ich das nicht gesagt?«

»Oh, äh, wirklich...? Okay. Muss ich überhört haben.«

Peer lächelt mich so zärtlich an, dass mir meine Lügerei noch mehr Herzschmerzen verursacht. Als er dann auch noch über meinen Nacken streicht, zucke ich zusammen. André beobachtet die Geste argwöhnisch, sagt jedoch nichts. Keine Ahnung, ob er mich instinktiv decken will oder ob er denkt, dass das unter Schwulen normal ist.

»Ich glaube«, sagt Peer in vertraulichem Tonfall an André gewandt, »Max ist noch ganz durcheinander von dem Film.«

»Max?«, rutscht André jetzt doch raus.

»Genau. Durcheinander«, sage ich, als hätte André gar nichts gesagt. »Und deshalb müssen wir jetzt auch gehen.« Ich greife nach Peers Hand, was André ebenfalls nicht entgeht. »Bis morgen, André.«

»Bis morgen, Fe...« Den Rest verkneift er sich, aber ich ziehe Peer ohnehin bereits auf die Rolltreppe nach unten zu.

Kapitel 18

Ich weiß nicht, ob Peer irgendetwas mitbekommen hat oder misstrauisch ist. Anfangs bin ich so angespannt, dass ich kaum auf ihn achten kann. Erst als sich mein Herzschlag allmählich wieder beruhigt und mein Kopf langsam begreift, dass die unmittelbare Gefahr gebannt ist, fällt mir auf, dass er ungewöhnlich still ist. Oder bilde ich mir das ein?

Ich fühle mich völlig ausgelaugt und erschöpft, meine Muskeln schmerzen von der andauernden Anspannung. Ich will das nicht. Ich will nicht jedes Mal, wenn ich mit Peer draußen unterwegs bin, Angst haben aufzufliegen.

Aber ich will auch nicht, dass er mich verlässt. Oder besser gesagt, dass er das mit uns beendet, weil zum Verlassen erst einmal das Zusammenkommen gehört. Ich kann kaum mit ihm zusammen sein, wenn er mich für jemanden hält, der ich nicht bin. Ich bin nicht abgebrüht genug, um so ein Doppelleben dauerhaft durchzuziehen. Keine Ahnung, wie das Männer machen, die sich nebenher noch eine komplette zweite Familie halten.

»Kommst du eigentlich noch mit zu mir?«, fragt Peer, als wir an seiner Haltestelle aus der Tram aussteigen.

»Äh, hab ich schon gedacht, ja. Deswegen bin ich schließlich hier ausgestiegen.« Ich zeige auf die Tramhaltestelle. Plötzlich erstarre ich. »Oder... oder willst du, dass ich gehe?«

»Was? Quatsch, nein.« Lachend schlingt er einen Arm um meine Taille und geht mit mir zu seiner Wohnung. »Ich find's ja schön, dass du einfach annimmst, bei mir willkommen zu sein.«

»Bin ich das denn?«

»Natürlich. Jederzeit. Auch wenn ich schon erwarte, irgendwann noch mal in deine Wohnung eingeladen zu werden.«

Ein Wink mit dem Zaunpfahl. Oder mit der Abrissbirne. »Äh, ja, klar. Kriegen wir hin. Ich... such mir sowieso gerade was Neues.«

Er gerät kurz ins Stocken und sieht mich von der Seite her an. »Echt? Warum? Dir ist schon klar, dass das in München eine Weile dauern kann und obendrein teuer wird.«

»Hm, ja, schon.« Aber ich kann ihn nicht in Karstens und meine Wohnung mitnehmen, schon gar nicht, wenn wir demnächst ausziehen. Also brauche ich zwangsläufig eine neue Wohnung. »Aber das Wohnklo nervt. Und die Nachbarn auch. Und ich glaube, ich hab Schimmel im Bad. Und in der Küche. Hmm.«

Scheiße, Felix, halt doch einfach die Klappe!

»Oh, okay. Ich wusste nicht, dass es so schlimm ist.«

Dazu sage ich nichts und suhle mich stattdessen in dem elendigen Gefühl, das meinen Magen krampfen lässt.

»Ich helfe dir auf jeden Fall gerne beim Umzug«, sagt Peer, als wir sein Mietshaus erreichen. Er zieht den Schlüssel aus der Hosentasche und schließt auf, ehe wir mit dem Aufstieg in den vierten Stock beginnen.

Da er inzwischen weiß, das Treppensteigen nicht so mein Ding ist, überrascht es ihn vielleicht nicht, dass ich auch darauf nichts sage. Oh Mann. Er will mir beim Umzug helfen! Wieso ist er nur so verdammt süß?

»Und ein paar meiner Freunde helfen sicherlich auch gerne, falls du noch jemanden brauchst.«

»Hm«, mache ich nichtssagend und möchte mir am liebsten in den Hintern treten. Ich reite mich nur immer weiter rein. Ich muss es ihm endlich sagen, verdammt.

Peer schließt seine Wohnungstür auf und als ich meine Schuhe im Flur ausziehe, fällt mir ein, dass ich morgen ganz früh aufbrechen und nach Hause fahren muss, um mich für die Arbeit umzuziehen. Dr. Schuhknecht würde einen Anfall kriegen, wenn ich mit kurzer Hose und T-Shirt an seinem geheiligten Arbeitsplatz auftauche.

Na ja, aber vielleicht übernachte ich ja doch nicht hier. Vielleicht wirft Peer mich gleich raus. Vielleicht, vielleicht, wenn ich endlich meinen beschissenen Mund aufbekomme.

»Peer?« Meine Stimme zittert leicht, als ich ihm in die Wohnküche folge.

»Ja? Willst du auch was trinken?«

Als ich nicke, holt er zwei Bierflaschen aus dem Kühlschrank. Er öffnet meine und drückt sie mir in die Hand. Sie ist eiskalt an meiner Handfläche und ich stelle sie auf den Küchenblock zwischen uns. Eigentlich habe ich überhaupt keinen Durst.

»Ich… ich muss…« Ich versuche es wirklich. Ich weiß zwar noch nicht wie, aber ich habe die feste Absicht. Doch meine Zunge fühlt sich in meinem Mund wie vertrocknetes Laub an. Sobald ich eine Bewegung damit mache, zerfällt sie.

Peer, der auf der anderen Seite vom Küchenblock steht und sich gegen die Anrichte lehnt, sieht mich belustigt an. »Ja? Du musst?«

»Ich…« Mir ist speiübel. Und es tut jetzt schon weh.

»Wenn du mir sagen willst, dass du deine Fantasien mit Channing Tatum mit mir ausleben musst, bevor du platzt, kann ich dich beruhigen: kein Problem. Überrascht mich nicht.«

Wundert er sich denn wirklich überhaupt nicht? Und wie kann man so ein beschissener Feigling sein? Vielleicht würde es besser gehen, wenn ich ihn nicht direkt vor mir habe. Wenn ich ihm nicht direkt ins Gesicht sehe und ganz genau mitverfolgen kann, wie erst das hinreißende Lächeln von seinen Lippen verschwindet und dann das Leuchten aus seinen fantastischen Augen. Vielleicht sollte ich mich umdrehen und dann einfach losreden.

Grandios. Oder du schreibst ihm eine verdammte WhatsApp-*Nachricht.*

»Oder willst du mir erzählen, warum dein Arbeitskollege André dich Felix genannt hat?«

Ich erstarre. Unvermittelt wird mir so kalt, als wäre sämtliches Blut in meinem Körper zu Eis gefroren.

Die Belustigung aus seinen Augen verschwindet. Jetzt sieht er eher unsicher aus. Definitiv nicht so wütend oder verletzt, wie er sein könnte. »Okay«, sagt er langsam. »Dann habe ich mich doch nicht verhört.«

»Nein.«

Weil das meine Name ist. Felix Wildner. Freut mich. Und wo wir schon dabei sind, jetzt bin ich zwar Single, aber bis zum letzten Wochenende war ich das noch nicht. Wenn du meinen Ex-Freund kennenlernen willst, kein Problem. Karsten und ich wohnen zufällig noch zusammen. Passt dir morgen?

Peer stellt die Bierflasche weg und lehnt sich über den Küchenblock. »Max. Wenn du mich so anguckst, machst du mir Angst. Was ist los?«

»Felix…« Mein Herz hämmert so laut in meiner Brust, dass ich eine Sekunde lang nicht weiß, ob ich schon etwas gesagt und es nur nicht gehört habe. Aber da Peer mich weiterhin abwartend ansieht, fahre ich fort: »Felix ist mein erster Vorname. Max mein zweiter. Als… als ich mich bei *LoveLife* angemeldet hab, wollte ich meine Identität nicht angeben. Nur für den Fall.«

Fast bin ich entsetzt, wie leicht mir das Lügen fällt. Nein, leichtfallen ist das falsche Wort. Es passiert einfach. Wie ein Netz, in das ich mich verstrickt habe und aus dem ich mich jetzt nicht mehr befreien kann. Ich verheddere mich nur immer weiter, bis es mich irgendwann unter Wasser zieht.

Einige ewige Sekunden sieht mich Peer einfach nur an. Dann verziehen sich seine Mundwinkel leicht nach oben. »Felix Max? Deine Eltern müssen eine ganz besondere Art Humor haben.«

Glückwunsch, Felix. Er hat's dir abgekauft.

Ich versuche, sein Lächeln zu erwidern. »Ja. Manchmal schon.«

»Das ist doch okay. Dass mit dem zweiten Vornamen, meine ich.« Er zuckt die Schultern, lehnt sich wieder zurück und schnappt sich seine Bierflasche. »Wenn ich mich selbst angemeldet hätte, hätte ich das vielleicht auch gemacht. Aber Curt hat überhaupt nicht daran gedacht.«

»Hast du einen zweiten Vornamen?«

»Nein.«

Lustig, ich auch nicht…

»Hm, ich weiß allerdings nicht, ob ich mich dran gewöhnen kann, dich Felix zu nennen«, meint Peer mit schief gelegtem Kopf.

»Du warst jetzt die ganze Zeit Max... Du hättest mir das übrigens ruhig eher sagen können.«

Das erste Mal klingt ein Hauch von Enttäuschung durch, wenn auch bei Weitem nicht so schlimm, wie ich befürchtet habe. Na ja, das passiert, wenn man eine Lüge mit der nächsten deckt.

»Hm, ich hab... irgendwie gar nicht mehr dran gedacht. Bei dir war ich Max, auf der Arbeit eben Felix.«

»Also ist es okay, wenn ich dich weiterhin Max nenne?«

Nein. Allmählich kotzt mich dieser Name an. »Na klar. Das ist ja schließlich auch mein Name.« Ich ringe mir ein Lächeln ab. »Aber du kannst dich auch gerne an Felix versuchen.«

»Okay.« Peer nimmt einen Schluck von seinem Bier und zeigt dann Richtung Flur. »Möchtest du zugucken?«

»Wobei? Wie du dich ausziehst?« Der Scherz ist lahm, aber ich kann immer noch nicht ganz glauben, dass ich so glimpflich davongekommen bin.

Peer grinst. »Beim Aufnehmen. Das Ausziehen kommt später.«

»Du willst wirklich jetzt noch die Kritik filmen?«

»Klar. So anspruchsvoll war der Film jetzt auch nicht. Außerdem ist es immer besser, solange die Eindrücke noch frisch sind. Und je eher das Video online ist, desto mehr Leute schauen es sich an.«

Das klingt logisch. Wenn der Film schon zwei Wochen in den Kinos läuft, macht es wenig Sinn, noch eine Kritik abzuliefern. Vor allem angesichts der Konkurrenz, die den Film schon vor dem offiziellen Kinostart gesehen und bewertet hat. Dazu hat Peer vermutlich doch noch zu wenig Fans und Einfluss und betreibt das Ganze nicht professionell genug.

Ich folge ihm in sein Arbeitszimmer, in dem er die Monitore und die Kamera einschaltet und den Computer hochfährt. Anschließend schnappt er sich einen Block und einen Stift und schreibt etwas auf, das nach Stichpunkten aussieht.

»Was machst du da?«, frage ich und lehne mich gegen den Schreibtisch neben die Kamera. Im Moment scheint es hier noch ungefährlich zu sein.

»Ein paar Notizen. Gedanken sortieren. Solche Sachen.« Er sieht kurz auf und lächelt mich an, ehe er weiterkritzelt und das Ganze mit ein paar Pfeilen und Nummern versieht.

»Schreibst du dir auf, was du sagen willst?«, frage ich, nachdem er sich seine Notizen ein paar Mal durchgelesen und hier und da noch etwas durchgestrichen oder mit weiteren Pfeilen versehen hat.

»Nein. Man merkt, wenn irgendwas auswendig aufgesagt klingt. Oder wenn man es abliest. Das kommt nicht so gut an.« Er tippt auf den Block. »Vorbereitung ist okay und wichtig, aber der Text selbst sollte mehr oder weniger spontan sein.«

Ich nicke nur. Er macht das nicht zum ersten Mal, er wird schon wissen, was er tut. Und wenn ich so darüber nachdenke, hat keins seiner Videos abgelesen gewirkt. Peer kommt immer sehr authentisch und natürlich rüber. Aber wahrscheinlich bin ich in meiner Meinung etwas voreingenommen.

»Und jetzt?«

»Jetzt drücke ich auf Play und lege los.«

»Das war's? Bist du nicht irgendwie... ich weiß nicht, nervös, weil das Video anschließend an die 41.000 Leute sehen könnten?«

Er grinst. »Ich bin ja nicht live dabei, wenn sie es sich ansehen. Dann ist ja schon alles im Kasten.«

Mit seinem Schreibtischstuhl rollt er auf mich zu, umfasst meinen Hintern und zieht mich ein Stück zu sich, während er zu mir hochsieht. Mir wird heiß, obwohl er den Schreibtischstuhl noch einige Zentimeter nach unten stellen müsste, damit sein Gesicht annähernd auf Höhe meines Schritts ist. Trotzdem ist der Gedanke, meine Hose zu öffnen und mir von ihm einen blasen zu lassen, auf einmal sehr verführerisch.

Als er mein T-Shirt hochschiebt und sich vorbeugt, um meinen Bauch zu küssen, werde ich hart. Grinsend legt Peer eine Hand auf meinen Schwanz und drückt sanft zu. Ich stöhne auf.

»Ich wollte eigentlich sagen: Wenn du nicht mit aufs Bild willst, solltest du jetzt da rüber gehen«, sagt er leise und nickt zur Zimmertür.

Frustriert ziehe ich seine Hand weg. »Das hast du mit Absicht gemacht.«

»Oh, ja. Weil ich mich viel besser konzentrieren kann, wenn du mir mit einem Ständer zusiehst.«

»Wie gut kannst du dich konzentrieren, wenn ich dir *nackt* zusehe?«

In seinen Augen blitzt es auf. Die Vorstellung scheint ihm zu gefallen. Für eine Sekunde glaube ich sogar, dass er es sich anders überlegt und die Filmkritik doch auf später verschiebt, aber dann lehnt er sich noch einmal vor und platziert einen letzten Kuss auf meinen Bauch, ehe er mein T-Shirt wieder runterzieht.

»Finde es doch raus.«

Von wegen. Dann stehe ich da nackt in der Tür und er hat plötzlich die Kamera in der Hand und richtet sie auf mich. Nein danke.

Ich gehe zur Tür hinüber und lehne mich mit verschränkten Armen gegen den Rahmen.

Peer schneidet eine Grimasse. »Also doch mit bekleidetem Publikum. Auch gut.«

Er dreht sich auf dem Schreibtischstuhl Richtung Kamera und checkt sein Bild in einem der Monitore, ehe er die Kamera geringfügig neu justiert. Ich kann sowohl ihn als auch das Bild der Kamera sehen und muss lächeln, als er sich noch einmal kurz durch die Haare fährt und hier und da eine Strähne zurechtzupft. Dann nimmt er noch die geöffnete Bierflasche vom Schreibtisch und hält sie mir hin.

»Kannst du die halten?«

Ich nehme sie ihm ab und dann geht es los. Peer startet die Aufnahme, nimmt sich noch kurz Zeit, um sich aufrecht auf den Stuhl zu setzen, und spricht dann direkt in die Kamera.

Er beginnt mit einer kurzen, lockeren Begrüßung und sagt sogar, dass er eben erst vom Kino zurück ist, ehe er den Inhalt umreißt und anschließend mit der Kritik beginnt. Dabei bleibt er stets entspannt und souverän, wirkt jedoch nicht wie ein steifer Nachrichtensprecher. Er bewegt sich ein bisschen, jedoch nicht zu viel. Er lächelt oft und gerät kein einziges Mal ins Stocken oder verhaspelt sich.

Wie gebannt hänge ich an seinen Lippen, obwohl ich den Film eben noch mit ihm zusammen angeschaut habe. Er hat eine Art zu erzählen, die einen fesselt. Das kommt in den Videos rüber, ist live aber noch stärker zu spüren. Man merkt ihm seine Begeisterung an, seine Leidenschaft für das, was er tut, und hinzukommt natürlich noch sein offener Blick.

Mehr als einmal sieht es so aus, als würde er mit der Kamera flirten – oder vielleicht kommt mir das auch nur so vor, weil ich an nichts anderes denken kann als daran, über ihn herzufallen, sobald er mit dem Video fertig ist. Geht das all seinen Abonnenten und Fans so?

Das Fazit seiner Kritik fällt überraschend gut aus, was ich nicht ganz nachvollziehen kann. Mir hat der erste Teil besser gefallen. Im zweiten gibt es für meinen Geschmack zu wenig Tanzszenen. Peer hingegen lobt den Regisseur und das Drehbuch, die *Magic Mike XXL* seiner Meinung nach fast zu einem *richtigen* Film gemacht haben.

Und dann überrumpelt er mich, indem er sich vertraulich näher zur Kamera beugt und mit einem Augenzwinkern sagt: »Vielleicht bin ich im Gegensatz zum ersten Teil ein klein wenig voreingenommen.«

Zum ersten Mal, seitdem er die Aufnahme gestartet hat, huscht sein Blick zu mir rüber. Eingefangen mit der Kamera, für jeden zu sehen, auch wenn man mich nicht sieht.

»Weil meine Begleitung dieses Mal sehr viel angenehmer war.«

Mein Herz bleibt stehen. Hat er das gerade wirklich gesagt?

Er sieht wieder in die Kamera. »Er steht auf Tanzfilme und hat mich möglicherweise mit seiner Begeisterung angesteckt.«

Dann verabschiedet er sich mit ein paar freundlichen Worten und bleibt noch kurz ein paar Sekunden sitzen, ehe er sich vorbeugt und die Kamera ausstellt.

»Das hast du eben nicht wirklich gesagt.«

Er lacht und klickt irgendwas an seinem Computer herum. »Doch. Hast du doch gehört, oder?«

Ich wage mich wieder ein paar Schritte ins Zimmer. »Das schneidest du aber raus. Richtig?«

»Hatte ich eigentlich nicht vor, nein.«

Er ruft die Aufnahme auf dem Bildschirm auf und spielt sie noch einmal ab. Ich stelle mich schräg hinter ihn und sehe sie mir ebenfalls noch einmal an. Gleich kommt es. Da. Der Blick zu mir.

»Weil meine Begleitung dieses Mal sehr viel angenehmer war.«

Der Blick zurück in die Kamera.

»Er steht auf Tanzfilme und hat mich möglicherweise mit seiner Begeisterung angesteckt.«

Peer lässt das Video bis zum Ende laufen, dann nickt er kurz und zieht es in irgendein Programm, um es zu bearbeiten. Der Upload beginnt, scheint sich, dem Balken nach zu urteilen, aber noch eine Weile hinzuziehen.

»Das kannst du doch nicht drin lassen.«

»Kann ich nicht?« Er dreht sich zu mir um. »Oder soll ich nicht?«

Sein Blick rührt etwas tief in mir drin an. Das war kein spontaner Einfall. Er hat ganz genau gewusst, was er da tut.

»Aber wirkt das nicht unprofessionell?«, frage ich hilflos, weil ich nicht weiß, ob ich will, dass so ein Video im Netz steht. Zwar weiß niemand, dass es dabei um mich geht, aber trotzdem fühlt es sich viel zu privat an, als dass die ganze Welt es mitbekommen sollte.

Peer zuckt die Schultern. »Ich bin eh kein professioneller Channel.« Er legt leicht den Kopf schief und greift nach meiner Hand. »Soll ich es rausschneiden?«

Er würde es tun, wenn ich ihn darum bitte. Aber dann bin ich derjenige, der sich albern verhält. Scheiße, eigentlich drückt er doch nur seine Zuneigung zu jemandem aus. Zu mir, um genau zu sein. Wie kann ich das nicht wollen?

»Nein«, sage ich schließlich leise, aber bestimmt. »Sollst du nicht. Lass es drin.«

Lächelnd steht er auf, legt beide Hände an mein Gesicht und küsst mich – schon wieder. Dieses Mal länger, intensiver und mit Zunge. Mein Schwanz regt sich und ich schlinge die Arme um seinen Nacken, um ihn dichter an mich zu ziehen. Ich spüre Peers Grinsen an meinen Lippen, als er seinen Unterleib gegen meinen drängt; er ist ebenfalls hart.

Er unterbricht den Kuss und wandert mit seinem Mund zu meinem Ohr. Er knabbert an meinem Ohrläppchen, bevor er flüstert: »Auch wenn du angezogen bist, kann ich mich kaum konzentrieren.«

Ich schlucke. »Hat man kaum gemerkt.«

Er öffnet meine Hose. »Dann zeige ich dir am besten jetzt, was ich die ganze Zeit im Sinn hatte.«

Kapitel 19

»Bist du heute gar nicht bei Peer?«, fragt Karsten von der Wohnzimmertür aus, kommt jedoch nicht rein und setzt sich neben mich aufs Sofa, als würde er befürchten, dass das irgendwie komisch werden könnte.

Ich finde es schon komisch, dass er mir so eine Frage stellt.

»Offensichtlich nicht.«

Ich halte den Blick auf den Fernseher gerichtet. Ich habe seit Wochen freitags kein Fernsehen mehr geschaut, weil ich entweder in Peers Bett gelegen habe oder wir uns einen Film aus seiner umfassenden DVD-Sammlung angesehen haben. Scheinbar habe ich nichts verpasst, wenn der interessanteste Blockbuster zur Primetime die x-te Wiederholung von *Fluch der Karibik* ist. Aber, hey, wer kann schon Captain Jack Sparrow widerstehen?

»Habt ihr Streit?« Jetzt stößt er sich doch vom Türrahmen ab und kommt zu mir rüber, auch wenn er sich eine Armlänge von mir entfernt aufs Sofa setzt.

»Was? Quatsch.«

»Sondern?«

Nun sehe ich ihn doch an. »Das fragst du doch nicht im Ernst.«

»Es interessiert mich.«

Und wie schräg ist das, bitte? Irgendwie muss ich Silvi doch recht geben. Mit Karsten zusammenwohnen zu bleiben und mit ihm über meinen neuen Irgendwie-Freund zu plaudern, fühlt sich so falsch an wie ein Sandsturm am Nordpol.

»Bist du heute nicht eigentlich noch mit deinen Leuten von der Uni verabredet?«

Er lacht. »Willst du mich loswerden?«

»Ich frag nur.«

Seufzend steht er wieder auf. »Ja, bin ich. Und ich bin auch schon weg.«

Für einen kurzen Moment sieht es so aus, als wollte er sich zu mir runterbeugen, um mir vielleicht einen Abschiedskuss oder so zu geben, aber diese Zeiten sind vorbei. Das scheint ihm in derselben Sekunde klar zu werden, denn er dreht sich um und geht. Einige Sekunden später höre ich, wie die Haustür ins Schloss fällt.

Ich bin ein wenig erleichtert, dass er weg ist. Als ich von der Arbeit nach Hause gekommen bin, war ich ohnehin erstaunt, dass er da war.

Ihn scheint es genauso überrascht zu haben, dass ich zu Hause bleibe, aber Peer ist heute mit Alex auf der Geburtstagsfeier eines Arbeitskollegen. Er hat mich nicht gefragt, ob ich mitkommen will, aber das erwarte ich auch nicht. So weit sind wir vermutlich noch nicht.

Vielleicht fahre ich morgen auf ein verspätetes Frühstück bei ihm vorbei. Immerhin hat er selbst gesagt, dass ich jederzeit bei ihm vorbeikommen kann. Bei der Vorstellung, ihn etwas verschlafen in der Tür stehen zu sehen, muss ich grinsen. Vielleicht frühstücken wir auch erst *danach*.

Ich schaue mir *Fluch der Karibik* zu Ende an und bleibe anschließend bei einem furchtbar schlechten C-Movie hängen – zumindest bis zur ersten Werbepause, die ziemlich lange auf sich warten lässt. Mein Handy gibt einen kurzen Signalton von sich. Eine Benachrichtigung. Offensichtlich hat Peer das Video über *Magic Mike* fertig geschnitten und hochgeladen. Wahrscheinlich per voreingestelltem Post, weil ich nicht glaube, dass er jetzt schon wieder zu Hause ist – es sei denn, die Party war wirklich besonders lahm.

Ich schalte den Fernseher aus, bevor der C-Movie weitergeht und mich mit seinen Absurditäten fesselt. Ich rufe das Video auf meinem Handy auf und spiele es mit leichtem Herzklopfen ab.

Obwohl ich dabei war, als er es aufgezeichnet hat, sieht es jetzt ganz anders aus, genauso professionell wie seine anderen Clips. Ich muss lächeln, als er mit seiner Kritik loslegt. Auch wenn ich weiß, dass sich wahrscheinlich jeder andere Zuschauer genauso angesprochen fühlt wie ich mich, schafft er es, den Eindruck zu erwecken, nur zu mir zu sprechen. Und dann kommt es.

»Vielleicht bin ich im Gegensatz zum ersten Teil ein klein wenig voreingenommen.«

Oh Gott, er hat es tatsächlich drin gelassen. Ein warmes Kribbeln nistet sich in meiner Magengegend ein, als der kurze Seitenblick zu mir folgt. Jeder kann sehen, dass er jemand ganz Bestimmtes anschaut, aber niemand sieht, wen. Aber ich weiß, dass er *mich* angesehen hat.

»Weil meine Begleitung dieses Mal sehr viel angenehmer war.«

Als er wieder zurück in die Kamera sieht, breitet sich das Kribbeln von meinem Bauch über meinen ganzen Körper aus. Dieses Funkeln in seinen Augen ist umwerfend. Und jetzt kann es womöglich jeder sehen, der sich das Video ansieht.

»Er steht auf Tanzfilme und hat mich möglicherweise mit seiner Begeisterung angesteckt.«

Mir entfährt ein halb belustigter, halb schnaubender Laut. Scheiße, das kommt irgendwie nicht besonders sexy rüber. Ich kann schon sämtliche seiner Fans lachen hören. Jemand, der einen scheinbar ganz anständigen Filmgeschmack hat, steht auf jemanden, der Tanzfilme mag.

Oder vielleicht auch ein bisschen mehr als *stehen*. Nachdem er dieses Video für die ganze Welt sichtbar hochgeladen hat, fühlt es sich nicht nur wie eine Zuneigungsbekundung, sondern fast wie eine Liebeserklärung an.

Vielleicht soll das auch so was in der Art sein. Vielleicht hat er deshalb so ernst geklungen, als ich ihn erst gebeten habe, das aus dem Video rauszuschneiden.

Mit leicht zittrigen Fingern tippe ich aufs Display und spiele das Video erneut ab. Und weil es so schön ist, noch ein drittes Mal.

Danach mache ich es mir so gut es geht auf der Couch bequem, um zu schlafen, während sich der Clip in meinem Kopf erneut abspielt und ich mich so glücklich fühle, dass es fast schon albern ist.

Erst denke ich, dass das der Grund ist, warum ich nicht einschlafen kann. Es dauert eine Weile, bis ich merke, woran es liegt. Die Bilder von Peer in meinem Kopf stören mich genauso wenig wie das Aquarium von Igor und seinem Schwarm, aber da ich schon den ganzen Abend auf dem Sofa liege, finde ich keine bequeme Position.

Ich wälze mich eine Weile hin und her, habe aber irgendwann genug. Scheiß drauf. Karsten kommt wahrscheinlich eh erst mitten in der Nacht wieder, wenn überhaupt. Bis dahin schlafe ich so tief und fest, dass ich seine Rückkehr gar nicht mitbekomme.

Ich wandere in unser Schlafzimmer, in dem es aussieht wie immer. Natürlich. Alle meine Sachen sind noch hier und ich hole mir hier jeden Morgen frische Klamotten aus dem Schrank. Aber als ich mich ins Bett lege, riecht alles nach Karsten. Ich weiß nicht, ob es mir deshalb so stark auffällt, weil er die letzten Nächte allein hier drin geschlafen hat oder weil ich ihn schon so lange nicht mehr so intensiv wahrgenommen habe.

Obwohl ich nur auf meinem Kopfkissen liege, überfällt mich Karstens Geruch. In meinem Kopf tauchen Bilder von ihm auf, von unserer gemeinsamen Zeit – und dann wieder von Peer. Von dem Video, aber auch von unserer gemeinsamen Zeit. Auf einmal wird meine Brust ganz eng und während ich in der Dunkelheit vor mich hinstarre, weiß ich auch, woran das liegt: Das Gefühl ist falsch. Ich gehöre hier nicht mehr her.

Kurzerhand stehe ich auf und ziehe wieder auf die Couch um.

***

Nach einer weiteren, unbequemen Nacht auf dem Sofa fällt es mir am nächsten Morgen leicht, früh aufzustehen und ins Bad zu gehen. Hinter der Schlafzimmertür ist es mucksmäuschenstill, aber Karstens Schuhe im Flur verraten mir, dass er irgendwann in der Nacht nach Hause gekommen sein muss, ohne dass ich es mitbekommen habe.

Nachdem ich schnell unter die Dusche gesprungen bin, schnappe ich mir den Hausschlüssel, Handy und Kopfhörer und schwinge mich um kurz nach halb zehn aufs Rad, um zu Peer zu fahren. Auf dem Weg von der Tramhaltestelle zu seinem Mietshaus gibt es einen Bäcker, bei dem ich eine bunte Auswahl an Brötchen und zwei Croissants kaufe.

Falls er nichts zum Frühstücken im Kühlschrank hat, kann ich noch schnell zwei Straßen weiter zum Discounter fahren. Das gibt ihm genügend Zeit, wach zu werden, sollte ich ihn gleich tatsächlich wecken. Hoffentlich ist die Geburtstagsparty gestern nicht ausgeartet.

Ich schließe das Rad an und drücke grinsend auf seine Klingel. Lieber wäre es mir gewesen, ihm gleich oben an der Tür zu begegnen, aber –

Der Summer ertönt, ohne dass er die Gegensprechanlage benutzt. Verdutzt drücke ich gegen die Tür und steige in den vierten Stock hoch. Vielleicht hält er mich für den Austräger irgendeines Wochenendblatts und wollte nur schnell die Klingel zum Verstummen bringen.

Im vierten Stock erwartet mich die nächste Überraschung, weil die Tür zu seiner Wohnung offen steht. Okay. Er kann unmöglich mich erwarten.

Vorsichtig stecke ich den Kopf zur Tür herein, als Peer gerade aus der Wohnküche in den Flur tritt. »Du bist ganz schön – Max.«

Abrupt bleibt er stehen. Er hat mich eindeutig nicht erwartet. Sondern jemand anderes. Er ist komplett angezogen, keine Spur von süßer Verpenntheit.

»Hey.« Er lächelt mich an, aber ich erkenne deutlich, wie viel Mühe ihn das kostet. Dann wirft er einen schnellen Blick auf sein Handy. »Was machst du denn hier? Waren wir verabredet?«

»Wieso? Komme ich ungelegen?« Blöde Frage. Das ist offensichtlich. Ich halte die beiden Papiertüten hoch, die Croissants sind extra eingepackt. »Ich dachte, ich komm zum Frühstück vorbei.«

»Hm. Das ist echt nett von dir, aber… eigentlich habe ich was vor.«

»Ach ja? Was denn?« Ich trete ein und schließe die Tür hinter mir, was ihm sichtlich Unbehagen bereitet. Ich spüre ein nervöses Krampfen in der Magengegend.

Als ich den Flur entlang auf ihn zugehe, rieche ich frischen Kaffee. Ich linse in die Wohnküche und obwohl der Tisch nicht gedeckt ist, ist definitiv mehr Kaffee in der Kanne, als für eine Person gesund ist.

Der schmerzhafte Stich in meiner Brust lässt mich mehr als eine Armlänge von ihm entfernt stehen bleiben.

»Erwartest du jemanden?«

»Ja.«

Wenigstens ist er ehrlich. Obwohl es ohnehin sinnlos wäre, es zu leugnen. »Wen?«

Peer holt tief Luft, kommt auf mich zu und greift nach meiner freien Hand. »Schau mich bitte nicht so an.«

»Wie denn?«

»Wie ein getretener Hund.«

Keine Ahnung, wie ich das ändern soll. Bringt es wohl so mit sich, wenn man erst unangemeldet nach Hause kommt und seinen damals Noch-Freund bei den Vorbereitungen zu einem Dreier erwischt, und dann seinen Fast-Freund mit einem Frühstück überraschen will, der jedoch offensichtlich jemand anderes erwartet.

»Es ist ganz harmlos, okay?«

Hätte er noch schlimmer anfangen können? Ich glaube nicht.

»Ich hab Tom gebeten, vorbeizukommen.«

Ich zucke zusammen, als wäre direkt neben mir der Blitz eingeschlagen. Ich entziehe ihm meine Hand und starre ihn an. »Tom? Dein Ex-Freund Tom?«

»Zur Aussprache«, betont Peer. »Sonst nichts. Seit wir uns im *Piggy* begegnet sind, ruft er mich ständig an und schreibt mir Nachrichten.«

»Ja. Weil er dich zurückwill.«

»Ich weiß.« Ein Zögern, das sich bis in die Unendlichkeit auszudehnen scheint. »Ich ihn aber nicht.«

»Und jetzt noch mal etwas überzeugender«, sage ich bitter und komme mir auf einmal vollkommen dämlich vor mit meinen zwei Bäckertüten. Vielleicht kann ich sie ja Peer und Tom zum Frühstück hier lassen.

»Max…«

Und als er meinen falschen zweiten Vornamen ausspricht, befürchte ich plötzlich, dass er das genau deswegen macht: Weil ich ihn wegen meines Namens angelogen und es so lange rausgezögert habe, ihm die Wahrheit zu sagen.

Wie wird er dann erst reagieren, wenn er die *ganze* Wahrheit erfährt? Vielleicht findet er dann, dass er genauso gut zu seinem betrügenden Ex zurückgehen kann, wenn ihm der Typ, mit dem er seit fast zwei Monaten schläft, von Anfang an das Blaue vom Himmel gelogen hat. Bei Tom weiß er wenigstens, was er zu erwarten hat. Bei mir weiß er nichts. Weil er mich nicht kennt.

Der Gedanke jagt mir einen eisigen Schauer den Rücken hinunter.

Doch dann sagt Peer: »Ich habe gestern noch mal mit Alex darüber gesprochen –«

»Natürlich«, rutscht mir raus. Alex. Wer sonst?

»… und dabei ist mir klar geworden«, fährt er etwas lauter fort, als hätte ich ihn nicht unterbrochen, »dass ich unter das Ganze einen ordentlichen Schlussstrich ziehen muss. Insbesondere im Hinblick auf uns.«

»Auf uns?« Damit nimmt er mir irgendwie den Wind aus den Segeln.

Peer lächelt. »Na ja, ja. Oder hast du noch nie was davon gehört, dass man alte Beziehungen erst einmal abschließen sollte, ehe man sich in was Neues stürzt?«

Autsch. Ich verpasse den Zeitpunkt, etwas Schlagfertiges darauf zu erwidern, und gehe stattdessen in die Wohnküche. Ich lege die beiden Brötchentüten auf die Anrichte und habe mich dann wieder einigermaßen gefangen.

»Dann lasse ich euch die am besten hier, damit es auch ein produktives Gespräch wird.«

Peer schnaubt. »Ich hatte eigentlich nicht vor, das Ganze unnötig in die Länge zu ziehen oder besonders gastfreundlich zu gestalten. Ich weiß nur, wie unleidlich Tom wird, wenn er morgens keinen Kaffee…« Er bricht ab, als befürchte er, dass ich keine Einzelheiten über seine Beziehung mit Tom hören kann, ohne einen Schreikrampf zu bekommen.

Ich versuche, es locker zu nehmen. »Schon klar. Kein Problem. Kannst mich ja anrufen, wenn ihr hier fertig seid.«

Er wackelt mit den Augenbrauen, kommt auf mich zu und hakt einen Finger in den Bund meiner Hose. Mit einem Ruck zieht er mich an sich. Ich habe nicht erwartet, dass er so kräftig zieht, verliere kurz das Gleichgewicht und pralle gegen ihn. Seinem Gesichtsausdruck nach zu urteilen, war das jedoch genau das, was er beabsichtigt hat.

Er beugt sich dichter zu mir und haucht mir einen Kuss auf die Lippen. Ich erschauere. Ich weiß nicht, ob ich mich je daran gewöhnen werde, wenn er mich plötzlich küsst. Ich hoffe nicht.

»Was hast du denn heute noch so geplant? Außer mich mit einem Frühstück zu überraschen?«

Ich lege eine Hand auf seinen Hintern und drücke leicht zu. »Da fällt uns bestimmt –«

Es klingelt. Unvermittelt verschwindet das verspielte Funkeln aus Peers Augen und er sieht mich bedauernd an. »Das ist Tom.«

»Dann geh ich jetzt wohl besser.«

»Gerade überlege ich, ob ich ihn nicht einfach klingeln lassen soll«, sagt Peer, wobei seine letzten Worte von einem erneuten Klingeln unterstrichen werden.

»Und dein Schlussstrich?«

Peer schnaubt. »Den habe ich eh längst gezogen. Zumindest im Kopf.« Wieder küsst er mich, bevor er mich seufzend loslässt und in den Flur verschwindet.

Er lässt ein warmes Gefühl in meiner Brust zurück, bei dem ich ziemlich dämlich grinsen muss.

Ich folge ihm in den Flur. Peer hat die Wohnungstür bereits aufgezogen, sieht jedoch mich an. »Sobald wir hier fertig sind, ruf ich dich an.«

»Okay. Ich bleib in der Nähe.«

Peer lacht. »So *bald* könnte es vielleicht doch nicht werden.«

Schritte im Hausflur kündigen Tom an, der deutlich schneller in den vierten Stock gelangt als ich. Wer weiß, was er sich von dem Treffen hier mit Peer erhofft. Hoffentlich wird Peer ihn schnell wieder los.

Dann taucht ein blonder, sportlich schlanker Kerl in der Tür auf, der in etwa Peers Größe hat und mir erschreckend bekannt vorkommt. Aber nicht, weil ich ihn im Profil auf irgendeinem alten, abgegriffenen Foto in Peers Brieftasche gesehen habe. Mein Herz setzt einen Schlag aus. Scheiße.

Er hat sich bestimmt in der Tür geirrt. Tom braucht doch länger, um die Stufen hochzusteigen, und der hier hat sich nur verlaufen...

In der nächsten Sekunde macht er jeglichen Hoffnungsschimmer zunichte, als er Peer begrüßt. »Hey.« Das Lächeln auf seinem Gesicht hält nicht lange, als er mich entdeckt.

Ich stehe wie ein kaputter Laternenmast im Flur herum und kann mich nicht rühren. Nein, nein, nein. Das kann doch nicht wahr sein. Das kann unmöglich derselbe Kerl sein, den ich vor rund einer Woche in *meinem* Bett sitzen gesehen habe. Der Kerl, mit dem Karsten und Nick einen Dreier machen wollten. *Das* ist Tom?! Verdammt, *deshalb* kam er mir so bekannt vor!

Viel zu spät wende ich das Gesicht ab. Hat er mich erkannt?

»Wer ist das?«, höre ich Tom fragen und der misstrauische Unterton in seiner Stimme stachelt meinen Herzschlag an.

Oh Gott. Ich muss hier raus. Ganz schnell, *bevor* er mich erkennt. Falls er das nicht schon getan hat. Als den festen Freund des Typen, mit dem er einen Dreier machen wollte.

»Niemand«, sage ich, während ich mich mit gesenktem Blick zur Wohnungstür vortaste. »Bin schon weg.«

»Das«, sagt jedoch Peer und schlingt einen Arm um mich, um mich an seine Seite zu ziehen, »ist Max. Gewöhn dich schon mal an ihn, weil du ihn in Zukunft öfter mit mir zusammen sehen wirst.«

Verflucht, muss er ausgerechnet *jetzt* so was sagen? Mir bricht der Schweiß aus. Peers sonst so angenehme Wärme fühlt sich in diesem Augenblick wie ein Heizofen bei vierzig Grad im Schatten an.

Ich stehe viel zu dicht vor Tom, als dass er keinen guten Blick auf mein Gesicht erhaschen könnte, egal, wo ich hinsehe.

Von Tom kommt ein merkwürdiges Geräusch irgendwo zwischen Schnauben, Lachen und Grunzen. »Was? Ich dachte, wir reden noch mal –«

»Wir reden, um mit der Sache abzuschließen«, unterbricht Peer ihn. »Es tut mir leid, wenn du dir was anderes erhofft hast. Ich habe von Anfang an gesagt, dass es vorbei ist.«

»Ich sollte jetzt wirklich...« Ich befreie mich aus Peers Umarmung und will zwischen ihm und Tom ins Treppenhaus flüchten, als Tom mich am Arm packt und festhält.

Ich schaue auf, bevor ich mich daran erinnern kann, dass ich ihm nicht direkt ins Gesicht sehen wollte. Toms hübsche blaue Augen, die von dichten, schwarzen Wimpern umrahmt sind und in denen man sicherlich sehr leicht versinken kann, sehen mich direkt an. Und falls er mich vorher nicht erkannt hat, tut er es jetzt. Wiedererkennen flackert in seinem Blick, ehe er die Stirn runzelt.

»*Das* ist dein neuer Freund?«, will er mit spöttischem Unterton von Peer wissen.

Als Peer mich daraufhin mit einem warmen Lächeln ansieht, muss ich den Blick abwenden, weil ich die Zuneigung auf seinem Gesicht kaum ertragen kann. Scheiße. Ich fühle mich, als hätte mich jemand auf einem Eisenbahngleis festgekettet und in der Ferne kann ich den herannahenden Zug schon hören und in den Vibrationen des Gleises fühlen. Ich habe keine Ahnung, was ich tun soll, um ihn aufzuhalten.

»So weit sind wir noch nicht ganz«, sagt Peer. Ich frage mich, ob sein zärtlicher Unterton Tom genauso eine Gänsehaut beschert wie mir.

Noch ein Schnaufen von Tom, dem dieses Mal bösartige Belustigung anhaftet. »Das würde ich jetzt glatt witzig finden, wenn es nicht so traurig wäre.«

»Es ist mir völlig egal, wie du das findest, weil es dich nichts angeht. Lass ihn los, dann können wir reden und das war's dann.« Peer klingt so entschlossen, so sicher, dass ich mich mit jedem Wort schlimmer fühle.

»Ich hätte nicht gedacht, dass du deine eisernen Ansichten zu Monogamie einfach so über den Haufen wirfst.«

Peer zögert nur kurz. »Ich habe keine Ahnung, wovon du redest.«

»Ach so«, sagt Tom gedehnt und zieht mich wieder näher heran. »Dann weißt du gar nicht, dass dein Max hier eigentlich Felix heißt und in einer Beziehung mit einem Karsten ist?«

Ich weiß nicht, wie ich an Peers Stelle reagieren würde, aber Unglauben ist in dieser Situation wahrscheinlich nur logisch. Er blinzelt Tom an, als hätte der gerade versucht, ihm eine Gurke als Radieschen zu verkaufen. Der verwirrte, aber dennoch entschlossene Erzähl-mir-doch-keinen-Blödsinn-Blick in seinen Augen gerät erst ins Wanken, als er meinem begegnet. Wahrscheinlich bin ich ein offenes Buch. Oder auf meinem Gesicht sind alle meine Sünden eingebrannt, für jeden gut und deutlich zu erkennen.

Stirnrunzelnd wendet er sich wieder Tom zu. »Ich lass mir von dir keinen Blödsinn erzählen, nur weil du nicht damit klarkommst –«

»Das ist kein Blödsinn. Ich bin da gewesen. In der Wohnung der beiden.« Tom sieht mich hämisch an und lässt mich endlich los. »Alles voller Pärchenfotos. Wundert mich, dass dir das nicht aufgefallen ist.«

Von allen möglichen Dingen, die er hätte sagen können, muss er ausgerechnet *das* sagen. Ich weiß sofort, dass Peer nicht mehr auf meiner Seite steht, als das Thema Wohnung aufkommt. Seine Lippen sind zu einer dünnen Linie zusammengepresst und als er mich dieses Mal ansieht, trifft mich sein Blick direkt in die Brust.

Ich habe mir so oft vorgestellt, wie er mich ansieht, wenn er es erfährt, aber die Realität ist nichts gegen meine Vorstellungskraft. Ich zucke zusammen und will instinktiv nach Peer greifen, aber ich habe meinen Arm nicht mal zur Hälfte angehoben, als er bereits vor mir zurückweicht.

»Geh doch schon mal rein, Tom«, sagt er, ohne Tom anzusehen.

»Eigentlich würde ich lieber hierbleiben, um –«

»Geh rein«, blafft Peer. »Ich hab Kaffee gekocht.«

Tom brummelt etwas Unverständliches vor sich hin, geht aber wie befohlen den Flur hinunter und verschwindet in der Wohnküche.

»Peer –«, setze ich augenblicklich an und bin erschrocken, wie rau meine Stimme klingt. Vielleicht hätte ich schon früher den Mund aufmachen sollen, anstatt die Katastrophe stumm heranrasen zu lassen.

»Nein«, fährt Peer mir dazwischen und hebt eine Hand zur Verdeutlichung, als würde das Wort allein nicht schon ausreichen. »Ist Max dein zweiter Vorname?«

Ich schlucke. »Nein.«

»Dein erster?«

»Nein.« Ich verstehe nicht, warum er sich ausgerechnet die Sache mit dem Namen aussucht, um darauf herumzuhacken. »Ich heiße Felix. Nur Felix.«

Sein Kiefer mahlt. Eine Sekunde lang starrt er mich noch mit einer Mischung aus Unglauben und Schock an, dann reißt er seinen Blick von mir los und sieht stattdessen einen unsichtbaren Punkt an der gegenüberliegenden Wand an.

»Dann stimmt der Rest wohl auch? Was Tom gesagt hat? Das mit…«

Als klar ist, dass er den Satz nicht zu Ende führt, sage ich: »Wenn du es mich erklären lässt –«

»Danke. Ich glaube, ich habe für heute genug gehört.« Flüchtig huscht sein Blick in meine Richtung. »Außerdem ist es vielleicht sicherer, es mir von Tom erzählen zu lassen.«

»Aber Tom kennt nicht… Peer, warte. Warte, bitte. Ich…«

Er wartet nicht, sondern schließt die Wohnungstür vor meiner Nase.

Kapitel 20

Silvis Prolet ist ganz anders, als ich ihn mir von ihren Erzählungen her vorgestellt habe. Laute Musik, unfähig einzuparken und jeden Tag eine neue Frau am Start. Irgendwie habe ich mir darunter einen Typen Marke Bodybuilder mit dümmlichem Blick und wenig im Kopf, dafür aber umso mehr in der Hose vorgestellt. Und warum auch nicht? Ich stehe genauso auf Muskeln wie Silvi und wenn es nur um Sex geht, ist der Rest egal, solange es im Bett funktioniert.

Silvis Prolet heißt Matthias, ist fast zwei Meter groß und für diese Größe definitiv zu schlaksig. Mit seinen langen Gliedmaßen sieht er beinahe ein wenig linkisch aus. Als ich die beiden aus ihrer Samstagvormittagroutine reiße, schauen sie sich zusammen eine Kochshow an. Offensichtlich Matthias' Idee.

Noch in Schlafshorts und lockerem Top, unter dem sie keinen BH trägt, bugsiert Silvi mich in ihre kleine schlauchförmige Küche, während Matthias in dem einzigen Zimmer im Bett liegen bleibt und weiter fernsieht. Nicht seine Entscheidung, Silvi weist ihn dazu an. Eigentlich sieht Matthias eher so peinlich berührt aus, als wollte er schnell in seine Jeans springen und in seine Nachbarwohnung flüchten.

»Tja, was soll ich dazu sagen?« Silvi verschränkt die Arme vor der Brust und mustert mich unter zerzausten Ponyfransen hervor. Der Rest ihrer langen Haare steckt in einem ordentlichen Pferdeschwanz. »Das ist doch jetzt keine Überraschung, oder? Wolltest du es ihm nicht schon die ganze Zeit sagen?«

»Hab ich aber nicht, okay? Und jetzt hört er lieber Tom zu, anstatt es sich von mir erklären zu lassen.«

Ich raufe mir die Haare und ziehe bestimmt zum tausendsten Mal, seit ich Peers Wohnung verlassen habe, mein Handy aus der Hosentasche. Natürlich keine Nachricht von Peer. Vielleicht kommt auch nie wieder eine.

Dass er mich nach dem Gespräch mit Tom anrufen wollte, ist vor hundert Jahren gewesen. Aber er muss mir doch wenigstens die Chance geben, das Ganze aus meiner Sicht zu erklären! Er muss wissen, dass Tom ihm alles Mögliche erzählen wird, nur um ihn vielleicht doch wieder für sich zu gewinnen. Oder um uns noch weiter voneinander zu entfernen, weil er niemand anderen an Peers Seite sehen will als sich selbst.

»Na ja, ich würde wahrscheinlich auch eher einem mir vertrauten Lügner zuhören als jemandem, den ich offensichtlich gar nicht kenne.«

Aus schmalen Augen sehe ich sie an. »Auf wessen Seite stehst du eigentlich?«

Sie seufzt. »Auf deiner natürlich.«

»Außerdem kennt er mich sehr wohl. Ich habe ihm nur Karsten verschwiegen, ansonsten war alles echt.«

»Und woher soll er das wissen?«

Scheiße, jetzt klingt sie fast schon wie Peer. Ich kann mir sehr gut vorstellen, wie er mir das entgegenschleudert, wenn ich ihm erkläre, wie wir an diesen Punkt gekommen sind. Verdammt.

»Was soll ich denn jetzt machen?«

»Die Frage ist doch wohl eher, was *kannst* du jetzt machen.«

»Und was *kann* ich jetzt machen?«, will ich ungeduldig wissen.

»Nichts.«

»*Nichts?!*«

Offensichtlich habe ich ihr nicht deutlich genug gemacht, wie viel Peer mir inzwischen bedeutet. Der Gedanke, ihn einfach so und ohne eine Erklärung abzuhaken, jagt mir einen eisigen Schauer über den Rücken.

»Er hat dich vorhin praktisch aus seiner Wohnung geworfen, so wie du es erzählt hast. Glaubst du, da bringt es jetzt was, wenn du ihn mit Nachrichten oder Anrufen bombardierst oder vor seiner Wohnung kampierst? Lass ihm erst mal etwas Zeit, um das sacken zu lassen.«

»Wenn ich ihm zu viel Zeit lasse, kommt er noch auf die Idee, wieder was mit Tom anzufangen.«

Der Gedanke ist beinahe genauso schlimm, wie nie wieder ein Wort mit Peer zu reden oder ihn anzufassen. Gott, wenn ich daran denke, wie er mich angesehen hat. Dieser Schmerz in seinem Blick und diese Fassungslosigkeit... Wenn das erst mal eingesackt ist, hasst er mich bestimmt.

Ich erschauere und verschränke die Arme vor der Brust, weil ich das Gefühl habe, mich an irgendetwas festhalten zu müssen.

»Quatsch«, sagt Silvi. »Ich hab das Video gesehen, dass er gestern zu *Magic Mike XXL* hochgeladen hat.«

Allein ihre Worte reichen aus, damit sich der Clip vor meinem inneren Auge wieder abspielt. Es versetzt mir einen so heftigen Stich in der Brust, dass ich kurz schwanke und für eine Sekunde glaube, einfach umzukippen. Hastig halte ich mich an der Küchenanrichte fest und konzentriere mich die nächsten Sekunden nur aufs Atmen.

Als Silvi mich am Arm berührt, zucke ich zusammen. Ich war gerade ganz woanders. In irgendeinem luftleeren, vollkommen schwarzen Raum.

»Hey, schon gut. Komm mal her.«

Sie will mich in eine Umarmung ziehen, aber ich schüttle den Kopf und schiebe sie sanft von mir.

»Nicht.« Meine Stimme hört sich erbärmlich schwach und zittrig an. »Sonst fange ich noch an zu heulen. Kann ich mir jetzt noch nicht erlauben.«

Im ersten Augenblick befürchte ich, dass sie mit mir darüber diskutieren will, aber dann nickt sie nur. Als bräuchte sie trotzdem irgendetwas, um sich zu beschäftigen, setzt sie Kaffee auf. Der Geruch ruft mir die Situation eben in Peers Flur wieder quicklebendig ins Gedächtnis zurück, verstörender Weise mit den dazugehörigen Gefühlen. Und Peers verletzter Blick. Immer wieder sein verletzter Blick, der sich in meine Netzhaut eingebrannt zu haben scheint.

Ich blinzle und reibe mir die Augen. Gott, das kann doch jetzt nicht jedes Mal so sein, wenn ich Kaffee rieche.

»Jedenfalls«, sagt Silvi nach einer Weile leise, »was ich eigentlich in Bezug auf dieses Video sagen wollte: Ich hab's gesehen und den Kommentaren nach zu urteilen, bin ich nicht die Einzige.«

»Was hast du gesehen?«, frage ich und meine Stimme klingt fast wieder normal.

»Den Ausdruck in seinen Augen. *Er liebt dich, Felix.* Vielleicht weiß er es selbst noch nicht und vielleicht hast du es noch nicht mitbekommen, aber in dem Video ist es so deutlich, als hätte er Untertitel gemacht.«

Er liebt dich, Felix. Bis vor Kurzem habe ich gedacht, das wären die schönsten Worte, die man mir im Zusammenhang mit Peer sagen könnte. Jetzt wäre ich froh über ein schlichtes *Er will mit dir reden.*

»Ich war beim Videodreh dabei. Er hat nichts gesagt.«

»Ich sagte doch« – sie winkt ab, stellt die Kaffeemaschine an und wendet sich mir zu – »vielleicht weiß er es selbst noch nicht. Hast du dir das Video mal angesehen?«

»Natürlich, aber –«

»Und die dazugehörigen Kommentare? Er hat damit seine Fans in zwei Lager gespalten. Die, die es toll finden und in den Fangirl-Modus verfallen, und die, die es bescheuert finden, so was in einem seiner Videos unterzubringen, weil es dafür die ganzen Reality-Soaps gibt.«

Ich habe selbst schon gedacht, dass das Video wie eine Liebeserklärung rüberkommt. Jetzt ist es vielleicht zu spät, darauf zu reagieren. Und dass Silvi den Finger so zielsicher in die Wunde legt, macht es nicht besser. Auf einmal fühle ich mich, als hätte der Zug, den ich nicht aufhalten konnte, mich nicht nur überrollt, sondern in tausend Teile zerrissen, die jetzt hilflos durch die Gegend fliegen.

»Das war aber alles, bevor Tom die Bombe hat platzen lassen. Silvi, wenn du ihn vorhin gesehen hättest…« Ich schüttle den Kopf und brauche meine gesamte Kraft, um die Bilder von Peer zu unterdrücken.

»Das ist doch klar. Er ist verletzt und enttäuscht. Aber glaub mir, er wird wenigstens noch einmal mit dir reden wollen, um es von dir zu hören.«

»Meinst du?« Der Hoffnungsschimmer in meiner Stimme klingt wie von einem Kind, dessen Mama ihm versichert, dass der Weihnachtsmann auch dieses Jahr mit Geschenken vorbeikommen wird.

»Ganz sicher.«

***

Ich versuche, Silvis Rat zu beherzigen und zu warten, bis Peer sich meldet. Ich radle in Karstens und meine Wohnung zurück. Karsten ist inzwischen aufgestanden und da er mich so gut kennt wie kein anderer, fällt ihm natürlich auf, dass irgendetwas los ist. Ich schaffe es, ihn davon zu überzeugen, dass ich gerade nicht darüber reden will. Er vermutet zwar, dass es mit Peer zusammenhängt, aber zu meiner Erleichterung bohrt er nicht weiter nach.

Wir nehmen uns ein Car-Sharing-Auto und fahren einkaufen, beinahe so wie jeden Samstag. Beinahe zurück zur Normalität. Nur dass Karsten andauernd an seinem Handy hängt, während meins keinen Mucks von sich gibt.

Ich weiß nicht, ob er mit Nick schreibt oder mit irgendeinem potenziellen Sexpartner, und es ist mir auch egal. Karsten bedeutet mir immer noch viel und irgendwie bin ich froh, dass ich meinen besten Freund wiederhabe, aber verstehen muss ich seine seltsamen Anwandlungen in Sachen Beziehungen nicht.

Als Peer sich bis zum Abend nicht gemeldet hat, halte ich es nicht mehr aus und schreibe ihm eine unverfängliche Nachricht.

Felix, 19:14

Meld dich bitte, wenn Tom weg ist. Ich würde es dir gerne selbst erklären.

Ich hoffe allerdings, dass Tom schon seit Stunden nicht mehr bei ihm ist und er nur etwas Zeit zum Nachdenken braucht. Ich will nicht über die Möglichkeit nachdenken, dass die beiden Trostsex haben. Oder Versöhnungssex. Oder Abschiedssex. Oder *irgendeine* Art von Sex. Ich will nicht darüber nachdenken, dass sie vielleicht jetzt gerade irgendwas zusammen machen. Sich einen Film anschauen. Sich fürs *Piggy* fertig machen. Sich in vertrauter Runde mit ihren gemeinsamen Freunden vereinen. Sex haben.

Peer schreibt nicht zurück, obwohl *WhatsApp* mir anzeigt, dass er die Nachricht bekommen und gelesen hat. Er ruft auch nicht an. Er meldet sich gar nicht.

***

»Herr Wildner!«

Ich zucke zusammen und weiß einen Moment lang nicht, wo ich bin und wer mich da gerade anblafft. Dann begegne ich dem mitfühlenden Blick von Frau Bimsel vom Schreibtisch gegenüber und erinnere mich daran, dass ich einen weiteren elendig langen Arbeitstag im Büro vor mir habe.

Verspätet nehme ich Dr. Schuhknechts Anwesenheit neben mir wahr und drehe mich mit meinem Stuhl zu ihm um. »Dr. Schuhknecht?«

»Wo sind Sie denn nur mit Ihren Gedanken? Das geht jetzt schon die ganze Woche so!« Er streckt den Arm aus und tippt gegen meinen Monitor. »Und die Tabellen, die Sie mir heute Morgen geschickt haben, sind völliger Schwachsinn. Da stimmt nicht eine einzige Formel! Was haben Sie denn da gemacht?«

Gute Frage. Im Augenblick kann ich mich nicht einmal daran erinnern, irgendwelche Tabellen bearbeitet zu haben.

»Tut mir leid. Ich korrigiere sie gleich.«

»Das will ich Ihnen auch geraten haben. Bis sechzehn Uhr.« Er will gerade wieder in sein eigenes Büro gehen, als er sich noch einmal umdreht. »Und reißen Sie sich ein bisschen zusammen.« Damit verschwindet er endgültig.

Lustlos öffne ich *Outlook* und suche die Mail raus, die ich Dr. Schuhknecht heute Morgen offensichtlich geschickt habe. Ich öffne die *Excel*-Datei im Anhang. Während ich mich durch die einzelnen Tabellenblätter klicke, kommt langsam die Erinnerung wieder, was ich da gemacht habe. Und es stimmt nicht eine einzige Formel? Hm...

Nach einer Weile merke ich, dass Frau Bimsel mich beobachtet, und ziehe fragend eine Augenbraue hoch.

Sie lächelt mich zaghaft an. »Er hat zwar eine seltsame Art, sich auszudrücken, aber Sie sehen die Woche wirklich nicht gut aus, Herr Wildner. Brüten Sie was aus? Normalerweise würde ich ja sagen, das liegt bestimmt am Wetter, aber das hat sich in den letzten Tagen ja Gott sei Dank auf erträgliche Temperaturen eingependelt. Ständig dieser Hitze über dreißig Grad ausgeliefert zu sein, kann dem Körper ganz schön zusetzen, wissen Sie? Aber diese furchtbare Hitzewelle ist ja nun zum Glück vorbei. Tick, Trick und Track haben die Temperaturen auch sehr zu schaffen gemacht. Ich habe zwischenzeitlich schon überlegt –«

»Frau Bimsel.« Gott, hat sie wirklich schon immer so viel geredet? Ich weiß nicht, ob ich heute auch nur noch einen einzigen Satz von ihr ertrage. »Ich muss das hier wirklich fertig machen.«

»Ach so, ja. Ja, ja. Wenn Sie Hilfe brauchen, fragen Sie mich gerne. Ich weiß, dass Sie normalerweise in der Lage sind, Ihre Aufgaben alleine zu bewältigen – wofür ich wirklich sehr dankbar bin. Eigenständige Kollegen zu haben, ist sehr entspannend. Aber mir scheint, als wäre diese Woche nicht normal für Sie, also... wie gesagt.« Etwas ratlos zuckt sie die Schultern. »Fragen Sie mich gerne, wenn Sie Hilfe brauchen.«

»Danke. Mach ich.«

Ich hoffe, sie merkt, dass ich es ernst meine, auch wenn ich nicht besonders enthusiastisch klinge. Frau Bimsel kann nichts dafür, dass ich ein verdammter Idiot und Lügner bin und Peer sich noch immer nicht gemeldet hat. Außerdem ist ihr Angebot wirklich nett.

Bis sechzehn Uhr schaffe ich es, mich auf die blöden Tabellen für

Dr. Schuhknecht zu konzentrieren. Er schaut sie sich direkt an, dann höre ich ihn aus dem Nebenbüro brummen: »Es geht doch, Herr Wildner.«

Dann streckt er noch mal den Kopf zu uns ins Büro. »Und jetzt machen Sie, dass Sie ins Wochenende kommen. Und schlafen Sie sich mal ordentlich aus, anstatt auf irgendwelche Partys zu gehen. Nächste Woche möchte ich Sie wieder fit und aufmerksam hier an Ihrem Schreibtisch sehen.«

Ha. Ich wünschte, mein Problem ließe sich mit einer Mütze voll Schlaf lösen. Aber ganz so einfach wird es wohl nicht werden.

»Sie auch, Frau Bimsel.«

»Wie bitte, Dr. Schuhknecht?« Erschrocken hebt Frau Bimsel den Kopf.

Dr. Schuhknecht winkt ab. »Nicht der Teil mit den Partys. Aber Sie können sich auch gerne ins Wochenende verabschieden, wenn Sie möchten.«

»Oh, großartig! Das nehme ich gerne an. Vielen Dank, Dr. Schuhknecht.« Frau Bimsel strahlt übers ganze Gesicht und fährt augenblicklich ihren Computer runter. »Ich habe da nämlich ein ganz besonderes Schnäppchen gemacht, dem ich mich dieses Wochenende widmen möchte.«

Sie hievt ihre riesige Handtasche auf den Tisch, bei der ich mich jeden Morgen frage, ob sie vorhat, im Büro einzuziehen. Silvis Handtaschen sind ungefähr ein Achtel von diesem Ding.

Mit leuchtenden Augen greift sie hinein und zieht eine in Plastikfolie eingewickelte Ausgabe des *Lustigen Taschenbuchs* hervor. Ich weiß nicht, wie es Dr. Schuhknecht geht, aber ich muss einfach grinsen.

»Das habe ich vorhin in meiner Mittagspause abgeholt«, erklärt sie. »Band 8 der Erstausgabe. Der hat mir noch in meiner Sammlung gefehlt.«

Über die Schulter werfe ich einen Blick zu Dr. Schuhknecht, der mit geweiteten Augen in der offenen Tür steht und offensichtlich nicht weiß, was er dazu sagen soll. Seinem Gesichtsausdruck nach zu urteilen, liegt ihm etwas Rüdes wie *Damit verbringen Sie Ihre Wochenenden?!* auf der Zunge, aber seine zusammengepressten Lippen verraten, dass er sich zusammenreißt.

Da von ihm offensichtlich keine Antwort zu erwarten ist, wende ich mich Frau Bimsel zu und sage freundlich: »Das ist schön, Frau Bimsel. Dann wünsche ich Ihnen viel Spaß beim Lesen.«

***

Zu Beginn der zweiten Woche ohne Kontakt zu Peer halte ich es nicht mehr aus. Nachdem ich ihm mehrere Nachrichten geschrieben habe, er jedoch weder darauf noch auf meine zwei Anrufversuche reagiert hat, fahre ich Montag nach der Arbeit und nachdem ich Igor und seinen Schwarm gefüttert habe zu ihm.

Es macht mich fertig, dass ich so lange nichts von ihm gehört habe. Er *muss* sich meine Version einfach anhören. Ich bin überzeugt, dass ich ihm erklären kann, wie es zu dieser Verkettung unglücklicher Umstände gekommen ist. Daran muss ich mich einfach klammern. Denn er muss mir verzeihen und es muss zwischen uns wieder normal werden.

Er fehlt mir so. Es kommt mir beinahe vor, als hätte man mir den rechten Arm amputiert. Ich fühle mich hilflos, unvollkommen und unbeholfen. Ständig frage ich mich, was er wohl gerade macht, ob er auch an mich denkt, ob er mich so sehr vermisst wie ich ihn – oder ob er sich unsere gemeinsame Zeit schon mit Tom aus dem Kopf gevögelt hat.

Das sind sowieso die schlimmsten Gedanken. Warum musste Karsten ausgerechnet Tom für seinen Dreier aufgabeln? Warum musste ich ausgerechnet an dem Tag früher nach Hause kommen? Warum, warum, warum? Und warum bin ich so dämlich gewesen und habe nicht einfach die Karten auf den Tisch gelegt, als es zwischen Peer und mir ernster geworden ist?!

Auf diese Fragen kann ich eine ganze Reihe an Antworten geben. Ob die richtige dabei ist, weiß ich allerdings nicht.

Ich schließe mein Fahrrad an. Nachdem ich getestet habe, ob zufällig jemand die Haustür offen gelassen hat – leider nein –, klingle ich bei ihm. Meine Chancen, von ihm reingelassen zu werden, stehen wahrscheinlich besser, wenn ich direkt oben vor seiner Wohnungstür auftauche, aber dann muss es eben so gehen.

Ich warte. Und warte. Und warte. Dann klingle ich noch mal.

Er kann unmöglich wissen, dass ich es bin, also muss er wenigstens über die Gegensprechanlage nachfragen, wer da ist. Er kann nicht prinzipiell jeden Besucher von vornherein ignorieren.

Nach einer weiteren Minute klingle ich noch mal. Scheinbar ist er nicht da. Es ist Montag, kurz nach halb acht, da ist er die letzten Wochen über immer zu Hause gewesen.

Ich überlege gerade, ob ich bei jemand anderem klingeln soll, damit er mich reinlässt und ich oben direkt an seine Tür klopfen kann, als ich hinter mir höre: »Max.«

Ich wirble herum und da steht er. Peer. In Jeans und T-Shirt und mit Augenringen, die fast bis zum Boden reichen. Seine sonst so strahlenden Augen wirken stumpf. Er sieht erschöpft aus, als hätte er mehrere Nächte lang durchgefeiert. Scheiße, ich hoffe nicht, dass das der Wahrheit entspricht.

Er trägt eine Tasche über der Schulter und hält den Hausschlüssel in der Hand, scheint aber sonst mitten in der Bewegung erstarrt zu sein. Kommt er jetzt erst von der Arbeit?

»Ich meine…« Er blinzelt und wendet den Blick ab. »Felix. Was machst du hier?«

Blöde Frage. Das kann er sich doch denken.

Ich schiebe die Hände in die Hosentaschen, weil ich plötzlich nicht mehr weiß, wohin damit, wenn ich ihn nicht anfassen oder umarmen darf. Genau wie er rühre ich mich kein Stück von der Tür weg. Vielleicht, weil ich ihm den Weg versperren will. Vielleicht, weil ich mich einfach nicht bewegen kann.

»Können wir reden?«

Er schnaubt. »Du meinst, du redest und ich höre zu? Sagst du mir dieses Mal, was stimmt und was nicht, oder muss ich das wieder selbst rausfinden?«

»Peer –«

»Was, *Max*?«

Ich zucke zusammen, als hätte er etwas nach mir geworfen. Einen Stein. Oder einen verdammten Speer, dessen Spitze sich in meine Brust bohrt.

»Ich hab's die ganze Zeit gehasst, wenn du mich so genannt hast. Ich wollte dich immer korrigieren. In meinem Kopf hab ich dir ständig meinen Namen entgegenbrüllt.«

»Tja, zu dumm, dass ich keine Gedanken lesen kann.«

Das habe ich wahrscheinlich verdient. Trotzdem ist sein schneidender Tonfall ungewohnt. So kenne ich ihn überhaupt nicht.

»Deswegen bin ich ja hier. Um zu reden.«

»Spar's dir. Ich habe schon mehr als genug gehört.«

»Ja, von Tom.« Mein Tonfall klingt so ätzend, dass es sogar bis zu Peer vordringt, in dessen Augen es kurz aufblitzt. »Denkst du nicht, dass er das Ganze vielleicht etwas eigennützig ausgeschmückt hat?«

»Sicher hat er das. Aber selbst wenn ich den Übertreibungsfaktor abziehe, kommst du immer noch nicht besonders gut dabei weg.«

»Es tut mir leid.«

Noch ein Schnauben. »Ja. Mir auch.« Er klimpert mit seinem Hausschlüssel. »Lässt du mich jetzt rein?«

»Nur wenn du mich mitnimmst.«

Er verdreht die Augen und sieht die Straße hoch und runter. Wir befinden uns zwar nicht in einem der belebtesten Stadtviertel, aber um diese Uhrzeit ist eigentlich überall noch was los. Leute, die von der Arbeit nach Hause kommen, mit ihren Hunden Gassi gehen oder noch irgendwohin unterwegs sind, bevölkern die Straßen. Der eine oder andere hat uns schon einen beiläufigen bis neugierigen Blick zugeworfen.

Bestimmt geben wir ein seltsames Bild ab. Eine verquere Romeo-und-Julia-Situation, nur ohne Balkon, sondern mit vier Stufen zwischen uns.

Peer sieht mich wieder an. »Du kannst mir genauso gut hier sagen, was du zu sagen hast.«

Ein älteres Ehepaar führt seine zwei Hunde hinter Peer über den Bürgersteig spazieren und man kann praktisch sehen, wie die beiden interessiert die Ohren spitzen.

Ich beiße die Zähne zusammen und zeige auf die Tür. »Scheiße, Peer, jetzt schließ schon die verdammte Tür auf und lass es mich erklären.«

Er starrt mich an. Sekundenlang glaube ich, dass er das Ganze einfach aussitzen und mich auflaufen lassen wird, aber dann zuckt er die Schultern und steigt die Stufen zu mir hoch.

»Von mir aus«, sagt er.

Als er an mir vorbeigeht, dringt mir sein vertrauter Geruch in die Nase. Ich schließe die Augen. Mein Herzschlag legt einen Zahn zu. Mit einem Mal ist die Sehnsucht nach ihm so groß, dass ich mich zusammenreißen muss, um mich ihm nicht entgegenzulehnen.

Gerade noch rechtzeitig öffne ich die Augen, um ihn dabei zu ertappen, wie er hastig den Blick abwendet. Aber zwei, vielleicht auch drei Sekunden lang hat er mir direkt in die Augen gesehen, so nah, nur einen Schritt von mir entfernt.

Seine Sehnsucht nach mir ist mindestens genauso groß.

Kapitel 21

In seiner Wohnung angekommen, räumt Peer zunächst seine Tasche weg und verschwindet ins Bad. Mich überlässt er mir selbst. Ich würde gerne glauben, dass er ein paar Minuten braucht, um sich zu sammeln und weiterhin ekelhaft zu mir zu sein, aber möglicherweise muss er nur aufs Klo.

Ich gehe in die Wohnküche, in der es erstaunlich unordentlich aussieht. Bisher habe ich gedacht, Peer kann überhaupt keine Unordnung anrichten, weil er alles immer sofort wieder wegräumt.

In der Spüle stapelt sich schmutziges Geschirr, weil die Spülmaschine zwar offensichtlich sauber, aber nicht ausgeräumt ist. Vier Pizzakartons liegen auf dem Herd, zwei davon leer, einer mit einem übrig gebliebenen Viertel und einer mit übrig gelassenem Pizzarand. Ich hoffe sehr, dass er in letzter Zeit öfter mal Besuch hatte, denn die Anzahl leerer Bierflaschen, die sich dazwischen auf der Anrichte tummelt, ist bedenklich groß. Dreizehn, nein, vierzehn leere Flaschen.

Die Küche ist jedoch nichts im Vergleich zu seiner Entertainmentwand. Keine DVD und keine Videokassette steht mehr an ihrem Platz. Dafür sind Boden und Esstisch übersät mit wackeligen DVD-Türmen und VHS-Bergen unterschiedlicher Höhen und weitläufigen Pfützen weiterer DVDs und VHS-Kassetten. Letztere sehen aus, als hätte jemand einen Grabbeltisch mit *Jeder Film nur 2,50€* in einem der großen Elektronikmärkte umgeworfen.

Und er hat mich mal angemacht, weil ich *Inception* eine oder zwei DVDs zu weit links einsortiert habe. Wie zum Teufel will er hier irgendwas wiederfinden? Und was macht er da überhaupt?

Kopfschüttelnd wende ich mich ab. Das Bild seiner zerstörten Ordnung hinterlässt ein ungutes Gefühl in mir, aber wenn ich mir die Küche so ansehe, macht es das nicht besser. Wie lange will er denn noch im Bad brauchen, verdammt?

Rastlos klappe ich die Spülmaschine auf und fange an, das Geschirr auszuräumen. So gut kenne ich mich in seiner Küche zwar nicht aus, aber andererseits ist sie nicht besonders groß. Irgendwo wird sich schon ein Plätzchen für alles finden lassen.

Ich bin fast fertig mit Ausräumen, als Peer endlich aus dem Badezimmer kommt. Stirnrunzelnd mustert er mich, kommt dann mit vier schnellen Schritte zu mir und klappt die Spülmaschine zu.

»Du musst das nicht machen.«

»Ich weiß. Aber hier sieht's aus, als hätte eine Bombe eingeschlagen.« Ich nicke zu seiner ehemals so penibel sortierten Filmsammlung. »Was hast du damit vor?«

»Ich räume ein bisschen um, na und? Wer bist du, Tine Wittler?«

»Wer?«

Er macht große Augen, was fast ein wenig ulkig aussieht. »Diese Einrichtungsspezialistin von *RTL*? *Einsatz in 4 Wänden*? Nein?«

Ich schüttle den Kopf. »Ich komme aus der langweiligen Zahlen- und Tabellenbranche, schon vergessen?« Demonstrativ schaue ich mich in seiner Wohnküche um. »Ich könnte dir die Wahrscheinlichkeit dafür berechnen, dass hier alles auf wundersame Weise wieder an seinen Platz zurückschwebt, aber frag mich bitte nicht nach irgendwelchen Fernsehtanten.«

Für einen Sekundenbruchteil zucken seine Mundwinkel aufwärts. Glaube ich. Es ist so schnell wieder verschwunden, dass ich nicht ganz sicher bin, aber das warme Kribbeln in meinem Bauch scheint ebenfalls drauf reingefallen zu sein.

Ruppig ruckt er mit dem Kinn zum Esstisch, auf dem ebenfalls einige DVDs gestapelt sind. »Setzen wir uns.«

Ich weiß nicht, ob ich mich mit ihm an einen Tisch setzen möchte, als würden wir eine Vertragsverhandlung oder ein Personalgespräch führen. Mir wäre es lieber, wir würden hier so ungezwungen in seiner chaotischen Küche stehen und vor uns hin blödeln. Das vermisst er doch bestimmt auch. Gerade hat es sich für ein paar Herzschläge so angefühlt, als wäre alles wieder so wie vorher.

Ich habe jedoch keine Wahl. Peer setzt sich bereits und schiebt die DVD-Türme zusammen, damit sie nicht im Weg stehen. Zögernd komme ich um den Küchenblock herum und setze mich ebenfalls, allerdings nicht ans andere Ende, sondern auf den Stuhl, der ihm am nächsten ist. Jetzt trennt uns nur noch die Tischkante voneinander.

Peer macht eine auffordernde Handbewegung. »Na dann, schieß los.«

Schieß los klingt irgendwie nicht nach dem richtigen Einstieg. Ob es daran liegt oder an dem unterkühlten Ausdruck in seinen Augen, dass ich plötzlich nervös werde, weiß ich nicht. Wenn ich das hier verbocke, wenn ich ihn nicht davon überzeugen kann, dass mir die ganze Situation irgendwie entglitten ist… was dann?

Mir entgeht nicht, dass er mir nichts zu trinken angeboten hat. Das ist offensichtlich zu viel der Gastfreundlichkeit, weil er mich schnell wieder loswerden will. *Das* erkenne ich deutlich. Was auch immer er im Bad gemacht hat, es hat ihm geholfen, sich wieder zu fangen.

»Was hat Tom dir erzählt?«

»Das weißt du doch schon.« Wieder macht er eine Handbewegung, die dieses Mal deutlich ungeduldiger ausfällt. »Im Großen und Ganzen, dass du nicht Max, sondern Felix bist. Dass du einen Freund hast. Dass du mich angelogen hast.«

»Ich *hatte* einen Freund. Wir sind nicht mehr zusammen.«

»Tja, das kann schon mal passieren, wenn man nicht die Wahrheit sagt.« Plötzlich werden seine Augen schmal. »Ich hoffe, dass du nicht deshalb hier bist. Weil dich dein Freund abgeschossen hat, versuchst du es jetzt wieder bei mir.«

»Was? Nein. Das mit uns war schon vorher vorbei.« Nicht viel vorher, aber eine Trennung ist so oder so abzusehen gewesen. »Noch während wir… zusammen waren.«

»Wir waren nicht zusammen«, sagt Peer sofort.

»Waren wir nicht?«

»Nein.«

Ich versuche, unverfänglich zu klingen und nicht so verletzt, wie ich mich fühle, als ich frage: »Was waren wir dann?«

Er zuckt die Schultern. »Eine lockere Affäre? Ich habe von Anfang an gesagt, dass ich nichts Festes will.«

Hat er, ja. Aber das meint er doch jetzt nicht ernst. Wir waren mehr als eine Affäre. Er will mir doch nicht weismachen, dass er nicht auch gespürt hat, wie das zwischen uns gewachsen ist. Das sagt er jetzt nur so. Er hat mich nicht wie *eine lockere Affäre* behandelt, verdammt!

»Vielleicht war es noch nichts Festes, aber wir waren auf einem guten Weg dahin.«

Peer schnaubt. »Wir haben gefickt. Das war alles.«

Okay. So wird das nichts. »Abgesehen davon, dass ich gesagt hab, ich heiße Max, war alles, was ich dir gesagt habe, wahr.«

»Aha. So wie die Tatsache, dass du in irgendeinem Wohnklo wohnst und dich nach einer neuen Wohnung umsiehst, weil dich die Nachbarn nerven und du irgendwo Schimmel hast. Wo war das doch gleich? Im Bad? Oder vielleicht doch in der Küche?«

Unruhig rutsche ich auf meinem Stuhl herum. »Wegen der Wohnung musste ich lügen.«

»Weil du mir schlecht sagen konntest, dass du mit deinem *Freund* zusammenwohnst.«

»Okay, abgesehen von meinem Namen und der Sache mit der Wohnung.«

»Zum Beispiel, dass du und dein letzter Freund euch wegen eurer Fernbeziehung getrennt habt? Die andere Seite der Matratze ist wirklich eine unzumutbare Entfernung.«

»Ich meinte, alles andere war wahr«, sage ich, als hätte Peer nichts gesagt. »Was mich betrifft. Meine Hobbys. Meine Arbeit. Meine Vorlieben. Alles, was dich betrifft. Alles zwischen uns war echt.«

Noch ein Schnauben. »Und woher zum Teufel soll ich das wissen? Woher soll ich wissen, dass du mir jetzt nicht schon wieder *irgendwas* erzählst, weil dein Freund dich aus der Wohnung geworfen hat und du einen Platz zum Schlafen brauchst?«

Beinahe wäre mir die Kinnlade runtergefallen. »Denkst du das wirklich von mir?«

»Ich *weiß* nicht, was ich von dir denken soll, weil ich dich überhaupt nicht *kenne*.«

»Natürlich kennst du mich. Ich bin der, der auf diese lausigen Tanzfilme steht und selbst keinen Fuß auf die Tanzfläche wagt. Der einen Schwarm Regenbogenfische zu Hause hat, dessen Alpha-Fisch Igor heißt. Der im Hochsommer nach Feierabend extra noch den Anzug anlässt, weil dich das scharf macht.«

Beim letzten Beispiel presst er die Lippen zusammen. Ich weiß nicht, ob es an der Erinnerung liegt oder daran, dass ich zugebe, das Ding trotz Hitze seinetwegen länger als nötig anzubehalten.

»Ich sagte doch: Es war alles echt. Nur –«

»Nur dass eben nicht alles echt wahr?«

Er schüttelt den Kopf, schiebt plötzlich den Stuhl zurück und steht auf. Er holt sich aus dem Kühlschrank eine Flasche Bier und bleibt gegen die Anrichte gelehnt stehen, während er sie öffnet und einen langen Zug daraus trinkt.

Irgendwie entwickelt sich das Gespräch ganz und gar nicht so, wie ich mir das vorgestellt habe.

Ich warte eine Weile, aber Peer bietet mir weder eine Flasche an, noch setzt er sich wieder an den Tisch oder sagt irgendetwas. Wenigstens hat er mich noch nicht gebeten zu gehen. Oder mich rausgeschmissen. Verdammt. In meinem Kopf waren die Worte eben noch alle da. Und plötzlich weiß ich nicht mehr, was ich sagen soll.

»Die Sache mit der offenen Beziehung war nicht gelogen«, sage ich schließlich und warte, bis Peer mich ansieht. »Karsten, mein Freund – mein *Ex*-Freund« – oh, super, Felix, toller freudscher Versprecher! – »… er wollte eine offene Beziehung, ich nicht.«

»Aber dann hast du dir gedacht, warum nicht mit Erlaubnis des eigenen Freundes ein bisschen Spaß haben und durch die Gegend vögeln?«

»Fast. Ich hab mich drauf eingelassen, um ihn nicht zu verlieren.«

»Natürlich. Weil du so ein aufopferungsvoller Mensch bist.«

Ich beiße die Zähne zusammen. »Spar dir deinen beschissenen Sarkasmus, okay?« Ich raufe mir die Haare. »Das war eine verdammt schwere Entscheidung für mich. Karsten hätte mich früher oder später deswegen verlassen, wenn ich nicht zugestimmt hätte. Weil, wie sich später herausgestellt hat, er selbst eine Affäre hatte, die er nicht verlieren wollte. Genauso wenig wie mich. Aber wenn es hart auf hart gekommen wäre... Seine Affäre toleriert offensichtlich alternative Beziehungsmodelle. Im Gegensatz zu mir.«

Während ich das ausspreche, fallen mir Silvis Worte wieder ein. Dass alles und jeder nach Karstens Pfeife tanzt und er immer seinen Willen bekommt.

Ich schüttle den Kopf und bin für einen Moment abgelenkt, bis Peer die Bierflasche auf die Anrichte knallt und sich damit wieder meine Aufmerksamkeit sichert. Ist die Flasche eben nicht noch voll gewesen?

»Das ist wirklich eine traurige Geschichte. Dein Freund –«

»Ex-Freund.«

Er macht eine gleichmütige Handbewegung. »Offensichtlich ist der ein Arschloch. Aber das ändert nichts daran, dass du mich die ganze Zeit angelogen hast. Angefangen bei unserem ersten Treffen in diesem Café. Warum hast du nicht einfach gesagt, dass du in einer offenen Beziehung bist?«

»Weil mir das peinlich war. Weil sich das wie ein Makel angefühlt hat.« Ich stehe auf, bleibe aber wohlweislich auf meiner Seite vom Küchenblock, als Peer sich versteift. »Und weil ich so froh war, dass sich jemand Vernünftiges mit mir treffen und Sex haben wollte. Weil du mich umgehauen hast.«

Er runzelt die Stirn, allerdings nicht wegen des Kompliments. »Und warum wolltest du unbedingt Sex haben, wenn du die offene Beziehung nicht wolltest?«

»Weil...« Ich beiße mir auf die Unterlippe. Scheiße. Das rückt mich wirklich nicht gerade in ein günstiges Licht. Und Peer merkt es auch, so wie er mich ansieht. »Ich weiß, das klingt bescheuert.

Weil ich Karsten zur Vernunft bringen wollte. Weil ich ihn eifersüchtig machen wollte. Weil ich wollte, dass er merkt, wie sehr er mich liebt und die offene Beziehung vergisst, wenn ich anfange, mit anderen zu schlafen.«

Peer blinzelt. »Du hast ihn also kaltblütig und mit voller Absicht betrogen.«

Ich zögere. Das ist eine Möglichkeit, das Ganze zu betrachten. Nur dass ich ihn weder betrogen noch es kaltblütig getan habe, sondern aus Verzweiflung. Außerdem hat er, verdammt noch mal, damit angefangen. Aber das kann ich Peer kaum erklären, wenn er es bis jetzt noch nicht verstanden hat.

»Als Karsten das Thema offene Beziehung auf den Tisch gebracht hat«, sage ich anstatt einer Antwort, »hat er unsere Beziehung unweigerlich besiegelt. Es konnte nur noch in eine Richtung gehen. Und inzwischen bin ich froh, dass es so gelaufen ist. Weil ich dich sonst wahrscheinlich nicht kennengelernt hätte.«

»Oh, bitte. Ist das aus einem deiner Tanzfilme?«

Kopfschüttelnd greift er nach der Bierflasche und weicht damit meinem Blick aus. Dann fällt ihm auf, dass er die eben leer getrunken hat, und stellt sie zurück. Er wendet sich dem Kühlschrank zu, überlegt es sich jedoch anders und lehnt sich mit verschränkten Armen wieder gegen die Anrichte, ehe er mich ansieht.

Er ist genauso verloren wie ich, genauso verletzt. Mein Herz schlägt mir bis zum Hals, aber ausnahmsweise stört mich das nicht. Vielleicht hilft es, wenn er das Zittern in meiner Stimme hört.

»Peer, ich… ich hab mich in dich verliebt.«

Reglos starrt er mich an. Erst als mein Blick auf die Finger seiner rechten Hand fällt, merke ich, wie fest er sie in seinen Oberarm gekrallt hat.

»Ich hab mich in dich verliebt«, wiederhole ich, »*bevor* ich mich von Karsten getrennt habe. Bevor ich rausgefunden habe, warum er die offene Beziehung wollte. Ich… ich wollte mich allein deinetwegen von ihm trennen.«

Er schluckt und sieht mich wütender an, als der Situation angemessen scheint. »Warum hast du mir dann nicht mal irgendwann zwischen unserem ersten Treffen und heute die Wahrheit gesagt?«

»Ist das nicht offensichtlich? Weil ich mich in dich verliebt hab.«

»Hör auf, das andauernd zu sagen.«

»Es stimmt aber.«

»Wenn es stimmen würde, hättest du mir die Wahrheit gesagt.«

Ich trete einen Schritt näher an den Küchenblock heran, bis meine Zehenspitzen gegen das Möbelstück stoßen. »Das hatte ich auch vor.«

»Wann?«

»Irgendwann.«

»Wenn du als Felix Max Wie-auch-immer über Nacht bei mir eingezogen wärst?«

Ich stütze die Hände auf den Küchenblock und lehne mich ein Stück vor. »Peer, bitte. Ich hatte es immer wieder vor, aber jedes Mal hat mich der Mut verlassen.«

»Wenn Tom dich nicht zufällig erkannt hätte –«

»Das hat nichts mit Tom zu tun. Ich hatte *wirklich* vor, es dir zu sagen.«

»Irgendwann.«

Ich nicke. »Irgendwann«, flüstere ich.

Peer nickt ebenfalls. Dann starren wir uns schweigend an. Es kommt mir vor wie eine Ewigkeit, die ich darauf warte, dass er sein Urteil fällt, so lange, dass ich kurz davor bin, den Küchenblock zu umrunden und ihm die Entscheidung abzunehmen, indem ich ihn umarme. Oder küsse. Oder ihn heulend anflehe, mir zu verzeihen.

Gerade als ich mich in Bewegung setzen will, holt Peer tief Luft. »Geh jetzt, bitte.«

Für einen Moment vergesse ich, dass ich Luft zum Überleben brauche. »Und dann?«, ächze ich.

Er schüttelt den Kopf und deutet ein Schulterzucken an.

»Peer –«

»Max.« Wir zucken beide zusammen. »Ich meine, Felix.« Sekundenlang liegt sein Blick so intensiv auf mir, dass es wehtut. »Ich denke, es ist alles gesagt.«

Damit dreht er sich um und widmet sich tatsächlich der Scheißspülmaschine, um sie fertig auszuräumen. Das Klappern von Geschirr und Besteck hört sich unnatürlich laut in meinen Ohren an.

Wie betäubt gehe ich am Küchenblock entlang auf die Tür zu, bleibe jedoch am Ende des Blocks stehen und überlege, ob ich nicht doch einfach auf Peer zugehen und ihn packen sollte.

»Es ist überhaupt nicht alles gesagt«, sage ich laut, um das Scheppern der Teller zu übertönen, die er soeben in den Küchenschrank rammt.

Seltsam, dass jetzt doch irgendwie Geschirr mit im Spiel ist. Ob Silvi das wohl lustig finden würde? Mir ringt es beinahe ein hysterisches Lachen ab.

Peer wirft mir einen Blick über die Schulter zu und knallt anschließend mehrere Tassen in einen zweiten Schrank.

»Du hast noch nicht gesagt, ob du mich verstehst. Ob du mir verzeihst. Wie wir weitermachen.«

»Gar nicht.«

Die Antwort passt auf alles und fühlt sich wie ein Schlag ins Gesicht an. Genauso getroffen muss ich auch aussehen, denn als er mir noch mal einen Blick über die Schulter zuwirft, sieht er schnell wieder weg.

»Bitte geh jetzt einfach.«

***

Ich weiß nicht genau, wie ich nach Hause gekommen bin. Der Weg verschwimmt vor meinen Augen und den Verkehrslärm nehme ich nur am Rande wahr. Es wird ungewöhnlich viel gehupt. Oder vielleicht bekomme ich das ausnahmsweise mit, weil ich keine Musik höre. Mir ist nicht nach Musik. Mir ist nach gar nichts. Wahrscheinlich ist es ein Wunder, dass mich niemand über den Haufen fährt.

Ich weiß nicht, was passiert ist. Ich habe *gesehen*, dass ich ihm nicht egal bin. Trotzdem hat Peer mich weggeschickt. Als hätte er nicht verstanden, was ich ihm erklärt habe. Vielleicht habe ich es auch beschissen erklärt. Oder er wollte es nicht verstehen.

Wie betäubt füttere ich Igor und seinen Schwarm, bevor mir einfällt, dass ich das heute schon erledigt habe, bevor ich zu Peer geradelt bin. Halbherzig versuche ich, etwas von dem Futter an der Wasseroberfläche abzuschöpfen, gebe es aber schließlich auf. Dann ist heute eben ein Freudentag für die Fische. Nur weil mein Tag beschissen ist, muss das nicht auch für meine Haustiere gelten.

Ich rolle mich auf dem Sofa zusammen und schalte den Fernseher ein, ohne wirklich zu sehen, was da läuft. Ich bleibe bei dem Programm hängen, das am wenigsten laut und aufdringlich ist. Mir fehlt die Kraft, um noch mal aufzustehen und eine meiner DVDs einzulegen. Das Regal kommt mir meilenweit weg vor.

Irgendwann kommt Karsten vom Schwertkampf nach Hause. Er hantiert im Flur rum, räumt seine Sachen weg und wirft dann einen kurzen Blick ins Wohnzimmer, als würde er mich nicht wecken wollen, falls ich schon schlafen sollte. Erst da geht mir auf, dass ich kein Licht angemacht habe.

»Was ist denn mit dir los?« Karsten schiebt die Tür weiter auf und schaltet das Licht ein.

Ich zucke zusammen und blinzle gegen die Helligkeit an. »Nichts.«

»Das sehe ich.« Er kommt ein paar Schritte ins Zimmer und sieht stirnrunzelnd zum Fernseher. »Weißt du, dass du dir da irgendein Dokuzeugs über eine Zukunft ohne Menschen ansiehst?«

Vor meinen Augen nimmt der Fernseher plötzlich Gestalt an und die Bilder werden deutlicher. Eine verfallene Stadt, die wegen der hügeligen Straßen San Francisco sein könnte, flimmert zu düsterer Musik über den Bildschirm. Die *Golden Gate Bridge* wird eingeblendet, ebenfalls heruntergekommen und von der Natur zurückerobert.

Mit einem Seufzen richte ich mich in eine sitzende Position auf und schalte den Fernseher aus. »Ich war in Gedanken und hab nicht wirklich hingesehen.«

»Okay.«

Karsten kommt auf mich zu und lässt sich neben mich auf die Couch fallen, als hätte ich ihn dazu aufgefordert. Habe ich aber nicht. Ich habe keine Lust auf Gesellschaft oder ein aufgezwungenes Gespräch – schon gar nicht, wenn er frisch geduscht ist und nach Seife riecht und sich seine noch feuchten Haare so kräuseln.

»Eigentlich wollte ich gerade ins Bett gehen.«

Karsten zuckt die Schultern. »Tu dir keinen Zwang an.«

Ich warte darauf, dass er aufsteht, aber er rührt sich nicht. »Du sitzt auf meinem Bett.«

»Musst du nicht erst noch ins Bad?«

Das erklärt nicht, warum er das Sofa für sich beansprucht. Kann er nicht einfach ins Schlafzimmer gehen und die Tür hinter sich schließen?

Ich hieve mich von der Couch hoch und komme mir dabei vor wie hundert. So lange kann ich eigentlich nicht hier herumgelegen haben, aber mein Körper fühlt sich an, als hätte ich mich tagelang nicht bewegt. Ich schlurfe ins Bad, um mir die Zähne zu putzen, und hoffe, dass Karsten verschwunden ist, wenn ich fertig bin. Aber als ich in Pants und T-Shirt ins Wohnzimmer zurückkomme, sitzt er immer noch auf dem Sofa.

Demonstrativ schalte ich das Licht aus und taste mich mit Hilfe des schwachen Lichtschimmers, der durch die Jalousien hereinfällt, durch das ansonsten dunkle Zimmer. Möglichst weit weg von Karsten setze ich mich auf die Couch und klopfe mein Kopfkissen zurecht.

»Gute Nacht dann.«

Ich will mich gerade ausstrecken, um ihm deutlich zu machen, dass ich es ernst meine, als er näher an mich heranrutscht, sodass ich mich nur noch halb über ihn legen könnte.

»Was ist los, Felix?«

»Ich will schlafen. Hab ich doch gesagt.«

»Seit einer Woche rennst du mit diesem angespannten, nervösen Gesichtsausdruck durch die Gegend und heute siehst du aus, als wäre jemand gestorben. Da ich glaube, dass du mir erzählt hättest, wenn dein Opa oder sonst wer im Sterben liegt, tippe ich mal auf Peer.«

Es ist echt beschissen, wenn der beste Freund und neuerdings Ex-Freund einen so gut kennt.

»Es ist alles okay. Ich will nicht drüber reden.«

»Was denn nun? Ist alles okay oder willst du nicht drüber reden?«

Ich verdrehe die Augen. »Karsten…«

In letzter Zeit ist er mir gar nicht so aufmerksam vorgekommen. Ausgerechnet jetzt muss er seine Fähigkeit zur Empathie neu entdecken.

Vage erkenne ich eine Bewegung, dann spüre ich, dass Karsten einen Arm auf die Rückenlehne legt. Kurz darauf streichelt er mit den Fingern sanft über meine Schulter. »Du kannst es mir erzählen. Ich meine, dazu sind Freunde doch da, oder?«

Vielleicht. Vielleicht will ich es ihm aber gar nicht erzählen. Fühlt sich irgendwie unpassend an. Ich würde lieber mit Silvi darüber reden – wenn mir überhaupt nach Reden wäre.

»Danke. Alles okay.«

»Hattet ihr Streit?«

»So was in der Art.« *Verdammt. Halt doch einfach die Klappe.*

»Habt ihr euch getrennt?«

Vielleicht liegt es daran, dass er mich an der Schulter berührt und daher ganz genau mitbekommt, wie ich mich verkrampfe, denn unvermittelt packt er fester zu und zieht mich an sich. Mein erster Impuls ist, mich dagegenzustemmen, aber dann schmiegt sich seine Seite gegen meine und strömt eine vertraute, beruhigende Wärme aus, in die ich mich wie in eine Decke einwickeln will.

Ich schließe die Augen und lehne den Kopf an seine Schulter. Mir ist immer noch nicht nach Reden, aber ein wenig Trost fühlt sich nicht verkehrt an – auch wenn er von Karsten kommt.

Eine Weile sitzen wir so da, während ich auf seinen Atem lausche und er mit einer Hand über meinen Rücken streichelt. Fast – *fast* – fühlt es sich so an wie früher, aber eben doch nicht ganz. Ich würde einiges dafür geben, Karsten jetzt in diesem Augenblick gegen Peer einzutauschen.

Er fehlt mir so. Ihn eine halbe Stunde lang in seiner chaotischen Wohnung zu sehen, ohne ihn anfassen zu dürfen, und dann weggeschickt zu werden, ist nicht genug. Ich brauche mehr.

Irgendwann hebe ich den Kopf, um mich von Karsten zu lösen. An Peer zu denken und Karsten zu spüren, macht die Sehnsucht nur noch schlimmer.

Ich will mich gerade bei ihm für die unerwartete, trostspendende Geste bedanken, als er seine andere Hand in meinen Nacken legt und mich wieder zu sich zieht. Dann küsst er mich. In der ersten Sekunde bin ich so perplex, dass ich mitmache. Vielleicht auch, weil es sich so vertraut anfühlt, wenn auch nicht richtig. In der zweiten Sekunde mischt sich der trotzige Rebell ein, der findet, dass ein wenig Trostsex mit dem Ex jetzt genau das Richtige wäre. Erst nach drei Sekunden drehe ich den Kopf weg und ziehe seine Hand aus meinem Nacken.

»Das halte ich für keine gute Idee.«

Karstens Zähne blitzen im Halbdunkel auf, als er lächelt. »Warum nicht?«, raunt er. »Fühlt sich gerade ziemlich gut an.«

Er nimmt meine Hand und führt sie in seinen Schritt. Eine Geste, die mich völlig unerwartet trifft, weil ich sonst immer der Initiator für alles, was mit Sex zu tun hat, gewesen bin.

Sein Schwanz ist hart, noch nicht ganz, aber auf dem besten Weg dahin. Nach einem Drei-Sekunden-Kuss. Die Sache mit der offenen Beziehung hat ihn zweifellos auf den Geschmack gebracht, weil ich ihn sonst nicht so schnell auf Touren bringen konnte. Zumindest nicht in letzter Zeit. Oder er pflegt zu regen Umgang mit Leo.

»Du fehlst mir, Felix.« Er beugt sich vor und streift mit seinen Lippen zärtlich über meine. Ein träges, höchst irritierendes Pulsieren schnellt in meinen Unterleib. »Seit du auf diese blöde Couch gezogen bist, schlafe ich schlecht.«

Ich bin auf die blöde Couch gezogen, weil wir nicht mehr zusammen sind und wir bei seiner neuen sexuellen Freizügigkeit lieber keine Dummheiten...

Sein Atem auf meinem Gesicht und die hauchzarten Berührungen seiner Lippen, wenn er spricht, bringen meine Gedanken durcheinander. Ich weiche ein paar Zentimeter zurück. Mir ist nicht aufgefallen, dass er schlecht schläft. Dafür fällt mir auf, dass er unter meinen Fingern inzwischen vollständig erigiert ist. Meine Hand zuckt, doch bevor ich es mir anders überlegen kann, ziehe ich sie weg.

Karsten lehnt sich weiter vor, sodass mich eine seiner feuchten Locken im Gesicht kitzelt. Der Duft seines Shampoos und seiner Seife steigen mir in die Nase, als würde man einen Hauch Nostalgie einatmen.

»Und ich sehe doch, dass es dir schlecht geht. Lass mich dich ein wenig trösten.«

Noch so ein träges Pulsieren durch meinen Unterleib, der die Vorstellung von Trostsex auf einmal sehr interessant findet. »Karsten…«

Ich weiß nicht genau, ob ich ablehnen, mir Zeit verschaffen oder darauf eingehen will. Mein Kopf ist wie leer gefegt, während mein Schwanz allmählich aufwacht. Als Karsten mich erneut küsst, gehe ich beinahe automatisch darauf ein. Gott, das fühlt sich so gut an. Auch wenn es nicht Peer ist. Den Kopf ausschalten und den Körper die Führung übernehmen lassen, kurz vergessen, wie beschissen ich mich die letzte Woche über gefühlt habe und stattdessen genießen. Auch wenn es nicht Peer ist. Vielleicht kann ich mir vorstellen…

Aber als mich Karsten nach hinten auf die Couch zurückdrängt und sich über mich schiebt, merke ich, dass er nicht Peer ist. Peer ist größer und drahtiger, Karsten hingegen muskulöser. Karstens Locken kitzeln mich im Gesicht, Peers sind zu kurz für so was und nicht so dick. Karsten ist nicht Peer. Er ist mein Ex. Mein Ex, der sich nicht zwischen Nick und mir entscheiden konnte und mich stattdessen in eine idiotische offene Beziehung gedrängt hat.

Ich hebe eine Hand und kralle sie in seine Locken. Ich liebe seine verdammten Locken – und das weiß er ganz genau.

»Aber davon mal abgesehen... dir ist klar, dass Karsten dich weiterhin nach seiner Pfeife tanzen lässt, oder? Obwohl ihr nicht mehr zusammen seid?«

Ich ziehe so heftig an seinen Haaren, dass Karsten mit einem Zischen von mir ablässt und nach meinem Arm greift. »Autsch. Nicht so fest.«

Obwohl ich ihn nur schemenhaft erkennen kann, blinzle ich ihn fassungslos an. »Du bist echt unglaublich.«

»Danke.« Ein leises, völlig unangebrachtes Lachen, das er mit einer wohlüberlegten Bewegung seiner Hüften unterstreicht, sodass sein harter Schwanz an meinem reibt. Mir entfährt ein Ächzen, ehe ich ein Bein anziehe und meine Hand aus seinen Locken löse, um ihn von mir runter zu bugsieren.

»Das war nicht als Kompliment gemeint.«

Widerwillig lässt er sich von mir wegschieben, bis er zwischen meinen Beinen kniet. »Was machst du?«

Ich richte mich auf, damit er nicht auf die Idee kommt, sich wieder auf mich zu stürzen. »Hast du echt gedacht, du könntest die Situation ausnutzen? Mich noch mal flachlegen, weil's mir gerade nicht so gut geht?«

Die kurze Pause sagt mehr als tausend Worte. »Ich wollte dich trösten.«

»Mit Sex!«

»Ja, mein Gott, mit Sex, na und? Danach hätten wir uns beide besser gefühlt.«

Ich starre auf den vagen Umriss, der sein Gesicht ist, und angle nach dem Schalter der Stehlampe an meiner Seite des Sofas. Auch wenn wir beide bei dem plötzlichen Licht kurz zusammenzucken, ist das allemal besser, als sich weiterhin in intimer Dunkelheit zu unterhalten.

»Ich erkenne dich überhaupt nicht mehr wieder«, sage ich kopfschüttelnd. Mein halbes Leben habe ich mit Karsten verbracht, einen Großteil davon als beste Freunde, sechs lange Jahr als Paar, und trotzdem kommt es mir so vor, als hätten ihn irgendwann im letzten halben Jahr Aliens entführt und einer Gehirnwäsche unterzogen.

»Hey, jetzt tu mal nicht so, als wärst du abgeneigt.« Er nickt in meinen verräterischen Schritt, in dem die Beule wegen der Pants deutlich besser zu erkennen ist als in seiner Jeans.

Nein, offensichtlich bin ich nicht völlig abgeneigt. Sex mit Karsten war lange Zeit mein Nonplusultra. Aber ich kann es nicht mit mir vereinbaren, mich von ihm zu trennen, um so etwas wie eine neue Beziehung anzufangen, trotzdem noch mit ihm zusammen zu wohnen *und* miteinander zu schlafen. Nur ein Teil davon reicht schon aus, um mir Kopfschmerzen zu bereiten.

»Mir geht's schlecht, verdammt. Außerdem bin ich immer noch ein Mann!«

Er zuckt die Schultern. »Warum können wir dann nicht noch mal zum Abschied –«

»Weil wir nicht mehr zusammen sind!«, schneide ich ihm das Wort ab.

»Okay, schon gut. Reg dich ab. Ich dachte, um der alten Zeiten willen wäre es vielleicht noch mal ganz nett gewesen –«

»*Ganz nett?!*« Ich weiß gar nicht, wohin mit meiner Fassungslosigkeit. »Du kannst uns nicht beide haben, Karsten. Nick und mich. Du hast es mit dieser bescheuerten offenen Beziehung probiert und jetzt sehen wir ja, wohin uns das gebracht hat.«

Es fühlt sich an, als wäre in meinem Inneren ein Damm gebrochen. Plötzlich bin ich so wütend, dass ich es keine Sekunde länger auf dem Sofa aushalte. Mit einem Satz springe ich auf und sehe auf Karsten runter.

»Willst du nicht wenigstens *irgendetwas* dazu sagen?«

»Was soll ich denn deiner Meinung nach sagen?«

»Zum Beispiel, dass du nicht versuchst, auf irgendeine Art und Weise wieder mit Nick und mir gleichzeitig zu schlafen. Dass du nicht wieder versuchst, einfach nur alles zu bekommen, was du willst.«

In seinen Augen blitzt es herausfordernd auf. »*Ich* bekomme alles, was ich will? Dann haben wir also nicht *gemeinsam* beschlossen, zusammenwohnen zu bleiben, das gemeinsame Konto zu behalten und so weiter?«

Ich versuche, ruhig ein- und auszuatmen. *Lass dich nicht wieder von ihm einlullen. Er versucht absichtlich abzulenken.*

Ich lege den Kopf schief. »Nur aus Neugier… was hält eigentlich Nick von dieser ganzen Sache? Oder davon, dass du noch mal eine Abschiedsnummer mit mir schieben willst?«

Er seufzt, als wäre ich zu begriffsstutzig oder schlicht zu blöd, um es zu kapieren. »Nick und ich führen keine Beziehung, so wie du und ich sie geführt haben.«

Ich ziehe eine Augenbraue hoch. »Sondern?«

»Wir sind nicht zu hundert Prozent exklusiv.«

Ich schnaube. »Sondern nur zu neunzig Prozent?«

»So in etwa, ja.«

Wieder kann ich nur den Kopf schütteln. Ich will gar nicht nachfragen, wie eine neunzigprozentige Beziehung aussieht. Wahrscheinlich würde ich es eh nicht verstehen, weil das völlig entgegengesetzt zu dem ist, was ich will.

»Dann kann ich für dich nur hoffen, dass Nick dasselbe will wie du, denn du und ich sind fertig miteinander.«

Er steht ebenfalls auf. Um seine Mundwinkel spielt ein überheblicher Zug, aber ich weigere mich, mich von ihm kleinmachen zu lassen, nur weil ich andere Ansichten habe als er. »Okay, wie du willst. Vielleicht überlegst du es dir noch mal anders, wenn Peer dich nicht zurückwill.«

Autsch. Ich beiße die Zähne zusammen. Das war verdammt tief gezielt. »Nein, danke«, sage ich eisern.

Er zuckt die Schultern, als wäre ihm das alles sowieso nicht wichtig.

Erst als er sich umdreht und gehen will, wird mir klar, dass ich halb erwartet habe, dass er sich entschuldigt. Für das, was er gesagt hat, für seinen Versuch, sich an mich ranzumachen, für seine Unfähigkeit zu akzeptieren, dass er mich verloren hat, für die ganze Angelegenheit rund um die offene Beziehung – für *irgendwas*. Stattdessen geht er einfach.

»Karsten«, sage ich, als er schon fast durch die Wohnzimmertür ist. Er dreht sich halb um, sodass sein Gesicht zur Hälfte im Schatten liegt. »Wir sollten morgen das Kündigungsschreiben für die Wohnung aufsetzen und uns überlegen, wie wir die Möbel und Sachen aufteilen.«

Eine Sekunde lang glaube ich, dass er protestieren wird, bin mir wegen seiner halb verborgenen Gesichtszüge jedoch nicht sicher. Dann nickt er knapp. »Gute Idee.«

Kapitel 22

»Das muss jetzt langsam mal ein Ende haben, Felix«, sagt Silvi und baut sich vor ihrem Fernseher auf, aber das ist egal. Ich weiß sowieso, was Peer wann und wie sagt, deshalb schaue ich die *YouTube*-Videos seit einer Weile ohne Ton. Inzwischen weiß ich auch, wann er wie in die Kamera schaut, mit den Händen gestikuliert, sich durch die Haare fährt oder lacht.

Gott, sein Lachen. Wie sich sein ganzes Gesicht dabei aufhellt und seine unfassbar blauen Augen zu strahlen anfangen. Wahrscheinlich hat er damit schon mehr als ein Herz seiner Zuschauer zum Durchdrehen gebracht. Nur deswegen würde ich mir seine Videos ansehen, ganz egal, ob mich ein Film interessiert oder nicht.

Scheiße, genau *deswegen* sehe ich mir die Videos an.

Seufzend richte ich mich auf dem Sofa auf und greife nach meinem Handy, um das Video zu stoppen. Mit technischem Krimskrams kenne ich mich nicht so gut aus wie Silvi, aber der *Chromecast* ist kinderleicht zu bedienen – und ich kann mir Peer auf dem großen Fernsehbildschirm ansehen anstatt auf dem kleinen Handydisplay.

»Wie war's im Biergarten?« Zum ersten Mal komme ich auf den Gedanken, einen Blick zum Flur zu werfen, aber Matthias ist nirgendwo zu sehen. »Wo hast du deine bessere Hälfte gelassen?«

»Drüben.« Vage nickt sie in die Richtung, in der sich seine Wohnung ein paar Türen weiter befindet. »Wo ich gleich auch hingehe, weil ein gewisser Arbeitskollege und guter Freund seit drei Tagen meine Couch belagert.«

»Danke noch mal dafür«, werfe ich ein, damit sie nicht auf den Gedanken kommt, ich wüsste nicht zu schätzen, dass sie mich aufgenommen hat.

»Und im Biergarten war es toll«, fährt sie fort, als hätte ich gar nichts gesagt. »Weil sich draußen die Welt nämlich weiterdreht und es ein perfekter Abend war, um im Grünen mit ein paar Freunden was zu trinken.«

Sie geht zum Fenster ihres französischen Balkons, hinter dem seit einer Weile die Dunkelheit eingesetzt hat, und reißt es auf. Eine schwache, warme, aber angenehme Brise weht ins Zimmer und unterstreicht den lauen Sommerabend, den ich verpasst habe. Wieder einmal.

Gestern ist es ein anderer Biergarten mit André, Jenny und noch ein paar anderen von der Arbeit gewesen. Allerdings fällt mir im Moment nichts ein, worauf ich weniger Lust habe als auf Gesellschaft. Ich genieße die Zeit, wenn Silvi nicht da ist, weil man sich in ihrer Wohnung kaum aus dem Weg gehen kann – und weil ich dann unbehelligt Peer hinterherheulen kann. Selbiger ist auf ihrem Fernseher bei der Kritik zu *Magic Mike XXL* mitten im Satz eingefroren und lächelt mich an.

Warum bin ich bloß so ein verdammter Idiot?

»Hast du dich wenigstens schon mal nach einer neuen Wohnung umgeguckt?«

»Ich werde nicht ewig bei dir wohnen bleiben, keine Sorge.«

Das wäre in etwa so, als würde ich wieder bei meinen Eltern einziehen – die sehr geschockt waren, als ich ihnen erzählt habe, dass sie mich die nächsten Tage nur auf dem Handy und nicht auf dem Festnetz erreichen können, weil ich kurzfristig ausgezogen bin. Irgendwie habe ich in dem ganzen Durcheinander überhaupt nicht daran gedacht, ihnen zu erzählen, dass es zwischen Karsten und mir kriselt. Dementsprechend von den Socken waren sie über die plötzliche Nachricht, dass wir uns getrennt haben.

Sie haben mir dieselben Fragen gestellt, die ich mir selbst schon seit einigen Wochen stelle, und mir anschließend angeboten, dass ich gerne übergangsweise wieder bei ihnen einziehen kann. Aber ich bin weder ein WG-Mensch, noch möchte ich mich wieder an den Tagesrhythmus meiner Eltern anpassen, also war Silvi das geringere Übel – außerdem wohnen meine Eltern nicht gerade um die Ecke.

Ich greife nach der Bierflasche, an der ich mich schon den ganzen Abend über festhalte. Inzwischen schmeckt das Bier leicht abgestanden und ist warm. Ich wünschte, ein bisschen Alkohol könnte mir über Peer hinweghelfen, aber dummerweise geht es mir danach meistens schlechter, weil ich nach der langen Zeit mit Karsten nichts gewohnt bin.

Außerdem träume ich mit Alkohol im Blut intensiver. Verrückt, da man eigentlich in eine Art Koma fallen sollte, tue ich aber nicht. Und intensives Träumen kann ich im Moment definitiv nicht gebrauchen.

»Das will ich hoffen. Matthias und ich sind nämlich eigentlich noch nicht so weit, dass wir zusammenziehen wollen.«

»Niemand hat gesagt, dass du für mich die Wohnung räumen musst.«

»Lieber das, als die ganze Zeit in dein todunglückliches Gesicht zu schauen. Ich bin so froh, dass ich mir kein Büro mit dir teile. Wie hält Frau Bimsel das bloß aus?«

»Gar nicht. Sie hat sich spontan die restliche Woche freigenommen.«

»Was? Im Ernst?« Silvi reißt die Augen auf, kommt zu mir rüber und lässt sich neben mich aufs Sofa fallen. »Frau Bimsel ist ein Workaholic.«

»Ach was.«

Seufzend fährt sie sich mit beiden Händen übers Gesicht, dann sieht sie mich von der Seite her an. Wenn ich's nicht besser wüsste, würde ich sagen, sie hat Mitleid mit mir.

»Das muss echt beschissen sein.«

Ich begegne ihrem Blick. Ich weiß nicht so ganz, worauf sie hinauswill.

»Ich meine, innerhalb von ein paar Wochen den besten Freund, den langjährigen Partner und die neue Liebe zu verlieren.«

Ich zucke zusammen und wende den Blick ab, der automatisch auf den Fernseher fällt, von dem aus Peer mich anlächelt. Ich schließe die Augen. Besser.

Wenn sie es so komprimiert ausdrückt, höre ich mich an wie die Pest: bloß schnell weg.

»Danke für die Zusammenfassung.« Ich kann nichts gegen das Kratzen in meinem Hals tun, auch wenn sie es zweifellos hören muss.

Ich spüre ihre Hand auf meinem Rücken, die mich tröstend streichelt. »Ich sage das nicht, um dir wehzutun. Eigentlich finde ich, was Karsten angeht, solltest du sogar froh sein.«

Ich reibe mir die Augen und schüttle den Kopf. »Nicht schon wieder das.«

»Was denn?«, fragt sie, als hätte sie nicht während der letzten Tage versucht, mich damit aufzuheitern, Karsten los zu sein.

Rational betrachtet hat sie recht. Das weiß ich, sonst hätte ich nicht gleich am Dienstag das Kündigungsschreiben für die Wohnung abgeschickt. Aber emotional betrachtet fühlt es sich an, als hätte ich mir ein Stück Fleisch aus dem Körper geschnitten.

»Er hat dich von vorne bis hinten an der Nase herumgeführt und angelogen. Außerdem hat er dich bereits verloren, als er die offene Beziehung vorgeschlagen hat. Dass er dich jetzt irgendwie zurückhaben will, *ohne* seinen neuen Macker oder seine neuen Fickprivilegien aufzugeben... sorry, aber das ist echt armselig.«

»Ja«, sage ich nur, greife nach dem Bier und trinke einen Schluck, ehe mir einfällt, dass es inzwischen beschissen schmeckt. Ich verziehe das Gesicht und stelle die Flasche zurück.

»Hast du denn schon nach Wohnungen geguckt?«, fragt sie wieder. »Das wird in München kein Spaziergang, das ist dir doch klar, oder?«

»Hätte ich vielleicht noch ein, zwei Jahre mit Karsten zusammenwohnen sollen, bis ich was finde?«

»Nein. Deshalb habe ich dir auch sofort meine Couch angeboten.« Sie wippt auf besagtem Möbelstück herum. »Falls du bei einer Besichtigung eine charmante Freundin an deiner Seite vorstellen willst, kannst du mich auch fragen.« Sie klimpert kokett mit den Wimpern und setzt ein übertrieben flirtendes Lächeln auf.

Meine Mundwinkel zucken. »Danke.« Ich lege einen Arm um sie und ziehe sie in eine Umarmung. »Für alles.«

Sie schmiegt sich an mich und erwidert die Umarmung. »Kein Problem.«

»Noch nicht. Warte ein paar Monate. Die Wohnungen, die im Internet stehen, sind entweder astronomisch teuer, irgendwo hinter Fürstenfeldbruck – oder beides. Nach einem halben Jahr gehe ich dir bestimmt auf die Nerven.«

Seufzend löst sie sich von mir. »Da hatten wir gerade mal einen tief verbundenen, freundschaftlichen Moment und du machst es mit so einer Bemerkung kaputt.« Als ihr Handy piepst, zieht sie es aus ihrer Hosentasche. »Das ist bestimmt Matthias.«

»Ihr habt den ganzen Abend miteinander verbracht, er befindet sich nur drei Wohnungen weiter und hat schon Sehnsucht nach dir?« Wie bekannt mir das vorkommt. Und prompt verspüre ich einen schmerzhaften Stich in der Herzgegend.

»Ich bin eben bezaubernd«, grinst Silvi und fummelt an ihrem Handy herum.

Ich runzle die Stirn. »Ist das neu?«

»Hm? Oh ja, das neueste *iPhone*.« Sie hält es mir entgegen. »Schick, oder?«

Auf dem Display wird ein Video angezeigt, bereit zum Abspielen. Dem Standbild nach zu urteilen, Matthias, der mit nacktem Oberkörper im Bett liegt. Wie viel sonst noch von ihm nackt ist, ist auf dem Standbild nicht zu erkennen. Okay. Ja, schick, aber sie meint bestimmt das *iPhone*.

»Du bist nicht nur handysüchtig, sondern auch verrückt. Du kannst dir doch nicht ständig neue Handys kaufen.«

»Wieso nicht? Das hier hat eine sensationelle Kamera und 3D Touch. Das ist schon ziemlich cool.«

Ist wahrscheinlich sinnlos, sie darauf hinzuweisen, dass sie sich wie eine wandelnde Werbetafel von *Apple* anhört. Schlimmstenfalls fühlt sie sich davon sogar geschmeichelt und spult noch mehr Werbesprüche ab. »Und wozu brauchst du den ganzen Krempel?«

»Vielleicht, um mir unanständige Videos mit meinem Freund hin und her zu schicken?« Ihr Daumen schwebt gefährlich nahe über dem Play-Button von Matthias' Video. »Willst du mal eins sehen?«

»Bloß nicht.« Lachend schiebe ich ihren Arm weg, der mir weiterhin das Handy unter die Nase hält. »Matthias wäre sicher nicht begeistert.«

Sie schnaubt, zieht das Handy aber zurück. »Selbst schuld. Du weißt ja nicht, was du verpasst.«

»Ist wohl auch besser so.«

Nachdenklich sehe ich das Handy an, als sich unvermittelt eine vage Idee in meinem Kopf formt – eine ziemlich bescheuerte Idee. Aber wenn ich daran denke, dass ich in den letzten Tagen Peers Videos vor lauter Sehnsucht so oft angesehen habe, dass ich inzwischen bestimmt die Hälfte davon mitsprechen kann, macht mein Herz vor Aufregung auf einmal einen kleinen Satz.

Und vor Panik. Das ist wirklich eine *sehr* bescheuerte Idee, mit der ich mich zum Volltrottel der Nation machen werde.

Silvi steht auf und deutet mit ihrem Handy zur Küche. »Dann seh ich's mir mal schnell in der Küche an und entscheide dann, ob ich zu ihm rübergehe oder nicht.« Feixend dreht sie sich um, bleibt aber noch mal stehen, als ich sie aufhalte.

»Silvi? Du kennst dich doch mit diesem ganzen Technik-Kram aus, oder?«

»Kommt drauf an, was du mit *Technik-Kram* meinst. Im Rahmen meiner Marketingtätigkeiten begegnet mir so einiger *Technik-Kram.*«

Ich schlucke. »*YouTube*?«

***

Silvi findet meine Idee großartig und wischt alle Einwände bezüglich Fremdschämen und bodenloser Peinlichkeit mit einer unwirschen Handbewegung beiseite.

»Es haben schon viel komischere Leute verrücktere Sachen gemacht. Dagegen ist das vollkommen harmlos. In einer Woche taucht der nächste Horst auf und du bist Schnee von gestern«, findet sie und besteht darauf, das Video für Peer mit ihrer supertollen *iPhone*-Kamera auf der Stelle zu drehen.

Zum Glück kann ich ihr das ausreden, weil ich zum jetzigen Zeitpunkt weder weiß, was ich sagen will, noch fühle ich mich gerade besonders telegen, nachdem ich den ganzen Abend auf dem Sofa rumgelümmelt habe. Außerdem überlege ich es mir vielleicht noch mal, wenn ich eine Nacht drüber geschlafen habe. *Hoffentlich* überlege ich es mir noch mal.

Aber nachdem ich das Ganze über Nacht habe sacken lassen, fühlt sich der Gedanke tatsächlich wie eine Chance an – auch wenn er mir eine Heidenangst einjagt. Das Internet vergisst nichts.

Und im schlimmsten Fall ist alles umsonst und Peer kümmert sich danach weiterhin einen Scheißdreck um mich.

Okay, so sollte ich auf gar keinen Fall denken.

Am nächsten Tag versuche ich, mir in jeder freien Minute eine ausformulierte, allumfassende Entschuldigung einfallen zu lassen. Immer wieder kritzele ich ein paar Satzfragmente auf meine Schreibtischunterlage, aber Dr. Schuhknecht sitzt mir wegen Frau Bimsels Abwesenheit ständig im Nacken, sodass ich am Ende nichts habe als pathetischen Kauderwelsch.

… du bist die Liebe meines Lebens… ohne dich ist alles grau und trüb… wenn ich es rückgängig machen könnte… eigentlich hast du etwas Besseres als mich verdient… gib uns nicht auf… du bist alles für mich…

Damit mache ich mich sicherlich lächerlich. Zu dumm, dass meine Stärke bei Zahlen liegt. In irgendwelchen Aufsätzen war ich schon immer mies.

Nach der Arbeit fahre ich bei Karstens und meiner Wohnung vorbei, um mir für morgen ein paar frische Klamotten zu holen und Igor und seinen Schwarm zu füttern. Meine Fische zurückzulassen, fühlt sich an, als würde ich einen Hund an einer Autobahnraststätte aussetzen. Allerdings kann ich schlecht das ganze Aquarium auf meinem Fahrrad zu Silvi umziehen.

Trotzdem fehlt es mir, ihnen ab und an einfach nur zuzusehen, wie sie durch ihr Aquarium gleiten. Das hat etwas seltsam Beruhigendes, das Karsten nie verstanden hat. Es hilft mir dabei, den Kopf freizubekommen. Und vielleicht hilft es mir auch bei einer genialen Eingebung für meine Ansage an Peer.

Heute habe ich im Gegensatz zum Rest der Woche jedoch kein Glück. Die Wohnungstür ist nicht abgeschlossen, was bedeutet, dass Karsten zu Hause ist. Die letzten Tage habe ich ihn jedes Mal verpasst.

Na gut. Vielleicht sind wir bei unserer letzten Begegnung nicht gerade freundschaftlich auseinandergegangen, aber das heißt nicht, dass wir jetzt nicht mehr normal miteinander reden können. Schließlich gehört die Wohnung immer noch uns beiden. Karsten kann froh sein, dass ich mir bei Silvi freiwillig eine Auszeit gönne, anstatt darauf zu bestehen, dass er zu Nick in die WG zieht.

Halb erwarte ich, dass ich in eine Orgie oder wenigstens ein heißes Techtelmechtel platze, aber alles in der Wohnung scheint normal zu sein. Im Bad höre ich die Dusche rauschen, im Wohnzimmer läuft der Fernseher. Ich gehe geradeaus durch, um zuerst die Fische zu füttern, und bleibe wie vor eine Wand gelaufen in der Tür stehen.

»Was machst du denn hier?«, frage ich Leo, der auf dem Sofa sitzt, die Füße auf dem Couchtisch abgelegt. »Habt ihr jetzt doch angefangen, miteinander zu vögeln?«

»Sieh mal einer an. Der Ex.«

Leo nimmt die Füße vom Tisch und stellt den Ton ein wenig leiser. Irgendeine Casting-Show. Keine Ahnung, was Deutschland jetzt wieder sucht. Vielleicht den besten Bauarbeiter oder so.

»Glaubst du, wenn wir miteinander ficken würden, würde ich hier sitzen, während er unter der Dusche steht?«

Wahrscheinlich nicht. Und wahrscheinlich würde Leo auch nicht wieder so perfekt gestylt aussehen, wenn er und Karsten eben noch wild auf der Couch rumgemacht hätten. Das schwarze Zeug um seine Augen und das glänzende auf seinen Lippen scheinen zu seiner Standardaufmachung zu gehören.

»Was weiß ich. Ist mir auch egal.« Ich hole das Fischfutter aus dem Schrank und schütte eine Portion ins Aquarium. Sofort tauchen Igor und sein Schwarm aus sämtlichen Schlupflöchern auf und schwimmen an die Oberfläche, an der sich ein Großteil des Futters befindet, um danach zu schnappen.

»Ich hab ihn unter die Dusche geschickt«, sagt Leo hinter mir, »weil's ihm ziemlich beschissen geht.«

»Ach.« Ich drehe mich zu Karstens Freund um. »*Ihm* geht's beschissen? Immerhin kann er in unserem Bett schlafen.«

»Er hat dich nicht aus der Wohnung geworfen, oder?«

Ich schüttle den Kopf – halb als Antwort auf seine Frage, halb als abwehrende, fassungslose Reaktion. Ich muss nicht mit einem mehr oder weniger Fremden Karstens und meine Probleme diskutieren. Zumal wir über das Stadium der Probleme schon hinaus sind. Wir sind getrennt. Es ist vorbei.

Ich lasse Leo einfach sitzen und gehe ins Schlafzimmer, um mir ein paar frische Sachen aus dem Kleiderschrank zu holen. Vielleicht sollte ich auch irgendwas Schickes für das Video mitnehmen. Oder eher was, in dem ich sexy aussehe? Mein Blick fällt auf einen weiteren Anzug. Eigentlich bräuchte ich mich nach der Arbeit gar nicht umziehen.

»Wenn ich gewusst hätte« – ich zucke zusammen, als Leos Stimme hinter mir erklingt – »dass du nichts von Nick weißt, hätte ich ihn nicht erwähnt.«

Ich sehe kurz über die Schulter. Leo lehnt mit verschränkten Armen im Türrahmen und wirkt zerknirscht. Allerdings kenne ich ihn zu wenig, um das beurteilen zu können.

»Ich bin froh, dass du's getan hast«, sage ich und wende mich wieder dem Kleiderschrank zu. »Karsten hätte mir sonst wahrscheinlich nie was gesagt.«

»Trotzdem komme ich mir vor, als hätte ich einen wesentlichen Teil dazu beigetragen, eure Beziehung kaputt zu machen.«

Überrascht halte ich inne, als ich gerade nach einer Jeans greifen will, und drehe mich dieses Mal ganz zu ihm um. »Was wird das denn? Versuchst du gerade, dich zu entschuldigen?«

Er macht eine vage Geste mit der Hand. »So was in der Art. Wie gesagt, Karsten geht's nicht gut und irgendwie fühle ich mich dafür verantwortlich.«

»Ihm wird's besser gehen, sobald er jemand Neues aufgerissen hat.«

»Glaub ich kaum. Er vermisst dich.«

Unwirsch drehe ich mich wieder dem Kleiderschrank zu. »Bist du jetzt sein Sprachrohr, oder was?«

»Nein. Nur ein guter Freund.«

»Das hätte Karsten sich vorher überlegen sollen.« Ohne Rücksicht auf Verluste stopfe ich die Sachen, die ich rausgesucht habe, in einen Rucksack. Für die Hemden wird bei Silvi schon irgendwo ein Bügelbrett rumfliegen, aber bei dem Jackett und der Anzughose bin ich etwas vorsichtiger. »Er kann nicht alles haben. Oder jeden.«

Die Tür zum Bad wird geöffnet. Mir ist gar nicht aufgefallen, dass die Dusche nicht mehr läuft. Ein paar Sekunden später steht Karsten mit tropfenden, sich kräuselnden Locken und einem Handtuch um die Hüften hinter Leo im Flur.

»Felix«, sagt er überrascht, während er mit einem Blick den Rucksack und die dort hineingestopften Klamotten erfasst.

»Nein, ich ziehe nicht wieder ein. Ich hole nur ein paar Sachen und bin dann schon wieder weg.«

Er reckt das Kinn. »Hab ich auch nicht angenommen.«

Keine Ahnung, was Leo meint. Für mich sieht Karsten nicht besonders beschissen, reumütig oder unglücklich aus. Andererseits fällt es ihm offensichtlich leicht, mir etwas vorzumachen.

»Meine Fresse, reißt euch mal zusammen. Die Temperatur hier drinnen ist gerade um zehn Grad gefallen.«

»Wir müssen uns nicht zusammenreißen. Es ist vorbei«, sage ich noch einmal und merke, dass es inzwischen tatsächlich so ist. Vorbei.

Ich will Karsten nicht zurück, auch wenn er sich vor mir auf die Knie wirft und mich anfleht, es noch mal mit ihm zu versuchen. Ich will nicht mehr mit ihm schlafen und es wäre mir auch scheißegal, wenn er sich seine Locken abrasiert und ab morgen mit Glatze durch die Weltgeschichte spaziert – obwohl das wirklich sehr schade wäre. Ich liebe ihn nicht mehr.

Sobald etwas Gras über die Sache gewachsen ist, können wir es gerne noch mal in aller Freundschaft miteinander probieren. Aber solange ich befürchten muss, dass er wieder irgendwas versucht…

»Wahrscheinlich zieh ich nächste oder übernächste Woche wieder hier ein, dann können wir besprechen, wer welche Sachen bekommt. Und wir müssen noch zur Bank, das gemeinsame Konto auflösen.«

Karstens Kieferpartie spannt sich an und für einen kurzen Moment flackert etwas in seinem Blick auf, das so etwas wie Kummer sein könnte, aber dann ist es so schnell verschwunden, dass ich mir nicht mehr sicher bin.

»Klar. Ich hab sowieso Semesterferien. Sag einfach, wann du Zeit hast.«

Die Semesterferien habe ich ganz vergessen. Kein Wunder, dass ich ihn die ganze Zeit nicht angetroffen habe. Wahrscheinlich vögelt er sich von einer Party zur nächsten oder ist auf irgendwelchen Selbstversorgerhütten unterwegs.

Ich nicke knapp, schnappe mir meinen Rucksack und gehe auf die Tür zu. Karsten zögert einen Moment, weicht dann jedoch zur Seite. Leo hingegen bleibt mit sturem Blick stehen.

»Lässt du mich vorbei?«, frage ich genervt, woraufhin Karsten seinem Freund gegen den Arm schlägt.

»Lass ihn durch.«

»Ihr seid echt bescheuert«, ist Leos einziger Kommentar dazu, ehe er zur Seite tritt. »Ich hab's ja die ganze Zeit gesagt. Beziehungen sind was für Bekloppte.«

Ich bleibe nicht lange genug, um zu hören, wie Karsten darauf reagiert, oder gar, um mich zu einer Diskussion hinreißen zu lassen, sondern öffne die Wohnungstür und verschwinde. Wenn ich meine Fische nicht zurücklassen müsste, würde ich mich tatsächlich gut fühlen. Irgendwie... befreit.

Kapitel 23

»Das ist alles Käse«, findet Silvi und schwenkt meine Notizzettel durch die Luft.

Eine zusammenhängende Rede ist mir zwar nicht geglückt, aber einige der Passagen, die ich mir seit zwei Tagen aus den Fingern sauge, finde ich gar nicht so schlecht.

Ich schnappe ihr die Zettel weg, lege sie auf den Tisch zwischen uns und streiche sie sorgfältig glatt. »Finde ich nicht.«

»Oh doch. Der schlimmste Werbetext der Welt.«

»Ich will hier doch kein verdammtes Produkt verkaufen.«

»Nein? Und wie nennst du es dann, wenn du versucht, dich an den Mann zu bringen? An einen ganz speziellen Mann, wohlgemerkt?«

Brummelnd greife ich nach dem Kugelschreiber und gehe meinen Text noch einmal durch. Mittlerweile kommt mir ein Großteil wie schwachsinnige Worthülsen vor. Da war es doch leichter, irgendwelche Schulaufsätze zu schreiben.

Silvi linst auf meine Handschrift, obwohl sie sie verkehrt herum lesen muss, und zitiert mehr oder weniger frei: »*Ich habe einen schrecklichen Fehler gemacht…* blabla… *bitte gib mir noch eine Chance…* blabla… *fühle mich unvollständig ohne dich…* Ich wusste gar nicht, dass so viel Kitsch in dir steckt. Du machst ja jeder Daily Soap Konkurrenz.«

»Scheiße.« Ich knalle den Kugelschreiber auf den Tisch und schiebe ihr die Zettelwirtschaft hin. »Dann mach du das doch.«

»Es ist *deine* Entschuldigung. Sei doch etwas persönlicher und lass diesen Allerweltsquatsch weg.«

»Das Ganze ist sowieso schon verdammt persönlich. Seine kompletten Abonnenten werden sich vor Lachen kringeln und sobald sich das Video rumgesprochen hat, wahrscheinlich das komplette Internet.«

»Genau. Das komplette Internet.« Silvi nickt todernst, ehe sie abwinkt. »So interessant bist du auch wieder nicht.« Sie mustert mein Hemd, das ich gestern schon auf der Arbeit anhatte, aber das weiß ja niemand von der sogenannten Netzgemeinde. »Außerdem siehst du aus wie ein verklemmter Bestatter. Das Video klickt niemand freiwillig an.«

Ich zupfe an meinem Kragen herum. Auf das Jackett habe ich verzichtet, weil ich nicht schon vorher aussehen will wie ein durchgeschwitzter Marathonläufer, der keine Dusche gefunden hat. »Peer gefällt's.«

»Hm-hm«, macht Silvi abwesend, beugt sich über den Tisch und zupft an meinen Haaren rum.

Ich schlage ihren Arm weg. »Hey.«

»Bevor wir das Video aufnehmen, musst du mich noch mal kurz an deine Frisur lassen.«

»Bevor wir das Video aufnehmen, brauche ich einen verdammten Text.«

»Oder Wein.« Silvi schiebt ihren Stuhl zurück und steht auf.

»Was? Quatsch, bleib hier«, rufe ich ihr hinterher, doch sie ist bereits in die Küche verschwunden. »Ich kann doch nicht mitten am Tag anfangen, mich zu betrinken.«

»Es ist Samstag«, ruft sie zurück, »und inzwischen ist es halb fünf. Keine Widerrede.« Sie kehrt mit zwei Weingläsern und einer Flasche Weißwein ins Wohnschlafzimmer zurück. Den Wein muss sie direkt aus dem Kühlschrank geholt haben, dem Kondenswasser auf der Flasche nach zu urteilen.

Ich schüttle den Kopf, als sie mir eins der Gläser hinstellt, und schiebe es zur Seite. »Das halte ich für keine gute Idee.« Mit Alkohol im Blut wird die ganze Angelegenheit wahrscheinlich noch peinlicher, weil ich Dinge sage, die besser niemand hören sollte – schon gar nicht zig gesichts- und namenlose Fremde im Internet.

»Du sollst dich ja nicht betrinken, sondern nur etwas lockerer werden«, sagt sie und schraubt die Flasche auf, um uns beiden einzuschenken. Anschließend schiebt sie mir ein Glas hin und setzt sich. Sie nimmt ihr Glas zur Hand und hält es mir entgegen.

»Prost. Auf dich und eine geniale Eingebung. Oder so.«

Mein Verstand sagt mir, dass das hier keine gute Idee ist, aber ein kleiner Teil von mir hofft offensichtlich auf eine wirklich geniale Eingebung, denn ich stoße mit Silvi an und trinke einen Schluck. Danach sitze ich wieder über dem Text und erhoffe mir Hilfe von Silvi, doch sie ist weiterhin der Meinung, dass die Worte von mir kommen müssten.

Eine Stunde später ist die Flasche zu zwei Dritteln leer, wir haben über eine App Pizza bestellt und den ersten Versuch mehr oder weniger im Kasten, wenn man das so sagen kann. Als wir das Video noch einmal abspielen, möchte ich vor Scham am liebsten im Boden versinken.

»Oh Gott«, stöhne ich und lege die Stirn neben Silvis *iPhone* auf die Tischplatte. »Ich höre mich furchtbar an. Und ich sehe furchtbar aus. Und ich rede nur Scheiß.« Ich richte mich wieder auf und sehe ihr Handy anklagend an. »Wieso kann dein Superhandy da nichts ausbessern?«

»Weil *Apple* es hergestellt hat und nicht Gott.« Kurzerhand löscht sie das Video und nickt auf meine Haare. »Lässt du mich da jetzt mal ran?«

Also begebe ich mich in ihre hoffentlich kundigen Hände und wir wechseln in ihr kleines, schmales Badezimmer. Eine halbe Stunde später ist unsere Pizza da, der Weißwein leer und mir der Alkohol so sehr zu Kopf gestiegen, dass ich heute ganz sicher keinen geraden Satz vor laufender Kamera mehr rausbringen werde.

»Dann mach's doch so wie Peer.«

»Was wie Peer machen?«, frage ich irritiert und gieße Wasser in mein leeres Weinglas, um es dann auf ex runterzustürzen.

»Hast du nicht gesagt, dass er sich zwar Notizen macht, ansonsten aber frei von der Leber weg spricht? Vielleicht solltest du das auch so machen.« Silvi tippt auf ihr *iPhone*. »Beim ersten Versuch sah es sowieso blöd aus, wie du ständig ins Stocken geraten bist oder auf deine Zettel geguckt hast.«

»Peer macht das *seit Jahren*.«

»Ach so. Und du bist erst seit gestern der Sprache mächtig.«

Ich rolle die Augen und greife noch mal nach dem Wasser. »Du weißt genau, was ich meine.«

»Okay. Dann schauen wir uns noch mal ein Video von Peer an. Kennst du das von gestern schon?«

Stellt sie mir diese Frage ernsthaft? Sobald ich gestern Abend die Benachrichtigung bekommen habe, dass *Filmfan* ein neues Video hochgeladen hat, bin ich dem Link gefolgt und habe es mir angeschaut. *Mission Impossible 5 – Rogue Nation*. Nicht gerade meine Welt, aber wenigstens auch kein Fantasy-Historienschinken. Außerdem interessiert mich nicht wirklich, wie Peer den Film findet. Er sieht immer noch fertig aus, als würde er zu viel arbeiten und zu wenig schlafen. Tatsächlich rät ihm mehr als einer der Kommentatoren halb im Scherz, mal wieder auszuschlafen oder sich eine bessere Maskenbildnerin zuzulegen.

Silvi kennt das Video noch nicht, deshalb spielt sie es ab. An den witzigen Stellen muss sie grinsen, ansonsten hört sie aufmerksam zu. Mein Herz sehnt sich so sehr nach ihm, dass die paar Minuten Video ausreichen, um mich fast wieder nüchtern zu machen.

Verdammt, es muss doch möglich sein, ihm ein paar aufrichtige, entschuldigende Zeilen zu sagen. Wenn er mich nur halb so sehr vermisst wie ich ihn, wird er nicht anders können, als sich das Video immer und immer wieder anzusehen. Scheiß drauf, wer es sonst noch sieht und sich darüber lustig macht. Und vielleicht… ganz vielleicht… entschließt er sich, dass seine Gefühle für mich stärker sind als seine Wut und Enttäuschung.

»Okay«, sage ich, als das Video zu Ende abgespielt ist, »versuchen wir es ohne Text.«

Silvi hebt die Augenbrauen. »Sicher?«

»Ja.«

Ich schiebe die Weingläser, die leere Wein- und die Wasserflasche zur Seite und rücke mich auf dem Stuhl zurecht, während Silvi das Handy zur Hand nimmt und auf mich richtet. Mein Herz schlägt mir bis zum Hals, als sie mir auffordernd zunickt.

Mir schießt durch den Kopf, dass das meine allerletzte Chance sein könnte. Wenn ich es vermassle, wird Peer sich vielleicht fragen, was er je an mir gefunden hat. Oder ich bin bereits viel zu spät und er findet dieses Video nur noch erbärmlich, lächerlich und peinlich.

Für eine Sekunde wird die Panik in meiner Brust so schlimm, dass ich kurz die Augen schließen und tief durchatmen muss.

Okay, Felix, reiß dich zusammen. Sag einfach, was dir auf der Seele liegt, egal, wie peinlich es ist. Scheiße, nur mach es nicht zu *peinlich!*

Als ich die Augen wieder öffne und direkt in die Handykamera schaue, habe ich einen schrecklichen Moment lang solches Lampenfieber, als würde ich auf einer der Bühnen dieser Welt stehen, während mich Tausende Leute kritisch anstarren. Der Gedanke ist gar nicht so weit hergeholt, trotzdem versuche ich, nicht weiter daran zu denken, damit sich der verdammte Kloß in meinem Hals auflöst. Ich zwinge mich dazu, die Hände flach auf den Tisch zu pressen, damit ich nicht wie ein Irrer durch die Gegend fuchtle. Und dann lege ich einfach los.

»Hallo. Mein Name ist Felix und das hier wird das erste und hoffentlich letzte Video sein, das ich auf *YouTube* hochlade, weil ich allein da schon tagelang dran gesessen habe.«

Beschissener Einstieg. *Beschissen!*

Ich schüttle kurz den Kopf, um mich nicht von mir selbst entmutigen zu lassen. Rausschneiden kann man das später immer noch. Und schöner zusammenschneiden.

»Na ja, warum ich das trotzdem mache? Weil ich ein Idiot bin. Ich habe einem tollen Menschen sehr wehgetan und er… na ja.« Bevor ich den Drang bezwingen kann, fahre ich mir mit einer Hand nervös durch die Haare. Dann presse ich die Finger zurück auf die Tischplatte. »Er hat sich entschlossen, mir erst einmal aus dem Weg zu gehen. Was ich verstehen kann. Trotzdem soll das hier noch mal eine Art Entschuldigung sein.«

Ich werfe einen schnellen Blick nach rechts. Mein Mund ist staubtrocken, aber in keinem der Gläser steht Wasser bereit. Ich müsste erst aufwendig nachschenken, also lasse ich es und sehe zurück in die Kamera.

»Es tut mir leid. Es tut mir wirklich leid und wenn ich es ungeschehen machen könnte, würde ich es sofort tun.«

Achtung, Floskel!

»Ich hätte die Wahrheit sagen müssen, wenn nicht schon von Anfang an, dann wenigstens viel, viel früher. Aber, wie gesagt, ich bin ein Idiot. Anfangs konnte ich nichts sagen, weil ich dich wollte, und als ich es dir sagen wollte, war es schon zu spät. Ich hab mich in dich verliebt und hatte Angst, dass du mich verlässt – was dein gutes Recht gewesen wäre, aber… äh…«

Ich sehe Silvi an, deren Gesichtsausdruck jedoch nichts preisgibt. Für eine Sekunde habe ich den Faden verloren – falls sich jemals ein roter Faden durch mein Gestammel hindurchgezogen hat. Hier geht es um Peer. Dabei sollte ich bleiben.

»Du fehlst mir, Peer. Du fehlst mir so sehr, dass ich inzwischen jedes deiner Videos rückwärts und vorwärts aufsagen kann. Ich weiß, dass du verletzt bist, und ich will ganz bestimmt nicht wie dein blöder Ex sein – und ich hoffe so sehr, dass du dich inzwischen nicht wieder auf ihn eingelassen hast, und sei es nur für Sex.«

Darf man so was auf YouTube *sagen? Oder wird man dann gesperrt?*

Jetzt fange ich Silvis Blick doch auf, die den Kopf leicht schräg legt und mich irgendwie drängelnd ansieht. Glaube ich. Zu langatmig? Zu bescheuert? Sollen wir aufhören?

Ich zögere einige Sekunden, in denen ich nicht genau weiß, was ich sagen soll, und ertappe mich dabei, wie ich mir wieder durch die Haare fahre.

»Ich… ich weiß nicht, was ich noch sagen soll. Oder tun soll. Ich weiß nur, dass ich die ganze Zeit an dich denken muss und jeden Tag hoffe, dass du dich bei mir meldest. Also… melde dich, bitte.

Ich schaue mir jeden Film mit dir an oder verzichte ein halbes Jahr auf sämtliche Tanzfilme oder so, alles, was du willst. Ich... ich liebe dich und ich will dich nicht verlieren – oh Gott, das müssen wir rausschneiden!« Ich strecke eine Hand nach dem Handy aus. »Hör auf zu filmen.«

Es fühlt sich an wie eine Ewigkeit, bis Silvi das Handy runternimmt. »Also –«

»Sag's ruhig. Es war katastrophal.«

»Für den Text gewinnst du sicherlich keinen Preis. Das war ein ziemlich zusammenhangloses Rumgestammel.«

Ich lasse den Kopf sinken. Meine Schultern sacken nach vorne. »Vielen Dank.«

»Aber dein Auftreten reißt es wahrscheinlich wieder raus. Falls Peer dir nicht glaubt, dass du in ihn verliebt bist, *muss* er es dir nach diesem Video glauben.«

»Ich glaube nicht, dass das unser Problem ist. Außerdem muss er das Video erst einmal sehen.«

»Oh, keine Sorge, das wird er.« Sie schwenkt das Handy. »Mit den richtigen Keywords und Verlinkungen bringen wir dein Video mit seinem Profil in Verbindung und sobald der eine oder andere Fan von ihm darauf gestoßen ist, wird es dazu sicherlich ein paar Kommentare geben. Von da an ist es mehr oder weniger ein Selbstläufer.«

Ich weiß nicht, ob es an meiner Panik liegt oder daran, dass ich tatsächlich nicht verstehe, wovon sie da redet.

Silvi seufzt. »Lass mich mal machen. Zur Not lege ich mir einen Fake-Account zu und schreibe Peer selbst an, ob er das Video von diesem komischen Vogel schon gesehen hat, der ihm peinlicherweise in aller Öffentlichkeit seine Liebe gesteht.«

Das verstehe sogar ich und wäre vermutlich am einfachsten. »Aber bevor du es hochlädst, müssen wir das definitiv noch einmal nachbearbeiten. Oder die eine oder andere Stelle neu drehen und reinschneiden.« Erneut fahre ich mir durch die Haare. »Ich glaube, ich hab meine Haare ziemlich durcheinandergebracht.«

»Ja. Hast du.« Sie zuckt die Schultern. »Aber nicht zu ändern.«

»Wie, nicht zu ändern?«

Sie schnaubt. »Sehe ich aus wie ein Cutter? Ich halte nur das Handy und bin fürs Hochladen zuständig. Solange du dir nicht ein paar Tricks von Peer abgeschaut hast, wird das Video genau so veröffentlicht, wie wir es aufgenommen haben.«

Entsetzt starre ich sie an. »Dann machen wir es gleich noch mal.«

***

Dummerweise sind die folgenden Versuche zwar flüssiger und nicht ganz so durcheinander, wirken dadurch allerdings auch abgeklärter. Im letzten Video sehe ich sogar aus, als wäre ich genervt – was stimmt, jedoch nicht an Peer liegt. Bevor wir noch weiter darüber diskutieren können, lädt Silvi das erste Video kurzerhand auf meinem frisch von ihr erstellten *YouTube*-Account hoch. Da es inzwischen halb zehn ist, hält sich mein Protest in Grenzen.

Danach gibt sie mir den Link und zaubert noch ein wenig an Keywords und Verlinkungen herum. Als ich den Namen des Uploaders lese, wäre ich beinahe tot umgefallen.

»Du hast als Nick nicht wirklich *filmfan's lover* genommen.«

Sie zuckt die Schultern. »Ich fand's passend und die Leute sollen dich doch finden, oder?«

Mein Drang, ihr an die Gurgel zu gehen, ist kurzzeitig so heftig, dass ich vom Stuhl aufstehen muss. »Du hättest ihm doch einfach eine Nachricht oder so was schicken können!«

Silvi winkt ab und widmet sich wieder ihrem Laptop, während ich am liebsten im Boden versinken möchte. *filmfan's lover*. Plötzlich kommt mir die Idee wieder superdämlich vor. Wenn Peer nichts mehr von mir wissen will, kann auch ein verdammtes Video nichts daran ändern.

Andererseits hat er nicht gesagt, dass er nichts mehr von mir wissen will, nur dass wir nicht mehr weitermachen. Das kann man auf verschiedene Arten interpretieren.

Ich fahre mir übers Gesicht und zwinge mich zur Geduld. Jetzt kann ich eh nichts mehr machen. Alles, was darüber hinausgeht, macht mich zum Stalker. Jetzt ist er an der Reihe.

Zuerst passiert gar nichts.

Bis zum Anfang der nächsten Woche krebst mein Video irgendwo unter einhundert Klicks rum, wahrscheinlich, weil ich in irgendeiner Liste mit *Neueste Videos* oder so auftauche, sonst hätte mich vermutlich überhaupt niemand angeklickt. Die ersten zwei Kommentare trudeln am Dienstag ein und sind alles andere als ermutigend.

Was bist du denn für ein Jammerlappen? Lass dir Eier wachsen!

SCHEIß SCHWUCHTEL!!!!!111!!

Ich bekomme sieben Daumen runter und zwei Daumen hoch und bin kurz davor, das Video zu löschen, bis die Vernunft die Oberhand gewinnt – oder die Resignation. Einmal im Internet, immer im Internet. Um irgendwas zu löschen, ist es längst zu spät.

Am Mittwoch kommen Jenny und André in der Arbeit auf mich zu, weil Silvi ihnen den Link zum Video geschickt hat. Ich bekomme einen so roten, heißen Kopf, dass Dr. Schuhknecht kurz davor ist, alle wegen Hitzefrei nach Hause zu schicken, und bedanke mich leise murmelnd, als Jenny und André sagen, dass sie das Video gut bewertet haben und mich für meinen Mut bewundern. Da keine Fragen nach Karsten kommen, hat Silvi wahrscheinlich mehr getan, als ihnen nur den Link geschickt.

»Was für ein Video?«, will Frau Bimsel wissen, die aus ihrem Spontanurlaub zurück ist. Bevor ich Jenny aufhalten kann, steht sie bereits neben Frau Bimsel und zeigt es ihr.

Ich vergrabe das Gesicht in den Händen, als ich mein Gestammel aus ihrem Lautsprecher höre. »Ihr müsst das wirklich nicht *jedem* erzählen«, sage ich dumpf und schiele zwischen meinen Fingern hervor.

»Ach herrje, das ist aber süß«, sagt Frau Bimsel und lächelt mich an. Wenn mir noch heißer wird, fängt meine Haut vermutlich bald an, Blasen zu werfen. »Dafür gibt es von mir auch einen Daumen hoch.«

Ich wundere mich nur kurz darüber, dass sich Frau Bimsel mit *YouTube* auskennt, und nuschle ein Dankeschön.

»Und wer ist jetzt dieser *Filmfan*?«, fragt sie und tippt auf ihrer Tastatur herum, um nach Peers Videos zu suchen. Als sie und Jenny sich gemeinschaftlich über Peers hübsche Augen und tolles Lächeln auslassen – »Die attraktivsten Männer sind leider immer schwul.« –, verdrückt sich André zurück in die Personalabteilung. Ich überlege ernsthaft, ihm zu folgen. Nur dass ich vorher in Richtung Ausgang abbiegen würde.

Dann steht Dr. Schuhknecht plötzlich im Büro und will wissen, warum hier so gequietscht wird. Zum Glück haben Jenny und Frau Bimsel Mitleid mit mir, wiegeln das Ganze ab und machen sich danach wieder an die Arbeit, *ohne* Dr. Schuhknecht das Video zu zeigen.

Bis Freitag haben mehrere Leute mein Video mit Peers Account in Verbindung gebracht, sowohl in meinen als auch in seinen Kommentaren. Inzwischen habe ich an die fünfhundert Klicks, zweiundzwanzig Daumen hoch und vierzehn Daumen runter. Bei der Vorstellung, dass fünfhundert Leute mein Video angeklickt und beurteilt haben, wird mir schlecht. Im echten Leben bin ich nicht mal mit halb so vielen bekannt.

Als Peer Freitagabend sein neuestes Video hochlädt, weisen ihn gleich die ersten Kommentatoren auf mein Video hin und setzen einen Link dazu. Daraufhin schnellt meine Klickzahl übers Wochenende auf fast viertausend hoch. Unter meinen Kommentatoren befinden sich jetzt auch einige, die mir viel Glück wünschen oder wie Frau Bimsel und Jenny in Begeisterungsstürme ausbrechen und finden, dass Peer und ich ein niedliches Paar abgeben.

Andere weisen mich daraufhin, dass *YouTube* keine Partnerbörse ist oder schicken mir Links zu Gay-Porno-Seiten.

Als die Klickzahlen siebentausend überschreiten, höre ich auf, alle fünf Minuten die Seite neuzuladen.

Stattdessen versuche ich, mich von dem Gedanken abzulenken, dass inzwischen *siebentausend* Menschen mein Video gesehen haben. Damit kann ich die Münchner Olympiahalle zur Hälfte füllen.

Ich ziehe von Silvis Sofa zurück in Karstens und meine Wohnung, auch wenn ich mich hauptsächlich zum Schlafen dort einfinde, weil ich Karsten so wenig wie möglich über den Weg laufen will. Wir lösen unser gemeinsames Konto zum Ende unserer gemeinsamen Mietzeit auf und einigen uns darauf, dass wir nur noch jeder zur Hälfte die Miete überweisen und sonst jeder selbst für sich verantwortlich ist.

Bei der Aufteilung der Möbel und unserer Sachen sind wir uns noch ein wenig uneins, weshalb ich überrascht bin, als Karsten mir am zweiten Wochenende nach Hochladen des Videos beim Frühstück anbietet, ab nächster Woche im Bett schlafen zu können.

»Und du?«, will ich misstrauisch wissen. »Schläfst du auf der Couch?« Unterschwellig schwingt mit, dass er bloß nicht noch einmal auf den Gedanken von Trostsex kommen soll.

Karsten schüttelt den Kopf und schenkt sich Kaffee ein, ehe er die Kanne zurückstellt, ohne mich zu fragen, ob ich auch welchen will. »Ich bin nächste Woche nicht da.«

»Wo bist du denn?«

»Urlaub.«

Ach ja. Hätte ich mir denken können, nachdem er unbedingt sein Geld sparen musste und weder mit mir in Urlaub fahren konnte, noch sich am Geschenk für meinen Opa beteiligen wollte. Ich warte, bis er sich an den Küchentisch gesetzt hat, bevor ich mir eine Tasse aus dem Schrank hole und mir ebenfalls Kaffee einschenke. So kommen wir nicht in die Verlegenheit, uns versehentlich im Weg zu stehen.

»Aha. Schön. Wo geht's hin?«, frage ich eher der Höflichkeit halber.

»Wandern im Chiemgau. Mit Selbstversorgerhütte. Eine Woche.«

Auch das wundert mich nicht. »Mit Nick?« Mir fällt meine romantische Hüttenfantasie mit Karsten und mir vor einem prasselnden Kaminfeuer ein und ich muss über mich selbst den Kopf schütteln. Wie schnell es sich ändern kann, was man sich wünscht und wonach man sich sehnt.

»Auch. Insgesamt sind wir zehn.«

Also genau das, was *er* immer wollte. »Toll. Viel Spaß.«

Ich schnappe mir meine Tasse und meinen Teller mit Nutella-Toast, um ins Wohnzimmer rüberzugehen und dort zu frühstücken.

»Ich hab übrigens dein Video gesehen.«

Ich verharre mitten in der Bewegung und drehe mich zu ihm um. Scheiße, wenn selbst *Karsten* es schon gesehen hat… warum zum Teufel meldet Peer sich dann nicht?

Ich hasse es, dass mir unter seinem Blick die Hitze ins Gesicht kriecht. Eigentlich sollte ich mich inzwischen daran gewöhnt haben, dass dieses Video nun mal existiert und mich Leute darauf ansprechen könnten. Habe ich aber nicht.

»Macht ziemlich die Runde.«

»Hm.« Für eine Sekunde wird mir schwindelig, dann versuche ich, das Ganze mit einem Schulterzucken abzuwiegeln. »Nur nicht bei dem Richtigen.«

»Ich bin sicher, dass er es schon gesehen hat.«

Ich weiß nicht, ob ich das hören will – und ob ich es von Karsten hören will. Es ist beinahe *ausgeschlossen*, dass Peer es noch nicht gesehen hat.

»Wenn er sich noch nicht gemeldet hat, tut er es bestimmt bald.«

»Ja.«

»Ich wusste gar nicht, dass du ihn wegen irgendwas belogen hast. Wegen der offenen Beziehung?«

Erwartet er ernsthaft, dass ich das mit ihm diskutiere? Irgendwie scheint ihm manchmal zu entfallen, dass wir eigentlich keine Freunde mehr sind, sondern gerade mal noch Mitbewohner auf Zeit.

»Wie viele Klicks hatte das Video, als du es dir angeguckt hast?«, frage ich, ohne ihm zu antworten.

Karstens Mundwinkel zucken kurz, dann schüttelt er den Kopf. »Keine Ahnung. So zehntausend?«

»Z…Zehn…?«

»Aber das war vor ein paar Tagen. Und ich dachte immer, du bist viel zu schüchtern und sozial gehemmt für so was.«

Auch wenn ich in einem winzigen Teil meines Bewusstseins weiß, dass das eine ziemliche Beleidigung ist, kann ich nichts darauf sagen. Ich fühle mich wie in Watte gepackt, so sehr, dass sogar Wattebäusche unter und auf meiner Zunge zu liegen scheinen.

Ich wanke ins Wohnzimmer, setze mich an den Esstisch und fahre meinen Laptop hoch. Ich habe mir die *YouTube*-Seite mit dem Video als Lesezeichen gespeichert, von daher ist es nur ein Klick, bis ich sie auf dem Bildschirm habe.

11.056 Klicks, 473 Daumen hoch, 86 Daumen runter, 159 Kommentare.

Ach. Du. Scheiße.

Ich komme mir vor, als würde ich neben mir stehen, während ich einige der Kommentare überfliege, in denen sich drei Lager herauskristallisieren: die Pro-Homosexuelle-Fraktion, die Anti-Homosexuelle-Fraktion und die, die einfach nur ein Video bewerten und sich ansonsten aus allem raushalten. Letztere ist mit Abstand die kleinste Gruppe, die restlichen Kommentatoren hacken hauptsächlich aufeinander rum und sprechen mir abwechselnd Mut zu oder beschimpfen mich, je nach dem, welcher Fraktion sie angehören.

Als ich irgendwann die Tür ins Schloss fallen höre, merke ich, dass ich immer noch wie versteinert den Bildschirm anstarre. Inzwischen kann ich die Münchner Olympiahalle fast komplett füllen.

Mein Handy summt. Ich schüttle den Kopf und ziehe es aus meiner Hosentasche, in der vagen Hoffnung, dass es vielleicht endlich Peer ist. Meine Schwester Marie.

***Marie**, 12:07*

Hab eben von ner Freundin nen Link geschickt bekommen. Sarah, kennst die noch? War in meiner Klasse. Jedenfalls, seit wann bist du auf YouTube? Und was MACHST du da? Ma hat gesagt, dass du nicht mehr mit Karsten zusammen bist, aber von wem redest du? Etwa dem Kerl, auf den da alles verlinkt ist??? Ruf! Mich! An!

Kaum vermittelt *WhatsApp* ihr, dass ich die Nachricht gelesen habe, vibriert mein Handy wieder, dieses Mal, weil sie mich anruft. Ich drücke den Anruf weg und schreibe ihr kurz zurück.

***Felix**, 12:08*
Meld mich später.

Ich hoffe, sie respektiert das, weil ich das Handy nicht ausschalten will. Über 11.000 Klicks. Möglicherweise hat sich der eine oder andere das Video mehrmals angeguckt. Peer, zum Beispiel.

Als mein Handy wieder vibriert, rolle ich die Augen, doch dieses Mal ist es Frank, mein Bruder.

***Frank**, 12:14*
Marie hat mir gerade einen Link geschickt. Gott, Felix, was machst du denn? So was bekommst du nie wieder aus dem Netz raus! Und was ist eigentlich los? Warum bist du nicht mehr mit Karsten zusammen? Ruf mal durch.

Super, danke, Marie. Wenigstens kann sie meiner Mutter den Link nicht auch noch schicken, weil sie vermutlich nicht weiß, wie sie das Video auf ihrem Handy abspielen kann.

Allerdings ist Marie nah genug an unseren Eltern dran, um mal schnell rüberzufahren und ihnen ihr Handy unter die Nase zu halten, um ihnen zu zeigen, was der dumme, kleine Felix für Faxen macht.

Als das Handy erneut vibriert, traue ich mich kaum, einen Blick aufs Display zu werfen.

***Silvi**, 12:27*
11.000 Klicks, Glückwunsch! Hat er sich schon gemeldet? Und ich hoffe, du ignorierst die Arschlochkommentare einfach.
***Felix**, 12:27*
Ich les sie nicht mal durch.

Silvi*, 12:30*
Gut. Aber hör auf, auszuweichen. Hat er sich schon gemeldet?
Felix*, 12:32*
Nein.

Wieder vibriert mein Handy. Ich habe keine Ahnung, welche Frage ich noch überlesen habe oder was es dazu noch zu sagen gibt. Vielleicht schalte ich einfach alle Chats außer Peers stumm.

Peer*, 12:35*
Können wir reden?

Kapitel 24

Das Café in Schwabing ist genauso voll wie bei meinem letzten Besuch vor ein paar Wochen. Die Plätze im Freien sind ausnahmslos besetzt. Peer ist weit und breit nicht zu sehen, was das Déjà-vu-Gefühl ins Unermessliche steigert. Sogar meine Hände sind wie damals verschwitzt, kurz bevor ich Peer das erste Mal live und in Farbe gesehen habe.

Keine Ahnung, warum er sich ausgerechnet hier treffen will. Mir wäre eine etwas privatere Umgebung lieber gewesen. Vielleicht hat er sich genau deshalb für einen öffentlichen Ort entschieden. Für *diesen* öffentlichen Ort, damit das Ganze doppelt so wehtut und ich mir erst gar keine falschen Hoffnungen mache, bevor er mich ein für alle Mal abserviert.

Ich schließe die Augen und würge die Verzweiflung, die mir die Kehle zuschnürt, hinunter. Okay. Hilft ja nichts. Wenn ich nicht reingehe oder unser Treffen absage, ist es gleich hier und jetzt vorbei.

Ich atme tief durch und überquere die Straße. Das Gefühl, in einer Art Zeitschleife gefangen zu sein, ist so stark, dass mein Blick automatisch nach rechts schweift, als ich durch die Tür trete. Zu dem Tisch, an dem er damals auf mich gewartet hat.

Wie vor eine Wand gelaufen bleibe ich stehen. Gott, und Peer sitzt auch noch an *demselben* Tisch wie damals! Und er sieht gut aus. Fantastisch. Es ist eben doch etwas ganz anderes, ihn nur auf einem Handydisplay oder dem Fernseher zu sehen, als in echt. Heute kommen mir sogar seine Augenringe nicht mehr so schlimm vor, auch wenn sie nicht ganz verschwunden sind.

Dann hebt er den Kopf und der Blick seiner unfassbar blauen Augen richtet sich auf mich.

Eine Sekunde lang tut es so sehr weh, dass mir die Luft wegbleibt und ich mich nicht rühren kann.

Dann drängelt sich eine Kellnerin an mir vorbei durch die Tür und sagt in einem bemüht freundlichen Tonfall: »Entschuldigung, aber das ist ein schlechter Platz, um stehen zu bleiben.«

»Ja.« Wie in Trance gehe ich auf Peers Tisch zu. Ich kann mich nicht erinnern, was er damals für Klamotten getragen hat, aber das ist auch egal, weil ich sowieso nur sein Gesicht sehe.

Und mir vorstelle, wie es sich anfühlt, ihm *nie wieder* ins Gesicht zu sehen. Ihn *nie* wieder anzufassen. Plötzlich sind alle grausigen Gedanken, die ich mir in den letzten Tagen gemacht habe, mit aller Macht wieder da.

»Felix?«, fragt er, als ich an seinen Tisch trete, weil ich wahrscheinlich wie ferngesteuert wirke.

»Ja.« Ich lasse mich auf den Stuhl ihm gegenüber fallen und reiße mich zusammen, damit ich ihm nicht in einem einzigen Wortschwall noch mal hinklatsche, was ich ihm schon in dem Video gesagt habe. Trotzdem rutscht mir raus: »Peer, es tut mir –«

»Du bist also Felix.«

Ich blinzle. »Ja. Max war nur ein Nickname –«

»Ich bin Peer.«

»Ich weiß. Warum –«

»Offensichtlich machst du das nicht oft.«

»Was? Lügen und zweigleisig fahren? Nein. So bin ich eigentlich gar nicht. Diese offene Beziehung hat mich –«

»Du hattest schon mal eine offene Beziehung? Interessant.«

Langsam befürchte ich, dass er schlimm auf den Kopf gefallen ist. Ich verschränke die Hände auf dem Tisch und versuche dahinterzusteigen, was hier läuft. Irgendwie eine komische Art, jemanden abzuservieren – oder alternativ eine zweite Chance zu geben. Momentan sieht es nach nichts davon aus. Aber ganz egal, was er hier treibt, wahrscheinlich habe ich es verdient.

Die Kellnerin von eben tritt an unseren Tisch und fragt uns nach unserer Bestellung. Peer bestellt ein Radler. Genau wie bei unserem ersten Treffen. Ich tue es ihm gleich. Dann rastet etwas in meinem Gehirn ein. Moment mal…

»Ich bin da eher der Ganz-oder-gar-nicht-Typ«, fährt Peer fort. »Teilen kommt für mich nicht infrage. Ich bin auch nicht auf der Suche nach schnellem Sex. Ich will eine Beziehung.« In seinen Augen blitzt es kurz auf, bevor er sich vorbeugt. »Mir wurde in letzter Zeit etwas übel mitgespielt. Meine letzte Beziehung ist böse geendet, weil Tom mich betrogen hat, und danach habe ich was mit einem Max angefangen, der gelogen hat. Vielleicht sollte ich vorerst die Finger von Männern mit Vornamen mit nur drei Buchstaben lassen. Felix klingt doch ganz nett.«

Ich öffne den Mund, um etwas zu sagen, aber die Worte bleiben mir im Hals stecken. Er zieht das wirklich durch.

»Jedenfalls…«

Als die Kellnerin mit unserer Bestellung zurückkommt, bricht er ab, greift beinahe augenblicklich nach dem Radler und trinkt in langen Schlucken. Das bisher einzige Anzeichen, dass er möglicherweise doch nicht ganz die Ruhe selbst ist. Aber bei unserem ersten Treffen habe ich ihm seine Nervosität auch nicht angemerkt.

»Jedenfalls wollte ich dieses Treffen, um herauszufinden, ob du echt bist, Felix.«

Hastig nicke ich und beuge mich ihm über den Tisch entgegen. »Das bin ich.« Instinktiv greife ich über den Tisch nach seiner Hand und umschließe sie fest mit meiner. Ich glaube, beim ersten Mal habe ich das auch gemacht. »Das bin ich, Peer, absolut echt.«

Nach einem kurzen Moment des Zögerns verschränken sich seine Finger mit meinen. Mein Herz trommelt wild in meiner Brust. Gott, wie gut sich das anfühlt. Seine Hand. Seine Haut. Er. Die vage Hoffnung, dass er vielleicht doch…

Plötzlich muss ich heftig blinzeln, aber als ich den Blick abwenden will, drückt Peer meine Hand und ich sehe ihn weiter an.

»Du fühlst dich zumindest echt an«, sagt Peer. »Und eine körperliche Anziehung ist zweifellos vorhanden.«

»Zweifellos«, krächze ich.

»Eine gute Voraussetzung für eine Beziehung.«

Er redet andauernd von Beziehung, was mich ganz kribbelig macht. Meint er damit mich im Speziellen oder allgemein? Mit Tom wollte er einen ordentlichen Schlussstrich ziehen, vielleicht ist das hier seine Variante für mich? Es da zu beenden, wo es angefangen hat, um neu durchzustarten.

Die Vorstellung, dass er sich so viel Mühe macht, um mich möglichst schmerzhaft abzuschießen, ist grauenvoll und ich spüre hektische Panik, die mir die Kehle zuschnüren will. Ich glaube, das ertrage ich nicht.

Ich räuspere mich. »Ich will wirklich eine Beziehung mit dir, Peer. Es tut mir so leid, wie die ganze Sache gelaufen ist. Ich hätte von Anfang an ehrlich zu dir sein müssen, ich hätte...« Als er meine Hand loslässt, breche ich ab. Scheiße. Das war's. Jetzt geht er. Ich hätte sein komisches Spielchen bis zum Ende mitspielen sollen. Vielleicht hätten wir dann wenigstens noch mal miteinander geschlafen.

Andererseits vielleicht ganz gut, dass wir es nicht tun.

Aber anstatt aufzustehen, lehnt sich Peer mit verschränkten Armen zurück. »Wie lange ist deine letzte Beziehung her, Felix?«

Ich weiß nicht, wie er es schafft, dass sich mein Name – mein *echter* Name – aus seinem Mund gleichzeitig so fremd und so vertraut anhört. Resigniert lasse ich den Kopf hängen. Offenbar will er das hier bis zum bitteren Ende durchziehen. Und dann kommt er zu dem Schluss, dass wir als Partner für eine Beziehung nicht kompatibel sind.

»Räumlich oder emotional?«, will ich leise wissen. »Weil ich mich emotional schon eine ganze Weile von ihm entfernt habe. Räumlich... ging es irgendwie nicht so leicht. Wir kennen uns schon seit der Grundschule. Eigentlich ist er sowieso alles, was ich kannte, bis...« Wahrscheinlich kann er sich denken, bis zu wem. Er möchte bestimmt nicht alle Einzelheiten über Karsten hören.

Peer nickt knapp, als wäre er zufrieden mit dem neuen Handyvertrag, den ihm gerade ein übereifriger Angestellter aufgeschwatzt hat. »Und hast du irgendwelche besonderen Vorlieben? In sexueller Hinsicht?«

»Ich... ich küsse gerne.«

Zum ersten Mal scheine ich ihn damit ins Wanken zu bringen. Der Ausdruck in seinen Augen wird weicher und mein Herz springt sofort darauf an.

»Ich küsse *dich* gerne«, schiebe ich hinterher, aber das scheint die Wirkung der Worte nicht zu verstärken. Ein wenig verzweifelt ringe ich die Hände. Er sitzt so weit weg, dass ich ihn nicht noch mal anfassen kann. »Bitte, Peer. Lass uns vernünftig miteinander reden. Mit...« Ich sehe mich um. »Ohne so viel Publikum.«

Er zögert. Vielleicht liegt ihm auf der Zunge, dass mir Publikum inzwischen egal sein könnte, nachdem ich so ein peinliches Video auf *YouTube* veröffentlicht habe. Falls er es überhaupt gesehen hat. Er hat es noch mit keinem Wort erwähnt.

Dann zuckt er die Schultern und nimmt noch einen Schluck von seinem Radler. Leer ist das Glas zwar nicht, aber er winkt trotzdem die Kellnerin heran. »Von mir aus. Zahlen wir und gehen zu mir.«

***

»Du hast aufgeräumt«, sage ich, als ich vor Peer die Wohnküche betrete, in der sämtliche Filme wieder im Regal stehen. Wahrscheinlich nicht der beste Einstieg nach unserer kleinen Reise in die Vergangenheit, aber ich glaube nicht, dass Peer *alles* wiederholen will.

Denn das hieße an dieser Stelle Sex. Die Atmosphäre ist allerdings so angespannt wie eine straff gezogene Gitarrensaite. Eine unbedachte Bewegung und sie reißt. Schätzungsweise kann ich mich glücklich schätzen, dass ich überhaupt bis in seine Wohnung gekommen bin und er das Ganze nicht im Café beendet hat.

Auf den ersten Blick kann ich nicht beurteilen, ob er sich ein neues System für seine Anordnung überlegt hat. Was ich allerdings erkenne, ist, dass es auch im Küchenbereich ordentlicher aussieht, weil keine Bierflaschen, Pizzaschachteln oder andere Essensüberbleibsel mehr herumstehen. Ich hoffe, das ist ein gutes Zeichen.

»Hm, ja«, sagt Peer hinter mir und schiebt die Hände in die Hosentaschen seiner Shorts. »Das war ja der Sinn dahinter.« Irgendwie wirkt er in seiner Wohnung plötzlich genauso verloren und in der Luft hängend, wie ich mich schon die ganze Zeit fühle.

Am liebsten würde ich mich ihm einfach in die Arme werfen und alles andere vergessen, aber dazu ist sein Blick zu wachsam und seine Körperhaltung sieht nicht besonders einladend aus. Nervöse Übelkeit macht sich in meinem Magen breit, aber ich zwinge mich zur Ruhe. Ich bin hier, oder nicht? Es ist noch nicht vorbei.

Er nickt auf die Couch. »Setz dich doch.«

Beim letzten Mal hat er mir nur einen Platz am Esstisch angeboten. Ist die Couch eine Steigerung? »Eigentlich... würde ich lieber... was...« Ich atme tief durch und versuche, mich zu sammeln. »Also, das da in dem Café war wirklich süß von dir. Wieder alles auf Anfang und so. Und ich würde gerne noch mal neu anfangen. Als Peer und Felix.«

Als er mich nur schweigend ansieht, fahre ich mir durch die Haare. Eben im Café hatte ich das Gefühl, wir wären schon weiter. Da gab's ja sogar Körperkontakt. Jetzt könnte genauso gut ein Fußballfeld zwischen uns liegen.

»Jedenfalls weiß ich nicht ganz, was du damit bezwecken wolltest. Ich meine, wenn du mich... endgültig loswerden willst, mach es bitte schnell, weil ich –«

»Ich hab das Video gesehen.«

Okay. Jetzt geht's los. Nervös stopfe ich die Hände in die Hosentaschen und schaffe es nur gerade so, nicht unruhig hin und her zu wippen.

»Schon vor ein paar Tagen, um ehrlich zu sein.«

»Oh«, rutscht mir raus. Die Frage, warum er sich dann erst jetzt gemeldet hat, verkneife ich mir rechtzeitig.

»Curt hat mir den Link geschickt.« Er holt tief Luft. »Tja, ich würde sagen, danke für die Werbung. Ich hab ein paar Abonnenten hinzugewonnen.«

Ich blinzle ihn an. Danke für die Werbung? Das ist alles, worum es hier geht?

Ich merke, wie ich einen Schritt zurückweiche, als würde ich nach hinten taumeln, auf der Suche nach irgendwas, woran ich mich abstützen kann. Ich erreiche seine Entertainmentwand und strecke den Arm nach einem Regal aus.

»Obwohl ich wirklich überrascht war, weil du ja schon ausgeflippt bist, als ich online nur eine vage Andeutung gemacht und dir – außerhalb der Kamera – einen Blick zugeworfen habe.«

Ich muss erst ein wenig Spucke in meinem Mund sammeln, bevor ich ein Wort rauskriege. »Überrascht? Auf gute oder auf schlechte Art?«

Er zuckt die Schultern. »Da bin ich nicht ganz sicher.«

Ich fange seinen Blick auf, in dem ich flüchtig etwas aufflackern sehe, das mein Herz einen Satz machen lässt. Ich will gerade darauf reagieren, als er sich umdreht und sich hinter seinem Küchenblock in Sicherheit bringt.

»Willst du was trinken?«

Noch eine Steigerung zum letzten Mal. Da hat er mich auf dem Trockenen sitzen lassen. Ich bitte um ein Wasser und sehe ihm dabei zu, wie er zwei Gläser einschenkt. Es wirkt ein bisschen, als würde er Zeit schinden oder sich Worte zurechtlegen wollen. Ich bin so durcheinander, dass ich nicht weiß, ob ich ihm das verdammte Glas aus der Hand reißen, über den Küchenblock springen oder mich lieber friedlich verhalten und auf ihn warten sollte.

Ich entscheide mich für einen Mittelweg. »Wir haben unsere Wohnung gekündigt, Karsten und ich. In knapp zwei Monaten müssen wir raus und dann... gibt es nicht mehr viel, was mich mit ihm verbindet.« Abgesehen von einer Menge Erinnerungen, aber das wird sich Peer denken können. Und bei ihm ist es ja nicht anders. »Es sind in letzter Zeit ein paar Dinge zwischen uns passiert« – Peer zuckt zusammen – »nein, nicht so was. Ganz bestimmt nicht so was«, sage ich nachdrücklich, woraufhin er sich etwas entspannt.

»Okay.« Er nippt an seinem Wasser und sieht mich abwartend an.

»Er hat's zwar versucht, aber ich konnte und wollte auch nicht.« Abgesehen von zwei, drei lumpigen Sekunden, die ich ruhig unter den Tisch fallen lassen kann, finde ich. »Dann haben wir uns noch ein paar unschöne Sachen gesagt und… Es ist gerade etwas schwierig, miteinander umzugehen.«

Ich mustere Peer, wie er mit diesem Geständnis zurechtkommt, aber das scheint ihm weniger auszumachen als die Vorstellung, Karsten und ich könnten noch mal miteinander im Bett gelandet sein.

»In der einen Sekunde ist es wie die Antarktis zwischen uns und in der nächsten fast so, als wäre nichts gewesen. Es fühlt sich alles noch sehr seltsam an.«

»Aha.« Wieder nippt er an seinem Wasser, während ich mein Glas nur zwischen den Fingern drehe. »Eigentlich wäre es mir lieber, wir würden nicht die ganze Zeit über Karsten reden.«

»Klar. Sorry.« Plötzlich komme ich mir dumm vor. *Natürlich* will er nicht unbedingt was von Karsten hören.

Einen Moment lang entsteht eine leicht unangenehme Stille zwischen uns, als wüsste keiner, was er als Nächstes sagen soll. Mir würde eine ganze Menge einfallen, weiß aber nicht, ob Peer diesen Umweg mit Absicht eingeschlagen hat.

»Hast du schon eine neue Wohnung?«, fragt er nach einer Weile.

»Nein.«

Er schürzt die Lippen. »Mutig, trotzdem zu kündigen.«

»Ich hätte keinen Tag länger mit Karsten zusammenwohnen wollen.«

Das scheint ihm zu gefallen, weil seine Mundwinkel leicht nach oben zucken. »Du sitzt also lieber auf der Straße?«

»Zur Not kann ich vorübergehend bei einer Freundin unterkommen. Die ist praktischerweise mit ihrem Nachbarn zusammen.«

»Ah, okay. Vielleicht lerne ich die beiden ja irgendwann mal kennen.«

Mein Herz macht einen Satz. Soll das eine Anspielung darauf sein, dass ich bisher nur seine Freunde kennengelernt habe, umgekehrt er von meinen Bekannten jedoch gerade mal André, der eher ein Arbeitskollege ist? Und wenn er meine Freunde kennenlernen will, heißt das dann…?

»Sicher. Sehr gerne.« Ich höre selbst, dass ich etwas atemlos klinge, und stelle vorsichtshalber das Wasserglas auf dem Küchenblock ab.

»Dann muss ich dir vielleicht doch noch bei einem Umzug helfen.«

Oh Gott. Mein Herzschlag wird immer schneller. »Würde mich freuen, ja. Aber ich warne dich schon mal vor. Ich hab wirklich viel Zeug.«

»Damit komme ich klar. Ich habe auch noch ein paar Freunde, die mithelfen können.«

Scheiße, jetzt kann ich einfach nicht mehr auf meiner Seite des Küchenblocks bleiben. Ich umrunde ihn und gehe ein paar Schritte auf Peer zu. »Heißt das…?«

Jetzt lächelt er, so breit, so aufrichtig und so wunderschön, dass meine ganze Haut zu kribbeln anfängt. »Wenn du das ernst gemeint hast, was du in dem Video gesagt hast?«

»Alles«, sage ich sofort. »Jedes Wort. Genau wie alles, was ich je zu dir gesagt habe.«

»Du hast dich also auch verliebt, hm?«

Bei dem Wörtchen *auch* rauscht das Blut so laut in meinen Ohren, dass mir kurz schwindelig wird. Dann habe ich innerhalb eines Lidschlags den Abstand zwischen uns überbrückt und ziehe ihn in eine überschwängliche Umarmung. Das Wasser in seinem Glas schwappt über den Rand und hinterlässt Flecken auf unseren T-Shirts und ein kühles Gefühl auf der Haut, aber das ist mir egal.

»Ja. Und wie!«, sage ich, während ich das Gesicht an seinen Hals schmiege und tief seinen himmlischen Geruch einatme, auf den ich so lange verzichten musste. »Sonst hätte ich niemals dieses Scheißvideo gemacht.«

Peer stellt das Glas weg und fährt mit festem Druck über meinen Rücken, um mich noch dichter an sich zu ziehen. »So scheiße war es auch wieder nicht. Obwohl du die vielen Klicks sicher nicht deiner begnadeten Eloquenz zu verdanken hast.«

Ich muss lachen. »Gott, du hast mir so gefehlt.«

Er löst sich halb aus der Umarmung und weicht ein Stück zurück, um mir ins Gesicht zu sehen. Eine Hand schiebt sich in meinen Nacken und zu dem überwältigenden Glücksgefühl gesellt sich ein unerwartet heftiger Schauer der Erregung. Scheiße, er hat mir wirklich *so sehr* gefehlt.

»Du mir auch.« Er zögert kurz. »Felix.«

Je öfter er meinen richtigen Namen sagt, desto weichere Knie bekomme ich dabei. Nichts hat sich je besser angehört.

Als ich mich zu ihm lehne, befürchte ich für einen Sekundenbruchteil, dass mir irgendetwas Lebenswichtiges entgangen ist und er sich zurückziehen wird. Aber das tut er nicht. Er kommt mir sogar entgegen. Es fühlt sich an, als würde mein Herz gleich meine Brust sprengen. Dann liegen seine Lippen auf meinen und von da an ist alles andere egal.

Was als langsamer, zaghafter Kuss mit der Bitte um Vergebung angefangen hat, entwickelt sich schnell zu einem heftigen Anzeichen dafür, wie sehr er mir tatsächlich gefehlt hat. Peers Hände wandern über meinen Rücken nach unten zu meinem Hintern, umfassen ihn und pressen mich so eng an ihn, dass ich die wachsende Erektion in seiner Hose spüre.

Atemlos löse ich mich von ihm und lege die Hände rechts und links an sein Gesicht. Sekundenlang nimmt mich sein intensiver Blick gefangen, dann sprudeln die Worte nur so aus mir heraus, weil es sich noch nie so richtig angefühlt hat. »Ich liebe dich, Peer. Und es tut mir so –«

Er unterbricht mich mit einem weiteren Kuss. »Ich liebe dich auch, Felix«, flüstert er dicht an meinen Lippen, bevor er grinst. »Oder sollte ich besser sagen: *filmfan's lover*?«

ENDE

Danksagung

Ein Roman ist in gewisser Weise immer ein Gemeinschaftsprojekt, bei dem viele Leute im Hintergrund großartige Arbeit leisten. Deshalb danke ich an erster Stelle meiner Verlegerin Julia, die Felix und Peer trotz der anfänglich schwierigen Konstellation mit Karsten eine Chance gegeben hat. Durch sie ist Felix' Geschichte noch ein Stück besser geworden.

Danke an das gesamte Team vom Cursed Verlag, das »Mehr als eine Affäre« mit einem fantastischen Cover versehen, lästige Fehlerchen beseitigt und in Print- und E-Book-Form gebracht hat.

Und außerdem danke ich euch, meinen Leserinnen und Lesern. Dafür, dass ihr mich während meiner langen Schreibpause nicht vergessen und dieses Buch gekauft habt. Ich hoffe, ihr hattet beim Lesen mindestens so viel Spaß wie ich beim Schreiben.

Gebt mir auf der (Kauf-)Plattform eurer Wahl gerne Rückmeldung, wie es euch gefallen hat, oder kontaktiert mich über meinen Blog unter snownora.wordpress.com. Dort findet ihr auch Links zu meinen Social-Media-Profilen – folgen ausdrücklich erwünscht :-)

Nora Wolff

Autor: Nora Wolff
Illustrator: Tashina A. Jacob
Titel: Fessel mich

Als Print und eBook erhältlich!

Es hätte eine ganz gewöhnliche Disco-Nacht werden können, zu der Florians Freunde ihn überreden. Wäre es nicht das Motto des Abends, sich einen Partner mittels Handschelle einzufangen - zur Not auch mit freundlicher Unterstützung seiner Umwelt. Florians heimlicher Fluchtversuch endet unverhofft am Handgelenk seines Traummanns. Der jedoch ist alles andere als begeistert...